MONIKA MAIFELD

Tür an Tür mit der Liebe

ROMAN

KNAUR

Besuchen Sie uns im Internet:
www.knaur.de

Aus Verantwortung für die Umwelt hat sich die Verlagsgruppe Droemer Knaur zu einer nachhaltigen Buchproduktion verpflichtet. Der bewusste Umgang mit unseren Ressourcen, der Schutz unseres Klimas und der Natur gehören zu unseren obersten Unternehmenszielen. Gemeinsam mit unseren Partnern und Lieferanten setzen wir uns für eine klimaneutrale Buchproduktion ein, die den Erwerb von Klimazertifikaten zur Kompensation des CO_2-Ausstoßes einschließt. Weitere Informationen finden Sie unter: www.klimaneutralerverlag.de

MIX
Papier aus verantwortungsvollen Quellen
FSC® C083411

Originalausgabe Januar 2021

Ein Imprint der Verlagsgruppe
Droemer Knaur GmbH & Co. KG, München

Redaktion: Silvia Kuttny-Walser
Covergestaltung: www.martinabaldauf.de unter Verwendung von istockphoto- und vectorstate-Motiven
Innenabbildung: Oksana Mashenko / Shutterstock.com
Satz: Adobe InDesign im Verlag
Druck und Bindung: CPI books GmbH, Leck
ISBN 978-3-426-22723-7

2 4 5 3

♥

Prolog

Natürlich geschah es an einem Tag im Mai, dem Monat der Liebe, dem Monat der Verliebten. An einem Tag, an dem das erste Mal nach zwei Wochen Dauerregen die Sonne vom Himmel strahlte. An einem Tag, an dem die Luft nach Verheißung schmeckte.

Die zwei alten Bäume mit ihren knorrigen dunklen Ästen vor den Fenstern des Klassenzimmers blitzten in sattem Grün, die Vögel jubilierten um die Wette. Lena Jacobi hatte schon auf dem Weg zur Schule auf dem Fahrrad ein nicht zu erklärendes Glücksgefühl verspürt. So saß sie jetzt allein in der Zweierbank, die Wangen gerötet vom beschwingten Radeln.

Es war ein ganz besonderer Tag, sie fühlte es.

Die Mitschüler hatten sie auch noch nicht gemobbt, kein Kaugummi klebte auf dem Stuhl, niemand hatte sie grob angerempelt auf dem Weg ins Klassenzimmer. Es war wirklich ein ungewöhnlicher Tag.

Außerdem – Lena bemerkte es sofort – klang auch das Quietschen der Tür anders als sonst, als Frau Dr. Schreiber das Klassenzimmer betrat. Und Frau Dr. Schreibers Gesichtsausdruck war fremd, forderte besondere Aufmerksamkeit, wies darauf hin, dass etwas Außergewöhnliches bevorstand …

Frau Dr. Schreiber, mit ihrer dunkelroten, verknautschten Aktentasche unter dem Arm, ohne die man sie nie auf dem Schulgelände antraf; mit dieser dunkelroten Tasche, die sie immer links auf dem Tisch ablegte und auf der sie sich abstützte, wenn sie dozierte, die sie aber noch nie geöffnet hatte; diese dunkelrote Tasche, über die die Schüler lästerten, dass Frau Dr. Schreiber sie wahrscheinlich schon als Referendarin angeschafft hatte und dass sie inzwischen genauso faltig wie Frau Dr. Schreiber war. Manchmal schmiedeten die Schüler sogar Pläne, wie man diese Tasche heimlich durchsuchen könnte. Frau Dr. Schreiber tippelte also mit ihrer ominösen Tasche in das Klassenzimmer, trat in das lichte Rechteck, das die durch die Türöffnung einfallende Sonne auf das Linoleum zeichnete – und direkt hinter ihr erschien ER.

Die Sonne umgab ihn mit einer leuchtenden Aura und ließ seine blonden Haare golden schimmern.

Das Gemurmel und Gewisper im Raum erstarb abrupt beim Anblick des fremden, schon fast erwachsenen jungen Mannes. Denn das war er mit seinen neunzehn Jahren – verglichen mit ihnen allen, die entweder gerade sechzehn waren oder es, wie Lena, demnächst wurden.

Lena stockte der Atem. Noch nie hatte sie einen so wundervollen jungen Mann gesehen! Diese lockigen, blonden Haare, die in jugendlich langen Strähnen auf die Schultern fielen, diese dunkelblauen Augen, die sich freundlich fragend im Klassenraum umschauten, die sanft gebräunte Haut …

Ein Prinz. So sah der Märchenprinz aus. *Ihr* Märchenprinz. Der Prinz, von dem sie abends träumte. Der sie aus dem düsteren Bungalow mit der nörgelnden Mutter befreite.

Der Prinz aus ihren Träumen hatte Gestalt angenommen und war in ihren Klassenraum gekommen. Er würde sie auf seinen Schimmel heben und zu sich nach Hause mitnehmen.

(Dass es sich bei dem Schimmel eher um ein Auto, ein Moped oder vielleicht sogar nur um die Straßenbahn handeln würde, war nebensächlich.)

Ab dem nächsten Schuljahr würde man sie siezen. Dieses Jahr duzte Frau Dr. Schreiber ihre Schüler noch.

»Ich stelle euch euren neuen Mitschüler vor, Christian Marberg.«

Abschätzende und verwunderte Blicke. Das sollte ein neuer Mitschüler sein? Hüsteln, Räuspern, Hin- und Hergerutsche.

»Christian ist schon etwas älter als ihr, das seht ihr sicher. Er ist die letzten Jahre in Afrika zur Schule gegangen, das Schulsystem dort ist anders. Deswegen startet er erst mal bei uns auf dieser Stufe. Ich bin sicher, dass ihr ihm helfen werdet, sich in unser Schulsystem und in den Lernstoff einzufinden.«

Unruhe jetzt, fragende Blicke, die sich die Schüler gegenseitig zuwarfen. Noch schwankend zwischen neugieriger Bewunderung und überheblicher Abwehr.

»Christian, neben Lena ist ein Platz frei. Das ist gut, denn Lena ist unsere beste Schülerin.«

In einer der letzten Bänke flüsterte jemand etwas, leises Gekicher war die Folge, Lena konnte nicht verhindern, dass sie rot anlief. Sie schlug die Augen nieder.

»Also setzt du dich am besten mal dahin«, sagte Frau Dr. Schreiber, und die Erleichterung, diese Aufgabe, die so ganz außerhalb der Routine lag, nun bewältigt zu haben, war ihr deutlich anzuhören.

Christian ließ sich auf den Stuhl neben Lena fallen. Dann wandte er ihr sein lächelndes Gesicht zu, hielt ihr die Hand hin und sagte: »Nicht nur die Hübscheste, auch noch die Schlaueste? Was habe ich für ein Glück!«

Von diesem Moment an war Lena ihm verfallen.

Christian schaffte es sehr schnell, die Führungsrolle in der Klasse zu übernehmen. Was er sagte, galt. Und innerhalb zweier Wochen hatte er Lena erobert, ihr Herz sowieso, ihren Körper zwei Wochen später. Von da an hatten die Hänseleien der Mitschüler ein Ende. Jetzt war sie wer, sie war die Freundin von Christian, sie war die Frau des Königs.

Christian lernte schnell, er sog alles auf wie ein Schwamm. Er hatte auch keine Probleme damit, zu ihr nach Hause zu kommen, in diesen dunklen Bungalow, wo die ewig klagende Mutter die Rollläden ständig halb geschlossen hielt.

Acht wundervolle Monate vergingen. Lena lebte auf, sie strahlte förmlich von innen heraus, das glückliche Leuchten ihrer Augen wetteiferte mit dem Glanz ihrer roten Haare, die kleinen Sommersprossen betonten ihre aparten Züge, ihre Schönheit kam ans Licht. Sie wuchs, ihr Körper streckte sich, der Babyspeck verschwand.

Und nach diesen acht Monaten brach Christian ihr das Herz.

♥

Neujahr.
Der erste Tag eines neuen Jahres. Der Tag der guten Vorsätze. Der Tag der Hoffnung auf Veränderung, der Hoffnung auf Verbesserung.

Und so oft bleiben diese Erwartungen eine Illusion, ändert sich nichts im Leben, hält das Schicksal keine Überraschungen bereit.

Aber manches Mal …

***

Konstantin Gruber hatte keine Vorsätze für das beginnende Jahr. Mit achtzig Jahren weiß man, dass die meisten Vorsätze nichts ändern. Und Hoffnung? Höchstens die, dass er auch einen zweiundachtzigsten Neujahrstag erleben würde. Das wäre ganz nett, zumindest solange er noch so fit war. Aber das war Sache des Herrgotts. Der würde das schon richtig machen. Er, Konstantin Gruber, war bereit, zu gehen. Grundsätzlich jedenfalls.

Nur natürlich nicht heute.

Heute, am Sonntag, dem 1. Januar, kam seine Untermieterin aus ihrem Weihnachtsurlaub zurück. Wobei man das Ausräumen des Elternhauses nach dem Tod der Mutter wohl kaum als Urlaub bezeichnen konnte.

Konstantin Gruber riss sich vom Anblick des Schwabinger Hinterhofs los, wo in den grauschwarzen Schneematschinseln die bunten, zerfledderten Pappreste der Silvesterraketen und Böller aufweichten, und erhob sich von seiner Küchenbank. Er würde etwas kochen für das Madl.

Eigentlich war sie ja eine junge Frau, inzwischen schon vierunddreißig Jahre alt, aber für ihn war sie seit dem Tag, an dem er sie kennengelernt hatte, »das Madl«.

Seine Gedanken wanderten zurück zu diesem Tag, an dem sich sein Leben so verändert hatte. Der Tag, an dem er kurz entschlossen entschieden hatte, Untermieter aufzunehmen. Ihre drei Kinderzimmer hatten die längst erwachsenen Söhne kurz vorher ausgeräumt. Nur noch das Nötigste stand darin.

Er hatte in der Schlange vor der Supermarktkasse gestanden und über den Streit mit seinen Söhnen sinniert. Ein halbes Jahr nach dem Tod seiner geliebten Maria war das gewesen. Sie müssten mal mit ihm reden, hatten sie gemeint. Um ihm dann zu erklären, dass sie ihn ins Altersheim verfrachten wollten.

Zugegeben: Sie hatten es anders formuliert, nicht so unverblümt. Aber das war der tiefere Sinn ihrer Fragen, mit denen sie auf ihn eingehämmert hatten.

»Du allein auf fast zweihundertfünfzig Quadratmetern?«

»Was willst du mit vier Schlafzimmern?«

»Hast du dir eigentlich überlegt, was das kostet?«

»Und was, wenn es dir mal nicht gut geht? Du vielleicht stürzt? Dann liegst du hilflos ganz allein …«

Im Streit hatte es geendet. In einem bösen Streit. Er hatte sie rausgeworfen. Alle drei.

Zwei waren später wiedergekommen. Der Dritte … ach, sei's drum.

Diesem Streit hatte er nachgegrübelt, damals im Supermarkt an der Kasse, und dann war ihm dieses rothaarige Madl aufgefallen, mit diesem ernsten Gesichtsausdruck, der so gar nicht zu den lustigen Sommersprossen passen wollte. Wie sie den leuchtend weißen Zettel ans Schwarze Brett im Supermarkt heftete. Noch mal abnahm, neu befestigte, immer noch nicht zufrieden war, wieder und wieder die rechte Ecke nach oben drückte, damit der Zettel gerade hing. Damals hatte er noch nicht gewusst, dass bei ihr immer alles gerade sein musste.

Neugierig war er nach dem Bezahlen hingegangen und hatte schon von Weitem lesen können: »Möbliertes Zimmer dringendst gesucht!«

So hatte es angefangen.

Sie hatte für die Dauer ihrer Ausbildung an der Meisterschule eine Unterkunft gesucht. Aber nachdem sie die Prüfung als Schneidermeisterin mit Bravour bestanden und sofort eine Stelle in einem großen Münchner Atelier gefunden hatte, war sie immer noch Untermieterin bei ihm geblieben.

»Ich habe hier alles, was ich brauche«, hatte sie gemeint, als er einmal die Befürchtung geäußert hatte, sie würde wohl bald ausziehen.

Aber da hatte sie ja noch ihr Zuhause gehabt, dachte er jetzt. Wo sie jedes, wirklich jedes Wochenende hingefahren war. Ein Heim. Mit einer Mutter darin.

Auch wenn die Mutter ihre Fehler gehabt hatte, war es trotzdem das Zuhause gewesen. Und jetzt war die Mutter tot, das Zuhause verkauft.

Konnte er ihr mit diesem möblierten Zimmer das Zuhause ersetzen?

Sicher nicht.

Konstantin schüttelte nachdenklich den Kopf, als er die Tür des riesigen alten Küchenschranks öffnete.

Sein Blick streifte das Foto seiner Frau, das in einem hellen Holzrahmen auf dem Büfett stand.

»Ich decke heute mit deinem Lieblingsgeschirr«, sagte er zu dem Foto. »Das ist dir doch recht? Ich will das Madl ein bisschen verwöhnen.«

Während er die blau-weißen Teller aus der weltberühmten sächsischen Porzellanmanufaktur auf den Tisch stellte, hörte er im Geist die Stimme seiner verstorbenen Frau, wie sie damals beim Kauf gesagt hatte: »Das macht doch nix, dass die zweite Wahl sind. Wir haben schließlich alle unsere Fehler!« Und dabei hatte sie hell aufgelacht.

Seine liebe Maria, er vermisste sie immer noch. Vor allem ihr Lachen.

Das Madl lachte selten. Dabei hatte sie Humor, viel Humor sogar. Wenn der manchmal aufblitzte, dann zeigte sie ein bezauberndes Lächeln, das ganz typisch für sie war. Sie konnte auch schmunzeln und dabei vergnügt mit den Augen funkeln. Aber meistens war sie ernst. Viel zu ernst für eine junge Frau.

Aber eigentlich war es ja auch kein Wunder. Wenn man als Zehnjährige unvermittelt den Vater verlor und die Mutter sich nie mehr von diesem Schicksalsschlag erholte und sich an das Kind klammerte. Wenn dann das Kind sich um die traumatisierte, lebensuntüchtige Frau kümmern, für sie sorgen, sogar den Haushalt führen musste.

Vor ein paar Monaten war nun die Mutter gestorben. Einfach so im Schlaf. Ein schöner Tod. Ob ihm auch so ein schöner Übergang beschieden sein würde?

Konstantin Gruber öffnete die Balkontür und holte den Stollen herein, den die Nachbarin aus dem zweiten Stock, Frau Franzen, ihm zu Weihnachten gebacken hatte. Kopfschüttelnd stellte er ihn zum Anwärmen auf das Küchenbüfett. Der wurde aber auch jedes Jahr größer!

Sie war sicher müde, wenn sie nachher kam. Das Elternhaus ausräumen, das ist hart. All die Sachen, die man entsorgen muss, mit den Erinnerungen, die daran hängen … Und was das für eine Arbeit bedeutet, was für eine Schlepperei, dachte der alte Konstantin. Und alles ganz alleine …

Herr Gruber drehte sich wieder zu dem Foto seiner Frau.

»Immer muss sie alles allein durchstehen!«, erklärte er dem Porträt. »Sie bräucht jemanden, mit dem sie reden kann. Gerade jetzt, wo sie so große Pläne hat. Einen Partner, der sie stützt und der für sie da ist. Einen, der was taugt.«

Das Porzellan klirrte leise, als er eine Tasse heftig auf die Untertasse stellte. »Nicht diesen Lump von Christian!«

Er hob belehrend den Finger: »Schon Konfuzius hat gesagt:

Die Liebe ist das Gewürz des Lebens. Sie kann es versüßen, aber auch versalzen. Und dieser Christian – der versalzt es! Und wie!«

Er ließ seinen Blick einen Moment auf dem Porträt ruhen und grinste.

»Ich weiß schon, was du denkst. Nein, den Spruch hab ich nicht erfunden. Der ist wirklich von Konfuzius.«

Sie ist doch so ein fesches Madl, dachte er, als er die Schublade aufzog und ein frisches Küchenhandtuch herausnahm. *Schlank und groß und trotzdem an den richtigen Stellen rund, wo man's als Mannsbild gern mag.*

Er wischte kurz über die Teller.

Und so ein hübsches Gesicht hat sie: mit den Sommersprossen und den grünen Augen.

Er stellte die Teller auf den Esstisch.

Für so ein sauberes Madl müsste doch ein anständiges Mannsbild aufzutreiben sein?

Konstantin Gruber zog die Besteckschublade auf.

Ob er vielleicht mal für sie Ausschau halten sollte?

Und als er zwei Messer, zwei Gabeln und zwei Dessertlöffel in der Hand hielt, grinste er plötzlich in sich hinein: Jetzt hatte er doch tatsächlich einen Vorsatz fürs neue Jahr …

***

Die Flocken fielen ohne Unterlass. Die Schneeschicht machte keinen Unterschied zwischen Alt und Neu, sie verdeckte das leer stehende heruntergekommene Haus auf der anderen Straßenseite genauso wie die neue hässliche Mehrzweckhalle daneben.

»Das Dorf stirbt«, dachte die Frau, die am Fenster des Hotels stand und den Schneeflocken zusah. »Und der Schnee gibt das Leichentuch.«

Ärgerlich schüttelte sie den Kopf. Was waren das nur für depressive Gedanken? Sie war doch sonst nicht so.

Die Frau drehte sich vom Fenster weg. Aber der Anblick des kleinen Hotelzimmers mit den verwohnten Möbeln aus den siebziger Jahren des letzten Jahrhunderts war auch nicht geeignet, ihre Laune zu heben.

Es war ein Fehler, herzukommen. Eine idiotische Idee! Wahrscheinlich fange ich an, alterssenil zu werden.

Vor wenigen Tagen war die Frau siebzig Jahre alt geworden. *Tatsächlich siebzig?*

Der rahmenlose, schon etwas fleckige Spiegel an der Wand warf ihr Bild zurück. Es zeigte eine gepflegte, elegante ältere Dame mit tadellosem Make-up, die welligen, kurz geschnittenen grauen Haare kontrastierten apart mit dem roten Lippenstift und den großen goldenen Ohrringen. Die zarte, kaum faltige Haut wies auf viele Stunden bei einer Kosmetikerin und konsequenten Gebrauch von exklusiven Gesichtscremes hin.

Die Frau fuhr sich nachdenklich mit den Fingerspitzen über die Augenbrauen.

Eigentlich hatte das Alter für sie keine Bedeutung. Sie hatte ihre Arbeit, ihre Freunde, sie lebte aktiv, und die Zahl, die auf der Geburtstagstorte stand, interessierte sie nicht.

Jedenfalls bisher.

Siebzig? Sie fühlte sich nicht so, wie sie früher gedacht hatte, dass man sich mit siebzig fühlen würde.

Kurz war ihr an ihrem Geburtstag die Großmutter in den Sinn gekommen, die sechsundsechzigjährig verstorben war, als sie selbst acht Jahre alt gewesen war.

Eine alte Frau war das für sie damals gewesen. Sie hatte zwar sehr getrauert, es aber als normal empfunden, dass jemand, der *so alt* war, starb.

Sie schüttelte über sich selbst den Kopf, wenn sie daran dachte. Obwohl sie das Gefühl hatte, dass Menschen heutzutage tatsächlich später alterten.

Sie waren doch noch jung – die heutigen Siebzigjährigen. Sie leiteten Unternehmen, sie stellten Präsidenten, sie standen doch mitten im Leben!

Aber wurde nicht langsam die Zeit knapp? Hatte sie nicht noch Dinge zu regeln?

Solche Gedanken hatten sie an ihrem Geburtstag heimgesucht. Die Schuld daran gab sie Mr Greenstone. Der ihr bis dahin unbekannte Mr Greenstone hatte vor drei Monaten um ein Gespräch gebeten. Der smarte, etwa vierzigjährige Unternehmer hatte ihr in dieser Unterhaltung ein Kaufangebot für ihr kleines Unternehmen gemacht. Ein gutes, ein sehr gutes Angebot sogar. Welches sie entrüstet abgelehnt hatte.

Aber als sie am Geburtstagsabend im Kreis ihrer Gäste in dem neuesten In-Lokal in New York – direkt neben dem Apartmenthaus, in dem sie lebte – die mit typischer New Yorker Üppigkeit dekorierte Torte vor sich sah, mit dieser fetten Sieben darauf, hatte plötzlich seine Stimme in ihrem Ohr geklungen: »Sie sind ja nun – ohne Ihnen zu nahe treten zu wollen – nicht mehr die Jüngste. Wie lange schaffen Sie das noch?«

Und irgendwas in ihr hatte angefügt: *Wie viel Zeit hast du eigentlich noch?*

Sie hatte, plötzlich nachdenklich geworden, die Gesichter ihrer Gäste gemustert. Wer saß da? Ihre sieben Angestellten natürlich, alles langjährige Mitarbeiterinnen, die sie überaus schätzte; daneben das Ehepaar aus der Penthouse-Wohnung, die der ihren gegenüberlag – mit den beiden verband sie eine herzliche nachbarschaftliche Freundschaft –, dann die drei Lieferanten, wo die langjährige Geschäftsbeziehung von tiefer Sympathie gekennzeichnet war, und die drei Ehepaare aus der Wohltätigkeitsorganisation, mit denen sie zweimal im Jahr ein Charity-Dinner veranstaltete.

Alles nette Menschen. Menschen, die sie schätzte, Menschen, die sie mochte, Menschen, mit denen sie befreundet war.

Jedoch war hier nur ein Teil ihres Lebens abgebildet, nur einige der Menschen, die sie in ihrem Leben begleitet hatten.

Aber – und das war ihr im Kreis ihrer Geburtstagsgäste bewusst geworden – da gab es noch andere, Menschen aus einem anderen Teil ihres Lebens, einem früheren Abschnitt. Diesen Teil hatte sie seinerzeit, als sie fortgegangen war, vergessen wollen, löschen wollen.

Aber nichts war gelöscht. Gar nichts. Die Erinnerungen hatten im Hintergrund gelauert und nur auf eine Gelegenheit gewartet, aufzutauchen. Die Erinnerungen an Freundinnen aus Kindertagen und der Schulzeit, die Erinnerungen an die Nachbarn, und natürlich Erinnerungen an …

An diesem Tisch fehlten Menschen. Ganz wichtige Menschen, die sie vielleicht nie mehr wiedersehen würde.

Natürlich hatte es Gründe gegeben, dass sie damals gegangen war, gute Gründe.

Und doch quälte sie seither die Frage: Hätte sie nicht trotz allem bleiben müssen?

Und ganz im Hintergrund, ganz im Schatten, hielt sich eine andere Frage bereit, die verstohlen, aber unaufhaltsam in ihr Bewusstsein kroch und sich dort einnistete:

Hatte sie ein Kind im Stich gelassen?

Und so hatte sie, die erfolgreiche, wohlhabende, attraktive New Yorker Geschäftsfrau, an ihrem Geburtstagstisch in diesem In-Restaurant sitzend, den inneren Zweifeln und Fragen lauschend, in diesem Moment beschlossen, zurückzukehren, nach Hause zu fahren.

Es war ein Fehler gewesen. Hier gab es nichts mehr, was mit ihr verbunden war.

Sie würde noch auf den Friedhof gehen und endgültig Abschied nehmen. Von den Toten – und von ihren Erinnerungen.

***

Lena kniete vor dem Grab und zog an dem quadratischen Granittopf mit der Buchskugel darin. Seine Kante stand nicht parallel zur Kante der Grabplatte.

Sie meinte, die Stimme ihrer Mutter zu hören: *Wie das schon wieder aussieht! Was habe ich nur für ein Pech mit meiner Tochter! Noch nicht einmal mein Grab kann sie ordentlich schmücken.*

Der Topf war schwer, und sie schaffte es kaum, aber endlich verliefen beide Kanten parallel. Mit einem erleichterten Aufstöhnen erhob sie sich.

Nach fünf Monaten war das Grab ihrer Mutter schon so weit abgesunken gewesen, dass der Steinmetz die Platte kurz vor Weihnachten wieder hatte setzen können. Die frisch eingemeißelten Buchstaben leuchteten hell neben den verblassten, fast schon ausgewaschenen grauen Lettern, die den Namen ihres Vaters bildeten.

Walter Jacobi
24. Januar 1944 – 6. Januar 1993

Margarethe Jacobi
geb. Meier
12. Oktober 1952 – 30. Juli 2016

Vor fünf Monaten war ihre Mutter gestorben. Seit fünf Monaten hatte sie, Lena, nicht nur damit begonnen, sich eine neue berufliche Existenz aufzubauen, sondern sie hatte darüber hinaus noch ungezählte Stunden damit verbracht, das Elternhaus zu räumen. Dieses Haus, das kein Heim, sondern eine Art Wallfahrtsort gewesen war: mit *Devotionalien* darin, nämlich den Erinnerungen an den Vater. Fotos, Kinokarten, sogar seine Anzüge – alles, was irgendwie mit ihrem Vater zu tun gehabt hatte, stapelte sich in Schränken, Kisten, Regalen. Die Mutter hatte sich von nichts getrennt.

»Hol dir einen Entrümpler, der macht das Haus in einem

Tag leer«, hatte ihre Freundin Erika geraten. Einfach alles wegwerfen? Ungesichtet? Ungeprüft?

Lena fürchtete nicht etwa, dass sie irrtümlich etwas Wertvolles entsorgte. Geld interessierte sie nicht so sehr. Viel mehr hätte sie der Gedanke bedrückt, dass vielleicht irgendjemand genau diesen oder jenen Gegenstand gut hätte gebrauchen können, vielleicht sogar dringend benötigte, den ein Entrümpler achtlos auf eine Müllhalde gekippt hätte. So hatte sie also fünf Monate lang – neben all den aufregenden Herausforderungen, die ihre Pläne mit sich brachten – noch die Dinge im Haus geordnet, sortiert, verkauft, verschenkt und, soweit es nur irgendwie möglich war, einer sinnvollen Verwendung zugeführt.

Christian war natürlich nicht gekommen. Obwohl er es versprochen hatte. Nur eine SMS hatte er vor einigen Tagen geschickt: »Sorry, aber die Tickets sind jetzt um die Weihnachtszeit so unglaublich teuer …«

Obwohl sie es in der ihr eigenen Rationalität geahnt hatte, schmerzte die Enttäuschung tief. Er wusste noch nichts von ihren Plänen, kannte noch nicht das Abenteuer, in das sie sich stürzen wollte. Sie hatte ihm hier davon erzählen wollen, sich einen intimen Silvesterabend vorgestellt, an dem sie ihm … Ungezählte Male hatte sie sich seine Begeisterung, seinen enthusiastischen Zuspruch, seine moralische Unterstützung ausgemalt.

»Ich habe auch nicht mit dir gerechnet!«, hatte sie als Antwort getippt. »Das Angebot, mir zu helfen, kam von dir.« Nachdenklich hatte sie auf die abzusendende Textnachricht geschaut. »Es wäre auch ein Wunder gewesen, wenn du einmal ein Versprechen eingehalten hättest«, hatte sie hinzugefügt.

Dreimal hatte sie den Entwurf gelesen. Zufrieden genickt.

Und ihn dann gelöscht und lediglich ein trauriges Emoji als Antwort geschickt.

Sie seufzte. Kam sie denn nie von ihm los? Immer wieder

kriegte er sie herum. Erika, die Freundin seit den Kindertagen, die als Einzige auch die ganze Geschichte mit ihr und Christian kannte, hatte schon damals gesagt: »Das Wort Charme wurde für Christian Marberg erfunden.«

Sie hatte es selbstverständlich auch ohne Christian geschafft, das Haus zu räumen. Behalten hatte sie nichts. Außer natürlich dem Kescher, den sie verschwunden geglaubt und voll ungläubiger Freude in der Garage hinter dem vollgerümpelten Regal entdeckt hatte.

Den hielt sie jetzt fest umklammert mit der rechten Hand, und die Schneeflocken setzten sich in das dünne Netz.

Und die dicken Briefstapel, die ihre Mutter mit roten Schleifen gebündelt hatte, diese Umschläge mit den dunkelroten Lippenstiftabdrücken darauf, diese Zeugnisse einer so unglaublich großen Liebe, die hatte sie auch nicht wegwerfen können. Die lagerten nun in einem großen Koffer, den sie bei der Nachbarin in deren Garage hatte unterstellen dürfen.

Sie war mit der Bahn angereist, demnächst würde sie mit dem Auto kommen und den Koffer holen. Obwohl der Gedanke, die Briefe vielleicht zu lesen, sie unerklärlicherweise irgendwie anekelte.

Gestern hatte sie den Schlüssel für das Haus den neuen Eigentümern übergeben. Sie war frei.

Die Trauer überfiel sie unerwartet. Ihre Mutter war tot. Lena schluckte. *Es tut mir so leid, dass ich dir nicht besser helfen konnte*, dachte sie. Sie verspürte das Bedürfnis, über den Grabstein zu streicheln.

Wie kommst du auf die Idee, ausgerechnet du hättest mir helfen können? Ja, wenn du studiert hättest, Ärztin geworden wärst, so wie ich es mir erträumt habe für dich. Ja, dann bestimmt. Aber du musstest ja unbedingt Schneiderin werden. Schneiderin!

Lena hatte noch genau den abfälligen, fast hasserfüllten Tonfall im Ohr, in dem ihre Mutter das Wort Schneiderin ausgesprochen hatte.

»... und lass bloß dieses Angetatsche. Du weißt, dass ich das nicht leiden kann. Jetzt ist es eh zu spät! Hättest dich mal mehr um mich gekümmert, als ich noch gelebt habe!«

»Ich habe mich doch gekümmert! Ich habe bei dir gewohnt, bis ich siebenundzwanzig war.«

»Aber dann hast du mich verlassen und bist nach München gegangen!«

»Als Frau Schwarzenberger sich zur Ruhe gesetzt hat, gab es hier im Dorf keine Perspektive mehr für mich.«

»Für mich gab es auch keine Perspektive!«

»Du hast auch nicht nach einer gesucht, du wolltest ...«

»Muss ich dich darauf aufmerksam machen, dass ich einen extrem harten Schicksalsschlag zu bewältigen hatte?«

»Papa ist vierundzwanzig Jahre tot! Andere Frauen verlieren auch ihre Männer und ...«

»Aber die hatten auch nicht eine solch einzigartige Liebe wie wir!«

Lena schüttelte den Kopf. Sie konnte es nicht mehr hören. Seit ihrem elften Lebensjahr hatte sie jeden Sonntagvormittag dieses an das Schicksal gerichtete vorwurfsvolle Gestammel ertragen, jeden einzelnen Sonntagvormittag, an dem sie ihre Mutter an das Grab des Vaters hatte begleiten müssen.

Sie überschlug: Vierundzwanzig Jahre, das bedeutete bei ungefähr fünfzig Wochenenden pro Jahr (einige wenige Male war die Mutter krank oder verhindert gewesen), dass sie etwa eintausendzweihundert Sonntagmorgen hier am Grab verbracht hatte.

Beendet hatte ihre Mutter die Litanei jedes Mal mit dem Satz: »Aber so ist es im Leben: Es gibt nichts umsonst. Auch das Glück hat seinen Preis! Und je größer die Liebe, desto höher der Preis.« Und dann hatte die Mutter schmerzlich aufgestöhnt.

Plötzlich hörte Lena deutlich dieses Stöhnen. Sie zuckte zusammen. Aber es war nur der Schnee, der, vom Wind getrieben, mit einem lauten Rauschen über einen breiten Ast zu Boden rutschte.

Aber wahrscheinlich hatte die Mutter recht gehabt. Sie erlebte es ja selbst mit ihrer Beziehung zu Christian. Dem wunderbaren, schönen, charmanten, liebevollen, zärtlichen Christian. Der sie so glücklich machen konnte. Und der so wenig taugte. *Je größer die Liebe, desto höher der Preis.*

Sie wischte sich mit der Hand über die Wange. Diese feuchten Spuren auf ihrem Handschuh, die kamen sicher von den dünnen Schneeflocken, die stetig vom Himmel herabrieselten.

Wie oft hatte sie sich gefragt, wie sich das Leben anfühlen würde, wenn sie einmal nicht mehr hier hinmüsste. Wie das Leben für Menschen war, die nicht jedes Wochenende eine verbitterte Mutter besuchen und mit ihr zum Grab des toten Vaters pilgern mussten. Sie würde es bald wissen.

Eintausendzweihundert Mal? »So schnell komm ich nicht wieder«, flüsterte sie in den Flockenwirbel hinein.

»Ja, jetzt bist du ganz größenwahnsinnig geworden! Es wird in einer Katastrophe enden, ich …«

Lena schüttelte unwillig den Kopf. Sie war sich bewusst, dass es ihre eigenen Zweifel und Ängste waren, die sie hörte. Ja, sie hatte diese Gelegenheit, die sich ihr vor ganz Kurzem erst so überraschend geboten hatte, beim Schopf gepackt. Ja, sie wollte es probieren.

Oder wagte sie zu viel? Hatte sie überhaupt eine Chance?

Und was würde passieren, wenn sie scheiterte?

Lena war, als sei sie ihr ganzes bisheriges Leben in einem Hamsterrad gerannt. Jetzt hatte jemand das verhasste Rad angehalten. Sie konnte hinausspringen. Sie musste es nur wollen.

Lena holte tief Luft. Zögernd wandte sie sich vom Grab ab. Ein neues Leben fing für sie an. Langsam tat sie die ersten Schritte Richtung Ausgang.

Die Gestalt, die auf der Bank neben der kleinen Aussegnungshalle saß, sich jetzt erhob und ihr folgte, bemerkte sie nicht.

***

Dr. Jonas Wolff zögerte etwas unschlüssig vor der Tür des Gerichtsgebäudes.

»Na dann …«, sagte er zu seiner Frau, beziehungsweise – um korrekt zu sein – zu der Frau, die an diesem Dienstag, dem 3. Januar, schon seit mehr als zehn Minuten seine Ex-Frau war. »Na dann … dann mach's mal gut!«

Irene streckte ihm die Hand entgegen.

»Danke. Du auch.«

Ihr neuer Partner Dr. Ralf Krafter hielt ihm auch die Hand entgegen und hatte wenigstens den Anstand, sich zu entschuldigen.

»Es tut mir wirklich leid, Dr. Wolff«, sagte er, und seine Miene wirkte aufrichtig. Aber wer konnte das bei einem Psychologen schon beurteilen?

Er war Jonas vom ersten Moment an unsympathisch gewesen. Irene hatte sich damals durchgesetzt. *Wir müssen unbedingt in eine Ehetherapie.*

Wobei sie seiner Meinung nach überhaupt keine *Therapie* brauchten. Ihnen ging es doch wunderbar! Sie lebten zufrieden zusammen, sie arbeiteten erfolgreich zusammen, sie waren doch glücklich gewesen.

Aber Irene hatte das anders gesehen. »Du liebst mich nicht. Du weißt überhaupt nicht, was Liebe ist.«

»Hör auf mit diesen romantischen Flausen, wie sie siebzehnjährige Gören haben! Du bist doch auch Tierärztin. Was die Leute meinen, wenn sie von Liebe reden, ist ein Hormoncocktail, dieses Gefühl können wir bei jedem mit der richtigen

Spritze erzeugen, das weißt du genauso gut wie ich. Wir beide sind erwachsen und wissen, was eine glückliche Ehe ausmacht: Wir haben den gleichen Geschmack, wir streiten uns nie …«

»Ja, dir reicht das! Für dich ist Liebe nichts anderes als Biochemie! Aber das stimmt nicht! Liebe ist doch … Liebe hat einen Zauber … ach, du verstehst mich nicht, du liebst mich eben nicht!«

Vielleicht wäre es besser gewesen, zwei getrennte Praxen zu führen? Vierundzwanzig Stunden am Tag zusammen sein, zusammen leben, zusammen arbeiten, noch am sonntäglichen Frühstückstisch über irgendeine komplizierte Operation diskutieren – da war kein Platz für irgendeinen Zauber. Und in seinen Augen brauchte es den auch nicht.

Dass allerdings später – während der *Therapie* – der Psychologe höchstpersönlich diesen ominösen Zauber in Irenes Leben gebracht hatte, das empfand er als ziemlich abgeschmackt.

Die beiden wollten so bald wie möglich heiraten, deswegen hatte Irene auch so einen Druck mit der Scheidung gemacht. Es hatte ihr nicht schnell genug gehen können. Und irgendwie hatte sie es geschafft, schon für den 3. Januar den Scheidungstermin beim Amtsgericht zu bekommen.

Jonas zögerte nur kurz, bevor er die angebotene Hand nahm. »Ich wünsche Ihnen alles Gute«, hörte er sich selbst sagen und spürte zu seiner eigenen Überraschung, dass es stimmte.

So wie er in den vergangenen sechs Monaten öfter das Gefühl gehabt hatte, dass alles, was passierte, *stimmte*. Es war richtig gewesen, Irene seinen Anteil an der Praxis zu überlassen, im Gegenzug hatte sie ihm ihre Haushälfte überschrieben. Überhaupt hatten sie ja mit der finanziellen Seite ihrer Scheidung keinerlei Probleme gehabt, hatten beide das Gefühl, fair gehandelt zu haben und fair behandelt worden zu sein.

Obwohl er es einfach nicht verstand.

Er wusste noch nicht genau, wo er eine neue Praxis eröffnen würde. Er hatte beschlossen, sich zunächst einen Jugendtraum zu erfüllen und ein Jahr lang auf einen Segeltörn zu gehen. Eine Weltumseglung vielleicht, mal sehen – er wollte sich treiben lassen. Er hatte allen Ballast abgeworfen, er war frei, und es fühlte sich wunderbar an.

Das Haus war verkauft (Jonas hatte Irene noch um ihr Einverständnis gebeten, obwohl das Haus zu diesem Zeitpunkt schon ihm alleine gehört hatte), die teuren Designermöbel ebenfalls. Einige Kartons und Kisten lagerten bei seinen Eltern im Keller. Neben den zwei Flohmarktschränken, die er damals noch während seiner Studienzeit in Bonn ergattert und gemeinsam mit Irene schwitzend und ächzend in das Studentenapartment im fünften Stock des aufzuglosen alten Bürgerhauses hinaufgeschleppt hatte. Von denen hatte er sich auch nicht trennen wollen.

Sein sonstiges Hab und Gut passte in zwei Koffer, die warteten im Hotel. Übermorgen ging sein Flug nach Málaga, wo das Segelschiff lag, das er sich kaufen wollte. Er hatte nur noch diesen Scheidungstermin abgewartet.

Auch eine Art, das neue Jahr zu beginnen, dachte er.

»Jonas«, sagte seine Frau unvermittelt.

»Ja?«

Sie suchte seinen Blick. »Jonas, du solltest …«

»Was?«

»Ach, nichts.«

»Nun sag schon, schließlich sind wir ja geschieden.«

»Ich will dir keine Lebensratschläge geben.«

»Ich weiß, dass du das nicht tust. Also, was wolltest du sagen?«

Seine Ex-Frau strich ihm kurz zärtlich über die Wange. »Du bist ein guter Mensch, Jonas.«

Jonas runzelte unwillig die Stirn.

»Ich weiß, dass du das nicht hören willst.« Sie lächelte ihn liebevoll an. »Und du bist ein toller Tierarzt. Ich kenne keinen Kollegen, der sich derart in die Tiere einfühlen kann wie du. Deswegen haben die ja auch alle gleich so ein Vertrauen zu dir!« Sie holte noch einmal tief Luft. »Aber du solltest darüber nicht die Menschen vergessen.«

Jonas zuckte mit den Schultern. Er wusste, worauf sie anspielte.

Auch das war ein Diskussionsthema zwischen ihnen gewesen: Jonas sah sich als Anwalt der Tiere. So geduldig und sanft er normalerweise war, so ruppig konnte er werden, wenn er den Eindruck hatte, dass jemand ein Tier nicht verantwortungsvoll behandelte. Und in dieser Beziehung legte er hohe Maßstäbe an. Zu hohe, hatte Irene manchmal gemeint. Und so war Jonas des Öfteren über das Ziel hinausgeschossen. Nur der Charme und die Herzlichkeit seiner Frau hatten ihn vor der einen oder anderen Anzeige wegen Beleidigung bewahrt.

Plötzlich steckte ein Kloß in seinem Hals. Er schluckte.

»Also dann, alles Gute für euch beide«, wiederholte er, nickte der Frau, mit der er fast zehn Jahre lang verheiratet gewesen war, noch einmal zu und wandte sich ab.

Die ersten zehn Schritte ging er fast zögernd, und er musste mit Gewalt den Impuls unterdrücken, sich umzudrehen. Er ertappte sich dabei, dass er nach hinten lauschte, dass er das Klappen der einen Autotür, das Klappen der anderen Tür, danach das Anspringen des Motors, dass er das alles ganz genau registrierte.

Aber beim elften Schritt schaute er schon nicht mehr nur mit den Augen nach vorne. Er würde ein neues Leben beginnen, heute, gerade in diesem Moment, er würde sich treiben lassen, erst einmal ein Jahr auf einem Boot – wohin auch immer die Winde ihn wehen würden.

Und während er diesen Gedanken nachhing und seine Freude wuchs und wuchs, klingelte plötzlich sein Handy. Denn die Winde hatten schon eine Richtung für ihn vorgesehen.

***

Lena hörte das leise Klappen der Wohnungstür, als Herr Gruber diese vorsichtig zuzog. Sie musste lächeln. Offenbar wollte er sie nicht wecken.

Dabei lag sie an diesem frühen Mittwochmorgen schon seit drei Stunden wach. Angespannte Vorfreude und quälende Zweifel ließen sie nicht schlafen. Hatte sie die richtigen Entscheidungen getroffen? Würde sie es schaffen?

Lena hatte vor drei Monaten, nur wenige Tage, nachdem ein Käufer für ihr Elternhaus gefunden war, überraschend das Angebot erhalten, eine gut eingeführte Maßschneiderei zu übernehmen, deren Eigentümerin in Rente ging. Hier in Schwabing, weniger als zehn Minuten Fußweg von dieser Wohnung entfernt. Die Erfüllung eines Traums. Selbstständige Schneidermeisterin. Mit einem eigenen Atelier.

Bei der Besichtigung hatte sie sich sofort in die Räume verliebt: Das Eckgeschäft mit je einem großen Schaufenster zu jeder Straßenseite war hell und freundlich und die angrenzende Werkstatt hervorragend ausgestattet, darin drei Arbeitsplätze mit erst kürzlich angeschafften, hochmodernen Profinähmaschinen. Es war ein Atelier, das schon seit über dreißig Jahren bestand, mit einem großen, treuen – und vor allem zahlungskräftigen Kundenstamm.

Natürlich gab es ein paar Haken: Die bisherige Eigentümerin, Frau Dallert, machte zur Bedingung, dass sowohl ihre langjährige angestellte Näherin Ruth Merz als auch die Auszubildende im zweiten Lehrjahr, Sonja Eggert, mit übernommen wurden. Außerdem war Frau Dallert Eigentümerin der Immobilie, und die monatliche Miete, die Lena würde zahlen müssen – ganz zu schweigen von den Gehältern für die beiden Angestellten –, belief sich auf eine ordentliche Summe.

Und dennoch. Ihre finanziellen Mittel würden nicht nur ausreichen, die geforderte Abstandszahlung zu leisten, sondern sie würde auch noch über eine Reserve verfügen, um eine gewisse Durststrecke überwinden zu können.

Die Entscheidung war schnell gefällt, sie wollte dieses Atelier haben.

Aber dann hatte sie drei Nächte nicht geschlafen. Stattdessen gegrübelt, gezweifelt, geschwankt, bedacht.

Sie wollte keine Kostüme schneidern, keine dreiviertellangen Wollröcke, keine sackartigen Blazer. Sie wollte …

»Brautkleider? Du willst Brautkleider machen? Mein Gott, wie kitschig!«, hatte Erika entsetzt gerufen. »Wie kommst du denn auf die Idee?«

»Das ist ja der Punkt! Genau das!«

Erikas Blick hatte ihr Unverständnis widergespiegelt.

»Kitsch ist es nur, wenn es schlecht gemacht ist!«, hatte Lena angesetzt. »Wenn – zum Beispiel – das Brautkleid nicht zur Trägerin passt, nicht ihrem Stil entspricht, wenn sie also verkleidet aussieht. Oder auch, wenn es in Wirklichkeit unbequem ist, sie sich nicht wohlfühlt darin, eigentlich nur den Augenblick herbeisehnt, wo sie aus dem steifen Ding rauskommt. Dann ist es Kitsch«, erklärte Lena. »Aber wenn es die Schönheit der Braut betont, ihre Einzigartigkeit zeigt, ihren Stil, ihre Persönlichkeit, vielleicht auch die eine oder andere Schwäche dezent kaschiert, dann ist es nicht kitschig.«

»So habe ich das noch nie betrachtet. So hört es sich schon irgendwie herausfordernd an.«

»Genau! Und verantwortungsvoll. Denn – und das ist das Spannende – du hast nur diesen einen Versuch.«

Erika hatte sie mit großen Augen angestaunt.

»Verstehst du nicht? Wenn du ein Kostüm schneiderst, und es wird irgendwie nicht so, wie es sich die Kundin vorgestellt hat, es sitzt nicht so richtig, oder es kaschiert irgendwelche Stellen nicht gut oder was auch immer … na ja, dann kannst du nacharbeiten, ändern. Und im schlimmsten Fall hängt das Stück eine Zeit lang ungetragen in einem Kleiderschrank herum, wird irgendwann entsorgt, und du verlierst vielleicht eine Kundin. Aber ein Brautkleid? Ein Brautkleid wird dieses eine

Mal getragen, nur dieses eine Mal! Du hast nur diesen einen Versuch, und der muss funktionieren. Das reizt mich. Das finde ich wirklich herausfordernd!«

Erika hatte genickt. »So habe ich das noch nie gesehen. Ich nehme das mit dem Kitsch zurück.«

Dann hatte sie die Stirn nachdenklich gekraust. »Aber diese Kundinnen, die schon da sind, für die du ja sozusagen bezahlt hast, die ja einen Teil des Wertes des Ateliers ausmachen … die wirfst du quasi weg. Das Geld ist … verpufft, pulverisiert, in den Wind geschossen …«

Lena hatte leicht seufzend genickt. »Ja, irgendwie schon. Aber vielleicht haben sie Töchter und Enkelinnen, die bald heiraten … Ich schaffe mir auch noch ein zweites Standbein, ich schneidere außerdem Trachten und ändere diese. Also, wenn das mit den Brautmoden nicht geht, dann …«

»Trachten? Da ist aber die Konkurrenz groß. Hoffentlich hast du dir das gut überlegt!«

Ja, dachte Lena, während sie sich jetzt im Bett aufsetzte und die Nachttischlampe anknipste. *Hoffentlich habe ich mir das gut überlegt.*

Wieder überfielen Lena die Selbstzweifel. Was hatte sie da bloß für eine hochtrabende Rede gehalten! Konnte sie das alles leisten? Würde sie den Ansprüchen der Kundinnen gerecht werden? Und ihren eigenen? Oder war sie nicht vielmehr eine Hochstaplerin, spielte sie in einem Theaterstück die Rolle der intelligenten, kompetenten Schneidermeisterin, und gleich würde das Publikum sie ausbuhen?

Die Energiesparlampe wurde heller und füllte den Raum mit Licht, und Lenas Blick wanderte umher. Sie liebte diesen Raum mit seiner hohen Decke, dem alten Eichenparkett und der prachtvollen Stuckrosette an der Decke. Noch war es dunkel draußen, aber am späteren Vormittag würde warmes Südlicht durch die Sprossenfenster der Balkontür hereinleuchten.

Und sie liebte diese Leere, diese spartanische, in der Reduktion auf das Nötigste fast an eine Klosterzelle erinnernde Einrichtung, die ganz im Gegensatz zu dem vollgestopften Haus ihrer Mutter stand.

Sie erinnerte sich noch genau: Als sie dieses Zimmer damals besichtigte, hatte sie das erste Mal seit langer Zeit das Gefühl gehabt, wieder Luft zu bekommen, wieder atmen zu können.

Plötzlich musste sie an den Tag denken, an dem sie Herrn Gruber kennengelernt hatte: Wie der alte Mann sie im Supermarkt plötzlich angesprochen hatte: »Ein Zimmer suchst du? So?« Er hatte sie mit Fragen bombardiert, dann gebeten, ob sie ihm helfen könne, seinen Einkaufswagen bis zu seiner Wohnung ganz in der Nähe zu ziehen, und sie wusste heute noch, wie er an der Haustür dann plötzlich meinte: »Konfuzius sagt: Wer fragt, ist vielleicht ein Idiot für eine Minute. Wer nicht fragt, ist ein Idiot für den Rest seines Lebens. Magst du bei mir einziehen?«

Erschrocken und schockiert war sie damals einen Schritt zurückgewichen und hatte nur noch hastig ein halbwegs höfliches »Auf Wiedersehen« gestottert. Wäre nicht gerade Frau Franzen aus der Haustür gekommen, wäre sie sicher geflohen.

Aber so: »Ach, das hab ich jetzt aber völlig falsch angefangen«, hatte Herr Gruber eilig gesagt, und seine Augenbrauen hatten sich nach vorne gewölbt, ein Zeichen dafür, dass ihn etwas amüsierte.

»Liebe Frau Franzen, könnten Sie freundlicherweise ein gutes Wort für mich einlegen? Ich habe dem Madl hier grad ein Zimmer zur Untermiete angeboten, aber nun fragt sie sich, ob ich unlautere Absichten habe.«

Es hatte einiger Fragen von Frau Franzen bedurft: »Seit wann wollen Sie denn ein Zimmer vermieten, Herr Gruber?«, und einiger Erklärungen von Herrn Gruber: »War eine ziemlich spontane Idee …«, bis die Situation sich geklärt hatte.

Frau Franzens fröhliches Lachen hallte im Treppenhaus wider.

»Aber Herr Gruber! Sie können doch nicht erwarten, dass eine junge Dame so mir nichts, dir nichts mit einem gestandenen Mannsbild wie Ihnen allein aufs Zimmer geht!«, und zu Lena gewandt: »Wenn Sie fünf Minuten warten, komme ich gerne mit Ihnen hoch, falls Sie sich dann wohler fühlen. Aber von Herrn Gruber haben Sie nichts zu befürchten!«

Natürlich hatte sie nichts von ihm zu befürchten gehabt. Ganz im Gegenteil. Herr Gruber war tatsächlich so etwas wie ein Großvater für sie geworden, und das hatte sie nie gekannt, weil ihre Großeltern alle vor ihrer Geburt gestorben waren. Und sie ahnte, dass sie auch für ihn – dessen längst erwachsene Söhne schon lange ihr eigenes Leben führten – etwas bedeutete, was er in seiner Familie mit drei Söhnen nie gehabt hatte. Tochter war sicher zu viel gesagt, aber irgendwie …

Und er verwöhnte sie, wo er nur konnte. Am Sonntag hatte er für sie zur Begrüßung ein fantastisches Abendessen gekocht, jetzt war er wie in den vergangenen Tagen, seit sie zurück war, unterwegs, um für sie beide ein opulentes Frühstück einzukaufen. Und er hatte sie auch gedrängt, sich wenigstens diese drei vergangenen Tage freizunehmen. Er hatte recht gehabt, sie hatte unglaublich viel geschlafen in diesen drei Tagen, sie war wohl wirklich erschöpft gewesen.

Aber heute würde sie nach dem Frühstück ins Atelier gehen. In *ihr* Atelier. Noch einmal nach dem Rechten sehen. Ob alles bereit war für die Eröffnung am kommenden Dienstag – obwohl sie genau wusste, dass es dort nichts mehr zu tun gab. Sie würde hin und her laufen und auf den kommenden Dienstag warten. Aber es zog sie einfach hin.

Und für heute Abend hatte Erika Kinokarten besorgt. »Ich muss dich doch ein bisschen ablenken und auf andere Gedanken bringen«, hatte sie gemeint.

Lena schwang sich aus dem Bett. Wenn Herr Gruber gleich von seiner morgendlichen Tour Weißwürste, frische Brezen und weitere Leckereien für sie beide mitbrachte, wollte sie wenigstens den Frühstückstisch gedeckt haben. Obwohl sie sich ganz sicher nicht beeilen musste. Bis Herr Gruber mit dem Bäcker und dem Metzger und den ebenfalls einkaufenden Nachbarn alles diskutiert und besprochen hatte, angefangen von den aktuellsten Ereignissen des politischen und sonstigen Tagesgeschehens bis hin zu den neuesten Entwicklungen im Viertel, wie bevorstehenden Scheidungen oder unerwarteten Todesfällen, das brauchte seine Zeit.

Als Konstantin Gruber zwanzig Minuten später die Küche betrat, war das Wasser für die Weißwürste bereits heiß genug, dass sie die Gasflamme darunter ausdrehen konnte.

***

Die tief stehende Wintersonne blendete. Die Frau trat einen Schritt zurück und kniff die Augen zusammen.

Lenas Braut- und Trachtenmoden
Maßatelier

Über das Gesicht der Frau huschte ein Lächeln, während sie die mit kräftigen hellgrauen, aber schlichten Lettern auf der dunklen Fassade angebrachte Aufschrift las. Dann trat sie wieder näher an das Geschäft heran und musterte kritisch das dekorierte Brautkleid im Fenster.

Der Hintergrund des Schaufensters und beide Seiten waren verspiegelt, so konnte man das Modell von allen Seiten betrachten.

Ein hochgeschlossenes Kleid mit Mermaid-Silhouette: Von vorne erhielt das Kleid seine dezente Eleganz durch den schlichten Schnitt mit der Reduktion auf die Linie und durch den edlen Schimmer der verwendeten Rohseide. Aber den

Clou erkannte man erst in dem Spiegel dahinter: ein spektakulärer, eigentlich viel zu tiefer Rückenausschnitt, in den aber Tattoo-Spitze derart geschickt eingesetzt war, dass das Muster der Spitze genau in der Verlängerung des Rückens keine unerwünschten Einblicke zuließ – ein sensationeller Wow-Effekt. Die Frau nickte anerkennend.

Im Fenster um die Ecke leuchtete der dunkelblaue Stoff eines Dirndls. Geschickt, dachte die Frau. Ein zweites Standbein – und Tracht läuft hier in München sicher gut.

Aus dem Text in dem kleinen Schaukasten neben der Eingangstür konnte die Frau entnehmen, dass das Atelier auch alte Trachtenstücke aufarbeitete. Sie nickte erneut.

In beiden Fenstern hingen große Plakate, die auf die bevorstehende Neueröffnung des Geschäfts am kommenden Dienstag hinwiesen. Plötzlich spürte die Frau dieses Prickeln, dieses Gefühl wie damals, als sie selbst ihr erstes Atelier – in Manhattan war das gewesen – eröffnet hatte. Wann war eigentlich diese Spannung verloren gegangen?

Eigentlich sollte sie jetzt schon zurück in New York sein. Aber gestern hatte sie ihren Rückflug umgebucht. Sie würde erst in zwei Wochen fliegen. Das, was sie auf dem Friedhof gesehen hatte, ließ ihr einfach keine Ruhe.

Und in ihren Geschäften in New York, Boston und Philadelphia kamen ihre Geschäftsführerinnen – wenn ihr Eindruck am Telefon sie nicht trog – hervorragend ohne sie zurecht.

Die Gedanken der Frau wanderten zu Mr Greenstone. Er hatte unrecht gehabt. Aber in einem völlig anderen Sinn, als er es gemeint hatte.

»Wie lange schaffen Sie das noch?«, hatte er gefragt. Wenn sie ehrlich war sich selbst gegenüber, musste sie sich eingestehen, dass es da kaum etwas zu schaffen gab. Die drei Leiterinnen der jeweiligen Niederlassungen waren schon seit vielen Jahren bei ihr angestellt und führten die Filialen schon seit Langem weitestgehend selbstständig.

Warum hatte sie noch nie über ein Aufhören nachgedacht? Sie wusste es. Weil es keine Alternative gab. Was sollte sie denn sonst tun? Allein im Penthouse in Manhattan sitzen? Natürlich war sie eine aktive Frau, sie langweilte sich nie. Ihre Interessen waren vielfältig: Sie las, sie ging ins Theater, sie traf sich mit Freundinnen auf einen Nachmittagstee in irgendeinem angesagten Lokal. Yoga, Gymnastik, Fitness, Kosmetik, Massagen – es gab eine lange Liste von Aktivitäten, die sie regelmäßig unternahm und die die Tage füllen konnten. Aber irgendwie würden diese Beschäftigungen ohne den Beruf zum reinen Zeitvertreib abgewertet, degradiert werden. Von etwas, was man zur Entspannung nach einem anstrengenden Arbeitstag oder nach einer aufreibenden Arbeitswoche unternahm, zu einem Zeitvertreib, mit dem man die Nachmittage oder die Abende totschlug. Um nicht so lange allein in seinem Apartment zu sitzen.

Das wesentliche Wort hierbei war: *allein.*

Natürlich war sie sich selbst genug. Natürlich konnte sie sich beschäftigen. Die Welt war voller interessanter, spannender, aufregender Angebote. Aber alle Erlebnisse wurden ungleich schöner, wenn man das Vergnügen daran – oder vielleicht auch das Missfallen – teilen konnte. Wenn es einen Menschen gab, mit dem man sich über die Eindrücke austauschen konnte.

Unwillig schüttelte die Frau den Kopf.

Sie konnte sich aber auch einer völlig neuen Aufgabe zuwenden. So etwas wie diesem Atelier hier zum Beispiel.

Schade, dass im Moment niemand da war. Vielleicht würde sie später noch einmal wiederkommen.

Der Saum ihres dunkelgrünen, fast bodenlangen Mantels schwang weit aus, als sie mit federndem, energischem Schritt die Straße entlangging.

***

Jonas stöhnte. So schwer hatte er sich das nicht vorgestellt. Er saß im Büro des Maklers, ihm gegenüber eine junge Frau, die ihn beschwichtigend anlächelte.

Der überraschende Anruf gestern war von seinem Freund und Studienkollegen Hanns-Peter Brandt gekommen.

»So ein Glück, dass ich dich erreiche!«

Hanns-Peter, der eine große Praxis für Veterinärmedizin in München leitete, hatte sich am Sonntag beim Skifahren das Handgelenk gebrochen. Das rechte natürlich.

»Der halbe Arm steckt im Gips. Ich kann kaum eine Gabel halten. Und am Neunten macht die Praxis wieder auf, der Terminkalender ist voll …«

Jonas hatte im Schritt innegehalten, bereits ahnend, worauf dieser Anruf hinauslaufen würde.

»… und links schwellen mir langsam die Finger an, so oft habe ich schon Nummern ins Handy getippt und versucht, Kollegen anzurufen und eine Vertretung zu finden, aber ich erreich die ja noch nicht mal, die schwingen auch alle grad über irgendeine Skipiste. Oder lassen sich in exotischen Ländern die Sonne auf den Bauch scheinen. Aber du … ich habe gehört von … Du bist doch jetzt frei, könntest du nicht …?«

Jonas hatte ablehnen wollen, natürlich hatte er das, aber sein Freund hatte gefleht und gebettelt, auch nicht mit Komplimenten gespart: »Bei dir weiß ich wenigstens, dass es vernünftig gemacht wird. Schließlich habe ich einen Ruf zu verlieren! Wenn ich da irgend so einen Pfuscher als Vertretung kriege, ich darf gar nicht darüber nachdenken. So was kann mir die ganze Praxis kaputt machen! Eine Aufbauarbeit von zehn Jahren …«

Und Jonas hatte sich überreden lassen. Er würde für einige Wochen, maximal zwei Monate, seinen Studienfreund in dessen Praxis vertreten.

»Der Gips bleibt ja nicht ewig dran, vielleicht vier oder sechs Wochen oder so, und dann bin ich wieder da. Und du kannst natürlich bei uns schlafen …«

»So weit kommt es noch! Ich suche mir eine möblierte Wohnung«, hatte Jonas geknurrt.

»Natürlich, natürlich, mach das! Auf meine Kosten – ich erstatte dir natürlich auch deine Aufwendungen.«

»Das wirst du! Und wie! Und was meinst du, was ich dir für zwei Monate entgangenen Urlaub in Rechnung stelle!«

»Ja, klar, klar«, hatte sich sein Freund beeilt zu versichern.

Und so war Jonas heute mit dem Zug von Frankfurt nach München gefahren und hatte sich voller Optimismus vom Taxi in diese Spezialagentur für möbliertes Wohnen auf gehobenem Niveau bringen lassen, die laut Internet Hunderte möblierte Apartments im Angebot hatte.

Aber offenbar war es so einfach nicht. Zwar hatte ihm die junge Frau schon acht verschiedene Wohnungen gezeigt. Aber entweder stimmte die Lage nicht – er wollte gerne in die Nähe der Praxis ziehen –, oder die Wohnungen standen erst ab dem 15. Januar oder sogar erst ab dem 1. Februar zur Verfügung. Und bei drei Angeboten, die sofort beziehbar wären und ihm zugesagt hatten, war der Vermieter nicht erreichbar.

»Wieso sind denn die Vermieter nicht da, wenn sie was vermieten wollen?«, ärgerte sich Jonas. »Das ist doch …«

Vera Floss, ausgebildete Immobilienkauffrau, hatte Erfahrung mit ungeduldigen Kunden.

»Die sind eben diese Woche noch in Urlaub.«

»Wieso denn, wir haben heute schon den Vierten! So langsam sollte man doch wieder ins normale Leben zurückkehren«, empörte sich Jonas.

Vera Floss schüttelte den Kopf. »Da der Sechste dieses Jahr auch noch auf einen Freitag fällt …«, erklärte sie.

Jonas stutzte. Plötzlich fiel es ihm ein: Der 6. Januar war in Bayern ein Feiertag. »Ach nein! Daran habe ich natürlich nicht gedacht.«

»Es geht hier immer erst in der zweiten Januarwoche wieder richtig los. Ich bin auch nur die Notbesetzung.«

Jonas wusste, dass sie recht hatte. Zwei andere Agenturen, die er im Internet gefunden hatte, waren geschlossen; jetzt verstand er auch, warum.

»Ja«, sagte sie achselzuckend. »Nun haben wir fast alle durch.« Sie scrollte weiter auf ihrem Bildschirm herum.

»Hier hätte ich etwas Schönes«, rief sie plötzlich, während Jonas bereits in seinem Handy nach Rufnummern von Hotels suchte.

»In Schwabing und ab sofort, schauen Sie mal.«

Sie drehte den Bildschirm zu Jonas um, und er sah das Foto eines großen Altbauzimmers, spartanisch eingerichtet, ein Bett, ein Kleiderschrank, ein kleiner Schreibtisch mit Stuhl. In der Ecke auf einem Teewagen ein altmodischer Fernsehapparat. Aber das Zimmer war groß, hatte Parkettboden und eine schmale, umlaufende Stuckleiste an der Decke, das Bett wirkte komfortabel, der Schrank großzügig, das alles gefiel Jonas.

»Das könnte was sein«, meinte er. »Meinen Sie denn, dieser Vermieter ist zu erreichen?«

»Ich versuche es, einen Moment.«

Frau Floss wählte und sagte gleich darauf: »Grüß Gott, Herr Gruber, hier ist Floss von der MUC Home-Agentur, erinnern Sie sich noch an mich? Ich hätte jemanden für Sie.«

Er betrachtete noch einmal das Foto: Das Zimmer besaß einen besonderen Charme – ja, das konnte tatsächlich etwas für ihn sein.

»In etwa dreißig Minuten? Prima! Ein gutes neues Jahr auch noch, und wenn Sie Fragen haben oder es Probleme gibt, zögern Sie bitte nicht …«

»Wer sagt's denn!«, rief sie, als sie aufgelegt hatte. »Das möblierte Zimmer liegt in Schwabing, also in Ihrem Wunschviertel, hat ein richtiges Bett, wie Sie es suchen, und ist ab sofort bezugsbereit. Dass wir so etwas finden, damit hätte ich gar nicht gerechnet.«

»Das hört sich vernünftig an«, sagte Jonas versöhnt. »Dann fahre ich da jetzt mal hin?«

»So schnell geht das nicht«, bremste die Angestellte. »Wenn Sie es wirklich heute schon beziehen wollen, müssten Sie vorher unsere Provision bezahlen, und eigentlich ist auch die Kaution vor dem Einzug fällig, aber das können Sie ja mit Herrn Gruber direkt besprechen.«

»Ich überweise es morgen«, meinte Jonas. Die junge Frau schüttelte den Kopf.

»Nein, das geht leider nicht. Unsere Provision muss vor Bezug bezahlt sein. Den Mietvertrag machen Sie ja auch mit uns. Wenn Herr Gruber Sie heute ohne Kaution schon reinlässt, ist das sein Risiko. Aber wie gesagt: die Provision.«

»Heute kann ich natürlich nur mit Kreditkarte …«

»Wir akzeptieren leider keine Kreditkarten.«

»Sie machen doch Werbung, dass man direkt einziehen kann!«

»Aber doch nur, wenn alles bezahlt ist.«

Es dauerte noch etwas, bis die beiden sich geeinigt hatten, denn Jonas war eigentlich nicht bereit, die Maklergebühr zu bezahlen, solange er sich nicht sicher war, ob er das Zimmer tatsächlich mieten wollte.

Aber da die Miete mit dreihundert Euro nicht so hoch war und Jonas die Gebühr daher in bar bezahlen konnte, hinterlegte er die Maklerkaution mit der Auflage, sie sich gegebenenfalls morgen wieder zurückzuholen oder sie mit einer anderen Kaution für ein anderes Zimmer zu verrechnen. Nach einer für beide quälend langen Zeit waren alle Formulare ausgedruckt und unterschrieben, Jonas erfuhr endlich die Adresse von Konstantin Gruber, und Frau Floss bestellte ihm ein Taxi.

Lena hatte tatsächlich die Stunden im Atelier mehr oder weniger totgeschlagen und war ruhelos hin und her gelaufen. Sie hatte über die Stoffballen gestrichen, die im Regal an der

Wand darauf warteten, auf den riesigen quadratischen Zuschneidetisch in der Raummitte gezogen zu werden. Sie hatte die Schubladen mit den Knöpfen, Schnallen, Reißverschlüssen geöffnet und wieder geschlossen.

Sie hatte an ihrem Schreibtisch gesessen und auf den großen Wandterminplaner gestarrt.

Zwei mit fettem rotem Stift eingetragene Beratungstermine leuchteten ihr entgegen. Diese beiden jungen Frauen, die jeweils per Mail angefragt hatten, waren tatsächlich zwei Enkelinnen von Kundinnen des früheren Ateliers.

Würde sich dieser Terminplaner ab Dienstag füllen?

Als sie sich angezogen hatte, um nach Hause zu gehen, war ihr eine Frau aufgefallen, die vor dem Schaufenster stand und in den noch unbeleuchteten, dunklen Verkaufsraum hineinzuschauen versuchte. Die Frau trug einen auffälligen, knöchellangen grünen Mantel.

Kurz hatte Lena überlegt, hinauszugehen und die Frau hereinzubitten, auch wenn das Geschäft noch nicht eröffnet war, konnte sie vielleicht trotzdem schon ...?

Aber in dem Moment hatte sich die Frau abgewandt und war mit schnellen Schritten davongegangen.

Jetzt bereitete sich Lena auf den Abend mit Erika vor. Erika war seinerzeit die einzige Mitschülerin gewesen, die den Kontakt zu Lena auch nach dem Tod des Vaters aufrechterhalten hatte. Denn die robuste Erika hatte sich von der düsteren Atmosphäre in dem kleinen Bungalow nicht abschrecken lassen und hatte Lena häufig besucht, trotz der drückenden Stimmung, die von der meist trübsinnig oder nörgelnd im Sessel sitzenden Mutter ausging.

Während Erikas Betriebswirtschaftsstudium in Köln hatten die beiden immer Kontakt gehalten. Seit Erika vor ein paar Monaten eine Stelle bei einem Münchner Unternehmen angenommen hatte, trafen sie sich auch wieder häufiger.

Im Gegensatz zu Lena war Erika ausgesprochen unternehmungslustig und meldete sich immer wieder bei Lena mit Ideen für gemeinsame Aktivitäten.

So auch heute. Erika hatte Kinokarten besorgt und einen Tisch in einem italienischen Restaurant reserviert.

Nach diesen unnützen Stunden im Atelier, die Lena nur noch nervöser gemacht hatten, war sie froh, dass Erika darauf bestanden hatte, heute Abend etwas mit ihr zu unternehmen.

Lena verabschiedete sich von Herrn Gruber, der in seinem Wohnzimmer im Ohrensessel saß und fasziniert eine Sendung im Fernsehen schaute, wo irgendwelcher Trödel irgendwelchen Händlern zum Kauf angeboten wurde.

»Ich gehe mit Erika ins Kino. Und später essen wir zusammen. Also bis morgen dann, Herr Gruber.«

»Viel zu billig«, schimpfte der alte Konstantin in den Fernseher, als dort eine Frau ihre herrliche Bernsteinkette für hundert Euro hergab.

Er hob kurz den Kopf. Da stand das Madl in der Tür. Hatte er ihr nicht etwas sagen wollen? Was war es noch gleich gewesen? Sicher nichts Wichtiges, es würde ihm schon wieder einfallen, er würde es ihr morgen erzählen.

»Schon recht, Madl, viel Vergnügen wünsch ich«, sagte der alte Mann und wandte sich wieder seinem Fernsehapparat zu. »Warum gibst das denn für so wenig Geld her? Schon Konfuzius hat gesagt …«

Kurz nachdem die Frau im Fernsehen das Bargeld gezählt und eingesteckt hatte, fiel es Herrn Gruber wieder ein. Er hatte Lena erzählen wollen, dass heute vielleicht noch eine neue Mieterin einziehen würde. Dumm, jetzt war Lena schon weg. Und in wenigen Minuten würde die neue Mieterin kommen. Nun ja, er würde die beiden halt morgen einander vorstellen.

Etwa zehn Minuten später fuhr Jonas mit dem Taxi vor. Eine schöne Straße war das mit ihren mächtigen Kastanienbäumen und den um die Jahrhundertwende gebauten Bürgerhäusern.

Er klingelte, es dauerte, bis der Summer ertönte und die Haustür vibrierte. Die Wohnung lag im dritten Stock, glücklicherweise gab es einen Aufzug – das hatte er zu fragen vergessen, fiel ihm auf –, und dann stand er vor der großen, zweiflügligen schwarzen Eingangstür, die Herr Gruber jetzt von innen öffnete.

Beim Anblick des langen Altbauflurs mit der hohen Decke schnappte Jonas unwillkürlich nach Luft: Sicher über sieben Meter lang und fast drei Meter breit, beleuchtet von drei Deckenlampen mit satinierten Glasschirmen und zwei Paar Wandlampen, wirkte der Flur wie aus einer anderen Zeit.

»Guten Tag«, sagte Jonas zu dem alten Mann.

»Grüß Gott!«, antwortete der, wie es Jonas schien, mit einem leicht tadelnden Unterton.

»Ich komme von MUC Home und …«

»Jaja, das denke ich mir schon, aber Frau Floss hat mir nicht gesagt, dass Sie ein Mann sind!«

»Ist das ein Problem?«, fragte Jonas verblüfft.

»Ich nehme nur Madl, das sollte sie eigentlich wissen!«, sagte Herr Gruber und fügte, als er den empörten Blick von Jonas sah, hinzu: »Weil ich schon eine Mieterin habe, und die muss sich mit dem anderen Mieter das Bad teilen. Deswegen! Nicht, was Sie jetzt vielleicht denken.«

Seine buschigen Augenbrauen schienen sich nach vorne zu recken und noch buschiger zu werden. Jonas wusste noch nicht, dass dies ein Anzeichen dafür war, dass Herr Gruber sich köstlich amüsierte.

Konstantin Gruber kratzte sich nachdenklich am Bart.

»Andererseits …«, sagte er, und Jonas meinte, so etwas wie erfreute Überraschung herauszuhören.

»An Koffer ham S' ja scho dabei, also …«

Konstantin musterte Jonas noch einmal von oben bis unten.

»Na, dann kommen S' halt rein. Reden können wir ja mal. Mögen S' ein Stück Stollen? Ich hätt da grad …«

»Gern«, sagte Jonas angenehm überrascht, folgte Herrn Gruber in die Küche und nahm auf dessen herrischen Wink hin auf der Eckbank Platz.

Es roch angenehm in der Wohnung. Das war das Erste, was ihm auffiel. Und wo er Bedenken gehabt hatte.

Der moderne Kaffeevollautomat überraschte ihn ebenfalls. So etwas hätte er in dieser Altbauküche nicht erwartet. Er kannte das teure Schweizer Produkt, er hatte mit Irene zusammen den gleichen Apparat gehabt. Die Küche blinkte und blitzte vor Sauberkeit, der riesige Stollen duftete nach Weihnachten, die Küche wirkte warm und einladend.

Herr Gruber stellte ihm einen Teller und eine Kaffeetasse, aus der ihm verführerisch das Aroma des frisch gebrühten Kaffees entgegenschlug, vor die Nase und machte Anstalten, ihm ein riesiges Stück Stollen abzuschneiden.

»Stopp!«, rief Jonas entsetzt. »Das ist viel zu viel.«

»Schon Konfuzius sagt: Nur ein guter Esser ist auch ein guter Mieter«, erwiderte Herr Gruber und lud Jonas die dicke Scheibe Stollen auf den Teller.

»Was sagt Konfuzius?«, fragte Jonas irritiert, aber Herr Gruber beantwortete die Frage nicht, sondern begann seinerseits, ihn auszufragen. Warum er eine Wohnung suche, für wie lange, wo er herkomme, was er mache, ob er verheiratet sei, Kinder habe.

Jonas erzählte bereitwillig. Der Stollen schmeckte gut und tat auch gut, er merkte jetzt erst, was für einen Hunger er gehabt hatte. Nur von Kaupausen unterbrochen, beantwortete er die Fragen von Herrn Gruber.

»Ich bin seit Kurzem geschieden«, antwortete Jonas und versuchte, den Stich im Herzen zu ignorieren.

Warum hatte Irene von ihm weggewollt? Warum hatte ihr das gemeinsame Leben nicht mehr gereicht?

Ich bin einfach übermüdet, dachte Jonas.

»Das war gut«, sagte er. »Vielen Dank. Aber könnte ich jetzt vielleicht einmal das Zimmer sehen, das Sie vermieten wollen?«

Herr Gruber runzelte unwillig die Stirn. Er war noch nicht fertig mit seinen Fragen.

»Ich weiß noch gar nicht, ob ich es vermieten will. Wie gesagt, eigentlich wollte ich aus Rücksicht auf Frau Jacobi lieber eine Mieterin. Andererseits …«

Nachdenklich musterte er Jonas. »Sie sind also frisch geschieden?«, erkundigte er sich noch einmal.

Jonas nickte.

»Und sind Sie denn schon anderweitig – äh – verbandelt?«

»Ich bin der Meinung«, antwortete Jonas widerstrebend, »dass Sie das überhaupt nichts angeht.«

Herr Gruber grunzte etwas. »Das stimmt schon. Aber ich wüsste halt gern, ob ich mit Damenbesuch zu rechnen habe.«

Jonas lachte kurz auf. »Also der Kuppelei-Paragraf ist meines Wissens schon lange abgeschafft. Aber wenn es Sie beruhigt: Nein, das haben Sie nicht. Ich bin Single und habe die feste Absicht, es die nächste Zeit zu bleiben. Von Frauen habe ich vorerst genug. Die sind mir einfach zu kompliziert.«

Herr Gruber gab wieder einen undefinierbaren Laut von sich.

»Konfuzius sagt, du sollst ein Zimmer zeigen, bevor du es vermieten kannst«, sagte er endlich. »Kommen Sie.«

»Sie haben aber wirklich eine große Wohnung«, meinte Jonas, als sie durch den Flur gingen.

»Habe drei Söhne«, erklärte Konstantin Gruber kurz angebunden.

»Und die sind erwachsen und haben eigene Familien«, ergänzte Jonas verstehend.

Konstantin Gruber knurrte etwas.

Jonas wollte nachfragen, aber dann fielen ihm die gerahmten Fotos an der Wand auf. Er erfasste alles mit einem Blick.

Mehrere Aufnahmen des Ehepaars Gruber, offensichtlich aus verschiedenen Lebensabschnitten.

Und zwei Fotos mit jeweils dem Porträt eines jungen Mannes darauf, sicher die Söhne. Und die dritte Stelle daneben, wo die andere Farbe der Tapete zeigte, dass hier irgendwann auch ein Foto gewesen war. Im selben Format wie die beiden daneben. Ein Foto war abgenommen worden.

Die Zimmertür gegenüber stand offen und gab den Blick frei ins Innere. Jonas machte Anstalten, dieses Zimmer zu betreten, aber Herr Gruber hielt ihn auf.

»Nein, nicht dieses. Das ist das Zimmer von Frau Jacobi. Ihres ist nebenan.«

Jonas nickte verblüfft. Das Zimmer war so leer, dass es nicht bewohnt wirkte. Ein alter Kescher hing an der Wand.

Aber bevor Jonas dazu kam, weiter darüber nachzudenken, riss Herr Gruber schwungvoll die Tür daneben auf. Das Zimmer gefiel Jonas in der Realität noch besser als auf dem Foto im Internet. Der hohe Raum mit der Stuckdecke war großzügig; das Bett, auf das sich Jonas probehalber (»Darf ich?«) fallen ließ, hatte eine vernünftige Matratze; der Schrank ließ sich – entgegen Jonas' Befürchtungen, der eine alte verzogene Tür erwartet hatte – problemlos öffnen und hatte eine praktische Innenaufteilung. Und alles glänzte vor Sauberkeit.

Auch das Bad gegenüber auf der anderen Seite des Flurs stand in seiner Großzügigkeit dem Rest der Wohnung nicht nach. Trotz der abgemauerten Dusche mit der gläsernen Duschwand, der frei stehenden Badewanne mit den geschwungenen Füßen, dem Doppelwaschtisch, der auf beiden Seiten von jeweils einem halbhohen, offenen Regal flankiert wurde, trotz der Toilette und der Waschmaschine mit dem kleinen zusammengeklappten Wäscheständer daneben bot der Raum noch mehr als genug Bewegungsfreiheit. Das Regal rechts des Waschtisches war gefüllt mit Handtüchern in den tieferen Etagen, weiter oben mit den typisch weiblichen Accessoires wie Fläschchen, kleinen Tiegeln, Schminkutensilien und Ähnlichem.

Auffällig war, wie akkurat die verschiedenen Schminksachen angeordnet waren. Das linke Regal war leer.

»Das ist also das Bad, das ich mir mit der anderen Mieterin teilen müsste. Ihre Mieterin ist aber ordentlich«, meinte Jonas.

Herr Gruber zögerte mit der Antwort. »Ja, das ist sie. Sollten Sie hier auch Mieter werden, dann müssten Sie bitte ähnlich diszipliniert mit Ihren Handtüchern und so weiter … äh … verfahren.«

»Aha«, meinte Jonas verwundert.

Auch dieser Raum blitzte vor Sauberkeit.

»Ich habe mein eigenes Bad. Es gibt allerdings noch eine zusätzliche Gästetoilette, wenn also einer das Bad belegt, kann der andere trotzdem …«, begann Herr Gruber zu erklären.

Aber Jonas dachte über etwas anderes nach.

»Und wenn ihr Freund oder ein Bekannter da ist, der benutzt dann auch dieses Bad?«

»Es gibt keinen Freund oder Bekannten.«

»Nicht?«, fragte Jonas ehrlich überrascht. »Wie alt ist denn die Dame?«

Musste er sich das Badezimmer vielleicht mit einer alten Frau teilen, das konnte ja auch irgendwie …

»Das wäre uncharmant, wenn ich das Alter verraten würde«, meinte Herr Gruber. »Aber ich schätze, sie ist etwas jünger als Sie.«

Jonas warf noch einmal einen Blick durch die offene Tür in das Zimmer gegenüber. Das breite Bett mit der blütenweißen Bettwäsche darauf lockte förmlich, sich hineinfallen zu lassen.

»Tja«, sagte Jonas: »Also mir gefällt das. Ich würde das Zimmer gerne mieten.«

»Hm«, machte Herr Gruber. »Eine Sache noch …« Er verzog entschuldigend das Gesicht. »Meine Mieterin hat das Zimmer genau neben Ihnen. Und die Räume sind nicht besonders gut schallisoliert, das ist ja alles alt hier. Also, man hört schon, was der andere macht, da muss ich Sie noch drauf aufmerksam machen.«

Plötzlich grinste Jonas. »Wie sagt schon Konfuzius?« Er sah, wie sich die Augen von Herrn Gruber vor Verblüffung weiteten. »Wenn du friedlich wohnen willst«, fuhr Jonas fort, »lasse den Lärm des Nachbarn Musik in deinen Ohren sein!«

Herr Gruber stutzte, dann wölbten sich seine Augenbrauen nach vorn, er gab einen kichernden Laut von sich und streckte Jonas die Hand entgegen: »Abgemacht, Sie haben das Zimmer!«

Jonas schlug ein.

»Gut, darauf trinken wir einen«, entschied Herr Gruber und wandte sich wieder Richtung Küche. »Dabei können wir dann den Vertrag aufsetzen.«

Jonas, der das Gefühl hatte, nach dem Stollen eine Verdauungshilfe gebrauchen zu können, nickte und folgte Herrn Gruber in die Küche, wo die beiden Männer unter Zuhilfenahme von zwei Gläsern Obstler einen kleinen Mietvertrag aufsetzten. Die Kündigungsfrist war Herrn Gruber egal: »Wenn Sie nicht mehr wollen, gehen Sie halt.« Die dreihundert Euro Miete waren für Münchner Verhältnisse mehr als moderat. »Kaffee können Sie sich nehmen, sooft Sie wollen, das rechne ich nicht ab. Zum Frühstück stelle ich, wenn ich da bin, meistens morgens was bereit, das ist auch im Mietpreis enthalten. Ums Abendessen müssen Sie sich selbst kümmern. Wenn ich gelegentlich was für alle koche, sag ich Bescheid.«

Es ging hier wohl ziemlich locker zu, Jonas wurde richtig neugierig auf diese Erfahrung. Er hatte noch nie in einer WG gewohnt, und etwas anderes war das hier genau genommen nicht.

»Ich habe die zwei Zimmer da drüben, das sind mein Schlaf- und mein Wohnzimmer. Mein Bad liegt hinter meinem Schlafzimmer, das alles ist für meine Mieter tabu.«

Jonas nickte. »Selbstverständlich.«

»Die Küche ist immer offen für alle, Frau Jacobi und ich sitzen hier des Öfteren und quatschen, Sie sind herzlich eingeladen, dazuzukommen. Weitere Einladungen dazu spreche ich nicht aus. Ich lauf keinem hinterher.« Jonas nickte erneut.

»Ich muss gleich weg. Bin mit Freunden verabredet. Frau Jacobi ist heute auch ausgegangen, sie kommt vielleicht spät, ich stelle sie Ihnen morgen vor. Wann frühstücken Sie?«

»Gegen acht, ich möchte um halb neun in der Praxis sein.«

»Ist gut, ich bereit' was vor.« Herr Gruber warf einen Blick auf die alte weiße Küchenuhr, die über der Tür hing. »Ah – ich muss los. Kommen Sie zurecht? Frisch gewaschenes Bettzeug ist im Schrank, aber das, was drauf ist, ist auch sauber. Hat die Putzfrau erst vor zwei Tagen bezogen. Ich schreibe Ihnen noch meine Handynummer auf, für den Fall, dass es irgendein Problem geben sollte.«

Herr Gruber drehte sich halb nach hinten und öffnete eine kleine Holzkassette, die auf der Ablage hinter der Eckbank stand. »Hier ist der Schlüsselbund. Der eine ist für hier oben, der andere ist für die Haustür unten, und dieser hier ist für Ihr Zimmer. Alles klar?«

Jonas nickte ein drittes Mal. Herr Gruber streckte ihm erneut die Hand entgegen. »Dann herzlich willkommen! Wir sehen uns morgen beim Frühstück.«

Konstantin Gruber ging, wie immer, zu Fuß zu seinem Freund. Er brauchte etwa zwanzig Minuten. Die ganze Zeit grinste er in sich hinein.

Kaum hatte er festgestellt, dass das Madl einen vernünftigen Mann brauchte, schon schickte der Himmel einen. Auf den Herrgott war einfach Verlass!

***

Erika hatte Lena nach dem Kinofilm, der eine leichte Enttäuschung gewesen war, und nach dem dafür umso besseren Essen in einer ausgezeichneten Pizzeria noch in eine kleine Bar in der Innenstadt verschleppt.

»Genieß doch mal diese Freiheit. Ab nächste Woche hast du sowieso keine Zeit mehr für so was.«

Und als Lena gezögert hatte: »Jetzt komm schon! Heute ist Mittwoch, bis zu deiner Eröffnung am Dienstag sind es noch fünf Tage! Du sitzt doch sowieso nur rum und machst dich verrückt.«

Immer noch leicht widerstrebend hatte Lena nachgegeben. Erika hatte ja recht.

So waren sie in dieser kleinen Bar gelandet, die erst vor wenigen Minuten geöffnet hatte; noch waren sie die einzigen Gäste.

Sie studierten die Getränkekarte.

»Lass uns einen *Colonel* nehmen«, sagte Erika begeistert. »Wir hatten ja kein Dessert, da passt das prima.«

»Das ist doch mit Alkohol, oder? Ich glaube, ich möchte lieber …«

»Jetzt hab dich mal nicht so!«

Erika hob den Kopf. Der laut Namensschild italienischstämmige Barkeeper lächelte Erika an: »Haben Sie etwas gefunden, *Signora bella?*«

»Zwei *Colonel,* bitte«, bestellte Erika.

Und zu Lena gewandt: »Den wirst du mögen.«

Lena blickte auf die Getränkekarte, die vor ihnen auf dem Bartresen lag.

Die Karte lag da einfach so hingeworfen, unordentlich, der Rand der Kante bildete mit dem Rand des Tresens einen undefinierbaren Winkel.

Was ging sie diese Getränkekarte an? Die konnte liegen, wie sie wollte.

Wenn das ihre Mutter sehen könnte! *Wie das aussieht in die-*

sem Laden! Das passt zu dir. Chaos und Schlamperei. Aber wenn du dich darin wohlfühlst …

Ihre rechte Hand zuckte.

Lena versuchte, den Drang in ihren Armmuskeln zu ignorieren.

Lena litt unter dem Zwang, alle Dinge gerade auszurichten, parallel nebeneinanderzulegen, alles um sich herum in geraden Linien und rechten Winkeln anzuordnen. Sie wusste nicht, seit wann das so war. Sie konnte sich nicht erinnern, dass es jemals anders gewesen war.

Zu Hause bei ihrer Mutter war es nicht weiter aufgefallen. Denn auch ihre Mutter organisierte alles in dieser Art und Weise. Nur so war es im Übrigen möglich gewesen, eine derartige Menge von Gegenständen in dem Haus unterzubringen.

Als Lena von zu Hause ausgezogen war und bei Herrn Gruber wohnte, hatte sich dieser Zwang verstärkt. Nachdem Lena zweimal auf dem Weg zu dem Atelier, in dem sie angestellt war, umgedreht hatte und nach Hause zurückgekehrt war, um die Kerzenleuchter auf der großen Fluranrichte minutenlang hin und her zu schieben und neu auszurichten, hatten Herr Gruber und Erika sie erfolgreich zu einer Therapie gedrängt.

Gemeinsam mit der Psychologin gelang es ihr, zu erkennen, dass sie dieses Verhalten von ihrer Mutter übernommen hatte. Als Lena aber mithilfe der Therapeutin herausarbeitete, dass sie wahrscheinlich einen nicht gelösten Konflikt in sich trug, sozusagen eine innere Unordnung hatte, die sie mit dieser äußeren Ordnung wohl zu bekämpfen suchte, brach Lena die Therapie ab.

Sie kannte ihre innere Unordnung: Christian. Aber das ging die Therapeutin nichts an. Von Christian hatte sie nichts erzählt.

Trotzdem hatte Lena die Therapie als sehr hilfreich empfunden. Jetzt, mit einer Erklärung für dieses Verhalten, konnte sie besser damit umgehen.

Lena spürte, wie ihr Blick von dieser schief auf dem Tresen liegenden Getränkekarte festgehalten wurde.

Ihr Oberarmmuskel verkrampfte vor Anspannung.

Sie würde diese Karte nicht berühren.

»Jetzt erzähl mal! Wie geht es dir? Ist das Haus wirklich weg? Was hast du denn eigentlich mit all den Sachen gemacht? Du hast ja sicher nicht alles in dein Zimmer hier in München stellen können? Wo sind denn …«

Mit einer schnellen, fast hektischen Bewegung fasste Lena die Getränkekarte und drehte sie so, dass der Rand der Karte parallel zum Rand der Theke verlief.

Kopfschüttelnd beobachtete Erika das Manöver.

Lena sah ihren Blick und zuckte verlegen lächelnd die Achseln.

»Ich dachte, seit der Therapie sei das vorbei?« Erika runzelte missbilligend die Stirn. »Du hättest die nicht abbrechen dürfen!«

Der Barkeeper stellte zwei flache Schalen vor den Frauen ab, gefüllt mit einer klaren Flüssigkeit, in der eine weiße Kugel schwamm.

»Was ist das?«, fragte Lena.

»Wodka mit Zitronensorbet. Ist jetzt genau das richtige Dessert.«

Lena zögerte, hob plötzlich ihre Schale zum Mund und nahm einen kräftigen Schluck.

Dann lächelte sie entschuldigend. »Es ist wirklich nur noch manchmal. Und ich tue doch niemandem damit weh. Warum soll ich nicht Sachen ordentlich hinstellen dürfen, wen stört das denn?«

Doch! Dir tust du weh, dachte Erika. *Und du willst diese Krücke einfach nicht aufgeben! Du gehst nicht mehr zur Therapie, weil du Angst hast, dass man dir deine Krücke nimmt.*

***

Jonas zog den Koffer, den er beim Eintreten vorhin auf Geheiß von Herrn Gruber im Flur hatte stehen lassen, in den Raum, der ab jetzt seine Bleibe war.

Nachdenklich ließ er noch einmal den Blick durch das Zimmer wandern. *Mein neues Zuhause,* dachte er.

Irgendwie hatte sein Leben im Moment die Tendenz, sich schnell und unvorhersehbar zu ändern.

Vor knapp einem Jahr hatte er noch geglaubt, er kenne seine Zukunft. Ihm fiel eine Unterhaltung an seinem Geburtstagsabend vor neun Monaten ein. Was hatte er gesagt? Angetrunken war er gewesen. »Jetzt kommt ja nichts mehr. Job hab ich, Frau hab ich, Haus hab ich. So geht das nun noch vierzig Jahre. Irgendwie erschreckend.«

Ich Idiot, dachte er jetzt. *Was sollte denn dieses dumme Geschwätz? Ich war doch mehr als zufrieden!*

Offenbar hatte ihn das Schicksal als undankbar empfunden. Jetzt war die Frau weg, die Praxis weg, das Haus weg.

Und vor vier Wochen hatte er auch geglaubt, er könne voraussagen, wo er heute sein würde. Auf dem Schiff natürlich.

Jonas warf einen Blick auf seine Armbanduhr. Wenn Hanns-Peter ihn gestern nicht angerufen hätte, würde er jetzt mit dem Verkäufer der Segeljacht verhandeln. Oder, und das war sogar wahrscheinlicher, sie wären sich schon längst einig, säßen in einer kleinen Bar im Hafen, würden auf den erfolgreichen Abschluss anstoßen und ein paar Tapas essen.

Stattdessen hockte er hier in diesem spärlich möblierten Zimmer.

Eine kleine Lampe auf dem Schreibtisch und die an der Wand angebrachte Leuchte über dem Bett tauchten das Zimmer in ein heimeliges Licht, durch die Balkontür sah er kleine Flocken langsam herunterschweben, der Lichtschein aus dem Zimmer wurde hell von der dünnen Schneeschicht auf dem Balkon zurückgeworfen.

Er stand auf und öffnete die Balkontür. Unglaublich, dass es mitten in Schwabing so ruhig sein konnte. Der in kleinen Flocken fallende Schnee mochte die Geräusche noch zusätzlich dämpfen, aber Jonas spürte, dass die Geräusche der Stadt es einfach nicht bis in diesen Hinterhof schafften.

In einigen Fenstern brannte Licht, im Haus zur Rechten stand auf dem Balkon im dritten Stock ein beleuchtetes Kunststoffrentier. Gegenüber flackerten in zwei Fenstern Kerzen, zwei Etagen darüber blinkten bunte Weihnachtssterne.

Friedvoll war das Wort, das ihm einfiel. Friedvoll – ein Wort, an das er schon seit einer gefühlten Ewigkeit nicht mehr gedacht hatte. Trotz allem. Er würde sich wohlfühlen.

Und die Segeljacht würde warten. Der jetzige Eigentümer hatte es wohl nicht so eilig mit dem Verkauf, hatte bei dem Telefonat gestern gemeint, er würde die Zeit nutzen und selbst noch einen kleinen Törn machen. Dem kam es auf acht Wochen offenbar nicht an.

Jetzt war nur noch die Frage, was das für eine Frau war, mit der er sein Badezimmer teilen musste. Offenbar eine merkwürdige Frau, dem Zimmer nach zu urteilen. Wer drapierte sich schon einen alten Kescher an die Wand?

Sie war ausgegangen heute Abend. Offensichtlich feierte sie gerne. Jonas überlegte, ob die Worte von Herrn Gruber als Warnung gedacht gewesen waren. Vielleicht feierte sie ja auch häufig zu Hause.

Aber es handelte sich ja nur um acht Wochen. Und wenn es ihm hier nicht gefiele, würde er sich eben etwas anderes suchen. Die Frau in der Agentur hatte ja gemeint, nächste Woche sei alles viel einfacher.

Diesen Feiertag hatte er einfach nicht bedacht.

Deswegen machte wohl auch die Praxis seines Freundes erst am 9. Januar wieder auf. Darüber hatte er sich sowieso schon gewundert.

***

»Noch einen!«, bestellte Erika und wischte Lenas Protestversuch mit einer Handbewegung beiseite. »Du hast recht, lass uns über was anderes reden.« Sie wechselte geschickt das Thema. »Also: Jetzt erzähl endlich mal von zu Hause. Ist das Haus wirklich geräumt und verkauft?«

Lena nickte nur und trank noch einen weiteren Schluck aus der flachen Schale.

»Wie viel Zeug ist denn übrig? Was machst du jetzt mit dem ganzen Kram? Suchst du eine neue Wohnung oder …«

»Ich habe einen Koffer bei Heilmanns in der Garage unterstellen dürfen.«

Wieder sah Lena die vergilbten Briefumschläge vor sich, mit diesen bröckeligen, abblätternden Lippenstiftresten darauf.

Nachdenklich rührte sie in ihrem Glas. »Demnächst fahre ich mit dem Auto hin und hole ihn.«

»Du hast nur einen Koffer?« Erikas Stimme kippte vor Überraschung. »Hast du denn sonst nichts behalten? Keine Möbel, keine Bilder oder Geschirr? Nichts?«

Lena schüttelte den Kopf. *Nur einen Kescher,* hätte sie sagen können. Aber das ging Erika nichts an.

Sie hob erneut die Schale. »Da muss man wirklich sehr aufpassen, dass nichts überschwappt«, meinte sie.

Erika kicherte leise. »Eigentlich trinkt man das auch nicht, man isst es mit dem Löffel hier. Schau, so …«

Erika teilte mit ihrem Löffel etwas von dem Sorbet und tauchte dann den Löffel mit dem Eisstückchen darauf in den Wodka.

»Und du hast mich das erste Glas einfach so austrinken lassen?«

»Das geht auch. Das kann man schon machen«, beruhigte Erika. »Aber noch mal wegen zu Hause: Alles, was du behalten hast, passt in einen Koffer?« Sie schüttelte fassungslos den Kopf. »Allein die Silberschalen waren doch …«

»Nur die Briefe«, unterbrach Lena. »Die Liebesbriefe, die

meine Mutter und mein Vater sich geschrieben haben, die habe ich behalten, diese Zeugnisse einer großen Liebe.«

Erikas Gesichtszüge verschoben sich, entgleisten irgendwie, sie öffnete den Mund, um etwas sagen, aber plötzlich hustete sie heftig.

»Was ist passiert?«, fragte Lena erschrocken.

Erika griff dankbar nach dem Glas Wasser, das Lena ihr eilig hinschob. Sie trank, hustete noch einige Male, es dauerte, bis sie wieder ein Wort herausbrachte.

»Was war denn los?«, fragte Lena noch einmal.

»Ich habe mich verschluckt, nichts weiter«, brachte Erika mühsam heraus.

»Dann sag mal lieber nichts, bis es besser wird.«

Beide schwiegen, Erika trank noch mehrmals an ihrem Wasserglas.

»Jetzt ist es wieder gut«, sagte sie dann.

»Da bin ich aber froh. Was wolltest du denn sagen?«

»Ich weiß es nicht mehr, es kann nicht wichtig gewesen sein«, antwortete Erika und tauchte ihren Löffel in die Wodkaschale.

Lena spürte, dass Erika nicht ganz die Wahrheit sagte. Eigentlich wollte sie nachhaken, aber Erikas Gesichtsausdruck war plötzlich derart verschlossen, dass sie entschied, es zumindest vorläufig auf sich beruhen zu lassen.

Plötzlich fiel ihr etwas ein, womit sie geschickt das Thema wechseln konnte.

»Aber du kannst dir nicht vorstellen, was ich noch gefunden habe!«

»Nein, kann ich nicht.« Erika lachte. »Schließlich gibt es da unendlich viele Möglichkeiten. Versteckte Geldbündel vielleicht? Millionen über Millionen aus dunklen Geschäften?«

Lena schüttelte den Kopf.

»Oder die Knochen der verflossenen heimlichen Liebhaber deiner Mutter, die sie nach dem Sex …«

»Erika!«

»Nun mach nicht so ein Gesicht, es war doch nur ein Witz!«

Boah, wie die schaut. Das war wohl Majestätsbeleidigung, dachte Erika. Sie verlor die Lust. »Also, wie gesagt, ich kann es mir nicht vorstellen.«

»Ich sag es dir lieber gleich, bevor du weiter solche Witze machst«, meinte Lena ungehalten.

Sie löffelte verärgert ihren *Colonel.* Aber in der Erinnerung an das, was auf dem Speicher in dem Karton mit ihren Puppen gewesen war, glitt ein Lächeln über ihr Gesicht.

»Also, du wirst es kaum glauben: Ich habe Schnittmuster gefunden! Und zugeschnittene Stoffstückchen. Für eine Puppe von mir.«

»Aha«, sagte Erika.

»Du verstehst es nicht. Die Zuschnitte sind von mir! Und ich war noch keine vier, als ich die gemacht habe.«

»Ach nein«, jetzt lachte Erika. »Das gibt es doch nicht! Mit vier Jahren hast du schon geschneidert?«

»Also, um ehrlich zu sein, kann man kaum erkennen, dass es ein Kleid werden sollte.« Lena grinste kurz. »Alles schief und krumm. Aber die Schnitte sind schon mit Stecknadeln auf den Stoff geheftet, irgendjemand hat auch draufgeschrieben, was es ist, also auf einem steht zum Beispiel *Rücken* – und ein Datum steht auch drauf: Deshalb weiß ich, wie alt ich war.«

»Das ist ja irre.«

Lena nickte. »Ich hatte das total vergessen. Erst als ich diese Stofffetzen – fürchterlich übrigens: rosa mit Lurexfäden – gesehen habe, ist es mir wieder eingefallen. Ich meine mich sogar zu erinnern, wie ich den Stoff ausgesucht habe. Irgendwo in einem Stoffgeschäft. Und bei mir war eine Frau, die mich überreden wollte, einen anderen zu nehmen. Wahrscheinlich, weil der viel leichter zum Zuschneiden gewesen wäre. Ich erinnere mich ganz genau! Ich weiß nur nicht mehr, wer die Frau war. Wahrscheinlich eine Freundin meiner Mutter.«

»Ich kann mich nicht erinnern, dass deine Mutter Freundinnen gehabt hätte«, sagte Erika, die sich noch über Lenas Reaktion von vorhin ärgerte. Aber als sie Lenas enttäuschten Gesichtsausdruck sah, lenkte sie ein.

Sie legte versöhnlich ihre Hand auf Lenas Arm.

»Wahnsinn! Mit vier Jahren? Du bist einfach die geborene Schneiderin!«

Bin ich das?, fragte sich Lena. *Oder ist das, was ich mache, so eine Des-Kaisers-neue-Kleider-Geschichte? Schreit gleich jemand: Seht ihr denn nicht, dass die nichts kann? Dass das alles geschmackloser, stilloser Mist ist, den die entwirft?*

Sie hob die flache Schale an den Mund und trank erneut einen kräftigen Schluck.

***

Jonas kaute gedankenverloren an dem Bleistift in seiner rechten Hand. Er saß an dem kleinen Schreibtisch, vor sich ein Blatt Papier, auf dem er schon Verschiedenes notiert hatte. Winterschuhe, ergänzte er jetzt die Liste. Er brauchte mindestens ein weiteres Paar Schuhe für das Münchner Winterwetter. Schließlich hatte er nur das eine Paar dabei, das er heute getragen hatte. Die drei Paar Bootsschuhe hatte er gar nicht erst ausgepackt; die ruhten zusammen mit den beiden Ölzeug-Anzügen noch im Koffer, der aufgeklappt auf dem Bett lag. Der Koffer war für einen Segeltörn gepackt gewesen, nicht für einen Aufenthalt im Münchner Winter.

Er drehte sich kurz um und warf einen Blick in den Kleiderschrank. Ein paar T-Shirts, drei dicke Pullover, Jeans und etwas Wäsche, die wenigen Teile verloren sich in dem großen Schrank. Gut, dass am Freitag ein Feiertag war. Morgen würde er sich noch mit Hanns-Peter in der Praxis treffen, der wollte ihn mit den Räumen und der Ausstattung vertraut machen.

Und danach würde Jonas mit dem Zug nach Hause zu seinen Eltern fahren, dort das lange Wochenende verbringen und vor allem im Keller seine Umzugskisten mit der Winterkleidung öffnen, um sich dem hiesigen Wetter gemäß auszustatten.

Seine Eltern waren überrascht gewesen, heute von ihm zu hören, freuten sich aber sehr auf seinen unerwarteten Besuch, und seine Mutter hatte bereits angekündigt, ihm am Samstag sein Lieblingsessen zu kochen.

Schals und Handschuhe, schrieb er jetzt zu der Liste dazu.

Wollmütze, fiel ihm noch ein.

Jonas las sich seine Auflistung noch einmal durch, dann nickte er zufrieden. Er schien an die wichtigsten Sachen gedacht zu haben.

Er legte den Bleistift an die Seite neben das Papier, wenn ihm noch etwas einfiele, würde er die Liste ergänzen.

Jonas schloss den noch halb vollen Koffer und schob ihn unter das Bett; da passte er hervorragend hin.

Jetzt würde er erst einmal ausgiebig duschen und sich endlich den Reisestaub von der Haut und aus den Haaren spülen.

Jonas zog sich aus, schlüpfte in seinen Bademantel und ging ins Badezimmer. In der Wohnung war alles dunkel. Er war allein. Trotzdem verriegelte er sorgsam von innen die Badezimmertür.

In der Dusche musterte er misstrauisch die altmodischen Ventile, aber wie um seine Befürchtungen zu zerstreuen, prasselte sofort ein satter, kräftiger Wasserstrahl auf ihn herunter, auch die Temperatur ließ sich vernünftig regeln. Wohlig streckte er sich unter dem heißen Wasser. Das tat gut.

***

»Und Christian war natürlich nicht da, nehme ich an«, fragte Erika betont nebenbei, während sie mit ihrem Löffel weitere Stücke von der Sorbetkugel aufnahm.

Lena schüttelte stumm den Kopf.

»Aber er hatte es versprochen, oder?«

Lena wand sich. »Der Flug war zu teuer – über Weihnachten sind die Flugpreise von Hongkong exorbitant.«

Sie trank wieder einen Schluck aus der Schale.

Erika schnaubte verächtlich. Der wegwerfende Tonfall verriet alles. »Dir ginge es sicher besser, wenn du dich endlich von ihm lösen würdest! Wie oft hat er dich schon sitzen lassen?«

»Er hat mich nicht sitzen lassen, es war nur …«

»Wie kann eine ansonsten so intelligente, gewiefte und taffe Frau sich nur derart dumm anstellen? Der Typ taugt nichts, hat noch nie was getaugt, der nutzt in einer sehr gekonnten Art und Weise rücksichtslos die Leute aus und dich dabei am meisten. Ich verstehe wirklich nicht, was du an dem findest.«

»Ich sehe seine Fehler schon! Aber er hatte es ja auch schwer, er war gerade mal vier Jahre alt, als seine Mutter abgehauen ist. Und dann wächst er mit diesem Nerd von Vater auf, der nur Computer im Sinn hat.«

»So ist Christian doch auch! Ihn interessieren ja auch nur Softwarefehler und solches Zeug.«

»Er weiß, dass er Bindungsstörungen hat. Er arbeitet ja daran, er versucht ja, sich zu ändern.«

»Behauptet er!«

Lena verzog verärgert das Gesicht.

Plötzlich grinste Erika.

»Ich glaube, es ist einfach nur das Bett.« Sie kicherte. »Ist er so gut? Oder fehlen dir die Vergleichsmöglichkeiten?«

Lena spürte, wie sie errötete.

Erika hakte nach. »Hast du überhaupt schon mal mit jemand anderem geschlafen?«

Lena schwieg und löffelte nun auch ein paar Stückchen von dem Wodka-Eisgemisch.

»Ich fass es nicht! Du warst bisher nur mit Christian in der Koje? Wie alt bist du jetzt? Vierunddreißig?«

»Nein, so ist es nicht«, wehrte Lena ab. »Natürlich gab es da schon mal jemand anderen.«

»Na, das denk ich doch. Bei euch in der Modebranche geht es doch sowieso nur um Sex.«

Lena lächelte flüchtig. »So würde ich das nicht sehen. Es geht um Handwerk, um Qualität, um …«

»Erst mal prost«, sagte Erika und trank nun auch einfach aus der Dessertschale.

Lena tat es ihr gleich, obwohl sie den ungewohnten Alkohol bereits deutlich spürte.

»Es ist das Bett«, wiederholte Erika nun. »Deswegen kommst du nicht von ihm los! Du müsstest einfach mal erleben, dass es auch mit anderen Spaß macht.«

»Ich hatte ja gar keine Zeit bis jetzt«, verteidigte sich Lena.

»Mach dich doch nicht lächerlich. Für dieses halbe Stündchen wirst auch du ab und zu eine Gelegenheit finden.«

Lena musste kichern und hörte selbst, wie albern das klang. Offensichtlich war sie angetrunken. Es war für sie total ungewohnt, auszugehen, am nächsten Tag freizuhaben, sich einen Schwips anzutrinken. Aber warum nicht? Viel zu lange hatte sie auf solche kleinen Vergnügen verzichten müssen.

»So einfach ist das nicht«, fuhr sie fort. »Man muss ja erst mal einen finden. Und das dauert länger als eine halbe Stunde.«

Erika wiegte den Kopf. »Kommt drauf an.« Sie grinste. »Da gibt es doch Mittel und Wege.«

Lena runzelte fragend die Stirn.

Erika kicherte. »Ich glaube, ich geb dir mal eine Telefonnummer.« Sie sprach leiser. »Oder besser noch: Ich schicke dir demnächst einfach mal einen vorbei.«

»Wie, du schickst mir einen vorbei?«

»Na ja, so einen charmanten gut aussehenden, gut gebauten Mann, der weiß, was er tut. Einen Profi eben. Glaub mir, das ist eine ganz andere Erfahrung!«

Lenas Augen weiteten sich. »Du hattest schon mal einen … einen … einen Callboy?«

»Und wenn es so wäre?« Erika grinste.

Lena traute ihren Ohren nicht. »Woher hast du denn …?«

Ungläubig musterte sie Erika: die Freundin, die oft auf sie wirkte wie die adrette Hausfrau aus den Werbefilmen der Fünfzigerjahre – die Frau, die einem das richtige Waschpulver empfahl.

Lena konnte es nicht fassen. »Du hast tatsächlich einen Mann angerufen, der …« Ihr fehlten die Worte.

»Warte mal ab«, grinste Erika. »Bis zu deinem Geburtstag vergeht zwar noch ein Weilchen, aber dann!«

Plötzlich prustete sie wieder los. »Ich lass ihn auch eine schöne Geschenkschleife um sein bestes Stück binden.« Erika begeisterte sich zunehmend für ihre Idee. »Welche Farbe hättest du denn gerne? Lieber eine in verruchtem Schwarz oder eher eine heiter-verspielte in Rot mit Tupfen?« Ihr Kichern wurde schriller, und die inzwischen eingetroffenen Gäste am Nachbartisch hoben den Kopf. »Oder magst du's prämiert? Sieger-Gold, wenigstens Silber oder so gerade noch auf dem Treppchen mit Bronze?«

Erika war so begeistert von ihren frivolen Witzeleien, dass sie vor lauter Lachen um ein Haar vom Barhocker gefallen wäre, sie klammerte sich fast verzweifelt mit beiden Händen am Tresen fest.

Aber dann rutschte sie doch noch herunter, als Lena nach einigen Momenten des Nachdenkens mit vor Konzentration gerunzelter Stirn todernst antwortete: »Ich finde, das sollte man von der Haarfarbe abhängig machen.«

Jonas drehte sich unter der Dusche hin und her. Das war wirklich wunderbar. Plötzlich fluchte er – er hatte sein Shampoo vergessen.

Heute Morgen war ihm das Haarshampoo ausgegangen, am Bahnhof hatte er vor der Abfahrt schnell eine neue Flasche gekauft, jetzt steckte sie allerdings noch in der Seitentasche seines Koffers.

Unter leisem Fluchen drehte er den Wasserhahn wieder zu, stieg aus der Dusche, trocknete sich flüchtig ab, warf sich ein Handtuch über, entriegelte die Tür, streckte den Kopf hinaus in den Flur – immer noch alles dunkel – und huschte flugs in sein Zimmer.

Es war gar nicht so einfach, den Koffer wieder unter dem Bett hervorzuziehen. Aber drei Minuten später stand er endlich wieder in der Dusche und schamponierte sich voller Genuss die Haare.

Die Dusche war wirklich ausgezeichnet, der Wasserstrahl kräftig, die Temperatur ließ sich gut regeln, und Jonas spürte, wie der Stress der letzten achtundvierzig Stunden von ihm abfiel und zusammen mit den Schauminseln strudelnd im Abfluss verschwand. Das heiße Wasser prasselte auf seine Schultern und tat einfach nur gut. Wohlig reckte und streckte er sich.

Lena schloss die Wohnungstür auf. Es war alles dunkel. Herr Gruber war wahrscheinlich wieder bei seinen Freunden und noch nicht zu Hause. Es war ja auch noch früh.

Erika hätte gerne noch länger gefeiert, die war richtig gut drauf gewesen. Aber Lena hatte bald darauf gedrungen, die Rechnung kommen zu lassen, hatte für sich und Erika je ein Taxi bestellt und war nach Hause gefahren.

In ihrem Zimmer legte sie den Mantel ab und ließ sich in den Sessel fallen. In ihrem Kopf drehte es sich, hoffentlich hatte sie morgen keinen Kater. Aber sie musste kichern bei der Erinnerung an Erikas verrückte Idee mit dem Callboy.

Müde lehnte sie den Kopf zurück. Jetzt noch schnell ins Bad und dann gleich ins Bett.

Lena stand auf und ging ins Badezimmer. Ihre Reaktionsgeschwindigkeit war vom ungewohnten Alkohol etwas verlangsamt, deswegen stand sie schon mitten im Raum, als ihr Bewusstsein endlich realisierte, was ihre Augen sahen.

Die Glastür der Dusche war geschlossen, aus dem Duschkopf brauste das Wasser – und in der Dusche stand ein Mann. Ein nackter Mann natürlich. Der sich gerade die Haare schamponierte. Und der jetzt, als er sie sah, erschrocken eine Hand aus dem Schaumberg auf dem Kopf zog. Und diese Hand nach unten bewegte, um sich zu bedecken.

Die Befehle, die Lenas Gehirn an ihren Körper sandte, waren widersprüchlich. Zunächst einmal war da die automatische Reaktion eines höflichen Menschen: Lena wollte eine Entschuldigung murmeln und schnell das Badezimmer verlassen. Aber irgendwie konnte sich dieser Wunsch in ihrer Muskulatur nicht richtig durchsetzen. Denn ein anderer Teil ihres Gehirns fragte sich, ob das womöglich schon der von Erika versprochene Callboy war. Konnte das sein?

Den Impuls, nachzuschauen, ob der entsprechende Körperteil mit einem Schleifchen dekoriert war, konnte sie gerade noch unterdrücken.

Aber da war immer noch der Reflex, mit dem die Augen unwillkürlich einer schnellen Bewegung folgen: Dieser Reflex setzt sich in einem unentschlossenen Gehirn als Erstes durch – und so blieb Lenas Blick unweigerlich an dieser Hand hängen, die sich nach unten bewegte, rutschte sozusagen automatisch mit ihr in die Tiefe.

Und jetzt zog die Schwerkraft an dem an der Hand hängenden Haarshampoo, und Lena beobachtete mit immer ungläubigerem Staunen, wie dieser Schaum sich plötzlich verformte, etwas bildete, was fast wie ein Pfeil aussah; ein Pfeil, der genau dorthin zeigte, wo man eigentlich nicht …

Für Lena kam alles zusammen: die Anspannung nach dem Stress der letzten Wochen, die Nervosität wegen der bevorstehenden Eröffnung, der ungewohnte Alkohol – und nun dieser fremde nackte Mann unter der Dusche.

Plötzlich hörte sie eine Stimme in ihrem Kopf, die sagte: »In diesem Fall würde ich ein goldenes Schleifchen empfehlen.«

Lena spürte, wie von ganz tief drinnen das Lachen in ihr aufstieg. Sie wollte es verhindern. Aber es klappte einfach nicht. Lena lachte schallend los, sie lachte aus vollem Hals.

Ihr Lachen hallte laut in dem Badezimmer. Und es schnitt Jonas mitten ins Herz, traf ihn tief in seiner ohnehin angekratzten Männlichkeit.

Während Lena noch versuchte, dieses Lachanfalls Herr zu werden, während die ersten Lachtränen über die Wangen kullerten, während sie rückwärts aus dem Badezimmer ging, mit drei schnellen Schritten in ihr Zimmer flüchtete und sich dabei im Klaren war, dass sie sich unmöglich verhielt, überlegte sie schon, wie man sich wohl am besten dafür entschuldigt, dass man beim Anblick der edelsten Teile eines Mannes in einen Lachkrampf ausgebrochen war. Doch erst einmal lag sie auf ihrem Bett, kicherte, prustete, schnappte nach Luft und – lachte.

Was denkt der jetzt bloß? Wie um Himmels willen formulierte man in einem solchen Fall eine Entschuldigung?

Und wieder schüttelte sie der Lachkrampf. Sie japste nach Luft, wischte sich die Tränen aus den Augen und versuchte, ruhig zu atmen.

Wie sollte sie diesem Mann nur in Zukunft gegenübertreten? Das würde er ihr niemals verzeihen.

Jonas stand immer noch wie vom Donner gerührt und hatte immer noch die linke Hand irgendwo in der Nähe des Bauchnabels. Das Wasser aus der Brause prasselte auf seinen Kopf, und im Duschbecken kreisten die Shampoo-Inseln rund um den Abfluss, bevor sie mit dem wilden Strudel in der Öffnung verschwanden.

Und in seinen Ohren hallte der Klang des Gelächters.

Was fiel dieser blöden Kuh denn ein? Was war so witzig daran, einen Mann im Badezimmer unter der Dusche zu überraschen?

Jonas war kein pubertierender Sechzehnjähriger mehr, er hatte seine Erfahrungen gesammelt, war verheiratet gewesen und hielt sich, soweit er das selbst beurteilen konnte, für nicht unattraktiv. Nicht, dass ihm das im Geringsten wichtig gewesen wäre. Im Laufe seines bisherigen Lebens hatte er auch gelegentlich eindeutige Angebote erhalten. So manche einsame Tierbesitzerin, deren Liebling er therapiert hatte, wäre nicht nur bereit, sondern auch willens gewesen, ihre Dankbarkeit auf eine ganz besondere Art auszudrücken. Doch er hatte natürlich nie ein solches Angebot angenommen.

Jonas war nicht überheblich und bildete sich nicht zu viel ein, aber er war überzeugt davon, dass er sich als Liebhaber nicht als besonders unangenehm oder untalentiert erwiesen hatte. Und die Optik war – nun, zumindest unauffällig.

Trotzdem konnte er nicht umhin, während des Abfrottierens einen hastigen Kontrollblick in den Spiegel zu werfen. War an ihm alles in Ordnung? Klebte vielleicht etwas an ihm, was diesen Lachanfall hätte erklären können? Hatte er vielleicht einen merkwürdigen Abdruck auf dem Bauch?

Aber er konnte nichts dergleichen entdecken. Und auch etwas tiefer – da war alles normal. Oder doch nicht?

Er ertappte sich dabei, dass er ziemlich lange den entsprechenden Körperteil musterte.

So eine blöde Kuh, dachte er erneut und warf sich verärgert seinen Bademantel um.

Als er die Badezimmertür öffnete, sah er den Lichtschein unter der Tür seiner Nachbarin und hörte das Kichern dahinter. Damit war auch der letzte Zweifel beseitigt: Die von seinem Anblick derart Erheiterte war seine Mitbewohnerin. Offenbar eine hysterische dumme Gans. Kurz überlegte er, ob er klopfen sollte, aber was sollte er sagen? »Warum haben Sie so gelacht?« Oder: »Was ist an mir so lächerlich?«

Morgen würde er ausziehen, mit dieser Verrückten blieb er keinen Tag länger in einer Wohnung als unbedingt nötig. Verärgert ging er zu Bett, und trotz seiner Müdigkeit dauerte es länger als eine Stunde, bis er endlich einschlief.

Lena saß in ihrem Zimmer am Bettrand und schnappte nach Luft. Immer wieder schüttelte sie ein Lachkrampf, längst war es nur noch schmerzhaft und unangenehm. Sie bemühte sich um ruhiges Atmen.

Sie drückte eine Aspirintablette aus der Packung und spülte sie mit einem ordentlichen Schluck aus der Wasserflasche hinunter. Die Tablette würde hoffentlich den Kopfschmerz morgen verhindern. Gegen den emotionalen Kater würde die Tablette allerdings nicht helfen, dachte sie leicht resigniert und musste schon wieder kichern. Hörte das denn gar nicht mehr auf? Furchtbar.

Sie war beschwipst, zumindest gewesen, jetzt fühlte sie sich schlagartig nüchtern.

Morgen würde sie sich sofort entschuldigen müssen. Die Frage war nur: wie?

Schließlich konnte sie ihm schlecht die Wahrheit sagen: *Meine Freundin und ich haben uns über Callboys unterhalten, und sie will mir demnächst einen vorbeischicken. Und als ich Sie dann unter der Dusche gesehen habe …*

So ging es schon mal nicht. Und wenn man es umformulierte? *Wissen Sie, ich war etwas angetrunken und kam von einem Mädelsabend, bei dem wir uns über nackte Männer unterhalten haben …*

Meine Güte, nein, das war ja noch schlimmer.

Lena wälzte sich von einer Seite auf die andere, ersann Formulierungen und verwarf sie eine Sekunde später wieder. Der Stundenzeiger der Uhr hatte die Drei längst hinter sich gelassen, als sie endlich eine Idee hatte.

Nach einer unruhigen Nacht erwachte Lena am nächsten Morgen schon um kurz vor sieben. Die Geräusche in der Wohnung waren anders als sonst. Männerschritte, das Quietschen einer Schranktür, eine Unruhe, die es sonst morgens nicht gegeben hatte.

Sofort fiel die Vorfreude auf das gemeinsame Schlemmerfrühstück mit Herrn Gruber in sich zusammen, als Lena die Szene von vergangener Nacht einfiel.

Sie schämte sich entsetzlich.

Hätte sie doch bloß nicht gestern Abend diese Drinks, diese *Colonels* – wie sagte man da: gegessen? getrunken? Wie auch immer: diesen Alkohol zu sich genommen, der dann in ihrem Körper verheerende Folgen ausgelöst hatte.

Jedenfalls würde sie jetzt in die Küche gehen und sich entschuldigen. Sie schwang sich aus dem Bett.

In diesem Moment klappte die Badezimmertür – besetzt. Ging das nun wieder los!

Herr Gruber hatte, seit sie hier wohnte, nur wenige Male ein weiteres Zimmer vermietet. Aber die zusätzlichen Mieter hatten irgendwie die gemütliche Zweisamkeit zwischen Herrn Gruber und Lena gestört – so hatten es beide empfunden, ohne dass Herr Gruber und Lena jemals darüber gesprochen hätten. Und natürlich war es lästig und umständlich, wenn man sich mit jemandem das Bad teilen musste: Das bedeutete, Duschzeiten planen und mit dem anderen Mieter abstimmen, diszipliniert das Bad schnell wieder räumen, in Wasserpfützen vom »Vorduscher« treten, es war eben einfach nicht so komfortabel. In diesen Zeiten hatte Lena auch die Vorteile einer weiteren, separaten Toilette schätzen gelernt.

Herr Gruber hatte irgendwann gemeint, dass er die zusätzlichen Zimmer lieber für die Besuche seiner Söhne bereithalten wolle, von denen der eine ja in Hamburg und der zweite sogar in den USA lebte. Wobei Lena den Verdacht hatte, dass es sich um einen Vorwand handelte, die Räume nicht vermieten zu müssen. Denn beide Söhne hatten es bei ihren vergangenen Besuchen vorgezogen, in einem nahe gelegenen Hotel zu übernachten. Allerdings waren immer die Ehefrauen dabei gewesen. Vielleicht, wenn einer mal allein käme …

Der dritte Sohn wohnte ohnehin in München. Aber da gab es ja keinen Kontakt mehr.

Verwunderlich war, dass Herr Gruber an einen Mann vermietet hatte. Es war das erste Mal, seit sie hier wohnte.

Vielleicht handelte es sich um einen Bekannten, vielleicht hatte Herr Gruber jemandem aus einer Notsituation geholfen. Sie würde es sicher bald erfahren.

Wann wurde das Badezimmer endlich frei? Lena öffnete die Tür, lehnte sie leise an und horchte.

Endlich wurde der Riegel im Bad zurückgeschoben, eilige Schritte tappten im Flur, die Zimmertür nebenan fiel ins Schloss.

Jetzt aber schnell. Wie der Blitz sauste sie ins Badezimmer.

Das Bad wirkte sauber, die Dusche war trocken, offenbar hatte der Mann heute Morgen nur das Waschbecken benutzt.

Seine Handtücher von gestern Abend hingen sorgsam hintereinander über dem kleinen Wäscheständer, der sonst, wenn er nicht gebraucht wurde, zusammengeklappt neben der Waschmaschine lehnte.

Der Mann hatte das Bad relativ ordentlich hinterlassen.

Lena konnte nicht umhin, die beiden Handtücher etwas exakter hintereinanderzuschieben. Dann putzte sie sich die Zähne, warf sich schnell etwas Wasser ins Gesicht und kämmte sich die Haare. Das musste erst einmal reichen.

Sie hörte Stimmen aus der Küche, offenbar unterhielten sich der Neue und Herr Gruber.

Zurück im Zimmer, öffnete sie ihren Schrank und musterte die darin hängenden Kleidungsstücke. Wie wollte sie diesem Mann gegenübertreten? Ihr Anblick sollte ihn beruhigen, sollte Vertrauen schaffen, sollte sie harmlos und liebenswert aussehen lassen. Lena wusste, wie entscheidend die Farbe eines Kleidungsstücks für den Eindruck war, den man machte. Sie entschied sich für einen dunkelgrünen unifarbenen Kaftan, knöchellang, ihre Figur kaschierend. Ein gemütliches Kleidungsstück, ohne Erotik, es stand für Ruhe und Entspannung, für Harmonie. Sie schlüpfte hinein und ging dann, hoch aufgerichtet und mit festem Schritt, in die Küche hinüber.

»Ah, da bist ja, Madl«, sagte Herr Gruber erfreut. Und während die beiden sich anschauten und Lena die Wut in den Augen des neuen Mitbewohners zur Kenntnis nahm, stellte Herr Gruber die beiden einander vor.

»Madl, das ist unser neuer Mitbewohner für ein paar Wochen, Herr Dr. Wolff. Und das hier ist Frau Jacobi, die schon einige Jahre hier bei mir lebt.«

Der Mann, der am Kühlschrank lehnte, füllte den Raum mit seiner Präsenz, die Küche schien Lena kleiner als sonst. Jetzt konnte sie ihn sich in Ruhe ansehen, ohne dass … Bei der Erinnerung an das Bild der vergangenen Nacht spürte sie schon wieder einen Lachreiz aufsteigen, aber der Blick der eisgrauen Augen erstickte jede Heiterkeit im Keim.

Der Mann sah eigentlich ganz gut aus, zwar keiner, den ein Agent von der Straße weg als Model engagieren würde, dafür war er zu … Lena kam das Wort *kantig* in den Sinn. Ein Eindruck, der wahrscheinlich auf den breiten Schultern und dem schlanken, aber kräftigen Körperbau beruhte. Aber ganz sicher musterte ihn so manche Frau im Café insgeheim oder drehte sich auf der Straße vielleicht sogar nach ihm um.

Ein Mann, den man wahrnahm.

Die blonden, kurzen Haare standen leicht ab und unterstrichen mit ihrer Widerborstigkeit den ablehnenden Gesichtsausdruck und die dominante, fast aggressive Körperhaltung. Er hatte die Arme vor der Brust verschränkt und fixierte Lena mit einem Blick seiner eisgrauen Augen, der sensibleren Menschen sicher Furcht und Schrecken eingeflößt hätte.

Lena setzte ihr freundlichstes Lächeln auf.

»Ich freue mich, Sie zu sehen«, sagte sie als Erstes. »Dann kann ich auch gleich dieses dumme Missverständnis von heute Nacht aufklären.«

Konstantin Gruber hob verwundert den Kopf.

Der Blick des Mannes veränderte sich nicht, noch immer las Lena darin Wut und Ablehnung.

»Ja, Herr Gruber«, sagte Lena und wandte sich zu dem alten Mann um. »Wir sind uns, allerdings ziemlich unglücklich, schon heute Nacht begegnet. Ich hatte nämlich Geräusche gehört und mich fürchterlich erschrocken. Und als ich dann gesehen habe, dass der vermeintliche Einbrecher duscht und sich die Haare wäscht, musste ich sehr über mich und meine Ängste lachen.«

Nach dieser Erklärung drehte sich Lena zu dem Neuen zurück und fuhr fort: »Es war die Erleichterung – verstehen Sie? Ich war tatsächlich fast in Panik. Auf Sie hat das sicher etwas merkwürdig gewirkt, Sie haben mein Lachen womöglich auf sich bezogen. Aber bitte glauben Sie mir, dass ich so gelacht habe, hatte nichts, aber auch gar nichts mit Ihnen persönlich zu tun!«

Lena streckte dem Mann die Hand entgegen. »Ich freue mich, Sie als Mitbewohner begrüßen zu dürfen. Und verzeihen Sie mir meinen dummen Lachanfall, wie gesagt, es hatte überhaupt nichts mit Ihnen zu tun.«

Jonas ergriff die Hand kurz, gerade so lange, wie es die Höflichkeit erforderte. »Davon bin ich auch nicht ausgegangen.«

Das war alles, was er sagte. Mit einer Stimme, die so kalt war wie ein Eisblock aus Grönland, gefroren seit fünf Millionen Jahren.

Keine Begrüßung. Kein: Ach, das macht doch nichts. Kein Signal, dass er die Entschuldigung annahm.

Offenbar besaß dieser Typ nicht die Spur von Humor. Schließlich hatte das Ganze doch auch eine gewisse Komik. Ein kurzer Blick in diese wütenden Augen trieb Lena jeden Anflug von Heiterkeit aus. *Wenn du mein Lachen nicht auf dich bezogen hättest, gäbe es ja eigentlich keinen Grund, wütend zu sein,* dachte sie. *Dein Blick verrät dich.*

»Es lag sicher auch an den zwei *Colonel,* die haben vielleicht auch zu meiner Unkontrolliertheit beigetragen«, ergänzte sie, um sich im selben Moment zu ärgern. Das ging ihn eigentlich nichts an.

»Madl, was hast du denn mit dem Militär zu tun?«, wunderte sich Herr Gruber, aber bevor Lena erklären konnte, welche Bewandtnis es mit den *Colonels* hatte, sagte Jonas: »Na dann. Das erklärt natürlich so einiges. Vielen Dank für die Butterbreze, Herr Gruber, ich muss jetzt los. Einen schönen Tag wünsche ich allerseits.« Damit verließ er die Küche so schnell, dass Lena keine Chance auf eine Antwort hatte.

»Madl, was erzählst du denn da alles?«, fragte Herr Gruber neugierig, kaum dass die Tür hinter Jonas zugefallen war.

Lena berichtete. Erikas Angebot mit dem Callboy unterschlug sie allerdings.

Herr Gruber runzelte die Stirn. Dann wölbten sich die Augenbrauen nach vorn.

»Oh«, sagte er verstehend. Und noch einmal, mit etwas mehr Betonung: »OH!«

Er grübelte einen Moment vor sich hin.

»So, da hast ihn also nackert im Bad überrascht«, konstatierte Herr Gruber.

Lena nickte.

»Und? Ist alles so weit in Ordnung?«

»Aber Herr Gruber!«

Konstantin Gruber schaute vollkommen unschuldig. »Na,

wenn du's doch schon mal gesehen hast. Man macht sich ja auch Gedanken über seine Mieter ...«

»Aber Herr Gruber!«

Herr Gruber hatte Lena schon vergnügt schmunzeln sehen, amüsiert lächeln, erheitert strahlen und auch verschmitzt grinsen. Aber heute Morgen war es eines der seltenen Male, dass Lena hell und klar auflachte.

***

Während Jonas über den matschigen Bürgersteig stapfte, tippte er eine SMS an die MUC Home-Agentur.

»Brauche sofort anderes Apartment, erbitte alternative Angebote, sehr dringend!«

Er versuchte, seinen Ärger zu ignorieren. Am meisten ärgerte er sich darüber, dass er sich ärgerte. Kein Wort glaubte er von dem, was diese Frau erzählte.

Aber als er in der Praxis ankam, die er tatsächlich zu Fuß in weniger als zehn Minuten erreicht hatte, vergaß er seinen Verdruss sofort, als er seinen Freund erblickte. »Mein lieber Mann«, staunte er. »Ich hoffe, du hast wenigstens gewonnen.«

»Ich weiß schon, wer den Schaden hat ...«

»... der spottet jeder Beschreibung«, vollendete Jonas. »Bei dir trifft das nun aber auch mal wirklich zu.«

Sein Freund sah fürchterlich aus: Die ganze rechte Gesichtshälfte war dick verschwollen, blaue Blutergüsse und dicke rote Schorfplacken wetteiferten um Aufmerksamkeit. Die rechte Hand steckte in einem dicken Gipsverband, der bis an den Ellbogen hochreichte, nur vorne lugten die Fingerspitzen hervor.

»Also, selbst wenn du eine Spritze halten könntest, mit dem Gesicht kannst du doch nicht die armen Viecher erschrecken. Den Schock verwinden die nie wieder.«

»Hör auf, blöde Witze zu machen! Wenn ich lachen muss, tut es noch mehr weh.«

Jonas musterte seinen Freund mitleidig.

»Wie ist das denn nur passiert?«

»Wie immer – die letzte Abfahrt. Bisschen müde, bisschen unkonzentriert, und die Piste an manchen Stellen schon etwas eisig. Irgendwie hat's mich umgehauen, und dann hab ich zuerst mal mit dem Gesicht gebremst …«

»Da hätte aber noch viel Schlimmeres passieren können!«

Sein Freund hob kurz die Schultern. »Ja, klar. Ich bin mit dem Gesicht voran die Piste runtergerutscht, in einer Wahnsinnsgeschwindigkeit, und irgendwie hat's mir dabei den Arm unter den Ski gedreht – für beides gleichzeitig war aber kein Platz. Das Handgelenk hat dann nachgegeben.«

Nachdenklich neigte Jonas den Kopf. »Mir scheint, genau genommen muss man dir noch gratulieren.«

Sein Freund grinste plötzlich wieder. »Wie heißt es so schön? Das Glück ist ein Rindvieh und sucht seinesgleichen!«

»Mensch! Du machst aber auch Sachen.«

Hanns-Peter winkte ab, mit der linken Hand. »Lass gut sein. Unfälle passieren, es wird alles wieder heil. Und danke übrigens noch mal, dass du dich …«

»Hör auf«, wehrte Jonas ab. »Komm, zeig mir endlich mal dein Reich.«

Hanns-Peter wollte noch etwas hinzufügen, aber er merkte, dass Jonas der Dank eher unangenehm war.

»Na gut. Also: Starten wir gleich hier. Ich habe drei Behandlungsräume, und bei mir läuft es folgendermaßen …«

Die nächsten Stunden vergingen wie im Flug. Hanns-Peter führte Jonas durch die Räume und erklärte, wie er mit seinen beiden Sprechstundenhilfen und der Empfangsdame den Ablauf organisiert hatte. Er zeigte seine Ausstattung, die ziemlich ähnlich der war, die Jonas gehabt hatte.

»Der Röntgenraum ist eine Etage tiefer, da sind auch die

Tierställe und der große Operationssaal, da gehen wir gleich hin. Frau Manger arbeitet schon seit der Praxiseröffnung bei mir. Du kannst sie alles fragen, sie kennt die Patienten und die Abläufe und weiß, worum es geht. Zum Beispiel Frau Ratling: Die hat den fettesten Yorkshireterrier, den du je gesehen hast. Sie füttert ihn schon zum Frühstück mit der Hälfte ihrer Marmeladensemmel. Aber sie ist schon lange verwitwet, selbst extrem übergewichtig, und der arme Hund ist ihre Therapie. Hier stehst du vor der Entscheidung: Helf ich dem Menschen oder helf ich dem Tier? Ich versuche eben, das arme Hunderl so weit wie möglich resistent gegen dieses Bombardement mit Zucker und Fett zu halten; die Frau braucht ja auch noch …«

»Für die Menschen bin ich nicht zuständig, die können sich auch selber helfen«, unterbrach ihn Jonas.

»Ja, klar«, erwiderte Hanns-Peter nach einem kurzen Moment der Verblüffung. »Aber die Frau hat zu Hause niemanden zum Reden. Da musst du eine halbe Stunde einfach nur Zuhören einplanen.«

Jonas brummte etwas, das sein Freund als Zustimmung interpretierte. Hanns-Peter setzte seine Erklärungen fort.

»Meine gute Seele Nadja macht das Labor, sie ist auch schon viele Jahre bei mir.«

Jonas nickte mehrmals zufrieden, die Praxis war hervorragend ausgestattet.

Herrn Gruber, Lena, die Wohnung vergaß er total. Erst als sein Freund meinte: »Sollen wir lieber Schluss machen? Du willst dich wahrscheinlich noch um eine Unterkunft kümmern«, fiel ihm seine SMS von vormittags wieder ein.

»Gut, dass du mich erinnerst! Deswegen wollte ich sowieso noch den Makler anrufen. Ich muss umziehen.«

»Ach – du hast schon was?«, sagte sein Freund überrascht.

»Ja, aber es ist noch nicht das Richtige.«

»Warum? Zu weit weg oder zu teuer?«

»Weder noch …« Jonas begann zu stottern. Was sollte er sagen? Weil die Mitmieterin gelacht hatte, als sie ihn nackt unter der Dusche gesehen hatte?

»Es gibt nur ein Gemeinschaftsbad.«

»Hm, na ja. Für wie viele?«

»Für zwei. Ich und eine Frau.«

Sein Freund stutzte und lachte dann auf. »Eine Frau? Ein gemeinsames Badezimmer mit einer Frau? Wie sieht sie denn aus? Das wäre für mich vielleicht eher ein Grund, einzuziehen … Oder ist es eine Alte – mit dem Gebiss im Becher auf dem Waschbecken?«

Jonas schüttelte den Kopf.

»Nein, nein. Es ist …« Er suchte nach einem Grund. »Es ist eher atmosphärisch, ich fühle mich dort einfach nicht wohl.«

»Das tut mir leid«, sagte sein Freund. »Wie gesagt, du kannst gerne bei mir unterkommen. Ein Gästezimmer ist vorhanden – und wir haben auch zwei Badezimmer. Was bei drei Töchtern allerdings viel zu wenig ist.«

»Schon gut, danke«, sagte Jonas. Das fehlte noch, dass er morgens darauf warten musste, dass sich so ein *Pubertier* fertig geschminkt hätte.

»Ich denke schon, dass ich bald was Neues habe, die vom Maklerbüro müsste eigentlich längst geantwortet haben.«

Jonas zog sein Handy aus der Hosentasche. Das Display war dunkel.

»Kein Anruf, keine Mail«, wunderte er sich. »Also, dieser Laden ist aber auch das Letzte. Ich telefoniere schnell mal.«

Jonas wählte die Nummer, und sogar sein Freund verstand die Worte der automatischen Ansage: »Sehr geehrter Anrufer. Krankheitsbedingt hat unser Büro heute geschlossen. Wir sind ab Montag, dem 9. Januar, wieder für Sie da. Wir wünschen Ihnen einen schönen Feiertag und ein schönes Wochenende.«

»So ein Mist«, fluchte Jonas.

»Wenn es da so schlimm ist, wo du jetzt bist, kannst du ja wenigstens die paar Tage bei mir überbrücken«, meinte Hanns-Peter.

Jonas winkte ab. »Danke, es geht schon.« Er musterte demonstrativ das Gesicht seines Freundes und grinste kurz. »Wenn ich es mir so überlege: Dieses Gesicht morgens direkt nach dem Aufwachen – oder ihres … Also sooo hässlich ist sie nun auch wieder nicht.«

»Du sollst mich doch nicht zum Lachen bringen! Komm, wir gehen was essen. Ich lade dich ein. Ich muss dich ja bei Kräften halten …«

***

Nach dem Frühstück mit Herrn Gruber war Lena in ihr Zimmer gegangen. Dort verharrte sie unentschlossen mitten im Raum. Noch vier Tage bis zur Eröffnung, was sollte sie bis dahin nur tun?

Eigentlich hatte sie doch jetzt wunderbar Zeit, ein paar Ideen, die ihr schon seit Längerem im Hinterkopf herumspukten, in Entwürfe umzusetzen. In der Schublade des kleinen Schreibtischs vor dem Fenster lag wie immer der Skizzenblock bereit.

Sie ließ sich auf dem Stuhl nieder, griff nach einem Bleistift, setzte die Spitze auf das große weiße Blatt Papier – und verharrte.

Eine Stunde später lagen drei zusammengeknüllte Papierbälle im Abfalleimer, und Lena war gerade dabei, wütend den vierten Bogen zu zerfetzen. Es hatte keinen Sinn, sie würde heute nichts Vernünftiges zustande bringen.

Noch vier Tage bis zur Eröffnung! Wie sollte sie diese Zeit nur herumbringen? Und als wäre das nicht schlimm genug, sah sie auch noch dauernd diesen wütenden Blick ihres neuen Nachbarn vor sich. Wie hatte das nur passieren können, warum hatte sie sich nicht besser beherrscht?

Obwohl ihr dieser Mensch ja eigentlich egal sein konnte. Dann war er eben wütend auf sie! Sie hatte ihm eine in ihren Augen überzeugende Erklärung für ihren Lachanfall gegeben, wenn er sie nicht akzeptieren konnte, war das sein Problem. Sie würde an diesen Mann keinen Gedanken mehr verschwenden.

Vielleicht sollte sie etwas lesen, um auf andere Gedanken zu kommen? Am Kopfende des Bettes warteten schon seit Längerem mehrere Bücher, die sie sich irgendwann entweder aus Interesse gekauft oder auch von jemandem geschenkt bekommen hatte. Lena gab einen gequälten Laut von sich, als sie sich vom Stuhl erhob. Sie setzte sich aufs Bett und legte den Kopf schief, um die einzelnen Buchtitel lesen zu können. Zwei Kriminalromane von diesem norwegischen Autor, den sie mochte. Der Gesellschaftsroman, der wochenlang auf Platz eins der Bestsellerliste gestanden hatte, die überschwänglichen Rezensionen hatten sie damals zum Kauf bewegt. Sie bekam ein schlechtes Gewissen, als ihr klar wurde, dass der Kauf schon mehr als ein halbes Jahr zurücklag. Aber sie war einfach noch nicht dazu gekommen, hineinzuschauen. Damals in der Buchhandlung hatte sie auch spontan einen Reiseführer von Mailand erworben, schließlich hatte sie dort schon zweimal eine Stoffmesse besucht und wollte beim nächsten Mal auch ein wenig von der Stadt sehen. Lena musste kurz lächeln, als sie das Geschenk von Erika sah: ein Buch über Körpersprache. Typisch Erika.

Eigentlich interessierte sie im Moment keines der Bücher. Egal, die Zeit musste genützt werden, sie griff also nach dem obersten Buch, einem Krimi.

Auf Seite zehn angekommen, bemerkte sie, dass sie überhaupt nichts von der Handlung mitbekommen hatte. Die Gedanken in ihrem Kopf ließen sich nicht zum Schweigen bringen. *Warum bin ich nur ein solches Risiko eingegangen? Was wäre es schön, wenn ich einfach am Dienstag in meine alte Firma gehen könn-*

te! Jetzt trage ich auch noch die Verantwortung für Frau Merz und Frau Eggert.

Sie kam sich vor wie in einem Sketch, wo jemandem ein Engelchen und ein Teufelchen jeweils auf einer Schulter saßen und abwechselnd ihre Argumente von sich gaben: Du wirst das schaffen, du bist gut! – Es sind schon Bessere als du gescheitert! – Du hättest es für den Rest deines Lebens bedauert, wenn du diese Chance nicht genutzt hättest! – Kaum hast du etwas Geld zur Verfügung, schießt du es derart in den Wind. – Du hast doch noch die Trachten. – Hättest du die Scheine von der Wittelsbacher Brücke geworfen, hättest du sie wenigstens fliegen sehen. – Die Dirndl werden sicher gut gehen. – Ja, klar, es gibt ja auch sonst keinen in München, der Dirndl verkauft …

Es knallte, als sie das Buch energisch zusammenklappte.

Sie würde sich einen Tee kochen.

In der Küche saß Herr Gruber noch am Frühstückstisch und las die Zeitung.

Er studierte die Todesanzeigen und griff jetzt nach dem Telefon.

Lena schüttelte stumm den Kopf, als sie Wasser in den Teekessel laufen ließ. Sie wusste, was jetzt kam.

Herr Gruber rief seine Freunde Ernst Stöckl und Franz Gerstl an, sie würden sich auf eine der Anzeigen einigen, zu dieser Beerdigung würden sie dann gehen. Aber vorher, und das war das Entscheidende, schlossen sie eine Wette darüber ab, aus wie vielen Leuten die Trauergemeinde bestehen würde. Jeder der drei sagte eine Zahl, und derjenige, der am besten geschätzt hatte, wurde von den beiden anderen am gleichen Abend zum Essen eingeladen.

Als Herr Gruber einmal für seine beiden Freunde gekocht und Lena auch an dem Abend eingeladen hatte, hatten sich die drei über die letzte Beerdigung unterhalten, so hatte Lena von diesen Wetten erfahren.

»Wieso? Wir tun doch keinem was«, hatte Herr Gruber sich

verteidigt, als Lena sich entsetzt zeigte und das Ganze als ziemlich pietätlos bezeichnete.

»Wir gehen ja auch nicht zu irgendwelchen tragischen Geschichten. Aber du würdest dich wundern, Madl, was es für Zusammenhänge gibt! Zum Beispiel in den reichen Stadtvierteln, da gehen meistens weniger Leut mit als in den armen. Und wenn ein Mann stirbt, sind es eher etwas mehr Trauernde, bei einer Frau meist etwas weniger. Wenn es eine verwitwete alte Frau war, dann geht schon gar keiner mehr mit, und natürlich gilt sowieso: je älter, desto weniger.«

»Wie bei uns. Da ist beim Letzten von uns dreien dann gar keiner mehr«, hatte Franz gekichert. Daraufhin hatten die drei schallend gelacht, sich zugeprostet und genießerisch ihren Wein getrunken.

»Ach, er ist nicht zu Hause«, murrte Konstantin Gruber jetzt enttäuscht vor sich hin und drückte die Austaste des Telefons.

»Mögen Sie auch einen Tee, Herr Gruber?«

»Ach ja, das ist eine gute Idee.«

Lena füllte gerade die Blätter in die Kanne, als es klingelte. Gleich zwei Mal.

Lena und Herr Gruber warfen sich einen kurzen Blick zu. Wer konnte das sein?

»Ich geh schon«, sagte Lena.

Vor der Wohnungstür stand ein junger Mann. Er hielt einen nur leicht in Papier eingeschlagenen Blumenstrauß im Arm.

»Den soll ich hier abgeben. Für Frau Jacobi.«

»Für mich?«

»Sind Sie Frau Jacobi?«

»Ja, das bin ich, wer schickt mir denn …«

»Karte ist am Papier angeheftet!« Der junge Mann drückte Lena den Strauß in die Arme, und bevor sie noch etwas sagen konnte, drehte er sich um und sprang die Treppe hinunter.

Herr Gruber reckte neugierig den Hals, als Lena mit dem Strauß zurück in die Küche kam.

Lena verkniff sich ein Grinsen. Es war ihm anzusehen, wie viel Mühe es ihn kostete, die Frage nach dem Absender zu unterdrücken.

»Es ist eine Karte dabei, ich schau gleich nach, wer mich so verwöhnt. Aber erst mal versorge ich die Blumen.«

Die Zeit, die Lena brauchte, bis sie eine passende Vase aus dem Flurschrank geholt und mit Wasser gefüllt, die Stiele gekürzt und die Blumen endlich zufriedenstellend in der Vase angeordnet hatte, wurde Herrn Gruber lang. Zwischendurch klingelte auch noch der Küchenwecker, um anzuzeigen, dass der Tee nun lange genug gezogen hatte, und Lena leerte gründlich das Teesieb und füllte zwei Tassen. Konstantin zappelte immer ungeduldiger auf seiner Eckbank hin und her.

Aber endlich waren die Blumen versorgt und der Tee serviert, und Lena zupfte den hellen Umschlag von dem blassgrauen Einschlagpapier ab.

Auf dem Umschlag stand nur ihr Name. Sie spürte, wie ihr Herz aufgeregt klopfte, als sie die Karte herauszog. Sie hatte nicht die geringste Ahnung, wer sie mit Blumen verwöhnen wollte.

Als sie den Text auf der Karte las, glitt ein ungläubiges Lächeln über ihr Gesicht.

Alles Gute zur Eröffnung!
Und ich bin so stolz auf Dich.
In unverbrüchlicher Liebe,
Dein Christian

Woher wusste er von ihrem Atelier? Wer hatte ihm davon erzählt? Sie würde gleich eine Mail schreiben, sich bedanken und ihn danach fragen.

Lena hob den Kopf und traf auf den gespannten Blick von Herrn Gruber.

»Er ist von Christian«, sagte sie. »Haben Sie ihm erzählt, dass ich mich selbstständig mache?«

Aber Konstantin Gruber schüttelte den Kopf, das Erstaunen war ihm deutlich anzusehen.

Ihm fiel nämlich gerade auf, dass Lena seines Wissens noch nie Blumen bekommen hatte, seit sie hier wohnte. Von ihm zum Geburtstag, das schon. Aber sonst? Er hätte ihr vielleicht auch manchmal welche schenken sollen, dachte er, ärgerlich auf sich selbst. Ein unerwarteter Blumenstrauß, so eine kleine Geste und oft so eine große Wirkung.

Denn Lena freute sich sehr, das war ihr deutlich anzusehen. Dabei war der Strauß gar nichts Besonderes. Ein typischer 08/15-Strauß, wie er von Blumenversandhändlern zusammengestellt wurde, wenn man online bestellte.

»Er wünscht mir alles Gute zur Eröffnung meines Geschäfts. Ich verstehe nur nicht, woher er davon weiß.«

»Von mir nicht. Ich habe keinen Kontakt zu deinem Christian.«

»Sie mögen ihn nicht, Herr Gruber, ich weiß.«

Lena ahnte es, obwohl Herr Gruber noch nie etwas in dieser Richtung gesagt hatte.

Lena stellte den Blumenstrauß auf das mächtige dunkle Eichenbüfett. Dann setzte sie sich zu dem alten Mann an den Küchentisch.

Konstantin hatte das Gefühl, etwas Versöhnliches sagen zu müssen: »Ich kenn ihn ja gar nicht richtig. Er war nur vier Mal hier in den vergangenen sieben Jahren. Immer nur für ein paar Tage. Da gab es auch wenig Gelegenheit zum Kennenlernen.«

Lena nickte. »Ja, dass er in Hongkong arbeitet, das ist wirklich schade, es ist einfach zu weit weg.«

Konstantin Gruber sah seine Chance gekommen.

»Weißt, Madl, ich will doch nur, dass du glücklich wirst. Und mit einem Partner, der so weit weg lebt, da ist es halt schwer.«

Lena nickte. »Er hat aber immer wieder die Hoffnung, einen Job in München zu kriegen.«

Konstantin zog sich die Zuckerdose heran. »Ich denke, solche EDV-Spezialisten werden gesucht? Es müsste ja auch nicht München sein, irgendwo in Deutschland oder vielleicht sogar auch nur in Europa würde doch schon reichen, oder?«

Lena pustete in ihre Teetasse. Konstantin Gruber formulierte das, was auch sie immer wieder dachte.

»Ich weiß nicht, wie ich Ihnen das erklären soll, er hat eben auch seine Probleme.«

Konstantin Gruber unterdrückte mit Mühe ein verächtliches Schnauben.

»Wissen Sie«, begann Lena, »seine Mutter hat die Familie verlassen, da war er noch nicht einmal vier Jahre alt und …«

»Was ist denn das für eine Mutter?« Diese Information war neu für Konstantin Gruber, und Lena sah ihm an, wie unbegreiflich ihm ein solches Verhalten war.

»Ich habe die Mutter nie kennengelernt. Sie war wohl überfordert mit dem Kind. Wahrscheinlich war auch die Beziehung zu ihrem Mann nicht in Ordnung. Christians Vater ist ja auch nicht einfach, er ist so der typische Computerfreak, wie man sich ihn vorstellt. Guckt nur auf den Bildschirm, hochintelligent, aber was die soziale Kompetenz angeht …«

Wie der Sohn, dachte Konstantin Gruber.

»Und er hat ja quasi als eine Art Feuerwehr gearbeitet, er kam immer dann zu einem Unternehmen, wenn es ein EDV-Problem gab. Hatte er das gelöst, zog er weiter. Er war ja nie länger als drei oder vier Monate an demselben Ort. Die Frau kam damit vielleicht nicht zurecht.«

»Aber deswegen kann sie doch nicht ihr Kind im Stich lassen!« Konstantin empfand auf einmal Mitleid mit dem bei ihm bisher so verhassten Christian.

Lena ahnte, was er fühlte. Auch sie empfand tiefes Mitleid mit Christian, wenn sie versuchte, sich vorzustellen, wie es für einen vierjährigen Jungen sein musste, wenn plötzlich die Mutter verschwand.

Christian behauptete allerdings immer, er könne sich gar nicht daran erinnern.

»Für mich hat sich doch kaum was geändert. Ich wurde auch schon vorher immer eher von Kindermädchen betreut. Und meine Mutter ist einfach kein Familienmensch. Sie kann dieses Gebundensein, dieses Gefesseltsein an die Familie nicht ertragen. Ich verstehe das, ich könnte das auch nicht«, hatte er irgendwann gesagt, und sie hatte noch nachfragen wollen: »Aber wenn du selbst eine Familie hättest? Ein Kind?« Aber sie hatte nicht gefragt. Aus Angst vor der Antwort, das war ihr klar.

»Ich weiß, was Sie meinen«, sagte sie jetzt zu Herrn Gruber. »Ich kann das auch nicht verstehen.«

»Und dann hat ihn sein Vater aufgezogen?«

»Wohl eher die verschiedenen Kindermädchen. Der Vater hat das Nomadenleben ja nicht aufgegeben, er hat seinen Beruf nicht gewechselt. Für Christian hat das bedeutet, dass er immer wieder nach wenigen Monaten in eine neue Stadt, in eine neue Umgebung kam und natürlich auch ein neues Kindermädchen bekam. Ich glaube, deswegen kann er sich nicht binden.«

Lena holte tief Luft. Vielleicht hätte sie das alles Konstantin Gruber gar nicht erzählen sollen. Aber dieser unvermutete Blumenstrauß und auch die Liebeserklärung auf der Karte hatten ihr gerade heute so gutgetan.

Natürlich hatte Christian Bindungsprobleme, wer wüsste das besser als sie. Aber er liebte sie, und vielleicht würde er sich doch einmal ändern. Sie musste nur Geduld haben.

»Meine Mutter hat immer gesagt, die Liebe gibt es nicht umsonst. Das Glück hat seinen Preis. Und Christians Probleme … das ist halt der Preis, den ich bezahle.«

Konstantin Gruber wollte etwas erwidern, aber als er sah, wie glücklich strahlend Lena auf die Karte schaute, schwieg er.

Diese Gleichung geht nicht auf. Da zahlst du viel zu viel, dachte er.

»Was macht eigentlich unser neuer Mitbewohner?«, fragte Lena schließlich. Sie wollte das Thema wechseln.

»Der schaut sich heute die Tierarztpraxis von seinem Freund an, und danach fährt er übers Wochenende zu seinen Eltern. Der kommt erst Sonntagabend zurück, hat er gesagt.«

Lena bemühte sich, sich die Freude nicht anmerken zu lassen. Das war ja wunderbar, wenigstens etwas.

Konstantin Gruber allerdings ärgerte sich. Jetzt stand das lange Wochenende vor der Tür, das Madl hätte Zeit, und die beiden hätten sich wunderbar näher kennenlernen können. Stattdessen drängte sich dieser Christian auf einmal wieder herein. Nun ja, der Neue war erst gestern eingezogen, es war ja noch genug Zeit.

Die nächsten beiden Tage zogen sich für Lena wie Kaugummi. Erika war verreist, Konstantin Gruber fuhr mit seinen beiden Freunden zum Skifahren. Lena tigerte die meiste Zeit ruhelos durch die Wohnung. Am Samstag besuchte sie noch einmal ihr Atelier, wo sie der Putzfrau Frau Noll, die für ein letztes Mal Staubwischen und Durchsaugen gekommen war, hauptsächlich im Weg stand. Am Sonntag schien wenigstens die Sonne, sodass sie einen ausgiebigen Spaziergang machen konnte – so kräftig, wie sie ausschritt, handelte es sich jedoch fast eher um einen Gewaltmarsch. Und so gingen auch diese Tage endlich vorbei.

Morgen geht es los, dachte sie erleichtert, als sie bereits um kurz nach neun am Vorabend ermüdet ins Bett sank.

Zwar war die Eröffnung erst am Dienstag, denn montags würde auch in Zukunft ihr Ruhetag sein. Aber morgen traten ihre beiden Angestellten die Arbeit an, denen sie diese allerersten Januartage noch freigegeben hatte.

Sie blätterte noch zehn Minuten in dem Reiseführer über

Mailand, ohne die Informationen wirklich aufzunehmen. Dann löschte sie das Licht. Im Einschlafen hörte sie noch, wie Herr Gruber von seinem Wochenendausflug heimkehrte.

Später am Abend kam auch Jonas, der lächelte, als er aus Konstantin Grubers Zimmer ein sonores Schnarchen vernahm. Als sein Blick jedoch auf die Tür seiner Mitbewohnerin fiel, verzog sich seine Miene verärgert.

Wegen Herrn Gruber tat es ihm leid, aber er hatte bereits eine Mail an die Agentur geschrieben, er würde schnell eine andere Wohnung finden und, wenn alles gut ging, übermorgen schon ausziehen. Das Badezimmer blitzte, wie auch schon bei der Besichtigung, vor Sauberkeit, in der Luft hing ein leichter, angenehmer Duft nach Kosmetika – Jonas schnupperte unwillkürlich – und nach irgendwelchen zarten Blüten.

***

Lena wachte an diesem Montagmorgen früh auf. Draußen war es noch stockdunkel. Ein Blick auf den Wecker: sechs Uhr dreißig.

Sie hatte schlecht geschlafen, alle Muskeln schmerzten, weil sie so verkrampft gelegen hatte.

Ab morgen würde es besser werden. Sie war einfach nervös vor der Eröffnung. Nervös und ungeduldig.

In der Küche klirrte Porzellan. Der Kaffeeduft verriet, dass Herr Gruber dort schon zugange war. Aber es gab noch andere Geräusche, ungewohnte, unvertraute: Nebenan knarrte das Parkett, jetzt klappte eine Schranktür.

Der neue Mitbewohner. Offenbar stand er früh auf. Das war gut, so würden sie sich nicht ins Gehege kommen, obwohl Lena auch eine Frühaufsteherin war. Aber das Geschäft würde ab morgen erst um elf aufmachen. Natürlich wollte und musste sie spätestens gegen halb neun im Geschäft erscheinen, doch auf zehn Minuten früher oder später kam es nicht an. Sie konnte sich seinen Gepflogenheiten problemlos anpassen.

Aber warum eigentlich sie? Hätte dieser Doktor Wolff nicht mal mit ihr reden müssen, wie sie beide sich arrangieren sollten? Wie sie sich abstimmen könnten? Das wäre doch wohl ein Gebot der Höflichkeit gewesen!

Die beiden Frauen, die hier in der Vergangenheit gewohnt hatten, hatten das jedenfalls getan. Aber das war mal wieder typisch Mann. Er ging ins Bad, wie es ihm passte, als sei er allein auf der Welt.

Oder war das seine Rache? Wollte er ihr zeigen, dass das Bad nun sein Revier war?

Der Groll, der in ihr aufstieg, machte sie vollends wach.

Jetzt musste sie auch noch zur Toilette.

Sie schwang sich aus dem Bett und ging zum Badezimmer, und obwohl sie das leise Summen der elektrischen Zahnbürste hörte, drückte sie vorsichtig versuchsweise die Klinke herunter.

Er hatte abgeschlossen, wollte wohl nicht noch mal überrascht werden.

Lena konnte es nicht verhindern – bei der Erinnerung an seinen Anblick unter der Dusche, an seine Hand mit diesem Schaumgebilde, musste sie wieder leise kichern.

Sie brauchte einen Moment, um sich zu fangen. Dann klopfte sie fest an die Tür.

»Besetzt!«, schallte es heraus.

Als ob sie das nicht selber merkte.

»Können Sie sich bitte beeilen?«, rief sie durch die geschlossene Tür.

»Ich komme raus, wenn ich fertig bin!«

Lena konnte das Ausrufezeichen förmlich hören. Sie grinste. Wenigstens hatte sie demonstriert, dass das Bad nicht ihm allein gehörte.

Sie huschte wieder ins Bett und zog sich die Decke über die Ohren. Sie wollte nichts hören von diesem Menschen und hoffte inständig, dass er möglichst bald das Haus verließe, damit sie ihn nicht sehen müsste.

Sie war wirklich angespannt genug, da brauchte sie sich nicht noch über diesen Typen zu ärgern.

Sowieso war sie neugierig, wie sie das Badezimmer vorfinden würde.

Aber ihre Befürchtungen erwiesen sich als unbegründet. Nachdem Jonas das Badezimmer wenige Minuten nach ihrem herrischen Klopfen geräumt hatte und sie sofort die Gelegenheit genutzt hatte und hineingehuscht war, stellte sie einmal mehr fest, dass er ein ordentlicher Mensch war. Seine benutzten Handtücher hingen wieder ordentlich über dem kleinen Wäscheständer, den er extra aus der Nische neben der Waschmaschine herausgezogen hatte. Das Waschbecken war offensichtlich nach der Benutzung ausgewischt und poliert worden, sogar die Glaswand der Dusche hatte er mit dem Abzieher, der an einem Haken in der Dusche hing, gereinigt.

Allerdings hatte Jonas nicht gelüftet, der Raum hing voller Dampfschwaden, der Spiegel war beschlagen, sogar der Fenstergriff fühlte sich feucht an, als Lena das Fenster aufriss.

Augenblicklich strömte von draußen kalte Winterluft herein. Lena schauderte.

Sie beschloss, fünf Minuten zu lüften und so lange in ihrem Zimmer zu warten.

Als sie endlich unter der Dusche stand, fiel ihr Blick auf die linke Seite des Regals, dorthin, wo Jonas seine Utensilien aufgebaut hatte: sein Duschgel, drei kleine Gesichtshandtücher, ein Aftershave, eine Tube Zahnpasta.

Es zuckte sie in den Fingern, aber sie konnte sich beherrschen. Diese Dinge gingen sie nichts an.

Während des Duschens konnte sie allerdings den Blick nicht von der schräg liegenden Zahnpastatube abwenden.

Als sie das Badezimmer verließ, öffnete sie erneut das Fenster. In fünf Minuten würde sie noch einmal hereinkommen, um es zu schließen, so wie sie es jeden Morgen tat.

Als sie fünf Minuten später im Badezimmer stand, das Fenster wieder geschlossen, die Dusche gesäubert, ihre Handtücher auf den Ständer gehängt hatte – exakt hintereinander und auch die beiden von Jonas noch ordentlich davorgeschoben –, ging sie plötzlich vor Jonas' Regal in die Hocke.

Wenige Augenblicke später hatte sie seine Utensilien geordnet: Alles stand nun in Reih und Glied und der Größe nach sortiert.

Sie wartete, bis die ins Schloss fallende Wohnungstür ihr zeigte, dass Jonas die Wohnung verlassen hatte, dann erst ging sie in die Küche, wo Herr Gruber mittlerweile, wie jeden normalen Morgen, den Tisch zu drei Vierteln mit seiner Zeitung belegte.

»Na, Madl«, meinte er. »Jetzt hast du es bald geschafft.«

Sie nickte und lachte kurz. »Noch ein Tag. Dann ist es so weit. Irgendwie fühle ich mich wie früher an Weihnachten.«

Nur steht noch nicht fest, ob tatsächlich der Weihnachtsmann Geschenke bringt – oder ob nicht vielleicht doch Knecht Ruprecht mit der Rute erscheint und mir vorhält, was ich alles falsch gemacht habe.

Der Tag ging für Lena schneller vorbei, als sie befürchtet hatte. Als sie gegen zehn in ihrem Atelier am Schreibtisch saß und gerade zum gefühlt einhundertsten Mal die Zusammenstellung der bisherigen Kosten kontrollierte, klopften ihre beiden Mitarbeiterinnen an die Glastür.

Lena hatte die beiden erst zweimal gesprochen. Das erste Mal bei einem von Frau Dallert arrangierten gemeinsamen Essen. Lena sollte die beiden Menschen, die in Zukunft mit ihr arbeiten würden und von denen ihr Erfolg auch in gewisser Weise abhängig war, überhaupt erst einmal kennenlernen. Und beim zweiten Mal hatten sie einen halben Tag lang zusammengesessen, kurz nachdem Lena das Atelier übernommen hatte, und sie hatte ihnen das zukünftige Konzept erklärt.

»Ich bin schon öfter hier vorbeigelaufen und habe mir die Nase an den Schaufenstern platt gedrückt«, sagte Sonja. »Es ist so toll geworden, ich kann es kaum erwarten!«

»Das freut mich, das freut mich sehr«, sagte Lena, und ihre Stimme wurde vor Rührung ganz rau. »Danke, Frau Eggert.«

»Ach, sagen Sie doch bitte einfach Sonja zu mir«, bat die junge Frau.

»Das ist aber nett, noch einmal danke«, sagte Lena herzlich. »Kommen Sie, ich führe Sie überall herum.«

Der Tag verging wie im Flug. Lena zeigte die Kleider, die sie als Fabrikware eingekauft hatte, und erläuterte die Modelle, die sie selbst entworfen hatte.

Irgendwann sagte Frau Merz: »Da kriege ja selbst ich Lust, noch mal zu heiraten.«

Lena empfand das als großes Kompliment, sie hatte bereits erfahren, dass Frau Merz eine ausgesprochen hässliche Scheidung nach fünfzehn Jahren Ehe hinter sich hatte und nie mehr heiraten wollte.

Die beiden testeten ihre Nähmaschinen, die sie allerdings schon kannten, schließlich hatte Lena diese mit übernommen, bestaunten die Stoffe: »So einen edlen Satin hatte ich noch nie in der Hand …«, und trugen mit ihrer Begeisterung und ihrer Freude Lena durch den Tag.

Die drei beendeten den Montag mit einem gemeinsamen Imbiss am frühen Nachmittag, saßen noch länger zusammen, plauderten und vertrieben sich gegenseitig die bei allen drei gleichermaßen vorhandene Anspannung.

Gegen halb fünf schickte Lena dann ihre beiden Mitarbeiterinnen nach Hause, sie jedoch ging noch einmal ins Atelier. Sie tat sich schwer, es zu verlassen, aber gegen neun kam Lena wieder in der Gruber'schen Wohnung an.

Alles war dunkel – Herr Gruber war heute Abend bei einem seiner Freunde zum Essen eingeladen, er hatte es Lena heute Morgen gesagt. Vom neuen Mieter war nichts zu sehen. Lena beeilte sich mit der Abendtoilette im Badezimmer, und um zehn Uhr lag sie im Bett und schlief trotz aller gegenteiligen Befürchtungen sofort ein.

***

Auch für Jonas eilten die Stunden nur so vorüber.

Das Wartezimmer platzte bereits um halb neun Uhr morgens aus allen Nähten.

Während der Feiertage hatten sich vielerlei Besuchsanlässe bei den Tierbesitzern aufgestaut: Jonas entwurmte Katzen und einen Wurf junger Rauhaardackel, kontrollierte bei einer wertvollen Dalmatinerhündin, ob ihre Schwangerschaft ordnungsgemäß verlief, behandelte entzündete Augen bei Hunden und Katzen und schiente den gebrochenen Fuß eines Kanarienvogels. Abgesehen von den mehrfachen Anrufen seines Freundes Hanns-Peter, der sich gefühlt alle halbe Stunde erkundigte, ob alles in Ordnung sei, und dem Jonas nach dem dritten Anruf unter der Androhung, sofort alles hinzuwerfen, einen weiteren Anruf verbot, war es ein ganz normaler Montagvormittag für einen Tierarzt in einer Großstadtpraxis.

Nach einer kurzen Mittagspause ging es weiter: Ein prächtiger Kater hatte von einem nächtlichen Spaziergang einige heftige Bisswunden mitgebracht, die versorgt werden mussten, und als Nächstes kam ein Rauhaardackel mit Durchfall. Auf diese Art verging der Nachmittag wie im Flug. Jonas war selbst überrascht, wie problemlos er agierte und sich in diese fremde Praxis einfand. Die zunächst erstaunten Tierbesitzer erlebten einen etwas wortkargen, aber ihren jeweiligen Tieren mit großer Sanftheit und Geduld begegnenden Arzt.

Gegen sieben Uhr war das Wartezimmer endlich leer. Jonas schaute auf sein Handy, MUC Home hatte ihm mehrere Adressen mit Telefonnummern von Vermietern geschickt, deren Apartments nach Ansicht von Frau Floss für ihn infrage kamen.

Glücklicherweise erreichte er gleich drei Vermieter, und alle waren in der Lage, ihm noch heute Abend eine Besichtigung zu ermöglichen.

Die ersten beiden Unterkünfte kamen nicht infrage: Eine war einfach ein hässliches, dunkles Loch, klein, alt, mit verwohnten Möbeln und einer schrecklichen Tapete an der Wand.

Das zweite war eigentlich ganz passabel, aber einem Vergleich mit dem Zimmer bei Herrn Gruber hielt es bei Weitem nicht stand und kostete etwa das Dreifache.

Aber das dritte Apartment, das er besichtigte, war gar nicht so schlecht. Das Haus stammte aus den Siebzigerjahren. Demzufolge besaß das Apartment natürlich nicht den Charme des schönen Altbauzimmers bei Herrn Gruber, aber das Badezimmer war großzügig, und ein Probeliegen auf dem Bett fiel ebenfalls zu seiner Zufriedenheit aus. Das Apartment lag weiter von der Praxis entfernt als die Wohnung von Herrn Gruber, er würde die U-Bahn nehmen müssen, und die Umgebung mit ihren uniformierten Neubauten war auch nicht besonders anheimelnd. Aber für die wenigen Wochen war das eigentlich egal. Der Mietpreis war etwas höher als bei Herrn Gruber, aber für die kurze Zeit spielte das keine Rolle. Wenn er nur nicht mit dieser Irren weiter zusammenwohnte.

»Wunderbar, ich nehme das Zimmer«, sagte er zu dem Hausmeister, der einen Schlüssel für das Apartment besaß und ihm geöffnet hatte. »Ich ziehe heute gleich ein. Wie gehen wir nun weiter vor?«

»Das macht die Agentur. Wenn die mir das Okay geben, kriegen Sie den Schlüssel«, brummte der Mann unfreundlich.

»Aber da ist doch jetzt keiner mehr!«

»Ja, dann ziehn Sie heute auch nicht mehr ein.«

»Aber …«

Der Hausmeister scheuchte Jonas herrisch aus dem Zimmer und drehte demonstrativ zweimal den Schlüssel in der Eingangstür.

Jonas aß noch schnell in einer kleinen Pizzeria zu Abend. Als er endlich wieder in seine Unterkunft bei Herrn Gruber kam, war es schon nach zweiundzwanzig Uhr. Die Wohnung war dunkel und ruhig. Herr Gruber war sicher schon im Bett. Er würde ihm morgen beim Frühstück sagen, dass er ausziehen wollte.

Im Badezimmer sah Jonas seine wie die Soldaten aufgereihten Körperpflegeartikel im Regal. Er stutzte. Aber dann verstand er: Offenbar war die Putzfrau heute da gewesen. Das kannte er von seinem Leben mit Irene. Jedes Mal, wenn die Putzfrau wieder weg war, standen die Dinge an einem etwas anderen Platz, das lag wohl in der Natur der Sache.

***

Als am nächsten Morgen Herr Gruber am gedeckten Frühstückstisch saß und mit unverhohlenem Stolz einladend auf die duftenden Butterbrezen zeigte, brachte Jonas es nicht über sich, das Zimmer zu kündigen.

Er beschloss, sicherheitshalber erst zu kündigen, wenn er den Mietvertrag für das neue Zimmer unterschrieben hatte.

Lena rumorte noch im Badezimmer. Wenn Konstantin Gruber Jonas' Einsilbigkeit auffiel, so sagte er jedenfalls nichts dazu. Als Jonas die Badezimmertür hörte und er davon ausgehen musste, dass Lena gleich am Frühstückstisch erscheinen würde, verabschiedete er sich hastig.

Lena hörte, wie die Wohnungstür ins Schloss fiel, und verspürte ebenfalls Erleichterung.

Diesen unsympathischen Menschen heute Morgen auch noch beim Frühstück zu ertragen, wäre wirklich zu viel gewesen.

Als sie die Küche betrat, legte Konstantin Gruber die Zeitung beiseite und lächelte sie aufmunternd an.

»Na, Madl, wie hast du geschlafen?«

Sie grinste kurz und schüttelte den Kopf.

»Na, jetzt geht's ja los. Heute Abend geht es dir besser.«

Na hoffentlich, dachte Lena.

Sie nickte, schenkte sich einen Kaffee ein und setzte sich zu Herrn Gruber an den Tisch.

»Ach, Herr Gruber«, sagte sie gerührt. »Und ich krieg gar nichts runter.«

Konstantin Gruber hatte zur Feier des Tages über die obligatorischen Brezen hinaus noch Croissants und die von Lena so geliebten Rosinenschnecken besorgt.

»Konfuzius sagt, eine wohlschmeckende Rosinenschnecke schmeckt nach einer erfolgreichen Ateliereröffnung noch besser!«

Lena musste lachen. »Na, dieser Konfuzius, der war schon wirklich hellsichtig! Beeindruckend …«

Herrn Grubers Augenbrauen wölbten sich weit nach vorne. Er war zufrieden. Er hatte das Madl zum Lächeln gebracht.

»Aber eine trockene Brezn isst du – nur so einen Kaffee auf nüchternen Magen, das is' nix. Und dann zischst du am besten ab, du hast ja doch keine Ruhe.«

Lena verzog das Gesicht zu einem etwas bemühten Lächeln, ihr Magen war so verkrampft, dass es schmerzte. Aber sie tat wie geheißen: Sie griff nach einer Breze, biss immer wieder kleine Stücke ab und kaute langsam. Erstaunlicherweise tat dies ihrem Magen wirklich gut.

Später im Atelier lief sie ruhelos hin und her, schob die

Brautkleider hinter der gläsernen Tür von einer Seite auf die andere, glaubte, einen Fleck auf dem Glas zu erkennen, den sie hingebungsvoll wegrieb, bis sie erkannte, dass es sich lediglich um einen Lichtreflex handelte. Sie zupfte an den Ärmeln des im rechten Fenster dekorierten Brautkleids, schob die Schuhe im Schaufenster zwei Zentimeter nach rechts, um sie dann wieder zwei Zentimeter nach links zu schieben, und schaute gefühlte einhundert Mal auf die Uhr, deren Zeiger sich heute einfach nicht bewegen wollten.

Um halb zehn kamen, so wie sie es gestern verabredet hatten, Frau Merz und Sonja und bauten gleich die Gläser für den Prosecco, den es heute zur Feier des Tages für die ersten Besucherinnen geben sollte, auf dem kleinen Tisch neben der Eingangstür auf.

Das Wetter spielte mit, es war zwar kalt, aber die Sonne stand strahlend am Himmel und lockte die Menschen nach draußen.

Um kurz vor elf schleppten sie die beiden Aufsteller, die bisher in der schmalen Garderobennische versteckt gewesen waren, vor die Tür. Den einen links um die Ecke, den anderen rechts um die Ecke. So konnte man in beiden Straßen schon von Weitem lesen:

Neueröffnung
Lenas Brautmoden- und Trachtenatelier
Maßschneiderei und Prêt-à-porter

Dann drehte sich Lena zu den Lichtschaltern neben der Eingangstür. Sie hatte das Geld in eine professionelle Lichtberatung investiert, denn sie war der Auffassung, dass man sich gar nicht genug Gedanken um die Beleuchtung eines Raums machen konnte. Sie drückte auf die Schalter.

Die Raumbeleuchtung tauchte das Atelier in ein warmes Licht, und die geschickt gesetzten Spots ließen die Brautkleider strahlen.

»Wow!«, sagte ihre Auszubildende nur.

Auch Frau Merz zog vor Überraschung laut die Luft ein.

»Jetzt haben wir geöffnet«, sagte Lena.

***

Konstantin Gruber dachte während des Frühstücks über Jonas' merkwürdiges Verhalten nach. Er hatte fast das Gefühl, sein neuer Mieter ging der Begegnung mit Lena aus dem Weg. Das war wahrscheinlich auf diese unglückliche Begegnung am ersten Abend zurückzuführen.

Auch Lena verhielt sich nicht normal. Aber sie war natürlich zurzeit nervös. Es würde besser werden, wenn sie die erste Woche in ihrem Geschäft überstanden hätte. Die beiden mussten mal einen Abend entspannt zusammensitzen, sich unterhalten, ein gutes Essen genießen, ein schönes Glas Wein trinken oder auch zwei.

Er würde sich darum kümmern.

***

In der Tierarztpraxis lief es wie am Tag zuvor, wenn man davon absah, dass sein Freund Hanns-Peter nur ein einziges Mal anrief.

In der Mittagspause ließ Jonas sich von einem Taxi in die MUC Home-Agentur bringen.

»Schön, dass wir doch noch was für Sie gefunden haben«, sagte Frau Floss, während der Drucker ratterte und ein Blatt nach dem anderen ausspuckte.

Sie griff nach dem ersten. »Hier ist der Mietvertrag. Wenn Sie den bitte unterschreiben wollen.«

Jonas zog seinen Stift aus der Brusttasche des Jacketts. »Kann ich denn heute noch einziehen?«

»Das wird leider nicht klappen. Sie müssen ja erst die Kaution überweisen. Und die Maklergebühr muss bei uns auf dem Konto eingegangen sein.«

»Moment mal.« Jonas stoppte mitten in der Bewegung. »Die habe ich Ihnen doch schon beim letzten Mal bar bezahlt.«

Frau Floss strahlte ihn an. »Ja, ich habe mit der Geschäftsführung gesprochen. Es ist natürlich nicht einzusehen, dass Sie innerhalb einer Woche zweimal die komplette Maklergebühr bezahlen.«

»Eben«, nickte Jonas zufrieden und setzte den Kugelschreiber auf das Papier.

»Daher erhalten Sie auch einen Nachlass von einem Drittel der Summe«, sagte Frau Floss mit sich vor Begeisterung fast überschlagender Stimme.

»Wie bitte?«, fragte Jonas und stoppte erneut. Er hatte gerade seinen Vornamen unter den Vertrag gesetzt. »Ich muss tatsächlich noch mal Maklergebühr bezahlen?«

»Ja, aber nur zwei Drittel!«, sagte Frau Floss.

Jonas ließ den Stift sinken. »Sie wollen innerhalb von wenigen Tagen ein zweites Mal Maklergebühr von mir?«

»Natürlich wird eine erneute Gebühr fällig.« Frau Floss wollte es für ihn verständlich machen. »Schließlich sind wir ja ein zweites Mal für Sie tätig geworden. Aber wie gesagt: Ich habe mich für Sie eingesetzt bei der Geschäftsführung, und Sie erhalten einen beachtlichen Nachlass.«

Jonas schüttelte den Kopf. »Aber wir waren uns doch einig, dass das bei Herrn Gruber nur eine Übergangslösung darstellt, Sie hätten mich darauf aufmerksam machen müssen, dass …«

»Es tut mir leid«, sagte Frau Floss, und Jonas hörte echtes Bedauern in ihrer Stimme. »Ich habe getan, was ich konnte.«

Jonas schaute auf den Mietvertrag, der vor ihm lag. Jetzt sollte er also ein zweites Mal Gebühren bezahlen? Um in ein

Zimmer umziehen zu können, das lange nicht so schön war wie sein derzeitiges, deutlich weiter von der Praxis entfernt lag und zu allem Überfluss auch noch teurer war? Wie kam er eigentlich dazu? Er ließ sich doch nicht von dieser hysterischen Kuh aus seinem gemütlichen Zimmer vertreiben! Das wäre ja noch schöner.

Jonas griff nach dem Blatt Papier und riss es in vier Teile.

»Ich habe es mir anders überlegt«, sagte er zu der Angestellten und genoss im Aufstehen ihren verblüfften Gesichtsausdruck.

Nun würde er also doch bei dem netten Herrn Gruber in der Wohnung bleiben. Es war ihm nicht bewusst, aber sein Gang war beschwingt, als er zu dem Taxistand gegenüber eilte.

Und außerdem, überlegte er, während er die Taxitür öffnete und dem Fahrer das Ziel angab, außerdem konnte es ja sein, dass sie die Wahrheit gesagt hatte. Sie hatte vielleicht wirklich nur über sich selbst gelacht und über ihre Ängste.

Während das Auto losfuhr, war sich Jonas bereits sicher, dass es genau so gewesen war.

Gewesen sein *musste*.

Denn welchen Grund sollte sie sonst gehabt haben, so heftig über ihn zu lachen?

***

Kurz vor acht Uhr abends hörte Konstantin Gruber, der schon seit über einer Stunde ungeduldig wartete, endlich, wie sich der Schlüssel im Schloss der Eingangstür drehte und die Tür aufschwang.

Er schoss förmlich aus seinem Wohnzimmer.

»Madl, wie war's?«

Aber er sah schon Lenas vor Glück strahlende Augen.

»Hach!« In diesem Laut lag die ganze Erleichterung. »Es war wunderbar! Ich habe …« Lena musste nach Luft schnappen. »Ach, Herr Gruber, ich habe schon zwei Aufträge bekommen!«

Und während sie ihren Mantel auszog und im Garderobenschrank verstaute, sprudelte es nur so aus ihr heraus.

»In der ersten Stunde hat nur eine einzige Frau reingeschaut, und ich glaube, die kam nur, weil sie den Tisch mit dem Sektkühler gesehen hat. Die ist mitten im Raum stehen geblieben, mit ihrem Prosecco in der Hand, hat immer mal hin und her geguckt, dann das Glas in einem Zug geleert, hat sich nachgießen lassen, den zweiten Prosecco auch runtergekippt, und dann ist sie wieder gegangen.«

»Eine Unverschämtheit!«

»Aber dann kam eine junge Frau mit ihrer Mutter, die im April heiraten will. Sie hat erzählt, dass sie schon ganz ungeduldig auf die Eröffnung gewartet hat, weil sie unbedingt das Kleid im Fenster haben will und Angst hatte, es kauft ihr eine andere weg. Die war begeistert, als sie verstanden hat, dass wir es für sie nach Maß schneidern und die Ärmellänge, die ihr nicht so hundertprozentig gefiel, variieren können. Und während ich noch mit ihr in der Kabine war, kamen schon zwei weitere junge Frauen, die auch bald heiraten.«

Lenas Augen strahlten, ihre Wangen waren leicht gerötet, Freude und Erleichterung ließen sie leuchten. Konstantin Gruber wartete ungeduldig auf Jonas, hoffentlich kam der gleich. Das war eine völlig andere Lena als die nervöse, angespannte junge Frau der letzten Tage. Dieses hübsche junge Ding sollte der Dr. Wolff mal sehen. Dann würde er schon seine Meinung ändern.

»Mein Gott, habe ich Hunger. Gibt es eigentlich die Rosinenschnecke von heute früh noch?«

»Freilich, Madl! Ich hab aber auch a bissl was eingekauft und vorbereitet. Komm, wir gehen in die Küche.«

Als Lena die drei Gedecke sah, verfinsterte sich ihre Miene

kurz, aber angesichts des liebevoll vorbereiteten Abendbrottisches vergaß sie den Ärger sofort wieder.

»Hilfe, Herr Gruber!«, stöhnte sie lachend. »Wer soll das alles essen?«

Die Tischplatte bog sich förmlich unter den Platten und Schüsseln mit Schinken, Käse, frisch aufgeschnittenen Tomaten, Gurkenscheiben, zwei bunt angemachten Frischkäsecremes.

»Setz dich, Madl. Magst auch einen Wein? Ich hab einen guten Roten hochgeholt. Dann können wir auf die erfolgreiche Eröffnung trinken.« *Mit einem Glas Wein im Blut ist sie lockerer,* dachte Konstantin Gruber.

Lena zögerte nur kurz. »Sie haben recht«, sagte sie. »Heute gibt es wirklich einen Grund, um anzustoßen.«

»Na, dann setz di nieder. Jetzt wollen wir erst mal schlemmen.«

Mit einem lauten Ploppen entkorkte Herr Gruber gekonnt die Flasche und schenkte für sie beide ein.

Er ließ sich neben Lena nieder und hob das Glas. »Auf deinen Erfolg, Madl.« Kurz klangen die Gläser, dann sagte Herr Gruber: »Und jetzt greif zu, Madl.«

Lena ließ sich nicht zweimal bitten. Jetzt schmeckte es. Jetzt hatte sie Appetit. Sie langte herzhaft zu.

Auch Konstantin Gruber ließ es sich schmecken. Aber mit einem Ohr lauschte er immer wieder zur Eingangstür. Wollte denn dieser Doktor Wolff nicht endlich heimkommen?

Aber sie blieben zu zweit. Lena war schon lange satt, Konstantin Gruber auch, die Rotweinflasche war geleert – und irgendwann ließ sich das Abräumen nicht länger hinauszögern.

Im Bett liegend, lauschte Konstantin Gruber noch lange in den Flur. Wann kam denn dieser Mensch abends nach Hause? Das hatte alles nicht so funktioniert, wie Konstantin sich das vorgestellt hatte. Er dachte kurz nach, und dann wusste er, wie er es beim nächsten Mal angehen würde.

***

Am nächsten Morgen, als wieder zuerst Jonas – der gestern Abend verstimmt in einer kleinen Pizzeria nahe der Wohnung zu Abend gegessen hatte – am Frühstückstisch erschien, setzte Konstantin seinen Plan um.

»Haben Sie heute Abend schon etwas vor? Ich habe Lust, für uns zu kochen.«

Überrascht sagte Jonas: »Nein, ich …«

»Dann ist es hiermit abgemacht. So gegen zwanzig Uhr? Schaffen Sie das?«

Wen meinte der alte Mann mit dem Wort »uns«?, fragte sich Jonas misstrauisch. Nur sie beide? Oder auch diese unmögliche Frau? Er hatte absolut keine Lust, einen Abend mit diesem hysterischen Weib zu verbringen.

Jonas sah das erwartungsvolle Gesicht des alten Mannes, und er schaffte es nicht, Herrn Gruber einen Korb zu geben.

»Das ist eine wunderbare Idee«, log er. »Ich freue mich!«

Er hörte Lenas Zimmertür klappen, gleich würde sie in die Küche kommen. Wenn er sie heute Abend noch stundenlang »genießen durfte«, reichte das vollkommen.

Er erhob sich abrupt. »Ich muss! Dann bis heute Abend«, und Jonas war aus der Tür, noch bevor Lena die Küche betrat.

Konstantin musste sich anstrengen, sein zufriedenes Grinsen zu verbergen, als auch Lena seine Einladung für den Abend annahm. Das lief ja perfekt!

Es lag nicht an Konstantin Gruber, dass der Abend ein Fiasko wurde.

Konstantin kochte gern, und heute gab er sich besonders viel Mühe. Es sollte Bœuf Bourguignon mit frischem Weißbrot geben, als Vorspeise plante er Tomaten mit Mozzarella und Basilikum, zum Dessert würde er Bayerisch Creme servieren.

Er deckte den Tisch mit großer Sorgfalt, nutzte sogar Platzteller und Stoffservietten und holte aus seinem Wohnzimmer den vierflammigen Kerzenleuchter in die Küche.

Mit Befriedigung hörte er, wie seine beiden Mieter kurz nacheinander gegen halb acht nach Hause kamen.

Wenn er die Geräusche richtig interpretierte, gingen sowohl Jonas als auch Lena noch einmal kurz ins Bad, während er die Tomaten schnitt.

Als Konstantin um zehn vor acht die Kerzen anzündete, betrat Lena die Küche.

»Ich dachte, ich kann noch schnell eindecken«, sagte Lena. Ihr Blick fiel auf den Esstisch. »Mein Gott, wie schön! Herr Gruber, so viel Arbeit haben Sie sich gemacht! Ich bekomme ja ein ganz schlechtes Gewissen. Kann ich nicht vielleicht noch irgendwas helfen?«

»Na, setz di, 's is' alles fertig«, sagte Konstantin und schnitt das Baguette auf.

Jetzt kam auch Jonas.

»Guten Abend«, sagte er. »Was für ein festlicher Tisch!«

»Nehmen S' Platz«, unterbrach Konstantin. »Und Sie dürfen schon mal den Wein eingießen.«

»Natürlich, gerne«, sagte Jonas und griff nach der Flasche, die bereits im Kühler auf der Ablage der Eckbank bereitstand.

»Sie gestatten?«, fragte Jonas Lena. Sie nickte, und Jonas füllte die drei Gläser.

Endlich nahm auch Konstantin Platz.

»Zum Wohl dann«, sagte er und hob das Glas.

»Ja, zum Wohl.« Jonas und Lena taten es ihm gleich, und sie stießen an.

Als Jonas noch einmal Anstalten machte, sich zu bedanken, ließ Konstantin ihn nicht zu Wort kommen.

»Ich hab das gern gemacht, ich dachte, bei so einem gemeinsamen Abendessen können wir uns etwas besser kennenlernen. Ich hatte ja noch gar keine Zeit, euch richtig einander vorzustellen.«

Er schaute stolz auf seine beiden Mieter. Ein schönes Paar gaben die beiden ab.

»Also, Dr. Wolff ist Tierarzt und kommt aus Frankfurt.«

Jonas nickte höflich lächelnd.

»Eine schöne Stadt«, sagte Lena.

»Finden Sie?« Jonas' Tonfall war herablassend.

»Frau Jacobi ist Schneidermeisterin.« Der Stolz in Konstantins Stimme war nicht zu überhören. »Und sie eröffnet gerade ihr eigenes Atelier!«

»Aha«, sagte Jonas.

Lena schloss aus seinem Tonfall, dass ihn das nicht besonders interessierte.

Jonas sah, wie Herr Gruber ihn auffordernd anblickte. War das eine Aufforderung, sich einen Anzug von dieser hysterischen Person schneidern zu lassen? Das fehlte gerade noch.

»Leider trage ich keine Maßanzüge. Aber wenn ich doch mal das Bedürfnis nach einem verspüren sollte, dann komme ich gerne zu Ihnen.«

Lena lachte kurz auf. »Da könnte ich Ihnen nicht helfen. Ich mache Brautkleider. Brautkleider nach Maß.«

Brautkleider!, dachte Jonas. *Kitschiger geht's ja wohl nicht. Das erklärt einiges. Kein Wunder, dass die hysterisch lacht, wenn sie mal einen nackten Mann sieht.*

»Na ja, das muss es auch geben«, sagte Jonas, und Lenas schlechtes Gewissen wegen der unglückseligen nächtlichen Begegnung löste sich in Luft auf.

»Ich wünsche einen gesegneten Appetit.«

Konstantin hob den Deckel von der großen Terrine, aus der es verlockend dampfte.

Lena beschloss, ihren Ärger zu ignorieren. Herr Gruber hatte sich so viel Mühe gemacht.

Sie schob noch schnell die Schüssel mit dem Gulasch so, dass sie mit dem Brotkorb genau in einer Reihe stand, dann bemühte sie sich um ein Lächeln, als sie Jonas ansah.

»Und Sie sind also Veterinär«, wechselte sie das Thema. »Was verschlägt Sie jetzt nach München?«

Zwar hatte Konstantin ihr übers Wochenende schon erzählt, dass der neue Mieter als Tierarzt in München arbeitete, aber der Mann sollte nicht das Gefühl bekommen, dass sie hinter seinem Rücken über ihn geredet hatten.

Jonas erzählte kurz, wie es dazu gekommen war.

»Und das geht?«, fragte Lena überrascht. Denn dass Jonas für einen Freund einsprang, hatte sie noch nicht gewusst. »Sie können so einfach in die Praxis eines anderen Veterinärs einsteigen?«

»Wo soll da das Problem sein? Die Münchner Katzen sind auch nicht anders als die Frankfurter.«

Lenas gute Vorsätze kamen ins Wanken.

»Ach«, sagte sie mit übertriebenem Erstaunen. »Tatsächlich? Haben die auch alle vier Beine?«

Jonas lachte spöttisch auf.

Konstantin Gruber freute sich. Die beiden lachten schon zusammen. Es funktionierte also.

»Na ja, wenn Ihnen das klar ist, dann verstehe ich Ihre Verwunderung nicht.«

»Ich dachte eher an die Ausstattung, die medizinischen Geräte. Da muss man sich doch … Also wenn ich ausfiele, könnte nicht einfach irgendjemand …«, erklärte Lena.

»Nun, vielleicht bin ich nicht *einfach irgendjemand*«, unterbrach Jonas rüde.

»Nein, das sind Sie ganz sicher nicht«, erwiderte Lena.

Jonas warf ihr einen kurzen Blick zu. War das ein Angriff? Aber die Frau lächelte ihn freundlich und nichtssagend an.

Jonas spürte seine Gereiztheit. Was war bloß los mit ihm? Warum schaffte er es nicht, diesen Abend entspannt zu genießen und sich freundlich zu präsentieren? Irgendwie ging es nicht. Was ihn noch mehr ärgerte.

»Nehmen S' noch ein Stück Brot«, sagte Herr Gruber und hielt Jonas den Korb mit dem frischen Baguette hin.

Jonas nickte dankend.

»Das Gulasch schmeckt wirklich ausgezeichnet«, sagte er dann mit ehrlicher Bewunderung.

»Ist noch ein Rezept von meiner Frau. Ich hab gedacht, das koch ich mal für euch. Wo wir doch jetzt zusammenwohnen.«

Jonas schämte sich plötzlich. Warum war er so unausstehlich? Weil diese Frau ihn ausgelacht hatte? Da konnte doch der nette Herr Gruber nichts dafür.

»Und Sie machen also Brautkleider. Sie müssen verstehen, ich kann dazu nicht viel sagen, als Mann fehlt mir da der Bezug.«

»Wieso denn das?« Lenas gute Vorsätze waren schon länger dahin. Sie hatte keine Lust, dieses Versöhnungsangebot anzunehmen. »Meines Wissens gehören zum Heiraten immer zwei – und in der Mehrzahl der Fälle handelt es sich bei der zweiten Person um einen Mann. Sind Sie denn verheiratet?«

»Ich bin geschieden.«

»Ah. Entschuldigung.« Daran hatte Lena im Moment tatsächlich nicht gedacht.

»Vielleicht finden Sie ja bald eine neue Frau«, meinte Herr Gruber. »Dann brauchen Sie Frau Jacobi vielleicht.«

Jonas lachte spöttisch auf.

»Von Frauen habe ich erst mal genug. Da habe ich meine Erfahrungen gemacht. Ich denke …«

»Konfuzius sagt, die Erfahrung ist wie eine Lampe im Rücken, sie beleuchtet nur den Teil des Weges, der hinter einem liegt«, sagte Herr Gruber.

»Wie bitte?«, fragte Jonas irritiert.

Herr Gruber schüttelte den Kopf. »Fiel mir gerade ein. Entschuldigen Sie, ich wollte Sie nicht unterbrechen.«

»Ach so, ja …« Aber Jonas war aus dem Konzept gebracht. »Wovon hatte ich gerade gesprochen?«

»Sie wollten erklären, warum Sie und Ihre Frau sich gegen ein Hochzeitskleid entschieden hatten.« Lena hatte den Faden nicht verloren, ganz im Gegenteil.

»Hm, ja.« Jonas tunkte das Brot in die Soße, aber sein Blick verlor sich in der Erinnerung.

»Meine Frau … also, meine Ex-Frau …«, Jonas konnte dieses Gehaspel einfach nicht verhindern, »… also meine damalige Verlobte und ich waren uns einig, dass so ein Brautkleid eine ziemlich überflüssige Geldverschwendung ist.«

Jonas wusste, dass er nicht ganz die Wahrheit sagte. Irene war häufiger mit ihm vor entsprechenden Schaufenstern stehen geblieben, hatte auf irgendwelche weißen Tülldinger gezeigt und ihn gelöchert: »Wie findest du dieses?«, »Wie findest du jenes?« – »Geldverschwendung«, hatte er immer geantwortet. Und im Endeffekt hatte sie ja auch nicht widersprochen.

»Wir waren uns einig, dass wir kein Brautkleid brauchen«, bestätigte er nun noch mal.

Lena sprach manchmal schneller, als sie wollte.

»Und jetzt sind Sie geschieden!«, sagte sie wie aus der Pistole geschossen.

Jonas schnappte nach Luft.

»Na, dann erst mal prost«, sagte Herr Gruber und hob sein Glas. »Auf eine angenehme gemeinsame Zeit!«

Eine knappe Stunde später, nachdem Lena sich für diese unbedachte Bemerkung sofort entschuldigt und mehrmals versichert hatte, dass sie keineswegs einen Zusammenhang zwischen der Scheidung und der brautkleidlosen Hochzeit hatte herstellen wollen, nachdem die Bayrisch Creme verzehrt war und sowohl Lena als auch Jonas mühsamst irgendwelche Small-Talk-Floskeln ausgetauscht hatten, erhob sich Jonas.

Er bedankte sich bei dem alten Konstantin mit Handschlag, verabschiedete sich von Lena mit einem höflichen Nicken, und schon hatte er die Küche verlassen.

Lena erklärte Konstantin, dass sie die Küche aufräumen würde, ein Vorschlag, dem der Alte nur halbherzigen Widerstand entgegensetzte. Und so fand dieser Abend sein Ende.

Jonas bemerkte im Bad seine wieder in Reih und Glied angeordneten Toilettenartikel und dachte darüber nach, ob es wirklich nötig war, dass hier jeden Tag die Putzfrau erschien.

***

Wieder schlug Lena ein Schwall feuchtwarmer Luft entgegen, als sie am nächsten Morgen das Badezimmer betrat. Wieder war sogar der Fenstergriff nass.

Hier musste sich etwas ändern, beschloss Lena. An diesem Donnerstagabend verfasste sie eine kleine Notiz.

»Bitte öffnen Sie das Fenster, bevor Sie das Badezimmer verlassen.« Und schob den Zettel unter seiner Tür durch. Obwohl Licht brannte. Aber sie hatte keine Lust, mit diesem Mann zu reden.

Jonas saß an seinem Schreibtisch und schrieb in eine Kladde. »Protokolle des Scheiterns« stand außen auf dem Umschlag. Jonas hatte schon seit Jahren die Gewohnheit, abends Notizen zu verfassen, wenn ihn etwas sehr beschäftigte.

Und heute beschäftigte ihn, dass er einen jungen Rauhaardackel nicht hatte retten können.

Als Frau Manger mit dem schnurlosen Telefon mitten in die Untersuchung zweier sechs Wochen alten Shiba-Inu-Welpen geplatzt war und ihm in Kurzform die soeben erhaltenen Informationen mitgeteilt hatte – »Dackel hat beim Waldspaziergang Beeren gefressen, liegt auf dem Boden und krümmt sich und jault« –, hatte er die richtige Anweisung gegeben: »So schnell wie möglich im Taxi herbringen!«

Aber als der Dackel mit seinem Herrchen fünfundvierzig Minuten später (»Der Verkehr …!«) eintraf, war es schon zu spät. Er hatte das Tier nicht mehr retten können.

Und nun fragte er sich: Hätte es eine näher gelegene Tierklinik gegeben? Hätte er wertvolle zehn Minuten gewinnen können, wenn er genauer nach der Position des Hundes gefragt hätte?

»In Zukunft Standort des Patienten ermitteln«, schrieb er auf. »Karte aller Tierärzte und Tierkliniken in der weiteren Umgebung bei mir aufhängen lassen. Mein Versäumnis, dass ich daran nicht früher gedacht habe!«

Er legte den Kugelschreiber ab.

In Frankfurt, seiner Heimatstadt, hatte er diese Informationen im Kopf gehabt, da hatte es zu seiner Routine gehört, die aktuelle Position des erkrankten oder verunfallten Tiers zu erfragen. Und er hatte immer die Fahrt zur nächsten Klinik empfohlen.

»Daran hätte ich denken müssen!«, schrieb er dazu.

Plötzlich hörte er ein Geräusch, wandte den Kopf und sah, wie ein Zettel unter der Tür durchgeschoben wurde.

Er holte sich die Notiz.

»Bitte öffnen Sie das Fenster, bevor Sie das Badezimmer verlassen.«

Keine Anrede, kein Gruß, lediglich ein Kommando, notdürftig als Bitte kaschiert. Er knüllte den Zettel zusammen und warf ihn in den Abfalleimer neben dem Schreibtisch.

***

Als Lena am nächsten Morgen ins Badezimmer kam, schlug ihr bereits in der Tür die eiskalte Luft entgegen.

Es knallte laut, als sie das Fenster schloss. Heute Abend würde sie ihm mal richtig die Meinung sagen.

Aber es war Freitag, und Jonas fuhr von der Praxis direkt zum Bahnhof, wo er in den Zug stieg. Er würde das Wochenende wieder bei seinen Eltern verbringen.

Am Samstag, dem ersten Samstag, an dem ihr Atelier geöffnet hatte, warteten bereits um kurz vor elf drei junge Frauen vor der Tür. Lena schloss rasch auf, als sie die Wartenden bemerkte.

Die drei waren Freundinnen, die angaben, alle in wenigen Monaten kurz nacheinander zu heiraten, und demzufolge auf der Suche nach Brautkleidern seien.

»Sabine hat Ihr Geschäft bei einem Weihnachtsspaziergang entdeckt«, erklärte die eine und nickte in Richtung der Größeren von den dreien. »Und uns direkt angerufen«, ergänzte die Zweite, die Einzige mit braunen Haaren. »Und dann mussten wir gleich am nächsten Tag mit ihr hierher und uns mit ihr die Nase an den Fenstern platt drücken.«

»Und seither haben wir ungeduldig Ihre Eröffnung herbeigesehnt! Wir sind alle drei berufstätig, deswegen können wir erst heute kommen«, fügte Sabine hinzu.

»Ich freue mich!«, sagte Lena. »Haben Sie schon eine bestimmte Idee, oder wollen Sie sich erst einmal umsehen?«

Schnell stellte sich heraus, dass die drei möglichst viel anprobieren wollten.

Da es nur zwei Umkleidekabinen gab, wurde kurzerhand eine Ecke in der Werkstatt zu einer improvisierten Garderobe umgebaut – und dann schleppten Lena und ihre Mitarbeiterinnen geschätzt tonnenweise Kleider, Stoffe, Schuhe herbei. Aber gerade mal zwanzig Minuten später, als Lena mitten in die Diskussion mit Sabine über die optimale Länge des Schleiers vertieft war, schlug die Glocke über der Ladentür an, und ein – wie Lena zu Recht vermutete – Mutter-Tochter-Paar erschien, ebenfalls auf der Suche nach einem Brautkleid.

»Ich überlasse Sie mal kurz Frau Merz«, sagte Lena zu Sabine und wandte sich den neuen Kundinnen zu. Aber mitten in ihre freundliche Begrüßung hinein klingelte das Telefon. Sonja, die gerade mit Schuhkartons zu der jungen Frau eilte, warf Lena einen Hilfe suchenden Blick zu.

»Ich mache schon«, sagte sie, entschuldigte sich kurz bei den gerade Hereingekommenen und nahm den Hörer auf.

»Grüß Gott, mein Name ist Wenzel. Ich kam gestern Abend an Ihrem Schaufenster vorbei, und ich interessiere mich für das Kleid mit diesem tollen Rückenausschnitt, aber ich habe folgendes Problem …«

Lena spürte, wie ein hysterisches Kichern in ihr aufsteigen wollte. Und sie hatte Angst gehabt, sie und ihre Schneiderinnen würden den ganzen Samstag hier Däumchen drehend herumsitzen!

Frau Merz hatte es irgendwie geschafft, allen drei jungen Frauen weitere Modelle zu bringen, damit waren die wieder in den Kabinen verschwunden, und Frau Merz konnte sich den neuen Kundinnen zuwenden.

Lena gelang es, mit der Anruferin einen Beratungstermin für die kommende Woche zu vereinbaren.

Aber dann kam die Kleinste der drei Freundinnen aus der Kabine, bereits wieder im Mantel und mit der warmen Mütze auf dem Kopf.

»Haben Sie nichts gefunden?«, fragte Lena überrascht.

»Doch, einiges hat mir schon gut gefallen, aber ich muss noch darüber nachdenken.«

»Ja, natürlich«, sagte Lena.

Im selben Moment kam auch Sabine aus der Umkleidekabine, ebenfalls im Mantel, sie schaute sich suchend um und rief: »Annegret, wir sind so weit!«, und als hätte die darauf nur gewartet, tauchte auch die Dritte aus der Werkstatt auf. Auch sie war schon fertig angezogen, um das Geschäft zu verlassen.

»Also, vielen Dank dann erst einmal«, sagte Sabine, und auch die beiden anderen murmelten einen Dank – Lena meinte, in Annegrets Gesicht so etwas wie ein schlechtes Gewissen zu erkennen –, und dann verließen die drei untergehakt das Geschäft.

Lena starrte ihnen fassungslos hinterher.

Frau Merz, die noch mit dem Mutter-Tochter-Gespann den Schnitt eines Kleides auf einer Schaufensterpuppe diskutierte, tauschte einen kurzen Blick mit Lena und zuckte mit den Schultern. Hier hatten sich offenbar drei junge Mädels einmal in Brautkleidern bewundern wollen.

»Was würde das denn kosten?«, fragte die Mutter nun Frau Merz.

»Das hängt natürlich davon ab, für welche Stoffe Sie sich entscheiden. In dieser Ausführung hier kommt es …« Frau Merz hob das Preisschild an der Puppe hoch und zeigte es den beiden.

»Oh!«, sagte die Mutter, und ihr Tonfall verriet, dass sie soeben das Interesse an den Modellen verloren hatte. Offenbar um nicht allzu unhöflich zu erscheinen, stellte sie noch ein paar Fragen: »Welche Schuhe würden Sie denn dazu vorschlagen?« und: »Gibt es noch eine Jacke dazu?«, aber Lena sah, dass sie den Antworten von Frau Merz keine Aufmerksamkeit mehr schenkte.

Und sie sah es kommen: »Wir sehen uns nun erst mal noch weiter um«, erklärte die Mutter, nickte noch einmal und zog die betrübt dreinschauende Tochter am Ellbogen hinter sich aus dem Geschäft.

»Ich bin doch nicht verrückt, das Kleid ziehst du schließlich nur ein einziges Mal an …«

So verging der Samstag. Immer wieder kamen Neugierige oder Interessierte, einige probierten verschiedene Modelle an und hielten Lena und ihre beiden Mitarbeiterinnen auf Trab, aber keine erteilte einen Auftrag.

***

Am Sonntag frühstückten Konstantin Gruber und Lena endlich einmal wieder entspannt miteinander.

Lena fand die Zeit und die Muße, ausführlich von der ersten Woche im Atelier zu erzählen.

Konstantin war wütend auf die drei jungen Frauen, die sich nur den Vormittag vertrieben hatten.

»Ach, wer weiß, Herr Gruber«, meinte Lena. »Jetzt kennen die wenigstens mein Geschäft und mein Angebot. Vielleicht erzählen sie jemandem davon. Oder heiraten ja irgendwann tatsächlich mal. Dann erinnern sie sich vielleicht an mich.«

»Das Mannsbild, was auf so eine reinfällt, kann einem jetzt schon leidtun«, knurrte Herr Gruber.

Lena lachte auf.

»Das Wichtigste ist aber doch, dass ich mit der ersten Woche zufrieden sein kann. Vier Aufträge sind es bis jetzt, wenn ich die jede Woche ergattern könnte, käme ich gut hin. Nach der ersten Woche kann man natürlich noch nichts Genaues sagen, aber ich bin erst mal beruhigt.«

Der alte Konstantin freute sich, als er seine Mieterin so gelöst und glücklich sah. Im Stillen hatte er sich natürlich auch seine Gedanken und ein wenig Sorgen gemacht. Eine Existenzgründung war immer hart und risikoreich, und zum Erfolg benötigten auch die Tüchtigsten eine anständige Portion Glück.

Es war wieder einmal ein traumhafter Wintertag, die Sonne funkelte nur so vom herrlich blauen Himmel.

Lena räumte, trotz des zugegebenermaßen nicht sehr energischen Widerspruchs von Herrn Gruber, den Tisch ab und beseitigte schnell die Krümel und die sonstigen Frühstücksspuren. Dann verabschiedete sie sich von Konstantin.

»Ich mache einen ausgiebigen Spaziergang, Herr Gruber. Und anschließend gehe ich ins Atelier, ich komme sicher erst am späten Nachmittag zurück.«

»Das mit dem Spaziergang ist vernünftig, Madl, aber ins Atelier? Brauchst doch auch mal einen Ruhetag.«

»Ja, aber es war gestern so chaotisch … Wir haben vieles aus den Regalen genommen und es nicht geschafft, alles wieder wegzuräumen und – ach, Herr Gruber, ich will einfach noch mal hin!«

Es wurde Herrn Gruber warm ums Herz beim Anblick dieser vor Energie strahlenden Lena.

»Versteh schon, dann bis heute Nachmittag«, sagte Herr Gruber und breitete bereits die dicke Sonntagsausgabe seiner Lieblingszeitung auf dem großen, jetzt freien Küchentisch aus. Er hatte gerade den ersten Artikel zu Ende gelesen, als die Türklingel durch die Wohnung schrillte.

Während er sich bereits erhob, warf er einen Blick zur Küchenuhr. Zwanzig nach elf. Eine Tageszeit, wo man in seinen Jugendtagen jemandem »seine Aufwartung« gemacht hatte. Aber das war lange her, überlegte er, als er durch den langen Altbauflur zur Wohnungstür ging. Es war in einer anderen Zeit gewesen, wo man auch zwischen acht und Viertel nach acht wegen der *Tagesschau* im Fernsehen niemanden anrief und störte.

Ja, so war das früher. Wenn heute jemand um diese Zeit klingelte, war es garantiert eine Nachbarin aus dem Haus, die bei der Vorbereitung des Mittagessens festgestellt hatte, dass ihr die Eier ausgegangen waren.

Trotzdem warf Konstantin erst einen Blick durch den Türspion. Und öffnete vor Überraschung den Mund. Wer war das denn?

Eine höchst elegante, nicht mehr ganz junge Dame stand da vor der Tür und hob gerade die Hand, um ein zweites Mal auf den Klingelknopf zu drücken.

Konstantin riss schwungvoll die Tür auf.

Was für eine attraktive Person! Und dieser auffällige grüne Mantel, der ihre schlanke Figur betonte, der war wie für sie gemacht, ausgesprochen apart zu ihren silbergrauen Haaren und dem roten Lippenstift. Das war keine Nachbarin, die war überhaupt nicht von hier. Die hatte er in der Umgebung noch nie gesehen. Das wüsste er.

Es war ihm nicht bewusst, wie deutlich ihm seine Bewunderung anzusehen war. Die Unbekannte lächelte leicht.

»Guten Tag«, sagte sie. »Mein Name ist Meier. Ich wollte zu Frau Jacobi.« Sie warf einen prüfenden Blick auf das Klingelschild. »Ich bin doch hier richtig?«

»Grüß Gott! Ja, natürlich.« Konstantin riss die Tür weit auf. »Sie ist allerdings leider gerade ausgegangen.«

»Oh«, sagte die Frau. Die Enttäuschung schickte einen dunklen Schatten über ihr Gesicht.

Wer war das nur? Und was wollte diese Frau von dem Madl? Das wüsste der alte Konstantin doch gerne etwas genauer. »Aber vielleicht möchten Sie hereinkommen? Und auf sie warten? Ich hätte auch eine Tasse Kaffee.«

Die Frau zögerte.

»Sie kommt vielleicht gleich zurück.«

So wirklich gelogen war das ja eigentlich nicht, Lena hatte doch gesagt, dass sie *vielleicht* noch ins Atelier ginge. Oder nicht? Konstantin beschloss, dass er sich nicht mehr so genau an Lenas Pläne erinnern konnte. Schließlich machte sie oft sonntagvormittags einen Spaziergang, der nicht so lange dauerte.

»Ach so?«, fragte die Frau zweifelnd. »Das wäre ja wirklich ärgerlich, wenn ich sie knapp verpasse.«

»Ich kann auch einen Tee anbieten.«

Die Frau lachte auf. Ein warmes Lachen war das, dachte Konstantin. Aber was wollte diese Frau nur von dem Madl? Eine potenzielle Kundin? Oder vielleicht jemand von der Konkurrenz? Das musste er herausbekommen, vielleicht drohte dem Madl von dieser Frau Gefahr!

»Ich nehme das Angebot mit der Tasse Tee gerne an«, lächelte sie jetzt.

Das hatte er schon mal geschafft. In der Küche lud Herr

Gruber seine Besucherin mit einer Handbewegung ein, Platz zu nehmen.

»Gemütlich haben Sie es hier.« Sie zierte sich nicht lange und setzte sich auf die Eckbank.

Konstantin Gruber machte sonst nie Tee, er trank gelegentlich mit Lena eine Tasse mit, aber er konnte sich nicht erinnern, schon einmal selbst welchen zubereitet zu haben. Entsprechend umständlich hantierte er nun an der Küchentheke.

Das Wasser in den Heißwasserkocher füllen, Teekanne und Tee aus dem Schrank holen, das war kein Problem. Aber wo war verflixt noch mal …

»Das Teesieb hängt links von Ihnen.« Konstantin meinte, ein Schmunzeln in der Stimme der Frau zu hören.

Unvermittelt erhob sie sich, stellte sich neben ihn und nahm ihm mit einem Lächeln das Teesieb aus der Hand.

»Ich kann Ihnen schlecht in Ihrer eigenen Küche einen Platz anbieten, aber fänden Sie es unangemessen, wenn ich den Tee koche?«

Angesichts seiner offensichtlichen Erleichterung lachte die Frau laut auf.

Konstantin grinste. »Hab ich mich so deppert angestellt?«

»Nein, gar nicht! Höchstens etwas … unroutiniert vielleicht.«

»Ich geb's zu«, grummelte Konstantin, während er wieder Platz nahm. »Den Tee kocht bei uns normalerweise Frau Jacobi.«

»Ich verstehe«, nickte seine Besucherin und goss schwungvoll das Wasser aus dem Heißwasserkocher in die bauchige Teekanne. »Frau Jacobi führt Ihnen also den Haushalt?«

»Um Gottes willen, nein!« Konstantin war ehrlich entsetzt.

Die Frau hob interessiert den Kopf.

»Frau Jacobi ist meine Untermieterin! Genauso wie übrigens Herr Dr. Wolff, ein junger Tierarzt, der wohnt auch hier.«

Diese Frau da, die kam ja auf die unmöglichsten Ideen.

»Frau Jacobi ist Schneidermeisterin und macht sich gerade selbstständig. Sie kocht sich halt nur gelegentlich mal eine Tasse Tee und …«

Die Frau griff nach den Streichhölzern, die auf dem schmalen Holzbord über der Spüle lagen. »Ach so«, sagte sie, kam zum Tisch und zündete das Teelicht an. »Ich habe mich natürlich schon gefragt, welcher Art die Beziehung zwischen Frau Jacobi und Ihnen ist.« Sie lächelte Konstantin an. »Ich dachte, Sie wären vielleicht ein Verwandter.«

Konstantin, der kurz vorm Aufbrausen gewesen war, schüttelte den Kopf.

»Darf ich?« Die Frau füllte ihre beiden Tassen.

Konstantin realisierte, dass er bisher noch nichts über diese mysteriöse Besucherin in Erfahrung hatte bringen können. Stattdessen hatte nur er geredet. Das würde sich jetzt aber ändern!

»Sie sind nicht hier aus der Gegend? Ich habe Sie noch nie gesehen.«

»Nein.« Die Frau schöpfte einen Löffel Zucker in ihren Tee.

»Und Sie haben einen Akzent, den ich nicht zuordnen kann. Sie sind auch nicht aus München, gell?«

»Nein, auch das nicht.« Die Frau rührte mit dem Löffel in ihrer Teetasse, dann hob sie den Kopf und lachte den Mann gegenüber an. »Möchten Sie noch ein bisschen rätseln, oder soll ich es Ihnen verraten?«

Konstantin fühlte sich ertappt. Er musste aufpassen, gleich wurde er sonst noch rot wie ein unreifer Schulbub.

»Na, wenn Sie's nicht sagen mögen …«, brummte er.

Die Frau schien sich immer mehr über ihn zu amüsieren, wenn er ihren Blick richtig interpretierte.

»Doch, mag ich«, lachte sie.

Konstantin konnte nicht verhindern, dass er neugierig dreinschaute.

»Ich habe lange in den Staaten gelebt, sehr lange sogar. Deswegen habe ich wahrscheinlich auch so eine leichte amerikanische – wie soll ich sagen – Sprachfärbung. Man hört es halt.«

»In Amerika!« Die Frau kam aus Amerika. Zu seinem Madl. Das war ja spannend.

»Und wo in Amerika?«

»Überwiegend in New York.«

Der alte Konstantin gab sich jetzt auch keine Mühe mehr, seine Überraschung zu verhehlen.

»Und da haben Sie gelebt?«

Die Frau pustete in ihre Teetasse und nickte.

»Und? Wie ist es da?« Aus New York!

»Ach, so allgemein ist das schwer zu beantworten. Schon hektisch, aber natürlich auch grandios. Es kommt darauf an, was Sie jetzt besonders interessiert.«

»Ich war noch nie da, ich weiß es nicht.«

»Sie waren noch nie in New York? Dann wird es aber Zeit.«

»Meine Frau und ich hatten es tatsächlich einmal geplant, aber dann …« Konstantin warf unwillkürlich einen Blick zu dem Porträt auf dem Küchenbüfett. Die Zärtlichkeit in seinem Blick war nicht zu übersehen.

»Nun ist sie schon sieben Jahre tot«, murmelte er mit einem leisen Seufzen.

»Das tut mir leid«, sagte seine Besucherin. »Und alleine wollen Sie nicht hin?«

»Schon, aber ich kenn da ja keinen, ich bin ein alter Mann, ich …«

»Auf mich wirken Sie aber noch sehr jugendlich!«

»Danke!« Konstantin Gruber lächelte geschmeichelt. »Ja, ich bin schon noch fit. Unsere Bergtouren dauern manchmal drei oder vier Stunden.«

»Ja, wenn Sie so gut zu Fuß sind«, erwiderte seine Besucherin, »dann besuchen Sie mich doch mal in New York, und ich zeige Ihnen die Stadt!«

»Also, das ist …« Der alte Konstantin wusste nicht, wie ihm

geschah. Er saß an einem normalen Sonntagmorgen nichts ahnend in seiner Küche, und eine halbe Stunde später wurde er von einer der apartesten Frauen, die er jemals gesehen hatte, nicht nur mit Tee bekocht, sondern auch noch nach New York eingeladen.

»Also, das ist …« Hatte er das nicht gerade schon einmal gesagt? Die Frau musste ihn für einen totalen Deppen halten. Einen schon ziemlich alterssenilen Deppen. Mindestens. Er räusperte sich.

»Na ja, mal schauen. Wer weiß.« Und im letzten Moment fiel ihm noch ein: »Jedenfalls danke.«

Wer war diese Frau überhaupt? Wenn Lena doch käme. Hatte er nicht irgendwo ihre Handynummer? Konnte er sie heimlich anrufen?

Als hätte die Frau seine Gedanken erraten, griff sie nach ihrem Mantel, den sie vorhin einfach über die Stuhllehne geworfen hatte.

»Es scheint, als ob Frau Jacobi vielleicht doch länger unterwegs ist heute. Ich denke, ich habe Sie nun lange genug aufgehalten. Ich komme ein anderes Mal wieder.«

Sie erhob sich.

»Nein, es war mir doch eine Freude!«, stotterte Konstantin. »Sie haben mich überhaupt nicht aufgehalten.«

»Es hat mich sehr gefreut, Sie kennenzulernen«, sagte die Frau. »Und die Einladung nach New York steht. Überlegen Sie es sich!«

»Ich bringe Sie noch zur Tür«, bot Konstantin an. »Aber kann ich denn Frau Jacobi etwas ausrichten? Sie von Ihnen grüßen? Oder wie kann Frau Jacobi Sie erreichen, wollen Sie mir eine Nummer dalassen?«

»Ich denke, es ist das Beste, wenn ich einfach noch einmal wiederkomme. Es ist etwas kompliziert … Jedenfalls herzlichen Dank für Ihre Gastfreundschaft!«

Und schon war die Frau durch die Wohnungstür. Konstantin lauschte noch eine Weile ihren Schritten im Treppenhaus, sie hatte den Aufzug verschmäht, dann ging er kopfschüttelnd in seine Küche zurück.

Der Rest des Tages wurde ihm lang, es dauerte ewig, bis Lena endlich aus dem Atelier zurückkehrte und er ihr von dem Besuch erzählen konnte. Aber wenn Konstantin gehofft hatte, dass sich das Rätsel um diese Frau klären würde, wurde er enttäuscht.

Lena hatte keine Ahnung, wer diese unbekannte Frau sein und was sie von ihr gewollt haben könnte. »Kann ja nur eine mögliche Kundin sein. Aber ich sollte meine Adresse aus dem Telefonbuch löschen lassen. Das ist ja nicht schön, wenn Kundinnen plötzlich hier auftauchen.«

Sie machte sich allerdings auch nicht so viele Gedanken über die Frau.

»Oder eine Vertreterin«, sagte sie beim gemeinsamen Abendessen, während sie die Sahnespaghetti auf die Gabel drehte. »Seit ich den Kaufvertrag fürs Atelier unterschrieben habe, rufen mich doch dauernd irgendwelche Fremden an, die mir was andrehen wollen.«

Lena ging früh ins Bett und schlief sofort ein. Konstantin allerdings, der immer noch über die schöne Unbekannte nachgrübelte, hörte noch, wie sich der Schlüssel im Schloss der Eingangstür drehte und sein zweiter Mieter auch wieder eintraf.

***

In der neuen Woche gingen sich Lena und Jonas zunächst erfolgreich aus dem Weg. Jonas versuchte sowieso, Lena nicht zu begegnen, und Lena, die eigentlich Jonas wegen des eiskalten Badezimmers zur Rede stellen wollte, fühlte sich im Moment von einer solchen Auseinandersetzung überfordert. Ihre Gedanken waren im Atelier, zu aufregend war das alles, was da geschah.

Als sie am Montag hörte, wie Jonas das Badezimmer verließ, ging sie fünf Minuten später hinein, schloss das Fenster, ging zurück in ihr Zimmer, wo sie sich aufs Bett setzte und – mit einem Blatt Papier und einem Kugelschreiber in der Hand – ihren Tagesplan im Geiste Revue passieren ließ.

Und als sie dann nach weiteren zehn Minuten wieder das Badezimmer betrat, war es nicht nur herrlich frisch gelüftet, sondern auch angenehm mollig warm.

Aber selbst wenn sie ihn hätte darauf ansprechen wollen, hätte sie keine Gelegenheit gefunden. Sobald sie das Badezimmer verließ, erhob sich Jonas vom Frühstückstisch. Am Abend kam er so spät, dass Herr Gruber schon in seinem Wohnzimmer vor dem Fernsehapparat döste und Lena sich erschöpft von den hektischen Tagen in ihr Zimmer zurückgezogen hatte.

Erst am Dienstagabend traf Lena beim Heimkommen Jonas mit Konstantin Gruber in der Küche an.

»Da bist ja, Madl, setz dich zu uns!« Die offensichtliche Freude Herrn Grubers, als sie kurz in die Küche schaute, ließ Lena ihren Vorsatz vergessen, direkt in ihrem Zimmer zu verschwinden.

Jonas nickte ihr mit einem fast freundlichen Lächeln zu. »Guten Abend, Frau Jacobi.«

Und auch die leckeren Schnittchen, die auf einer großen silbernen Platte auf dem Tisch standen, lockten.

Lena nahm sich einen kleinen Teller aus dem Geschirrschrank und folgte der Aufforderung Herrn Grubers.

»Greif zu, Madl!« Herr Gruber schob die Platte näher zu ihr. Lena nickte. Diese Kanapees sahen tatsächlich lecker aus: ein dunkles Vollkornbrot, belegt mit Radieschen, Tomaten, Schnittlauch, Avocado. Erst beim Essen bemerkte Lena, wie hungrig sie war.

»Schmeckt himmlisch!«, sagte sie.

»Ja, gell? Die hat Dr. Wolff mitgebracht, aus so einem Feinkostladen bei ihm in der Nähe.«

»Sehr gut, vielen Dank«, sagte sie, lächelte höflich und zog die Hand, mit der sie gerade nach einem weiteren Schnittchen greifen wollte, zurück.

Zu Lenas größtem Erstaunen unterhielten sich die Männer über Fußball. Noch nie in den vielen Jahren hier hatte sie erlebt, dass sich Herr Gruber für Fußball interessierte.

Jonas nickte nur und fuhr fort, die Chancen einer ihr unbekannten Fußballmannschaft bei einem offenbar unmittelbar bevorstehenden Spiel in irgendeinem internationalen Wettbewerb auszuleuchten.

Lena hörte eine halbe Stunde zu, bevor sie beschloss, sich zurückzuziehen.

Sie erhob sich und nahm ihren Teller, um ihn im Vorbeigehen in die Spülmaschine zu räumen.

Als sie stand, griff Herr Gruber nach seinem benutzten Teller und hielt ihn ihr hin, während er weiter interessiert den Ausführungen von Jonas lauschte.

Lena merkte, wie sie wütend wurde. Es war doch immer dasselbe. Kaum saßen zwei Männer zusammen, wurde die anwesende Frau als Küchenhilfe eingeordnet und genutzt!

Natürlich räumte sie auch sonst oft den Tisch ab, wischte vielleicht auch noch drüber und packte überhaupt mit an, wo immer sie eine Möglichkeit sah.

Aber die Selbstverständlichkeit, mit der Herr Gruber ihr, ohne ein Wort zu sagen, ohne sie überhaupt anzusehen, den Teller sozusagen in den Weg hielt, sodass sie gar nicht anders konnte, als ihn mitzunehmen, ärgerte sie. Ihr Herr Gruber, der sonst immer so höflich zu ihr war.

Das war alles die Schuld von diesem Jonas Wolff!

***

Am nächsten Tag kam es in der Tierarztpraxis zu einem Eklat.

Die von seinem Freund Hanns-Peter bereits angekündigte Frau Ratling erschien mit ihrem Yorkshireterrier Cäsar.

Hanns-Peter hatte nicht übertrieben – Jonas hatte tatsächlich noch nie einen derart übergewichtigen Yorkie gesehen.

»Grüß Gott«, sagte Frau Ratling und schleppte ihre zwei Zentner keuchend zu dem Besucherstuhl am Schreibtisch, in den sie sich mit lautem Aufstöhnen fallen ließ.

Cäsar fiel die Bewegung nicht weniger schwer, er keuchte und schnaufte laut bei jedem Schritt.

Jonas warf einen kurzen Blick auf die Patientenkarte, die Frau Manger für ihn bereitgelegt hatte.

»Was wollen Sie hier?«, fragte Jonas, ohne weiter auf die Begrüßung zu reagieren.

Frau Ratling verschlug es die Sprache.

Jonas kniete sich vor den Hund und streichelte ihn sanft hinter dem linken Ohr.

»Soll ich ihn einschläfern? Das geht schneller und ist barmherziger.«

Frau Ratling keuchte entsetzt auf. »Cäsar braucht Tabletten!«, stöhnte sie.

Jonas setzte sich auf seinen Stuhl.

»Verehrte Frau … Moment, wie ist der Name?« Er schaute noch einmal auf die Karte: »Frau Ratling, ja. Welche Art von Tabletten soll ich Ihrem Hund denn Ihrer Meinung nach geben?«

»Ja, gegen den Zucker! Steht das nicht da? Können Sie das nicht auf der Karte sehen? Cäsar hat Zucker.«

Jonas nickte bedächtig.

Seine Stimme war nun leise, und er sprach langsam und betonte jedes Wort. »Ja, ich kann es lesen. Das steht da.«

Jonas beugte sich weit über den Schreibtisch zu Frau Ratling und blickte ihr direkt in die Augen.

»Da steht aber auch, dass der Hund eigentlich organisch gesund war. Und dass der Hund Marmeladenbrötchen zum Frühstück bekommt. Und ich sehe, wenn ich mir das Tier so anschaue, dass Sie ihn zu Tode füttern. Sie bringen Ihren Hund um! Also, was wollen Sie jetzt von mir?«

Frau Ratling riss die Augen auf.

»Wie können Sie nur?« Ihre Unterlippe zitterte. »Dr. Brandt gibt ihm immer …«

»Dr. Brandt versucht mit aller Macht, Ihr Tier am Leben zu erhalten. Ich bin allerdings der Meinung, dass er dem Hund damit keinen Gefallen tut. Ich werde diese Tierquälerei nicht unterstützen.«

Frau Ratling hob verstört die Hand an die Wange. »Sie müssen doch aber …«

»*Ich* muss gar nichts«, unterbrach Jonas sie. »*Sie* müssten! *Sie* müssten dem Hund vernünftiges Futter geben, *Sie* müssten dafür sorgen, dass der Hund regelmäßig Bewegung hat. Und wenn Sie Ihrer Verantwortung, die Sie für das Tier haben, halbwegs gerecht werden würden, dann könnte ich versuchen …«

Cäsar kläffte kurz.

»Zu Ihnen komme ich nicht mehr!« Frau Ratling wuchtete sich aus dem Stuhl. »Ich werde mich bei Doktor Brandt über Sie beschweren.«

Jonas nickte nur und verließ grußlos das Behandlungszimmer.

Eine halbe Stunde später rief Hanns-Peter in der Praxis an und verlangte Jonas zu sprechen.

»Was hast du nur mit Frau Ratling gemacht?«

»Ich habe kein Blatt vor den Mund genommen.«

»So kannst du doch nicht mit meinen Patienten umgehen!«

»Wieso? Ich hab dem Hund doch nichts getan.«

Die beiden stritten sich heftig. Jonas machte Hanns-Peter Vorwürfe, dass dieser nicht stärker die Belange des Hundes vertrat, Hanns-Peter beschuldigte Jonas der Herzlosigkeit gegenüber der alten, kranken, einsamen Frau.

Jonas beendete das Gespräch schließlich mit dem Hinweis auf das volle Wartezimmer. »Aber darüber müssen wir noch mal reden, so geht das nicht!«, hörte er zuletzt, bevor er auflegte.

Glücklicherweise waren die weiteren tierischen Patienten unproblematisch, wieder galt es, entzündete Augen zu tropfen, Ohrmilben zu diagnostizieren und zu behandeln, Bisswunden zu verarzten und Ähnliches mehr.

Da Jonas sich grundsätzlich wenig mit den Tierbesitzern unterhielt während der Behandlung, fiel seine schlechte Laune kaum auf. Zwar bemerkte Frau Manger, dass der Vertreter ihres Chefs noch wortkarger war als sonst, aber sie dachte sich nichts weiter dabei.

Irgendwie war heute auch ein ruhiger Tag, wobei die Praxis mittwochs ohnehin regulär bereits um sechzehn Uhr schloss. Wenige Minuten nach vier stapfte Jonas mit langen wütenden Schritten aus der Praxis.

In der Wohnung wischte die Putzfrau gerade den Badezimmerboden.

»Das ist gut, dass ich Sie einmal persönlich treffe«, sagte Jonas. Er bemühte sich um Höflichkeit, also erklärte er zunächst, wie sehr er das jeden Tag so sauber geputzte Badezimmer zu schätzen wisse. Aber er bäte doch darum, dass sie bitte seine persönlichen Körperpflegeartikel so stehen und liegen ließe, wie er sie aufreihte. Er habe da seine eigene Ordnung.

Frau Norant, die seit über dreißig Jahren im Haushalt Gruber putzte – früher, als die Söhne noch zu Hause wohnten, dreimal pro Woche, dann, als die Kinder aus dem Haus waren, einmal pro Woche, und seit Herr Gruber verwitwet war und vermietete, zweimal die Woche –, hörte Jonas mit gerunzelter Stirn zu.

»Ilangnixo«, erklärte sie.

»Wie bitte?« Wie immer, wenn man sie nicht verstand, versuchte Frau Norant, ein besseres Verstehen bei ihrem Gegenüber zu bewirken, indem sie lauter sprach.

Langjährige Hausbewohner erinnerten sich mit Grauen an die Unterhaltungen von Frau Norant mit der einige Monate im Haus wohnenden verwitweten Italienerin Frau Moreni. Frau Moreni sprach kein Deutsch, hatte aber eine ähnliche Taktik wie Frau Norant, das bedeutete, dass die beiden Damen im Treppenhaus standen und sich gegenseitig anbrüllten.

Irgendwie hatte es sogar insoweit funktioniert, als die beiden Damen sich in großer Sympathie zugetan waren und Frau Norant lange Zeit sehr betrübt war, als Frau Moreni wieder zurück nach Mailand ging.

Konstantin, der im Wohnzimmer vor sich hin döste, schreckte von der schreiend laut vorgetragenen Antwort im Sessel hoch.

»I lang nix o!«

»Ah, gut, dass Sie kommen«, sagte Jonas, als Konstantin in den Flur trat. »Ich verstehe die Frau irgendwie nicht.«

»Frau Norant will Ihnen sagen, sie fasst nichts an«, übersetzte Konstantin.

»Doch. Sie hat doch gestern …«

»I hab gestern gar nix.« Frau Norant bemühte sich um eine hochdeutsche Aussprache.

Auch Konstantin war verwirrt. »Frau Norant kommt nur mittwochs und freitags.«

Jonas stutzte. »Aber …«

Plötzlich sah Jonas vor seinem geistigen Auge, wie Lena am Küchentisch zwei Marmeladengläser nebeneinanderrückte, eine quadratische Servierplatte so verschob, dass die Kanten des Porzellans und die der Esstischplatte parallel verliefen, den Deckel der Butterdose exakt im rechten Winkel zur Dose ausrichtete.

»Das ist doch …!«

Mit zwei Schritten war Jonas an Lenas Tür und hämmerte dagegen.

»Frau Jacobi ist noch im Geschäft«, sagte Konstantin.

Jonas ließ die Faust sinken.

Ungläubig beobachtete die Putzfrau die Szene. »Hab ich was falsch g'macht?«, fragte sie Herrn Gruber.

Konstantin schüttelte den Kopf.

Er ahnte in etwa, was passiert war. »Es ist alles in Ordnung, Frau Norant. Sie können weitermachen.«

Frau Norant nickte zufrieden, warf Jonas noch einen misstrauischen Blick zu und packte wieder ihren Wischmopp.

»Was ist denn eigentlich passiert?«, fragte Konstantin mit ahnungsloser Miene. Jonas winkte ärgerlich ab.

»Ich habe etwas mit Frau Jacobi zu klären.«

Konstantin nickte verstehend.

»Ich werde mit ihr reden, sobald sie nach Hause kommt«, knurrte er, warf sowohl Konstantin als auch Frau Norant einen wütenden Blick zu und verschwand in seinem Zimmer.

Konstantin Gruber wusch sich gerade in seinem Badezimmer die Hände, deshalb hörte er nicht, als Lena kam. Er hatte sie vorwarnen wollen.

Aber Jonas hörte es. Und sein Ärger war im Laufe der drei Stunden, die er auf Lena gewartet hatte, nicht kleiner geworden.

Lena zog gerade in ihrem Zimmer ihren Mantel aus, als es laut an ihre Tür klopfte.

»Ja, bitte?«

Jonas stand im Türrahmen, das Gesicht fahl vor Wut.

»Darf ich mich erkundigen, wieso Sie sich das Recht herausnehmen, in meinen persönlichen Dingen herumzukramen?«

Lena, die noch ihren Mantel in der linken und den Bügel in

der rechten Hand hielt, verstand zunächst nicht, was Jonas meinte. »Wo habe ich denn herumgekramt?«

»Was geht Sie mein Haarshampoo an?«

Lena wurde blass. »Ach so …«, sagte sie hilflos.

Jonas schien zu wachsen in der Türöffnung, er füllte sie fast bedrohlich aus. Unwillkürlich trat Lena einen Schritt zurück.

»Ich …« Lena überlegte, ob sie Jonas von ihrem zwanghaften Verhalten erzählen sollte. Eigentlich ging es ihn ja nichts an, andererseits hatte sie sonst keine Begründung dafür, dass sie seine Tuben und Fläschchen sortiert hatte. Sie beschloss, ihm die Wahrheit zu sagen.

»Es ist so …«, begann sie.

»Ich möchte Sie sehr bitten, in Zukunft die Finger von meinen Sachen zu lassen!«, fiel Jonas ihr mit schneidender Stimme ins Wort und donnerte dann die Tür von außen zu.

Was fiel dem denn ein? Jetzt stieg auch in Lena die Wut auf. Wie führte der sich nur auf?

Sie zog endlich ihren Mantel über den Bügel und hängte ihn in den Schrank.

Dieses Benehmen würde sie sich nicht gefallen lassen. Sie würde ihn zur Rede stellen.

Aber da schlug die Wohnungstür zu, und Jonas hatte die Wohnung verlassen.

Jetzt wartete Lena auf ihn, aber er kam den ganzen Abend nicht zurück.

Gegen halb elf beschloss Lena, ins Bett zu gehen. Im Badezimmer war der Toilettendeckel hochgeklappt. Die Brille ebenfalls.

Ganz offensichtlich war die Toilette nach dem Putzen bereits wieder benutzt worden.

Und – misstrauisch suchte Lena den Boden um das WC ab – sie war sich nicht ganz sicher, denn auf dem bunten Terrazzoboden, den Herr Gruber schon vor fast sechzig Jahren von einem befreundeten Italiener in dieses Bad hatte legen lassen, waren Flecken nicht gut zu sehen. Trotzdem meinte sie, Spritzer um die Schüssel herum erkennen zu können. Ekelhaft!

Noch so ein Thema, das angesprochen werden musste.

Beim Frühstück am nächsten Tag traf sie Jonas dann wieder nicht an.

»Der ist schon vor einer Stunde gegangen«, erklärte Konstantin, der an diesem Donnerstagmorgen ungewöhnlich schweigsam war. Aber auch Lena hatte keine Lust auf eine Unterhaltung. Bisher war zu den beiden Aufträgen vom Eröffnungstag und den beiden, die sie schon vorab – von Frau Dallerts Kundinnen – erhalten hatte, kein weiterer dazugekommen. Auch gestern hatten wieder mehrere Frauen das Geschäft besucht, hatten sich umgeschaut, zwei hatten sogar interessiert Kleider anprobiert, aber zu einem weiteren Auftrag hatte das alles nicht geführt.

Als sie den quadratischen Untersetzer für das Milchkännchen exakt parallel zur Tischkante ausrichtete, hob der alte Gruber kurz den Kopf, Lena hatte den Eindruck, dass er etwas sagen wollte, aber dann vertiefte er sich wieder in seine Zeitung.

Konstantin überlegte, ob er ihr erzählen sollte, dass er Jonas heute Morgen abgepasst hatte.

»Auch wenn es mich vielleicht nichts angeht, wollen Sie mir denn nicht erzählen, weshalb Sie gestern so wütend auf Frau Jacobi waren?«, hatte er gefragt.

Jonas hatte mit der Antwort gezögert.

»Frau Jacobi hat ja diese kleine Marotte, es muss immer alles gerade stehen bei ihr. Hat es damit was zu tun?« Konstantin hatte nicht die Absicht, sich abspeisen zu lassen.

Jonas hatte gestutzt. »Marotte?«

»Ja. Sie haben es sicher gelegentlich bemerkt. Sie war auch deswegen schon mal in Therapie, aber bis jetzt ist es …«

»Marotte!«, hatte Jonas hervorgestoßen. »Nettes Wort dafür, wenn jemand sich an fremdem Eigentum vergreift!«

»Nun, vergreifen ist vielleicht etwas übertrieben, meinen Sie nicht? Sie hat ganz sicher nichts benutzt oder so. Sie hat – nehme ich jedenfalls an – lediglich Ihre Toilettenartikel etwas anders angeordnet.«

»Benutzt? Das wäre ja noch schöner!«, hatte Jonas geschnaubt.

»Konfuzius sagt, es schadet einem nicht, wenn einem unrecht geschieht, man muss es nur vergessen können.«

Jonas war aber nicht in Stimmung für Konfuziussprüche gewesen. Er hatte abgewinkt und war gegangen.

Jetzt grübelte Konstantin Gruber. War es richtig gewesen, seinem Mieter reinen Wein einzuschenken? Oder hatte er Lena damit hintergangen?

Konstantin war nicht zufrieden mit sich. Mit sich nicht und mit der Welt nicht, die ihm solche Herausforderungen präsentierte.

»Ich bin etwa eine Stunde weg, ich muss etwas besorgen«, erklärte Lena ihren überraschten Mitarbeiterinnen, als sie gegen zwölf ihr Atelier verließ. In der Posterabteilung eines nahe gelegenen Kaufhauses fand sie schnell, was sie suchte.

Als Jonas am späten Abend ins Badezimmer ging, stoppte er abrupt. Über der Toilette hing, nicht zu übersehen, ein Poster, auf dem in einem vorgeblich heiteren Reim und mit einer kleinen Zeichnung Männer aufgefordert wurden, sich zum Urinieren auf die Toilette zu setzen.

Er zog scharf die Luft ein.

Am nächsten Morgen war das Poster von der Wand verschwunden. Die handtellergroßen Fetzen leuchteten Lena aus dem Abfalleimer entgegen. Sie presste die Lippen aufeinander.

Beim Frühstück war Jonas wieder einmal schon weg, und die Stimmung zwischen ihr und Herrn Gruber war ähnlich freudlos wie am Tag zuvor. Auch am Abend tauchte Jonas nicht auf.

Aber Lena war fest entschlossen, ihn zur Rede zu stellen. Das Wochenende stand bevor, irgendwann morgen oder übermorgen würde sie ihn schon stellen.

In der Nacht zum Samstag träumte Lena schlecht. Sie ging über eine Straße, ihre Mutter ging weit vor ihr, aber sie bemerkte Lena nicht, obwohl diese nach ihr rief. Plötzlich tippte ihr jemand von hinten auf die Schulter, und als sie sich umdrehte, stand ihre Mutter plötzlich hinter ihr und schrie sie an: Du sollst ihr nicht folgen, sie geht dich nichts an, und dann zog jemand von der anderen Seite an ihrem Arm, und als sie sich zurückdrehte, war es wieder ihre Mutter, an beiden Armen zog eine Mutter, und jede riss an ihr, und sie hörte einen Schrei von einem Mann, es war ihr Vater, der stand auf der anderen Straßenseite und schrie …

Von dem Schrei erwachte Lena. Aber der Schrei hallte nach in ihren Ohren – und plötzlich wurde ihr klar, dass der Schrei real gewesen war, dass er aus der Wohnung gekommen war, dass jemand, genauer gesagt, ein Mann, hier in der Wohnung, in der Küche geschrien hatte.

Herr Gruber? Das Adrenalin schoss ihr durch die Adern. Sie schwang sich aus dem Bett und rannte barfuß in die Küche. Bei dem Anblick, der sich ihr bot, erstarrte sie.

Überall war Blut.

Auf der Küchentheke stand eine Lache mit der zähen roten Flüssigkeit, am Griff des Hängeschranks war ein blutiger Handabdruck, an der hellen Küchenfront zog sich ein roter Streifen entlang, vom Boden leuchtete ihr ein hellroter verwischter Fleck entgegen – und Jonas lehnte an der Küchentheke und drückte mit der linken Hand mehrere Stücke Küchenpapier auf seine rechte Handfläche. Aber auch das Papier war bereits rot durchtränkt, Blut sickerte hervor, und gerade machte ein Tropfen Anstalten, dick und schwer auf den Küchenboden zu tropfen.

»Um Gottes willen, was ist denn hier passiert?«

Jonas war käseweiß im Gesicht.

Lena eilte zu ihm, zog mit dem Fuß den Stuhl heran, griff nach Jonas' Arm und drückte ihn mit Gewalt hinunter.

»Setzen Sie sich! Sonst fallen Sie mir noch um.«

»Ich habe … ich wollte …«

Lena sah den Avocadokern auf dem Boden und die durchgeschnittenen Fruchthälften auf der Küchentheke.

Wunden in der Hand bluteten oft sehr stark, sie hatte sich einmal mit einer Schere in der Handfläche verletzt, sie kannte das aus eigener schmerzhafter Erfahrung. Es war wohl nicht so dramatisch, wie es im ersten Augenblick ausgesehen hatte.

»Ich ahne, was passiert ist«, sagte sie, während sie schwungvoll einige weitere Blätter Papier von der Küchenrolle abriss. »Sie wollten den Kern mit einem Messer aufspießen und sind abgerutscht.«

Wäre es nicht so dramatisch gewesen, hätte Lena beinahe gegrinst. Dieser finstere, bärbeißige Mitbewohner stotterte hilflos vor sich hin, nur weil er einige Tropfen seines kostbaren Blutes verlor.

Sie bückte sich, wischte die rote klebrige Pfütze vor Jonas auf, griff mithilfe des Papiers nach dem Kern und warf alles in den Mülleimer.

»So«, sagte sie zu Jonas, der mit finsterem Gesicht auf dem Stuhl saß und wütend auf seine Hand starrte. Aus dem ehemals weißen Papier löste sich träge ein dicker Tropfen und rann am Handgelenk entlang.

»Mein Gott, wie das blutet!«, sagte sie kopfschüttelnd. »Ich hole mal Verbandsmull aus dem Bad.«

Wenige Augenblicke später kniete sie vor Jonas, hielt ihm

den Verbandsmull entgegen und sagte: »Geben Sie mir doch mal das durchgeblutete Papier. Das hält ja nichts mehr.«

»Dann tropft alles wieder auf den Boden!«, entgegnete Jonas mürrisch.

»Sie haben recht.« Lena organisierte in Windeseile noch ein sauberes Handtuch aus dem Badezimmer, das sie Jonas auf den Schoß legte.

Beide schauten dann etwas unschlüssig auf das sattrot feuchte Krepppapier auf Jonas' Handfläche.

Endlich zupfte Jonas vorsichtig an einer Ecke. Er verzog kurz das Gesicht, als die Haut sich mitbewegte, das Papier begann bereits festzukleben.

Lena hielt ihm den Abfalleimer hin. »Werfen Sie es hier rein.«

»Ach was!«, sagte Jonas zynisch. »Darauf wäre ich jetzt nicht gekommen.«

»Ich würde mich auch über mich ärgern«, sagte Lena und gab damit zu erkennen, dass sie den Grund für Jonas' Übellaunigkeit genau erfasste.

Jonas verzog einmal mehr das Gesicht, als er das Papier mit einem kräftigen Ruck von der Hand riss und dann in den Abfalleimer warf. Sofort zog sich wieder eine rote Spur durch die Handinnenfläche.

Jonas griff nach dem Mull in Lenas Hand, tupfte die Wunde ab und spreizte mit der linken Hand die Wundränder etwas auseinander.

Dicke rote Flecken blinkten auf dem weißen Handtuch auf.

»Mein Gott, ist das tief. Das muss genäht werden. Ich brauche einen Arzt«, sagte Jonas.

»Ich fahre Sie ins Krankenhaus«, erwiderte Lena. »Heute am Samstag werden wir keine offene Arztpraxis finden.«

Jonas fluchte. »Auch das noch! So ein verdammter Mist. Ich werde Stunden in der Notaufnahme sitzen.«

Er tupfte wieder etwas Blut von der Wunde. »Bis ich drankomme, hat sich der Schnitt wahrscheinlich geschlossen, und dann müssen die das erst noch mal aufmachen. Wunderbar!«

»Warum?«, fragte Lena. »Wenn es doch schon zu ist?«

»Da der Schnitt sehr tief scheint, ist er dann nur oberflächlich geschlossen. Und an dieser Stelle, hier im Handinneren, ist so viel Zug auf dem Gewebe, das muss man sowieso nähen, das geht sonst bei jeder stärkeren Bewegung wieder auf.« Jonas schüttelte den Kopf. »Auch noch rechts! Wenn es wenigstens links wäre.«

Er hob den Blick zu Lena, die an die Küchentheke gelehnt neben ihm stand.

»Ach, egal. In meinem Zimmer steht eine braune Tasche neben dem Kleiderschrank. Eine Ledertasche mit Bügel. So eine richtige Arzttasche. Können Sie mir die bringen?«

Lena nickte.

Kurze Zeit später wühlte Jonas mit der gesunden Hand in seiner Arzttasche und zog halblaut vor sich hin murmelnd mehrere Gegenstände heraus, die er vor sich auf dem Küchentisch aufbaute. »Nadelhalter, okay. Faden und sterile Handschuhe, gut. Pinzette – was soll ich eigentlich damit? Mit nur einer Hand werde ich die ja gar nicht halten können. Den Overholt, okay. Wo ist denn …«

»Was machen Sie da?«, fragte Lena.

»Ich suche das Fläschchen mit dem Lokalanästhetikum und … ach, hier. Jetzt brauche ich nur noch …«

»Warum? Was haben Sie denn vor?«

»Ich nähe mir die Wunde selbst«, sagte Jonas.

»Aber Sie können doch nicht …«

»Wieso nicht? Bevor ich den Samstag im Krankenhaus verbringe? Es wird zwar etwas diffizil, mit nur einer Hand zur Verfügung. Und ich bin ausgesprochener Rechtshänder, das mit der linken Hand hinzubekommen …, aber ich werde es schon irgendwie schaffen.«

»Aber das geht doch nicht, wie wollen Sie das denn machen?«

»Was bleibt mir anderes übrig? Sie können es ja schließlich nicht für mich übernehmen.«

Jonas konnte auch später nicht sagen, was ihn dazu gebracht hatte. Sein Ärger über sich selbst, seine Wut auf diese Frau, die ihn so ausgelacht hatte, vielleicht sogar noch die tief sitzende Enttäuschung, dass Irene ihn verlassen hatte.

Er meinte es nicht ernst, niemals im Leben hätte er so was ernst gemeint. Er wollte provozieren, schockieren, diese Frau kirre machen.

»Obwohl …«, sagte er jetzt. »Warum eigentlich nicht? Sie sind doch Näherin, oder? Da müssen Sie doch so eine Kleinigkeit hinkriegen.«

Lena öffnete den Mund.

Und schloss ihn wieder.

Sie schluckte.

»Ich bin Schneiderin«, betonte sie hilflos, auf das zurückgreifend, was ihr als Erstes einfiel: der Unterschied zwischen Näherin und Schneiderin.

»Ich bin Schneiderin, Maßschneiderin«, wiederholte sie, sich an diesem Detail festklammernd.

»Sie können also nicht nähen?«, fragte Jonas, und Lena meinte, Triumph herauszuhören.

»Natürlich kann ich nähen!« Lena versuchte verzweifelt, wieder Sicherheit zu finden. Sie räusperte sich.

»Aber eine medizinische Naht ist ja nun was völlig anderes – allein schon die gebogenen Nadeln. Und man arbeitet ja mit einem Nadelhalter, das ist auch …«

Plötzlich war ihr wieder eingefallen, worum es sich bei diesem merkwürdigen Gerät handelte, das Jonas auf den Tisch gelegt hatte.

»Sie kennen sich ja tatsächlich aus.«

Lena war kurz davor, hysterisch loszukichern. Bloß nicht noch mal einen Lachanfall! Aber gab es solche Zufälle? Offenbar ja.

Während sie die Meisterschule besuchte, war eine ihrer Mitschülerinnen mit einem Medizinstudenten befreundet gewesen. Und der hatte einmal während eines Essens in seiner Studentenbude vor den vier angehenden Schneidermeisterinnen stolz seine frisch erworbenen Kenntnisse über medizinische Nähte zum Besten gegeben. Er hatte den jungen Frauen die verschiedenen Nadeln erklärt, die Nadelhalter gezeigt, und geendet hatte das Ganze damit, dass die Meisterschülerinnen an einem Stück Schweineschwarte, das der junge Mann genau aus diesem Grund für sich zum Üben im Kühlschrank hatte, unter viel Gekicher und Gelächter und natürlich mithilfe mehrerer Gläser Wein selbst einmal den Umgang mit diesen so völlig anderen Nadeln probiert hatten.

»Ich kann eine Einzelknopfnaht, eine Donati-Naht und noch eine dritte, deren Namen ich vergessen habe. Irgendwas mit A. Und …«

»Allgöwer«, ergänzte Jonas automatisch.

»Richtig, Allgöwer! Und ich habe geübt, mit Nadelhalter und Pinzette zu knoten. Das kann ich auch.«

Lenas Selbstsicherheit kehrte zurück, als sie das verblüffte Gesicht von Jonas sah. Sie dachte nicht über mögliche Konsequenzen nach. Zu schön war es, mit ihrem Wissen und Können anzugeben. Und in dieses überraschte Gesicht zu schauen.

»Ja, dann«, sagte Jonas, der sich allmählich von seiner Verblüffung erholte, »dann könnten Sie mir die Wunde vielleicht tatsächlich nähen.«

Lena begann zu husten.

»Ich … Moment.«

Es dauerte etwas, bis sie ausgehustet hatte.

»Wir haben das damals an einer Schweineschwarte geübt. Ich habe noch nie ein lebendiges Wesen genäht!«

Jonas betrachtete seine Hand. Zwei Stiche sollten reichen, maximal drei. Was konnte schiefgehen? Die nächste Sehne war von der Stichwunde relativ weit entfernt. Wobei natürlich die Betonung auf *relativ* lag. Lena durfte das Gewebe nicht zu stramm ziehen – und sie musste im richtigen Winkel einstechen und … Andererseits: Sich in eine Krankenhausnotaufnahme zu setzen, stundenlang zu warten und dann einem übermüdeten Kollegen, der seit vierundzwanzig Stunden Dienst machte, in die Hände zu fallen, war auch nicht verlockend.

Er selbst könnte mit nur einer Hand nähen, und zwar mit der linken – aber ob das funktionierte?

Er musste ihr eben genau auf die Finger sehen.

»Also dann«, sagte er und konnte ein hämisches Grinsen nicht unterdrücken: »Trauen Sie sich?«

Lena sah dieses Grinsen und ärgerte sich. Was war schon dabei?

»Da gibt es nichts zu trauen.«

»Dann wäre das ja geklärt«, sagte Jonas, aber seine Stimme klang zuversichtlicher, als er sich fühlte. Hatte er sie noch alle? Ließ sich von so einer Modetussi die Hand verarzten!

Auch Lena merkte, wie ihr Magen sich zu einem dicken, harten Knoten verkrampfte. Sie sollte diesem Mann eine Schnittwunde nähen? Gleich würde sie sich übergeben. Hier in der Küche. Vor ihm.

»Wir machen es folgendermaßen«, sagte Jonas. »Die Betäubung spritze ich mir selbst. Das ist kein Problem, das schaffe ich auch mit links. Dann warten wir zehn Minuten. Sie ziehen sich die sterilen Handschuhe an, und dann heften Sie mit zwei oder drei Stichen – das entscheiden wir beizeiten – die Wundränder zusammen.«

Lena biss die Zähne zusammen. Sie würde sich keinesfalls vor diesem Mann übergeben – sie nicht!

»Wie viel von diesem Nähmaterial haben Sie?«

»Warum?«

»Im Kühlschrank sind Schnitzel, eigentlich fürs Abendessen

morgen eingeplant. Ich würde gern an einem davon noch mal üben, es ist ja schon so lange her, dass ich …«

»Ich glaube es nicht!« Jonas lachte laut auf. »Aber das ist eine gute Idee.« Es würde ihm die Chance bieten, sie zu beobachten. Wenn sie sich zu blöd anstellte, konnte er diese verrückte Aktion immer noch stoppen. »Dann tun Sie das. Ich habe genug Nahtmaterial.«

»Gut. Ich bin gleich wieder da.«

Lena ging zur Toilette und ließ dem Würgereiz freien Lauf. Sie hatte noch nicht gefrühstückt, also gab es nichts, was sie hätte herauswürgen können. Trotzdem verschaffte es ihr etwas Erleichterung.

Anschließend beugte sie sich über das Waschbecken und spritzte sich mehrere Male eiskaltes Wasser ins Gesicht.

Sie hob den Kopf und betrachtete sich im Spiegel.

Sie sah verheerend aus. Nun, das war egal. Darauf kam es jetzt nicht an.

»Nur drei kleine Stiche. Das schaffst du!«

Beide saßen nun am Esstisch, den Lena mit einem weiteren sauberen Handtuch abgedeckt hatte. Jonas hatte den Arm auf den Tisch gelegt, die Handfläche zeigte nach oben. Vorsichtig tupfte sich Jonas mit einzelnen sterilen Tupfern, die er ebenfalls aus seiner Tasche gekramt hatte, die Wundränder sauber.

Die Blutung war nicht mehr so stark, aber auch noch nicht gestoppt.

Er spreizte die Wunde mit dem silbrig glänzenden Instrument, das Overholt hieß, wie Lena nun lernte.

»Zur Kontrolle, ob die Wunde wirklich sauber ist«, erklärte er. »Und jetzt suchen wir vernünftiges Nahtmaterial.« Er wühlte mit der linken Hand in seiner Tasche und zog Verschiedenes heraus. Dann musterte er mit gerunzelter Stirn kurz die kleinen Fadenpäckchen auf seiner Handfläche.

»Das hier ist gut«, sagte er. »Sehen Sie?«

»Ich sehe überhaupt nicht, was das ist«, sagte Lena und hatte ganz kurz die Hoffnung, dass sich dieses Vorhaben jetzt als undurchführbar erweisen würde.

Aber Jonas schien nicht abgeschreckt. »Das ist das Nahtmaterial. In verschiedenen Stärken.« Er kippte die kleinen Bündel auf den Tisch. »Sehen Sie, der Faden ist schon in die Nadel integriert, wir müssen also nur die richtige Fadendicke heraussuchen.«

Wir. Ohne dass es ihr bewusst wurde, verlieh dieses Personalpronomen Lena Zuversicht. Die Übelkeit ließ etwas nach.

»Und am besten wäre, wir hätten so was zweimal, damit Sie an dem Schnitzel mit derselben Fadendicke üben können«, meinte Jonas und schob auf dem Tisch mit den Fingern der unverletzten Hand zwei Päckchen an die Seite.

»Die hier sind gut. Das ist die richtige Stärke. Also können Sie jetzt eines aufmachen und die zwei Schnitzel zusammennähen.«

Die Kunststoffhülle übertrug und verstärkte das Zittern von Lenas Händen. Sie drehte sich etwas zur Seite, damit Jonas es nicht sah.

Dann heftete sie unter dem kritischen Blick von Jonas zwei Schnitzelränder mit drei Stichen fest aneinander. Zuerst kämpfte sie mit dem Nadelhalter, es war ungewohnt, die Nadel nicht direkt in den Fingern zu fühlen. Und ihre Finger zitterten.

Aber sie war das Arbeiten mit den Händen gewohnt, ihre manuelle Geschicklichkeit ließ sie die Aufgabe problemlos bewältigen. Sogar das Zittern der Finger hörte auf, als sie den ersten Stich gemacht hatte.

Jonas nickte zufrieden.

»Na also. Sieht doch gut aus!« Jonas wendete mit der unverletzten Hand die Schnitzel hin und her. »Das schneiden wir gleich ab. Den Rest können wir problemlos essen.«

Er nickte noch einmal, als wolle er ihr – oder auch sich

selbst – Mut zusprechen. »Dann legen wir mal los.« Er lächelte Lena aufmunternd an. Es war das erste Mal, dass sie ihn lächeln sah, er sah völlig anders aus. Sie lächelte etwas zaghaft zurück.

Jonas reichte Lena die verpackten sterilen Handschuhe und spritzte sich das Anästhetikum in die Handfläche.

Lena öffnete die Packung und streifte sich die Handschuhe über. Jonas saß auf dem Küchenstuhl, Lena stand an die Küchenzeile gelehnt. Keiner sprach mehr ein Wort. Verblüfft warf Lena einen Blick auf die runde weiße Küchenuhr über der Tür. Seit wann tickte die derart laut?

Die Sekunden schienen sich zu dehnen, der Zeiger der Uhr knarzte jedes Mal leise, wenn er ein winziges Stück nach vorne sprang.

»Wo ist eigentlich Herr Gruber?«, fragte Lena.

»Der ist wohl schon zum Einkaufen gegangen. Ich bin wach geworden, als die Wohnungstür zugefallen ist.«

Draußen im Hof knirschte ein Schneeschieber über das Kopfsteinpflaster, es hatte wohl geschneit in der vergangenen Nacht.

»Ich habe mich noch gewundert, dass er so früh geht«, sagte Jonas.

»Er will mit seinen Freunden übers Wochenende in die Berge.«

»Ach so.«

Knarz – knarz – knarz. Lena sah erneut auf die Uhr. Noch nicht einmal eine Minute war vergangen.

»Ich dachte, ich mache mir schnell etwas Avocadomus zurecht. Ich wollte mich beeilen, damit ich fertig bin, wenn er zurückkommt«, erklärte Jonas nun.

»Ah«, sagte Lena. Warum redete der Mann so viel? War das ein Zeichen dafür, dass auch er nervös war?

Ihr Magen verkrampfte sich erneut, und sie spürte, wie ihre Knie zu zittern begannen.

»Wollen Sie sich nicht auf die Bank setzen?«, fragte Jonas.

Hatte er ihr Zittern registriert? Lena nahm auf der Bank Platz.

Wieder schwiegen sie. Lena hatte das Gefühl, die schwere Stille drückte auf ihren Brustkorb und nahm ihr den Atem. Ihre Übelkeit nahm zu.

Das Ganze war doch verrückt. Sie konnte das nicht. Sie würde das jetzt abblasen. Sie würde ihm sagen, dass sie nur hatte angeben wollen, dass sie nie im Leben in der Lage wäre, eine Wunde medizinisch zu versorgen. Sie würde ihm anbieten, ihn ins nächste Krankenhaus zu fahren, ihn auch wieder abzuholen und ihm auch sonst so weit wie möglich behilflich zu sein. Aber sie konnte nicht zwei Hautfetzen zusammennähen. Sie öffnete den Mund.

»Also: los geht's«, sagte Jonas.

Lena schloss den Mund wieder. Sie erhob sich von der Bank, wunderte sich, dass ihre angstweichen Knie sie überhaupt trugen, ging um den Tisch herum zu Jonas und zog sich mit dem Fuß den zweiten Küchenstuhl heran. Jonas öffnete inzwischen mit der unverletzten Hand und den Zähnen das Päckchen mit dem Nahtmaterial, legte dann seine verletzte Hand auf den Küchentisch und hielt Lena mit der linken Hand das offene Päckchen entgegen.

Sie zögerte. Jonas runzelte fragend die Stirn. Lena räusperte sich. Und griff zu.

Sie legte die Nadel in den Nadelhalter ein und drückte die Griffe fest zusammen, sodass die Halterung arretierte. Als Nächstes nahm sie die Pinzette in die linke Hand und fasste damit den hinteren Wundrand. Dann setzte sie die gebogene Nadel auf dem Gewebe auf.

Der erste Stich war schwer, Lena musste die Hemmung überwinden, in das Gewebe hineinzustechen. Und dann war sie von der Festigkeit überrascht. Sie kam ja kaum hinein!

Aber ihr Gehirn kannte die Tätigkeit des Nähens, und ihre Muskulatur führte die tausendfach eingeübten Bewegungen aus. *Widerspenstiges Material,* so dachte sie bereits, bevor die Nadel das erste Mal eingedrungen war, *wie zähes Leder ist dieses Material.*

Und dann ging auf einmal alles ganz schnell.

Sie machte drei einzelne Stiche, zog immer das Gewebe sanft zusammen, sie verknotete unter Jonas' Anweisungen die Fäden, und schon war es vorbei.

Lena nahm wie selbstverständlich Jonas' Hand in ihre, hob sie nah an ihre Augen und musterte noch einmal kritisch ihr Werk.

»Ich denke, das hält«, meinte sie. »Und jetzt noch ein Pflaster drüber?«

Jonas nickte.

»Das haben Sie gut hingekriegt«, sagte er.

»Danke.«

»Ich gebe ehrlich zu, ich hatte etwas Bedenken«, sagte Jonas.

»Ich gebe ehrlich zu, ich auch!«, erwiderte Lena.

Sie schauten sich an und mussten lachen. Lena hatte beim Lachen in der rechten Wange ein kleines Grübchen.

Jonas betrachtete das Grübchen und dachte: *Nett sieht das aus.*

Er wühlte mit der linken Hand wieder in seiner Arzttasche, die neben ihm auf der Bank stand. »Hier haben Sie ein Pflaster.«

Lena griff danach und beugte sich über seine Hand.

Jonas schaute auf ihre Haare, er fühlte ihre Finger auf seiner Haut, wie sie die Pflasterränder zart und gleichzeitig energisch andrückte – wie machte sie das nur, eine ganz eigene Art der Berührung war das –, er roch ihr Haarshampoo, ein Geruch, den er aus dem Badezimmer schon kannte, und noch etwas anderes, ihren ganz persönlichen Duft, den er eigentlich auch schon kannte – und ganz plötzlich war er da: der Moment des Erkennens, des Wissens, was dieser andere Mensch für einen bedeuten könnte.

Es heißt manchmal: im Bruchteil einer Sekunde, aber diese

Zeiteinheit ist viel zu lang. Auch wenn sie noch so kurz ist, so setzt sie doch einen Ablauf voraus, ein Werden, ein Entstehen. Aber so war das nicht: Hier entstand nichts. Es war da. Ohne einen Übergang, ohne ein Werden, ohne ein Entstehen. Wie im Binärcode. Entweder 0 oder 1 – dazwischen gab es nichts.

Dieser Moment war da.

Für Jonas.

Nur für Jonas.

Er schluckte.

Auf dem Tisch lag noch die Verpackung der Betäubungsspritze. Jonas knüllte sie zusammen, erhob sich, ging zur Küchentheke, öffnete die Tür unter der Spüle, drückte mit dem Fuß gegen die Sperre, sodass der Abfalleimer herausrollte, und warf die Verpackung hinein.

Am Küchentisch öffnete er danach seine Bügeltasche, fasste kontrollierend hinein, schloss die Tasche wieder.

All diese Verrichtungen erledigte er wie ein Roboter. Er wusste, was er tat, aber er hatte das Gefühl, in einer anderen Welt zu sein. Nichts hatte mehr die Bedeutung, die es zuvor gehabt hatte, alle Perspektiven hatten sich verschoben, nichts war mehr, wie es einmal gewesen war. Und es würde auch niemals mehr so sein.

Lena schaute ihm verwundert zu.

»So«, sagte er, als er seine Tasche vom Tisch hob. »Dann bedanke ich mich für die Hilfe. Jetzt habe ich eine Verabredung und muss leider gehen, ich wünsche Ihnen einen schönen Tag.«

Und bevor die verblüffte Lena etwas entgegnen konnte, klappte die Wohnungstür hinter Jonas zu, und er war verschwunden.

Lena schüttelte verwundert den Kopf, legte die Hände auf die Tischplatte und fing hysterisch an zu lachen. So fand sie Konstantin Gruber, der zwei Minuten später vom Einkaufsbummel zurückkam.

»Um Gottes willen, was ist passiert?«

Lena erzählte es ihm. Konstantin Gruber schüttelte fassungslos den Kopf. »Und du hast die Wunde genäht?« Seine Augenbrauen wölbten sich weit nach vorne. »Schade, das hätt ich gern gesehen.«

Er zog die Tüte mit den Weißwürsten aus seinem Korb. »Wo ist er denn jetzt hin? Kommt er gleich wieder?«

»Vielleicht. Er hat nichts gesagt.«

Aber Jonas' Platz am Küchentisch blieb leer.

Jonas frühstückte anderswo. Beziehungsweise: Er frühstückte gar nicht. Gerade schob er den noch halb vollen Teller zur Seite. Das Rührei war gut gewürzt, der Schinken saftig und reichlich, es gab nichts daran auszusetzen. Trotzdem schmeckte es ihm nicht.

Nachdem Jonas die Wohnung fast fluchtartig verlassen hatte, war er zunächst einmal mehr als eine halbe Stunde ziellos durch die Straßen gelaufen. Irgendwann fiel ihm auf, dass er fror. Obwohl er im Hinauseilen noch nach seinem Mantel an der Garderobe gegriffen hatte, war er viel zu dünn angezogen, der leichte Trainingsanzug war zum Frühstücken in der Wohnung gedacht gewesen.

Als er an dem kleinen altmodischen Café vorbeigekommen war, wo in der offenen Tür eine lange Schlange von Menschen stand und ihm der einladende Geruch nach frisch gebackenen Brezen in die Nase stieg, fiel ihm auf, dass er noch nicht gefrühstückt hatte. Und er würde sich hier auch aufwärmen können.

Jetzt saß er am Tisch, vor sich den noch mehr als halb vollen Teller mit dem Rührei mit Schinken, und schob ihn angewidert zur Seite. Er hatte keinen Appetit.

Und das war so, weil sein Leben heute Morgen auf den Kopf gestellt worden war, weil nichts mehr die Bedeutung hatte wie vorher, weil er das Gefühl hatte, ihm sei der Boden unter den Füßen weggeglitten: Sein Bezugssystem war verschwunden, seine Einordnung in die Welt war dahin, er konnte seine Position nicht mehr bestimmen, hatte das Gefühl, nicht mehr zu wissen, wer er war.

Was war bloß geschehen?

Er griff nach der liebevoll gemachten Menükarte, die auf dem kleinen runden Tisch lag. Ungeduldig schlug er die Seiten um, ohne den heiteren Kinderzeichnungen der verschiedenen Kuchen, die hier noch selbst gebacken wurden, auch nur einen Blick zu schenken.

Auf der Rückseite fand er, was er suchte.

»Bringen Sie mir einen Williams«, sagte er zu der jungen Bedienung, die gerade ein mit vier Frühstücksgedecken überladenes Tablett an ihm vorbeibalancierte.

Die junge Frau, die auf ihn den Eindruck machte, als ob sie eine Studentin sei, die sich etwas dazuverdiente, nickte kurz zum Zeichen, dass sie ihn gehört hatte.

Wenige Minuten später stellte sie das Glas mit der klaren Flüssigkeit vor ihm ab, und er kippte es in einem Zug. »Noch einen«, sagte er, noch während die Frau sich abdrehte. Auf ihren verwunderten Blick hin schob er ein »Bitte« hinterher.

Jonas erinnerte sich, wie blöde er damals als Halbwüchsiger die Szene in diesem Kultfilm gefunden hatte. Wo der junge Sohn des Mafiabosses nach Sizilien geflüchtet war, eine Frau erblickte, und der eine Sizilianer dem anderen später erklärte: Er wurde vom Blitz getroffen.

Was für ein Quatsch, hatte er gedacht. Er versuchte zu verstehen, was eigentlich vorgefallen war. Er hatte gespürt, dass er diese Frau begehrte. Okay, das war ja nun normal. So war es ihm schon öfter ergangen, so erging es mehr oder weniger jedem Mann gelegentlich: Man sah eine Frau, und man spürte körperliches Verlangen. Das war die Biologie, so war der Mann nun einmal konstruiert.

So weit, so gut.

Aber da war noch etwas anderes. Etwas, was er nicht kannte.

Etwas, was er noch nie erlebt, noch nie empfunden hatte. Wahrscheinlich war es das Gefühl, das die meisten als Liebe bezeichneten.

Aber das war ja lächerlich. Das wollte er nicht. Dieser Gefühlsquatsch. Und dann auch noch ausgerechnet diese Frau! Die nicht ganz richtig im Kopf war. Mit einem Sprung in der Schüssel, so hatten sie zu Hause gesagt.

In so jemanden würde er sich ganz sicher nicht verlieben. Niemals!

Außerdem mochte sie ihn ja auch nicht.

»Noch einen!«, kommandierte er barsch in Richtung Bedienung, die schon wieder ein übervolles Tablett zwischen den viel zu eng stehenden Tischen über die Köpfe der Gäste hinwegbalancierte.

Wenigstens wurde ihm allmählich wärmer.

Jonas saß an seinem kleinen Tisch, ihm gegenüber die beiden einzigen freien Plätze im ganzen Lokal, aber genau jetzt steuerte ein älteres Ehepaar auf diese Plätze zu. Der Mann führte seine offenbar sehbehinderte Frau am Arm an den Tischen vorbei. »Erlauben Sie?«, fragte er Jonas, und als der kurz nickte, zog er seiner Frau einen Stuhl heran. »Setz dich, mein Liebes«, sagte er.

Anschließend ließ der Mann sich auf dem zweiten Stuhl nieder. »So, das haben wir geschafft«, sagte er.

»Wenn ich gewusst hätte, dass es so voll ist …«, sagte die Frau in einem entschuldigenden Tonfall.

»Wieso? Ist doch schön – wenigstens was los«, meinte der Mann.

Jonas brütete finster vor sich hin, während der Mann seiner Frau aus dem dicken Anorak half, Wollmütze und Handschuhe in ihren Jackentaschen verstaute und auch seine eigene Winterjacke nun abstreifte. Sorgsam hängte er alles über seine Stuhllehne.

»Bitte sehr. Mögen Sie schon was zu trinken?« Die junge Bedienung legte zwei Speisekarten vor das Paar.

»Und? Sollen wir?«, fragte der ältere Mann und lächelte seine Frau an.

Die Frau gab den Blick zurück. »Deswegen sind wir ja hier, oder?«

Der Mann nickte. »Wir können schon bestellen: Wir hätten gerne zweimal das Champagnerfrühstück.«

»Wie bitte?«, fragte die junge Bedienung nach.

»Zweimal das Champagnerfrühstück, dieses hier. Mit dem Lachs und allem«, sagte der Mann, hob die Karte und zeigte auf die letzte Zeile der ersten Seite.

Zweifelnd schaute die Studentin die beiden an. Jonas hatte den Eindruck, sie überlegte, ob sie die Gäste auf den Preis aufmerksam machen sollte. Aber schon rief jemand ungeduldig von einem Nebentisch nach ihr.

»Gerne«, antwortete sie also nur.

Jonas versuchte, das Paar unauffällig zu mustern. Die beiden wirkten nicht wie Leute, die sich einfach mal ein Champagnerfrühstück bestellten. Beide waren vielleicht Anfang oder Mitte siebzig, unauffällig gekleidet, der Mann mit einer beigen Stoffweste. Die Frau trug ein Paar goldene Ohrstecker mit kleinen Steinen, hübsch, aber sicher nicht wertvoll. Die Uhr des Mannes wirkte ebenfalls durchschnittlich, ein kurzer Blick unter den Tisch zeigte Jonas, dass auch die Schuhe unauffällig waren.

Alles in allem machten die beiden den Eindruck eines soliden, eher einfachen Mittelstandspaares, adrett und sicher sehr zuverlässig, der Mann war vielleicht sogar Beamter gewesen, bei der Bahn oder bei der Post, die Frau hatte vielleicht früher als Verkäuferin oder Sekretärin gearbeitet. Ordentliche Leute, denen man, sollte man sie als Nachbarn haben, ohne Bedenken den Wohnungsschlüssel anvertrauen würde. Aber sicher nicht solche Menschen, von denen man erwarten würde, dass sie an einem normalen Samstagmorgen im Café ein Champagnerfrühstück bestellten.

Jetzt kicherte die alte Frau. »Das kann sie sich nicht vorstellen, dass wir Alten hier so schlemmen.«

»Die wird sich noch wundern«, erwiderte ihr Mann.

Da brachte die Bedienung auch schon zwei Gläser, einen mit Eis gefüllten Kübel und eine Flasche Champagner.

Allerdings kämpfte sie dann mit dem Korken.

»Ich krieg den Champagner nicht auf«, sagte sie entschuldigend.

»Ich würde Ihnen gerne helfen, aber ich hatte vor Kurzem ein gebrochenes Handgelenk«, bedauerte der ältere Mann.

»Ich geh schnell zur Theke, Constantin kann das.«

»Darf ich helfen?«, meldete sich Jonas zu Wort. »Ich sollte das eigentlich auch schaffen.«

»Ja, bitte«, sagte der alte Herr erfreut. Die Bedienung drückte Jonas mit einem erleichterten Gesichtsausdruck die Flasche in die Hand und stellte die Gläser parat. Obwohl Jonas durch die Verletzung in seiner rechten Handinnenfläche etwas gehandicapt war, perlte wenige Sekunden später die hellgoldene Flüssigkeit in den Kelchen.

»Bringen Sie doch bitte noch ein drittes Glas für den Herrn«, sagte der ältere Mann zur Bedienung.

Jonas schüttelte den Kopf. »Das ist wirklich nicht nötig.«

»Wir würden uns aber sehr freuen, wenn Sie mit uns anstoßen. Wir haben nämlich Hochzeitstag!«

»Oh, ich gratuliere!« Das erklärte natürlich einiges. »Dann darf ich wohl gar nicht ablehnen.«

Schon stand das dritte Glas auf dem Tisch, und der Mann ließ es sich nicht nehmen, für Jonas selbst einzuschenken.

»Dann zum Wohl, und nochmals herzlichen Glückwunsch!«

Sie stießen an, tranken einen Schluck, und der ältere Mann nahm plötzlich seine Frau in den Arm und küsste sie voller Zärtlichkeit auf den Mund. Die Frau hob ihre rechte Hand und strich ihrem Mann sanft über die Wange.

»Ich danke dir«, sagte der Mann zu seiner Frau.

»Ich danke *dir!*«, erwiderte sie und fügte dann lachend hinzu: »Jetzt hast du auch dein letztes Versprechen eingelöst.«

»Wie lange sind Sie denn schon verheiratet?«, fragte Jonas höflichkeitshalber.

Die beiden grinsten etwas verschämt. »Fünfzig Jahre. Wir haben heute goldene Hochzeit.«

»Und da feiern Sie ausgerechnet hier?«, entfuhr es Jonas überrascht, obwohl er diese Frage im selben Moment schon als unhöflich empfand.

Aber beide schüttelten den Kopf. »Ein großes Fest mit den Kindern und Enkeln gibt es morgen. Die wohnen alle außerhalb und sind berufstätig, die reisen heute im Laufe des Tages an. Das hier, das ist nur für uns.«

»Wissen Sie«, sagte der Mann. »Es ist nämlich so: Als wir geheiratet haben, heute vor fünfzig Jahren«, er schaute seine Frau wieder liebevoll an, und sie gab den Blick zurück, »waren wir beide noch in der Ausbildung und hatten wenig Geld. Wir hatten nur zwei Flaschen Sekt. Damit haben wir mit unseren Eltern schnell vorm Standesamt angestoßen. Dann mussten wir wieder zur Arbeit. Aber ich habe meiner Frau versprochen, dass sie zur goldenen Hochzeit ein Champagnerfrühstück von mir bekommt, mit Champagner und Lachs und allen tollen Sachen – und dieses Versprechen löse ich heute ein.«

Und wieder schauten die beiden sich in die Augen, und es war so viel Zuneigung und Vertrauen in diesem Blick, dass es Jonas ganz merkwürdig ums Herz wurde.

So konnte es also sein, wenn man ein Leben miteinander verbracht hatte.

Durchaus ein lohnenswertes Ziel. Vor Jonas' innerem Auge erschien eine Vision: Lena und er – mit Falten im Gesicht und zittrigen Stimmen, Hand in Hand auf einer Parkbank in der Sonne, die Rollatoren nebendran …

Er unterdrückte mit Mühe ein Stöhnen. Gab es keine Tabletten gegen diese Verwirrung des Verstands?

»Und wissen Sie«, sagte plötzlich die Frau und schmunzelte: »Gelegentlich in den vergangenen fünfzig Jahren, wenn es schwer wurde …«

»Wann wurde es denn schwer?«, unterbrach sie ihr Mann in gespielter Empörung.

»Also, wenn es schwer wurde«, fuhr die Frau ungerührt fort, »da habe ich so manches Mal gedacht, wenn ich mich jetzt von ihm trenne, dann entgeht mir ja das Champagnerfrühstück – und so bin ich halt geblieben.« Sie zwinkerte Jonas zu, und er musste lachen.

»So hatte ich mir das damals erhofft. Ich wusste, das zieht. Mit der Aussicht auf dieses Champagnerfrühstück wird sie es sich zweimal überlegen, ob sie mich verlässt«, schmunzelte jetzt auch der Mann. In diesem Moment brachte die Bedienung einen kleinen Beistelltisch.

»So!«, sagte sie, als sie das Tischchen neben dem Ehepaar absetzte. Hinter ihr balancierte der junge Mann, der sonst die Kaffeemaschine am Büfett bediente, ein riesiges Tablett. Was darauf stand, zog die Blicke der anderen Gäste auf sich: eine Schale mit Kaviar, die entsprechende Garnitur mit Crème fraîche, gehacktem Ei und klein gehackten Schalotten dazu, eine Platte mit geräuchertem Lachs in Scheiben, eine Schinkenplatte …

»Zum Lachs servieren wir eine Honig-Dill-Soße und Sahnemeerrettich. Unter dem Tuch hier ist frischer Toast. Die Blinis zum Kaviar sind hier, beides bekommen Sie jederzeit noch nachgereicht, wenn Sie möchten.«

Der jungen Frau machte es offensichtlich Freude, dieses Gedeck zu erklären, während sie die einzelnen Schalen und Platten auf dem Tischchen platzierte.

Plötzlich hatte Jonas solche Sehnsucht nach Lena, er wollte sie sehen, er wollte in ihrer Nähe sein.

Er gratulierte noch einmal dem Ehepaar, dann eilte er nach Hause.

Aber die Wohnung war leer.

Jonas verbrachte einen unruhigen Samstag: Er versuchte, einen Kriminalroman zu lesen, aber er konnte sich nicht konzentrieren. Er schaltete das Fernsehen ein und zappte sich durch sämtliche Kanäle, aber nichts vermochte ihn zu fesseln.

Jonas ertappte sich dabei, dass er ständig in den Flur lauschte, dass er ungeduldig auf das leise Quietschen der Wohnungstür wartete.

Noch nie hatte er sich so gefühlt. Jonas versuchte, sich zu erinnern, wie es früher mit Irene gewesen war, am Anfang ihrer Beziehung. Was hatte er getan, wenn er ungeduldig auf Irene gewartet hatte? Es fiel ihm nicht ein.

Wie mochte es Irene eigentlich gehen? Seit dem Scheidungstermin hatte er nichts mehr von ihr gehört. Vielleicht konnte sie ja seine Erinnerung auffrischen. Kurz entschlossen wählte er ihre frühere Handynummer. Der Anruf ging durch.

»Krafter«, meldete sich seine Ex-Frau. Zuerst stutzte er, ein fremder Name, aber Irenes Stimme?

Ein kleiner schmerzhafter Stich in seinem Herzen. »Ihr seid schon verheiratet?«

»Oh – Jonas, bist du das? Was ist passiert?«

»Nichts ist passiert, ich wollte nur … Dir kann man offensichtlich gratulieren?«

Irene klang verlegen.

»Wir wollten dir eigentlich eine Anzeige schicken, aber ich dachte, du schipperst irgendwo mitten auf dem Ozean rum, da hat das ja keinen Sinn.«

Der Stich schmerzte mehr. Plötzlich nahm es ihm die Stimme.

»Es tut mir leid«, sagte Irene plötzlich. »Aber wir haben auch nur in ganz kleinem Kreis gefeiert, nur mein Vater, Ralfs Eltern und wir beide.«

Jonas' Mund war trocken. Er schluckte mühsam.

»Schon gut. Ich hätte ja sowieso keine Zeit gehabt, ich war

zwar nicht auf dem Meer, aber …« Er berichtete kurz von den zwischenzeitlichen Entwicklungen.

»Das tut mir aber leid für dich«, sagte Irene. »Du hattest dich doch so auf deinen Törn gefreut.«

»Mein Aufbruch ist ja nur um ein paar Wochen verschoben«, erwiderte Jonas. »Es ist nicht so schlimm.« Er hielt auf einmal inne. *Ich hätte sonst Lena nicht kennengelernt,* der Gedanke war plötzlich aufgetaucht. Er schockierte ihn.

Wieder machte sich verlegenes Schweigen breit.

»Jonas«, sagte Irene dann. »Ich kenne dich. Es gibt doch einen Grund, warum du auf einmal anrufst. Was ist los?«

»Vielleicht will ich einfach wissen, wie es dir geht«, sagte Jonas bockig. Es ärgerte ihn, dass Irene ihn so leicht durchschaute.

»Nein«, sagte sie. »Also, was ist los?«

»Wie kannst du das behaupten? Ich habe an dich gedacht und dann …«

Irene lachte leise. »Dann würde mich interessieren, was der Anlass war, dass du an mich gedacht hast – und zwar so intensiv, dass du gleich mit mir reden wolltest.« Im Hintergrund hörte Jonas die Stimme von Irenes Mann.

»Moment«, sagte Irene zu Jonas, und dann hörte er, wie sie »Bis nachher, mein Herz!« rief.

Mein Herz – so hatte sie ihn nie genannt. Und er hätte es auch gar nicht gewollt. So kitschig. Wie furchtbar.

Doch trotz dieses Widerwillens spürte er ein Bedauern, eine Wehmut. Unwillig schüttelte er den Kopf.

»Ich bin wieder da«, sagte Irene. »Ich musste nur schnell Ralf verabschieden.« Sie wartete, aber als Jonas schwieg, fuhr sie fort: »Also, jetzt raus damit – warum rufst du an?«

Vielleicht war es das Wissen, dass ihr Mann nicht mehr in Hörweite und Irene jetzt allein war; vielleicht hatte sich sogar ihre Stimmlage etwas verändert, jedenfalls spürte Jonas plötzlich wieder diese Vertrautheit zwischen ihnen, die für ihn einen Großteil ihrer Beziehung ausgemacht hatte.

Er lehnte sich im Sessel zurück und schaute in den wintergrauen Hinterhof.

»Ich habe mich gefragt«, versuchte er zu erklären, »wie das eigentlich angefangen hat – damals mit uns.«

»Ich verstehe nicht, was du meinst«, antwortete Irene überrascht.

»Na ja, irgendwie muss es doch eine Zeit gegeben haben, wo wir noch nicht wussten, ob wir ... wo wir ... ich weiß auch nicht.«

»Moment«, sagte Irene. »Ich muss etwas nachdenken, um zu verstehen, was du meinst.«

Jonas schwieg.

»Ach!«, sagte Irene plötzlich verblüfft. »Ich glaube, ich weiß, worauf du hinauswillst. Suchst du die Erinnerung an die Zeit des Werbens, wie es so schön heißt? An diese Schmetterlinge im Bauch? Die Erinnerung an die schlaflosen Nächte, an das Hin- und Herwälzen der Frage, ob es morgen zum ersten Kuss kommt – die Erinnerung an die Hoffnungen und Ängste und an die ganze Aufregung?«

»Ja!«, sagte Jonas erstaunt. »Du hast es getroffen, genau das ist es!«

»Nun«, erwiderte Irene. »Genau da liegt das Problem. Das hatten wir nämlich nicht.«

»Wieso hatten wir das nicht?«

»Weil unsere Beziehung sich anders entwickelt hat. Weil wir schon als Kinder zusammen waren. Weil unsere Eltern befreundet waren und es für sie, und eigentlich auch für uns, nie in Zweifel stand, dass wir ein Paar werden. Und der erste Kuss? Ich erinnere mich gut.«

Plötzlich meinte Jonas, Bitterkeit aus ihrer Stimme herauszuhören.

»Ich nicht, um ehrlich zu sein«, sagte er.

»Ich kann deiner Erinnerung da gerne nachhelfen«, sagte Irene, und jetzt war die Bitterkeit in ihrer Stimme unüberhörbar. »Du kamst vorbei und hast mir erzählt, dass du Uli – erinnerst du dich an Uli? – gesehen hast, wie er dieses eine Mädchen geküsst hat. Die schon so gut entwickelt war. Auf die alle standen. Du weißt, wen ich meine?«

»Absolut nicht!«, entgegnete Jonas ungeduldig.

»Ist ja auch egal«, fuhr Irene fort. »Ich komme auch nicht mehr auf den Namen. Jedenfalls hast du gefragt, ob wir das auch mal probieren sollen, du würdest gern wissen, wie das ist. Und anschließend hast du gemeint, so toll sei das nun auch nicht – und bist nach Hause gegangen.«

»Hm«, sagte Jonas. »Das hört sich nicht besonders romantisch an.«

»Das war es auch nicht«, meinte seine Ex-Frau, und Jonas hörte, dass sie noch etwas hinzufügen wollte. Er wartete.

»Ich habe die halbe Nacht geheult«, sagte Irene.

»Was?«

Irene schwieg.

»Aber warum das denn?« Jonas war fassungslos.

»Kannst du dir das nicht vorstellen? Seit Monaten hatte ich mir Gedanken gemacht, wie wohl der erste Kuss sein würde. Mit meinen Freundinnen darüber spekuliert, gekichert natürlich, uns gegenseitig versichert, wie eklig wir das fänden – wir würden natürlich auf keinen Fall mit Zunge! –, und ihm trotzdem entgegengefiebert. Und dann nimmst du mich als Versuchskaninchen. Das war schon sehr enttäuschend.«

Draußen dunkelte es jetzt schon.

»Das tut mir so leid«, sagte Jonas aufrichtig betroffen. »Ich habe nicht … ich wusste doch nicht …«

Er seufzte leise.

»Ich verstehe dich«, sagte er dann. »Der erste Kuss sollte schon mit jemandem passieren, in den man verliebt ist.«

»Ach, Jonas«, sagte seine Ex-Frau, und in ihrer Stimme hielten sich Enttäuschung, Resignation und eine gewisse Erheiterung die Waage. »Du hast es immer noch nicht verstanden.

Natürlich wollte ich meinen ersten Kuss von dir – ich war doch so verliebt in dich.«

»Wir waren vierzehn«, erwiderte Jonas überrascht. »Mit vierzehn kann man noch nicht lieben.«

»Und schon sind wir wieder beim Thema«, sagte Irene. »Genau das war unser Problem: Unsere Definition von Liebe ist einfach zu unterschiedlich. Von dem, was ich unter Liebe verstehe, hast du überhaupt keine Ahnung.«

Jonas schwieg.

»Hallo?«, fragte Irene nach einer Weile. »Bist du irgendwie eingeschnappt? Ich warte auf deinen Widerspruch.«

»Nein, Blödsinn. Überhaupt nicht«, antwortete Jonas, verfiel aber sofort wieder in quälendes Schweigen.

Seine Ex-Frau wartete noch einen Moment, dann sagte sie: »Jonas, was hast du? Ich kenne dich doch, ich höre doch, dass du grübelst. Kannst du es mir nicht sagen? Schließlich hast *du* mich angerufen.«

»Jaja.« Jonas beobachtete die Blätter des Baumes im Hinterhof. In einem hofseitigen Zimmer hatte jemand das Licht eingeschaltet, in seinem Schein bildeten die Blätter des alten Kastanienbaums ein bizarres Schattenmuster an der gegenüberliegenden Hauswand.

»Was ich mich frage«, begann er und hielt schon wieder inne.

»Du machst es aber spannend«, meinte Irene.

»Also, was ich mich frage«, hob Jonas erneut an, und dieses Mal gelang es ihm, den Satz zu vollenden: »Was ich mich frage, ist: Woher weiß man eigentlich, dass man sich verliebt hat?«

Jonas konnte Irenes Überraschung förmlich durch das Telefon spüren.

Dann lachte sie laut auf. »Das glaub ich jetzt nicht! Dich hat es erwischt?«

»Blödsinn!«, antwortete Jonas unwirsch. Er war kein Typ, den es *erwischte*. »Aber wenn du so eine Expertin für Liebe bist, dann kannst du doch meine Frage beantworten: Woran hast du gemerkt, dass du dich damals in Ralf verliebt hast, zum Beispiel.«

Irene verzichtete darauf, auf die kleine Provokation zu reagieren. Sie erkannte, dass die Provokation sich nicht gegen sie richtete. Jonas war verunsichert, das merkte sie deutlich. Sie bemühte sich um eine ernsthafte, ehrliche Antwort.

»Ja, das ist gar nicht so einfach. Woran habe ich es gemerkt? Ich weiß es auch nicht. Daran, dass ich ihn sehen wollte, seine Gesellschaft gesucht habe vielleicht? Und dass ich mich wohlgefühlt habe bei ihm? An dem Wunsch, mit ihm zu reden? Ihm zuhören zu wollen? Alles über ihn zu erfahren? An dem Gefühl, dass ich ihm vertrauen könnte vielleicht? Da gibt es so vieles …« Sie lachte wieder leise. »Und natürlich die berühmten Schmetterlinge im Bauch … fühlst du die?«, fragte sie.

»Eher Bagger«, antwortete Jonas.

»Wie bitte?«

»Irgendwie tobt an meinem Solarplexus ein Bagger und reißt da alles auseinander – zumindest, wenn ich an jemand Bestimmten denke.«

Irene kicherte.

»Ich finde es furchtbar nervig!«, empörte sich Jonas. »Ich will das nicht!«

»Ach, Jonas.« Es war Zärtlichkeit in der Stimme seiner Ex-Frau. »Offenbar hast du dich verliebt. Ich weiß nun gar nicht genau, ob ich mich für dich freuen soll – oder ob ich mal so richtig Schadenfreude empfinden soll. Magst du mir was erzählen über sie?«

Jonas zögerte. Aber schon hatte Irene diese neue Information verarbeitet, die Fragen sprudelten nur so aus ihr heraus: »Wo hast du sie kennengelernt? Wann und wie? Was macht sie beruflich?« Und dann, nach einem kurzen Stocken: »Ist sie denn überhaupt Single?«

»Ich denke, ja«, antwortete Jonas auf die letzte Frage. »Obwohl …«

Erst jetzt wurde ihm klar, was das alles bedeutete. Er hatte sich verliebt? Was hieß das? Wollte er diese Frau?

Sein Körper sagte Ja – der ließ ihn das eindeutig spüren.

»Ich bin kein junger, testosterongesteuerter Idiot mehr«, sagte er brummig.

»Das warst du nie«, erklärte Irene. »Auch als Liebhaber warst du bereits als junger Mann eher vernunftgesteuert.«

»Ist das jetzt ein Kompliment oder eine Beleidigung«, erkundigte sich Jonas verblüfft.

»Das weiß ich selbst nicht so genau«, bekannte Irene. »Aber wie ist es denn jetzt? Begehrst du sie?«

Und wie!, hätte Jonas um ein Haar geantwortet. Im letzten Moment konnte er sich bremsen. Denn er wusste, worauf Irene anspielte. Er hatte sich nie als besonders triebhaft empfunden, körperliches Verlangen hatte er als eine biologische Notwendigkeit interpretiert, als ein Bedürfnis, das die Natur nun einmal so eingerichtet hatte, das aber nicht weiter wichtig war.

Und obwohl er seine Gefühle nicht hinterfragen wollte, sie am liebsten ignoriert hätte, spürte er doch, dass dieses Mal alles ganz anders war.

Ja, er hatte ein körperliches Verlangen nach dieser Frau – so stark, wie er sich nicht erinnern konnte, es jemals empfunden zu haben.

Aber das war nicht das einzige Gefühl. Bei dem Gedanken an einen möglichen Freund von ihr spürte er – das erste Mal in seinem Leben – Eifersucht.

»Irene«, sagte er. »Sei mir nicht böse. Aber ich muss erst einmal nachdenken, ich lege jetzt auf.«

»Armer Jonas«, erwiderte seine Ex-Frau mit echtem Mitgefühl. »Ich kann mir deine Hilflosigkeit sehr gut vorstellen. Ja, verarbeite das erst mal. Und ruf mich an, wenn dir danach ist, ich bin immer für dich da.«

»Ich danke dir. Ich melde mich wieder.«

Gerade als Jonas auflegen wollte, fiel ihm noch etwas ein.

»Irene?«

»Ja?«

»Hast du eigentlich in Weiß geheiratet dieses Mal?«

Irene zögerte mit der Antwort. »Ach, ich dachte … Eigentlich ist es doch schade, wenn man so etwas nicht einmal im Leben …«

»Du musst dich nicht rechtfertigen.«

»Natürlich nicht! Ich weiß, dass ich dir keine Rechenschaft schuldig bin.«

Sie schwieg wieder.

»Ist ja auch egal. Geht mich sowieso nichts an. Hätte mich halt interessiert. Bis bald, Irene, mach's gut.«

Jonas wollte gerade auflegen.

»Es war cremefarben. Mein Hochzeitskleid. Mit einer kurzen Schleppe. Es war so unglaublich! Ich fühlte mich wie eine Göttin … Ich werde es niemals vergessen!«

Jonas lag den Rest des Tages auf seinem Bett, starrte im stetig abnehmenden Licht an die Zimmerdecke und versuchte, Klarheit über seine Emotionen zu erlangen.

Lena saß nachdenklich in einem der beiden Besuchersessel in ihrem Atelier, durch die offene Tür zur Werkstatt konnte sie hören, wie Frau Merz und Sonja sich halblaut unterhielten. Die beiden hatten nichts mehr zu tun.

Lena konnte keine einzelnen Worte verstehen, aber sie ahnte, worum es ging: Die Sorge in ihren Stimmen war unüberhörbar.

Auch heute Morgen hatte es noch keinen weiteren Auftrag gegeben. War der fabelhafte erste Tag ein Strohfeuer gewesen? Und war jetzt der Ofen erkaltet?

Natürlich hatte sie sich auf eine Durststrecke eingerichtet.

Trotzdem: An keinem Tag mit Ausnahme des Eröffnungstages hatte sie einen Auftrag bekommen. Wenn das so weiterging … Irgendwann musste sie doch wieder einmal ein Kleid verkaufen!

Für die Trachten hatte sich überhaupt noch niemand interessiert. Gut, ihr war klar gewesen, dass die richtige Nachfrage erst kommen würde, wenn der Herbst vor der Tür stand, wenn das Oktoberfest sich ankündigte. Aber dass so gar niemand danach fragte oder ein Kleidungsstück kaufte, war schon eine riesige Enttäuschung.

Was sollte sie tun, wenn sie überhaupt keinen Auftrag mehr bekam? Die Türglocke schlug an, und Lena erhob sich. Zwei ältere Frauen schlenderten herein.

»Grüß Gott!« Lena lächelte die beiden einladend an.

»Wir schauen uns nur mal um.«

»Gerne.«

Die beiden Frauen gingen von Kleid zu Kleid, zupften an den Stoffen, hoben Schleier, rieben prüfend Spitzenbesätze zwischen den Fingern und unterhielten sich flüsternd.

Lena stand abwartend neben der kleinen Kassentheke und bemühte sich um ein freundliches Lächeln.

Fast zwanzig Minuten vergingen, Lena stand bereit, um gegebenenfalls Fragen zu beantworten oder zu beraten – dann nickten die beiden Frauen ihr freundlich zu und verließen das Geschäft wieder. Enttäuscht stöhnte Lena leise auf.

Sie ging in die Werkstatt. Der mitfühlende Ausdruck in den Augen von Frau Merz und Sonja schmerzte sie.

»Schon fast zwei Uhr«, sagte Lena. »Ich überlege, ob ich Sie nach Hause schicke. Ich glaube, heute passiert nicht mehr viel.«

»Wer weiß?«, sagte Sonja. »Vielleicht …«

Sie stoppte mitten im Satz, als die Türglocke bimmelte.

Geschwind eilte Lena zurück in den Verkaufsraum.

Drei junge Frauen drängten in den Laden.

Lena erkannte auf den ersten Blick, mit welch lässigem Schick alle drei gekleidet waren, unaufdringlich, aber wirkungsvoll. Eine rote, grobmaschige Bommelmütze ließ die erste Eintretende jung und fröhlich wirken. Der lässige Eindruck, den die Zweite mit ihrem Mehrlagenlook von dünner Jacke, Weste und Kurzmantel erzeugte, war zweifellos das Ergebnis sorgfältiger Planung. Und der in Beige- und Brauntönen gestreifte Schal der Dritten betonte den warmen Glanz der schulterlangen, kastanienbraunen Haare.

Nur der sackartige Mantel dieser dritten jungen Frau passte nicht ganz zu dem Eindruck, offenbar wollte sie damit ihr Übergewicht kaschieren, aber Lena dachte sofort, dass man das eigentlich besser machen könnte.

Alle drei grüßten gleichzeitig, und Lena erwiderte den Gruß. »Kann ich etwas für Sie tun, oder möchten Sie sich vielleicht erst einmal in Ruhe umsehen?«

Die beiden Schlankeren schauten die Frau mit dem traumhaften Haar auffordernd an, die trat dann einen Schritt nach vorn.

»Ich werde bald heiraten.«

Lena lächelte. »Ich gratuliere.«

»Danke. Da brauche ich natürlich ein Brautkleid, und ich habe ganz bestimmte Vorstellungen. Ich will es mir schneidern lassen, und da wollte ich mich hier einmal umschauen.«

»Sehr gerne«, sagte Lena. »Was haben Sie sich denn vorgestellt?«

»Ich möchte ein Kleid in dem Schnitt, wie ich es im Moment anhabe.«

Die Frau streifte ihren Mantel ab, und es erforderte Lenas ganze Selbstbeherrschung, damit sie nicht entsetzt den Kopf schüttelte.

Das Kleid der Frau war ein unförmiger Sack.

»Ich verstehe«, sagte Lena.

»Können Sie mir ein Brautkleid in diesem Schnitt nähen?«

»Selbstverständlich.«

»Ja, dann …« Irgendwie wusste die junge Frau plötzlich nicht weiter. »Was würde das denn kosten?«

»Das hängt natürlich vom Stoff ab, den Sie wählen. Und von der Detailgestaltung: Wird das Kleid lang oder kürzer, welche Art Ärmel soll es haben, welcher Ausschnitt wird gewünscht, welche Applikationen, welches Futter und so weiter. Es gibt so viele Details, da müsste ich natürlich ein kleines bisschen genauer Bescheid wissen.«

»Hm«, sagte die Frau. »Ich verstehe. Ausschnitt: Ja, darum habe ich mir noch keine Gedanken gemacht, was würden Sie denn zu so einem Modell empfehlen?«

»Haben Sie Zeit?«, fragte Lena.

»Ja.«

»Darf ich Ihnen ein paar Beispiele zum Anprobieren heraussuchen, damit wir …«

»Au ja«, sagte die mit der roten Mütze. »Mach mal, Saskia, lass uns ein bisschen gucken.«

Die so Angesprochene lachte. Ein warmes Lachen, fiel Lena auf. »Ich weiß schon, ihr wollt jetzt eine Modenschau mit mir sehen!«

»Deswegen sind wir doch hier«, sagte die mit dem Kurzmantel.

»Vielleicht nehmen Sie erst einmal Platz?« Lena bemühte sich, ihre Freude nicht zu offensichtlich zu zeigen. »Und mögen Sie vielleicht ein Glas Prosecco?«

Sonja hatte aufmerksam gelauscht, und die beiden Freundinnen hatten kaum zugestimmt, als Sonja auch schon mit dem Tablett und den gefüllten Gläsern auftauchte.

Lena geleitete Saskia in die Umkleidekabine. »Ich bringe Ihnen zuerst mal ein Modell, an dem ich Ihnen einen Ausschnitt zeigen kann, den ich vorschlagen würde«, sagte sie.

»Wie Sie wollen«, meinte Saskia forsch. »Solange der Schnitt des Kleides nachher so wird wie bei diesem hier.« Sie zog das

Kleid über den Kopf aus. Und Lena hörte plötzlich eine Unsicherheit in der Stimme. Diese Frau mochte ihren Körper nicht, und sie mochte auch nicht, dass Lena sie ohne den verhüllenden Sack sah.

Dabei hatte die Frau, das erkannte Lena auf den ersten Blick, eigentlich eine wohlproportionierte Figur, eine schöne Figur sogar, die zu anderer Zeit dem Schönheitsideal entsprochen hätte. Sehr weiblich.

»Ich bringe Ihnen mal etwas.«

Was für ein Glück, dass sie auch fünf verschiedene Modelle für große Größen mit den Prêt-à-porter–Kleidern eingekauft hatte.

»Es geht mir bei diesem Kleid nur um den Ausschnitt«, betonte Lena noch einmal, als sie das erste Kleid in die Umkleidekabine trug: ein Kleid für eine problematischere Figur, das einiges kaschierte.

»Das ist schön!«, urteilten die beiden Freundinnen anerkennend, als die junge Frau namens Saskia aus der Umkleidekabine trat.

»Ja, irgendwie gar nicht schlecht, kommt schon nahe an meine Vorstellung ran. Und der Ausschnitt ist wirklich gut«, sagte die angehende Braut.

»Das ist er«, meinte Lena. »Dieses Neckholder-Modell ist auf jeden Fall sehr gut geeignet, wobei ich für Sie die Bahnen etwas schmäler zulaufen lassen würde und …«

Lena war nicht ganz zufrieden. Die Frau hatte eine so zarte Haut und ein wundervolles Dekolleté, das musste man doch mehr betonen.

Plötzlich hatte Lena eine Vision eines Kleides.

»Haben Sie etwa vierzig Minuten Zeit? Ich würde gerade mal etwas für Sie anfertigen, ich habe da eine Idee …«

»Sie können doch nicht extra ein Kleid für mich nähen! Ich weiß doch noch gar nicht, ob ich hier kaufen will. Entschuldigen Sie, aber ich habe auch schon anderswo …«

»Sie verstehen mich falsch. Ich mache etwas aus einem ganz billigen weißen Futterstoff, nur mal zum Ausprobieren sozusagen. Und es ist damit für Sie überhaupt keine Verpflichtung verbunden. Ich weiß ja selbst noch nicht, ob es am Ende wirklich so aussieht, wie ich es mir vorstelle.«

»Hm.« Saskia war unsicher.

»Mach das doch«, riet das Mützenmädchen. »Das ist mal was anderes. So eine Chance kriegst du vielleicht nie wieder!«

»Wie lange, meinen Sie?«

»Höchstens fünfundvierzig Minuten.«

»Ich kann mich so lange um meinen Account kümmern«, meinte Saskia.

»Ich brauche nur noch schnell ein paar Maße von Ihnen.«

Nach dem Maßnehmen schlüpfte Saskia in den flauschigen Bademantel, den Lena für solche Fälle angeschafft hatte, setzte sich zu ihren Freundinnen, und dann tippten alle drei in ihre Handys.

Lena erklärte ihren beiden Mitarbeiterinnen in der Zwischenzeit, was sie sich vorstellte. Sie zeichnete ein Schnittmuster für eine Stoffbahn: »Acht Mal brauchen wir die, heftet sie einfach mit riesigen Stichen aneinander, unten darf es noch gröber sein, in der Taille und um die Hüften etwas kleinstichiger, okay?« Sie holte ein Kleid, das in Größe 34 im Geschäft hing, in die Werkstatt. »Ihr nehmt das Oberteil sorgfältig ab und dann trennt ihr es an den Seiten auf. Da legt ihr dann einfach eine Stoffbahn unter, es reichen fünf Stiche zum losen Anheften an jeder Seite. Ich will aber auf jeden Fall den Reißverschluss zuziehen können.«

Sonja nickte begeistert. »Ich verstehe genau, was Sie meinen.«

Vierzig Minuten später war ein Brautkleid aus weißem Futterstoff gefertigt.

»Es ist so weit«, sagte Lena, als sie mit dem weißen Bündel über ihrem Arm zurück in den Verkaufsraum kam. »Ich würde mich freuen, wenn Sie das Kleid hier anprobieren. Dieser Stoff ist zwar steifer als der, den wir verwenden würden, und fällt deswegen nicht so schön. Aber um zu beurteilen, wie Ihnen ein solches Modell steht, reicht es aus«, erklärte sie.

Während Lena Saskia in der Umkleidekabine zur Hand ging, zwang sie sich, nur auf das Kleid zu schauen und nicht in den Spiegel zu linsen.

»Richten Sie sich noch in Ruhe«, sagte sie, als sie den Reißverschluss hinten zugezogen hatte. Lena wollte das Kleid und die Wirkung beurteilen, wenn die Braut vor die Tür der Umkleidekabine trat.

Schon seit sie vorhin diese Idee gehabt hatte, spürte sie wieder das Kribbeln im Bauch: Ihre Vision – hielt sie der Realität stand? War die Vision auch tragbar? Hatte sie die Proportionen richtig gesehen? Hatte sie die Figur richtig »gelesen«, sie erkannt?

»Ich warte draußen auf Sie«, sagte Lena.

Im Verkaufsraum stellte sie sich neben die drei Besuchersessel. Und es dauerte höchstens eine Minute, bis die Tür zur Umkleidekabine aufschwang und die junge Frau hoch aufgerichtet, selbstbewusst und mit einem glücklichen Strahlen in den Augen heraustrat.

Niemand sagte etwas. Lena hörte, wie Sonja, die mit Frau Merz in der Verbindungstür zum Atelier stand, laut die Luft einzog. Frau Merz biss sich auf die Unterlippe.

Die beiden Freundinnen starrten mit offenem Mund, dann erhob sich die mit der Bommelmütze.

»Wow!«, sagte sie. »Das ist einfach nur: Wow!« Die andere erhob sich ebenfalls, schüttelte den Kopf, dann klatschte sie in die Hände.

Das Kleid streckte die junge Frau etwas, ohne allerdings die rundliche Figur zu überdecken oder gar zu verstecken, im Gegenteil, es betonte den Reiz ihrer weiblichen Formen.

Die junge Frau namens Saskia hatte Tränen in den Augen.

»Sie haben ein Wunder vollbracht!«, sagte sie zu Lena.

Ihre fast kindliche Begeisterung rührte sie.

»Aber nein«, lachte Lena. »Ich habe nur dafür gesorgt, dass Ihre Vorzüge betont werden.«

»Das ist … das ist einfach unglaublich!«, sagte Saskia mit zitternder Stimme. »Wie haben Sie das bloß gemacht?«

Lena schüttelte lächelnd den Kopf. »Ich habe nur die Rockbahnen oben relativ eng angelegt und erst ziemlich spät aufspringen lassen, das streckt ein bisschen.«

»Es ist einfach ein Traum.« Saskia drehte sich vor dem Spiegel. »Das will ich haben!«

»Das freut mich. Aber vielleicht wollen Sie noch einmal drüber schlafen? Ich kann es auch mal unverbindlich durchkalkulieren, ich würde eine mittlere Stoffqualität zugrunde legen, damit Sie eine Vorstellung haben. Und dann können Sie, wenn Sie sich entschieden haben, nächste Woche wiederkommen.«

»Da muss ich nicht mehr drüber schlafen, ich habe mich entschieden.« Saskia nickte bestätigend.

»Wann schließen Sie eigentlich?«, fragte die Mützenträgerin, die Katharina hieß, wie Lena inzwischen der Unterhaltung hatte entnehmen können.

»Um sechzehn Uhr schließe ich die Tür ab. Aber wir können so lange planen, wie Sie wollen«, sagte Lena.

»Ich möchte gern so weit wie möglich alles fertig machen«, sagte Saskia.

»Mit Vergnügen«, antwortete Lena.

Und dann wurde es wirklich Arbeit: Die Maße mussten genommen, der Stoff ausgewählt, die Spitze ausgesucht, die Applikationen besprochen, die Accessoires festgelegt werden.

Sonja und Frau Merz ließen sich nicht nach Hause schicken. Sie schleppten Stoffballen und Schleier herbei, versorgten die jungen Damen mit Prosecco und später mit Wasser und Orangensaft, kletterten auf Leitern und räumten Schuhkartons herunter und wieder nach oben, und alle genossen die Freude und Begeisterung der jungen Frau.

Zwischendurch bat diese immer wieder, kurz ein Foto machen zu dürfen: von Spitzen und Schuhen, von Schleiern und Diademen.

»Die erste Anprobe könnten wir in etwa zehn Tagen ansetzen. Wann ist eigentlich Ihr Hochzeitstermin?«, erkundigte sich Lena.

»In acht Wochen.«

»Das passt, da haben wir genügend Zeit.«

Kurz darauf, als Saskia die Bestellung unterschrieb, ließen sich Frau Merz und Sonja endlich ins wohlverdiente Wochenende schicken.

Es war halb fünf vorbei, als Lena ihre Ladentür von außen abschloss.

Plötzlich fiel ihr die schlanke Frau in dem grünen, knöchellangen Wollmantel auf, die auf der anderen Straßenseite stand. Lena hatte fast das Gefühl, als verharrte die Frau und schaute sie an. Doch jetzt ging sie weiter, mit festen, energischen Schritten. Lena hatte sich wohl geirrt. Aber ein schöner Mantel war es. Lena bewunderte, der Frau nachblickend, den Schnitt des Kleidungsstücks. Das war Maßkonfektion. Und Lena war sich sehr sicher, diesen Mantel vor Kurzem schon einmal gesehen zu haben.

Euphorisch ging sie nach Hause, sie freute sich darauf, Herrn Gruber von dem neuen großen Auftrag zu erzählen. Und vielleicht interessierte es auch diesen Jonas. Wie mochte es dem eigentlich ergangen sein in der Zwischenzeit? Ihm und seiner Hand? Lena beeilte sich, nach Hause zu kommen.

Aber die Wohnung war leer. Herr Gruber – jetzt fiel es ihr wieder ein – war mit Freunden in den Bergen unterwegs, und Jonas schien auch nicht zu Hause zu sein, unter seiner Tür war kein Lichtschein zu sehen.

Eine Überraschung erwartete sie allerdings, als sie ins Badezimmer trat: An der Wand hing, die zwölf zerfetzten Einzelteile mit Tesafilm wieder zusammengeklebt und in einem weißen

Bilderrahmen fixiert, das Poster, das sie vergangenen Donnerstag gekauft hatte.

Als sie dann im Bett noch in einem Kriminalroman schmökerte, ertappte sie sich dabei, wie sie ständig in den Flur hinaus lauschte. Aber sie hörte ihn nicht kommen. War alles in Ordnung mit ihm? Hatte es vielleicht doch Probleme mit der Wunde gegeben?

Das geklebte Poster im Bad bewies, dass er zumindest zwischendurch in der Wohnung gewesen war.

Nun, morgen am Sonntag würde sie ihn sicher sehen.

Doch da hatte sie sich getäuscht. Sie sah ihn nicht, und sie hörte ihn auch nicht. Nur der Duft seines Rasierwassers und seines Haarshampoos hing noch leicht in der Luft, als sie das Bad gegen halb neun betrat. Offenbar war er sehr früh aufgestanden, und sie hatte noch fest geschlafen.

Und er hatte die Zeit genutzt: Das Bad war ausgiebig gelüftet, aber im Gegensatz zu den vorigen Tagen auch wieder mollig warm.

Später saß sie allein am Frühstückstisch, aß ein Müsli und hing ihren Gedanken nach. Es war kurz nach neun. Plötzlich hörte sie das Klingeln des Handys in ihrem Zimmer.

Sie eilte durch den langen Flur zu ihrem Nachttisch.

»Jacobi.«

»Sind Sie die Schneiderin mit den Brautkleidern?«

»Ja«, antwortete Lena verblüfft. Offenbar eine Weiterleitung eines Anrufs in ihrem Geschäft. Wenn sie samstags das Geschäft verließ, stellte sie auf dem dortigen Telefon eine Anrufumleitung auf ihr Handy ein.

»Kann ich noch ein Brautkleid von Ihnen haben?«

»Heute? Sie brauchen heute noch ein Brautkleid? Ich weiß nicht, ob wir das hinbekommen. Wenn wir die passende Größe haben, dann vielleicht, aber wenn wir ändern müssen … Um wie viel Uhr ist denn die Trauung?«

»Nein, nicht heute. Entschuldigung, ich war viel zu schnell. Aber ich dachte, ich muss jetzt gleich anrufen, weil es nachher sonst keine Termine mehr gibt.«

»Nicht heute? Dann sieht es schon besser aus. Für wann brauchen Sie denn das Kleid?«

»Ich heirate im Mai«, sagte die Anruferin.

Lena war verwirrt. »Sie möchten also einen Beratungstermin?«

»Ich will ein Kleid bei Ihnen kaufen!«

»Sehr schön. Aber dafür brauchen wir doch einen Termin. Bei dem ich Ihnen etwas zeigen kann: Stoffe, Schnitte, Accessoires …«

»Ach so, ja. Dann komme ich morgen. Um wie viel Uhr soll ich da sein?«

»Montags haben wir eigentlich geschlossen. Aber wenn es eilt, könnte ich …«

»Wenn Sie mir versprechen, dass es am Dienstag auch noch früh genug ist und ich auf jeden Fall mein Brautkleid von Ihnen bekomme, dann reicht mir auch Dienstag«, sagte die junge Frau.

Lena schüttelte den Kopf. »Natürlich schneidere ich Ihnen gerne ein Kleid.«

»Und ich muss keine Angst haben, dass Sie mir am Dienstag sagen, jetzt sind Sie ausgebucht und haben keine Kapazitäten mehr frei?«

Lena schmunzelte und rollte die Augen. Eine etwas verrückte Kundin offenbar. Irgendwie phobisch.

»Ich verspreche Ihnen, dass ich Ihnen ein Kleid für Ihre Hochzeit im Mai schneidere, wenn Sie das wünschen.«

»Dann komme ich am Dienstag?«

»Gerne! Um welche Uhrzeit denn, Frau …?«

»Ach je, ich habe mich noch nicht einmal vorgestellt. Aber ich dachte, wenn ich jetzt nicht ganz schnell … Ott, ich heiße Britta Ott. Und ich bin berufstätig, also gegen Abend? So um halb sechs?«

»Wunderbar, dann sehen wir uns am Dienstag um halb sechs.«

Als Lena nach dem Frühstück ihre Müslischüssel in die Spülmaschine räumte, dachte sie noch immer an diese merkwürdige Kundin.

Aber das sollte erst der Anfang sein. Eine noch größere Überraschung erlebte Lena, als sie beschloss, den ruhigen Sonntag zu nutzen, um ihren geschäftlichen Maileingang zu bearbeiten.

Während der Woche kümmerte sich Sonja um die Mailkorrespondenz und gab die entsprechenden Informationen an Lena weiter. Aber Lena bekam auch viele Werbemails: Unternehmen boten ihr Stoffe, Reißverschlüsse, Knöpfe und dergleichen an.

Diese Mails öffnete Sonja zwar, verschob sie aber nicht in den Abfalleimer, denn Lena nutzte meistens den Sonntag oder auch den freien Montag, um diese Angebote in Ruhe zu prüfen. Schließlich fand sich gelegentlich ein Produkt darunter, das sie noch nicht kannte und das sie interessierte.

Heute aber blinkten bereits achtzehn ungelesene Nachrichten im Maileingang. Und alle hatten den gleichen Inhalt: Es waren sämtlich Anfragen nach einem Brautkleid aus ihrem Atelier, nach einem Brautkleidentwurf von ihr.

Während Lena noch fassungslos auf diese Mails starrte, pingte ihr Handy. Sie warf einen Blick darauf: eine SMS. Mit der Bitte um einen Termin zur Auswahl eines Brautkleids.

Lenas Herz klopfte auf einmal wie ein kleiner Dampfhammer. Zusammen mit dem Anruf von heute Morgen waren das zwanzig Kleider! Damit waren sie erst einmal ausgelastet …

Das Handy klingelte. Lena ertappte sich bei dem Gedanken: *Bitte nicht noch ein Kleid!*

Aber auf dem Display stand der Name Erika.

»Guten Morgen, Erika.«

»Mensch, Wahnsinn! Du hast es geschafft. Ich dachte ja, ich sehe nicht recht …«

»Ach, du weißt schon, dass ich heute ziemlich viele potenzielle Kundinnen bekommen habe?«

»Nein, das weiß ich nicht, aber das kann ich mir denken!«

»Wieso? Und was meinst du mit: Du hast gedacht, du siehst nicht recht? *Wo* hast du *was* gesehen?«

»Na, das kannst du dir doch denken! Das war ein sehr geschickter Schachzug von dir. Wie hast du die Frau bloß gekriegt?«

»Ich habe keine Ahnung, wovon du sprichst.«

Schweigen am anderen Ende der Telefonleitung. Das war wieder typisch Erika. Sie musste es immer spannend machen.

»Bist du noch da? Kannst du mir endlich mal erklären, was du meinst?« Lena wurde ungeduldig. Und schon wieder ging gerade eine neue Mail ein, der Text in der Betreffzeile sprang Lena förmlich ins Auge: *Terminanfrage wegen der Bestellung eines Brautkleids.*

Beinahe hätte sie hysterisch losgekichert.

»Kam die ganz von allein?«, fragte Erika, und Lena hörte den ungläubigen Unterton.

»Mensch, Erika! Ich habe keine Ahnung, was los ist und von wem du sprichst. Aber ich habe gerade wirklich viel zu tun, und ich wäre dir sehr dankbar, wenn du mir endlich erklären könntest, was du mit deinen Andeutungen meinst.«

»Wahnsinn! Die kam wirklich von allein …«

Lena holte tief Luft, und Erika spürte wohl, dass Lena sie jeden Moment abwürgen wollte.

»Ich erkläre es dir«, sagte Erika.

»Ich bitte darum!«

»Bei dir war Saskia Völkl, das ist …«

»Woher weißt du das?«

»Wenn du mich ausreden lässt, erkläre ich es dir.«

»Entschuldige«, sagte Lena zerknirscht.

»Also: Bei dir war Saskia Völkl. Das ist eine Influencerin. Du weißt, was das ist?«

»Natürlich weiß ich, was eine Influencerin …« Lena begann zu verstehen. »Ach!«

»Genau: ach! Die hat auf Instagram ein paar Hunderttausend Follower. Die kriegt von den Firmen das Zeug umsonst zugeschickt, nur damit sie es auf ihren Selfies trägt. Und die hat gestern Nachmittag eine Unmenge von Fotos ins Netz gestellt, die sie wohl in deinem Laden geschossen hat. Sie hat geschrieben, dass sie ihr Hochzeitskleid bei dir machen lässt, und deinen Laden und dich in den Himmel gelobt: Du bist die Größte, und wer sich sein Hochzeitskleid nicht bei dir schneidern lässt, ist sowieso total – keine Ahnung, wie das heutzutage heißt, wir hätten uncool gesagt, aber ich fürchte, dieser Begriff ist out.«

»Erika, sei mir nicht böse. Ich muss das erst mal verdauen.«

Erika lachte. »Das kann ich mir denken, und ich dachte, du hättest die angeworben. Dass die total aus freien Stücken bei dir auftaucht, Wahnsinn …«

Lena spürte, wie sie zitterte. »Ich rufe dich nachher zurück. Ich will jetzt erst mal … wie heißt denn die Instagram-Seite?«

»Mach dir schon mal Gedanken, wie du diesen Ansturm bewältigst. Und melde dich nachher noch einmal«, bat Erika. Lena versprach es.

Dann griff sie nach ihrem Handy und suchte Saskias Instagram-Seite.

Da war sie. Und Fotos über Fotos aus ihrem Geschäft. Eines zum Beispiel von der Tattoo-Spitze. Darunter hatte Saskia geschrieben: *Diese Spitze wäre es beinahe geworden, aber wartet ab, bis ihr mein Kleid seht – es wird noch nix verraten!* Ein Foto nach dem anderen, gekonnt übrigens, hervorragende Schnappschüsse, und immer diese Untertitel: *Beinahe hätte ich diese Schuhe genommen. Die Entscheidung war echt schwer.*

Und begeisterte Kommentare der »Follower« unter jedem Foto, unzählige »Gefällt mir«-Klicks.

Lena legte die Arme auf den Tisch, vergrub den Kopf darin und weinte.

Auch am Abend saß sie alleine in der Küche. Was war denn nur mit Jonas los? Sie machte sich ernsthaft Sorgen um seine Wunde.

Kurz entschlossen verfasste sie eine kleine Notiz, in der sie ihre Frage nach seinem Wohlbefinden formulierte. Sie schob den Zettel unter seiner Tür hindurch.

Am nächsten Morgen nach einer unruhigen Nacht erwachte sie von den inzwischen schon bekannten Geräuschen im Nebenzimmer. Jonas stand auf. Er war also da.

Sie wartete, bis er das Badezimmer verlassen hatte, dann huschte sie schnell hinein. Es war frisch gelüftet und trotzdem schon wieder angenehm warm. Hatte er schon während des Duschens das Fenster geöffnet gehabt? Aber das war doch viel zu kalt!

Sosehr sie sich beeilte, Jonas hatte die Wohnung schon verlassen, als sie in die Küche kam.

Allerdings lag ein kleiner Brief für sie auf ihrem Frühstücksplatz.

»Liebe Frau Jacobi, ich danke Ihnen für Ihre Nachfrage! Meiner Hand geht es sehr gut, Sie haben sie hervorragend genäht. Ich bin nur leider im Moment in der Praxis derart eingespannt, dass ich immer sehr früh losmuss und abends erst sehr spät zurückkomme. Deswegen werden wir uns in der nächsten Zeit wohl nicht mehr begegnen. Mit freundlichen Grüßen – Jonas.«

Merkwürdiger Brief, dachte sie. Aber wenigstens war mit der Hand alles in Ordnung.

Lena beeilte sich, ins Atelier zu kommen, sie musste die ganzen Termine organisieren, die Mails beantworten, unbedingt schon einige Futterstoffe nachbestellen … Es gab viel zu tun.

Und es wurde in der Tat eine hektische Woche. Die E-Mails und die Telefonate am Wochenende waren nur der Anfang gewesen.

Das Atelier wurde von der Nachfrage förmlich überrollt.

Glücklicherweise waren auch angehende Bräute unter den neuen Kundinnen, die erst im Sommer oder sogar im Frühherbst heiraten wollten, so konnten sie den Ansturm halbwegs bewältigen. Nichtsdestotrotz waren sie am Ende der Woche mit Aufträgen ausgelastet bis weit in den Herbst hinein.

Aber auch das funktionierte nur, weil es Frau Greber und Frau Strenz gab – zwei »Freelancerinnen«: Beides Schneiderinnen, die wegen ihrer Kinder ihre Berufstätigkeit an den Nagel gehängt hatten. Sie hatten schon bei Frau Dallert in Stoßzeiten ausgeholfen und seinerzeit bei einem ebenfalls von Frau Dallert organisierten Treffen erklärt, auch Lena gerne zur Verfügung zu stehen.

Sogar die beiden waren nun mit Arbeit eingedeckt.

Am Ende der Woche hatte Lena alles organisiert. Der Ansturm hatte sich vorerst etwas gelegt, neue Interessentinnen mussten allerdings vertröstet werden.

Am Freitagabend rief Erika an. »Du vergisst aber nicht meine Geburtstagsfeier, auch wenn du nun die neue In-Schneiderin in München bist!«

»O nein! Erika, es tut mir leid …«

»Versuch's erst gar nicht! Die anderen haben sich wegen dir am Montag Urlaub genommen! Sonst hätten wir von Freitag bis Sonntag gefeiert, nur deinetwegen feiern wir jetzt von Samstag bis Montag.«

Erika wurde fünfunddreißig und hatte einige Freundinnen, darunter auch Lena, zu einem Wellness-Wochenende in ein exklusives Hotel mit allerbestem Ruf im österreichischen Going eingeladen.

»Ich …«

»Ich lasse keine Ausrede gelten!«

Lena gab einen gequälten Laut von sich. »Ja, ich weiß. Ich komme ja auch. Aber vielleicht ein kleines bisschen später, okay?«

»Ich warne dich …«, sagte Erika mit einem drohenden Unterton.

So beeilte sich Lena am Samstagnachmittag, nachdem sie ihren Angestellten etwa zwanzigmal erklärt hatte, dass sie am Montagmittag bereits zurück sei und dann sofort ins Geschäft komme, und wenn sich etwas Wichtiges ergebe, sei sie telefonisch erreichbar und innerhalb einer guten Stunde zurück …

»Sie können beruhigt fahren«, sagte Frau Merz. »Wir wissen, was wir am Montag zu nähen haben, und wenn wir nicht zurechtkommen, melden wir uns sofort. Versprochen!«

Also sauste Lena nach Hause. Gleich musste sie nach Österreich aufbrechen.

Als sie in ihrem Zimmer ein paar Sachen zusammenpackte, hörte sie plötzlich ein Husten in Jonas' Zimmer. Sie hatte ihn die ganze Woche nicht gesehen. Hatte sie nicht so etwas wie einen Anspruch darauf, zu erfahren, wie es ihm ging? Kurz entschlossen klopfte sie.

Es dauerte, bis er öffnete.

»Hallo«, sagte er. Seine Miene war undurchdringlich.

»Ich wollte mich noch mal nach Ihrer Hand erkundigen«, sagte Lena. »Ich habe Sie die ganze Woche nicht gesehen und habe mir Sorgen gemacht.«

Jonas meinte, einen unausgesprochenen Vorwurf zu hören.

»Ich habe doch geschrieben, dass es mir und meiner Hand gut geht.«

Dass sie so unvermittelt vor ihm stand, brachte ihn aus der Fassung. Was sollte er bloß sagen? Fieberhaft suchte er nach Worten.

»Meiner Hand geht es sehr gut«, sagte er jetzt noch einmal.

»Dann bin ich ja beruhigt.«

Lena zögerte, sie schien zu erwarten, dass er noch mehr sagte, aber Jonas wollte einfach nichts einfallen.

»Morgen bin ich aber da, dann können wir ja zusammen frühstücken.«

Endlich hatte er etwas herausgebracht.

»Ach, wie schade, das wäre wirklich schön, ja. Aber ich fahre über das Wochenende weg. Am Montagmittag komme ich zurück. Vielleicht sehen wir uns dann? Schönes Restwochenende wünsche ich Ihnen.«

Lena nickte Jonas freundlich zu, dann drehte sie sich um und verschwand in ihrem Zimmer.

Jonas schloss ganz langsam seine Tür von innen. Was war er nur für ein Trottel. Noch niemals in seinem Leben hatte er sich derart idiotisch aufgeführt.

Er musste sich sofort wieder entlieben. Gut, dass sie jetzt zwei Tage weg war. So hatte er Zeit, darüber nachzudenken, wie er das am besten bewerkstelligte. Das musste doch gehen, er würde schon eine Möglichkeit finden.

Lena schaute auf die Uhr. Sie hatte noch Zeit, ihre Unterwäsche in die Waschmaschine zu werfen. Bis sie gepackt hätte, wäre die Wäsche fertig, sie könnte sie noch schnell auf den Wäscheständer hängen und diesen in ihr Zimmer stellen. Übers Wochenende könnte die Wäsche dann in Ruhe trocknen.

Lena hatte ein Faible für zarte Spitzenunterwäsche, aber seit Jonas in »ihrem« Bad aus und ein ging, trocknete sie diese intimen Kleidungsstücke in ihrem Zimmer. Ihre Seiden- und Spitzenunterhöschen gingen Jonas nichts an.

Als die Waschmaschine dann lief, öffnete Lena ihren Kleiderschrank und überlegte, was sie einpacken musste.

Eigentlich hatte sie die Einladung von Anfang an ablehnen wollen, aber Erika hatte eine Absage einfach nicht akzeptiert.

»Du musst auch für Entspannung und Erholung sorgen, sonst bist du bald nicht mehr leistungsfähig.«

Lena hatte sich gewunden. »Du kennst mich doch und weißt, dass ich so gar keine Erfahrung mit diesem Frauen-Small-Talk habe. Ich werde immer das Falsche sagen, und deine Freundinnen werden dich hinterher fragen, was für eine merkwürdige Person du da eingeladen hast.«

»Wenn du an diesem Wochenende nicht kannst, feiere ich es an einem anderen. An irgendeinem wirst du schon kommen können!«

Lena hatte aufstöhnend zugesagt. Jetzt ärgerte sie sich. Eigentlich hatte sie in Anbetracht der jüngsten Geschäftsentwicklung nun überhaupt keine Zeit.

Sie starrte in ihren Kleiderschrank und merkte, wie ihre Gedanken zu Jonas abwanderten.

Er hatte so merkwürdig geschaut. Ob er Schmerzen hatte? Hatte sie etwas falsch gemacht bei der Versorgung der Wunde? Niemals hätte sie sich auf diese verrückte Idee einlassen sollen.

Sie seufzte auf. Jetzt musste sie aber wirklich packen.

Eigentlich brauchte man für zwei Nächte ja nicht viel, aber es kam doch so einiges zusammen: Das Hotel hatte einen sehr guten Namen, und für den Samstagabend war ein Tisch in dem berühmten rustikalen Restaurant, von dem aus man die Kühe im Stall beim Wiederkäuen beobachten konnte, reserviert. Also brauchte sie auch ein schickes Outfit, eine elegante Handtasche für den Abend …

Oder war Jonas einfach immer noch wütend auf sie? Als sie beide sich in der Küche angelacht hatten, nachdem sie sich gegenseitig ihre Ängste gestanden hatten, war es so – sie merkte, dass ihr kein passendes Wort dafür einfiel –, so *nett* gewesen, richtig sympathisch hatte er ausgesehen. Eigentlich war es schade, dass diese Stimmung sich zwischen ihnen offenbar nicht wieder einstellen wollte.

Lena schüttelte unwillig den Kopf. Sie musste sich aufs Packen konzentrieren. Sie durfte keinesfalls die Schuhe vergessen, die sie zu dem eleganten Hosenanzug brauchte. Und natürlich musste sie einen Badeanzug einpacken, Erika hatte in der Einladung extra noch einmal auf die sensationellen, wunderbar beheizten Außenschwimmbecken hingewiesen. Sie würden zu fünft, in kuschelige Bademäntel gehüllt, in der Ruhezone liegen, ab und zu in das dreißig Grad warme Becken steigen und mit Blick auf den schneebedeckten, imposanten Wilden Kaiser ihre Bahnen ziehen …

Ob sie Jonas am Montag noch einmal ansprechen sollte? Ihn vielleicht ganz direkt fragen, ob er noch wütend auf sie war?

Lena warf einen Blick auf die Uhr. Schon so spät? Wieso hatte sie so viel Zeit fürs Packen gebraucht? Erika hatte für neunzehn Uhr zum Begrüßungscocktail an der Hotelbar geladen. Sie musste los.

Als Jonas am Abend die Badezimmertür öffnete, hörte er den Signalton der Waschmaschine – offenbar war ein Waschprogramm beendet.

Unschlüssig schaute Jonas auf den kleinen nassen Haufen hinter dem Bullauge. Übermorgen, wenn Lena zurückkam, würde die Wäsche miefen.

Er zögerte kurz, dann zog er den Wäscheständer neben der Waschmaschine hervor. Er öffnete die Waschmaschine und griff nach dem ersten cremefarbenen Teil. Eine Unterhose. Eher der Hauch einer Unterhose. Seide mit Spitze. Hauchzart. So etwas trug Lena? Vorsichtig hängte er das Höschen auf die Leine. Er griff nach dem nächsten Wäschestück.

Nach und nach hängte er die einzelnen Teile auf den Wäscheständer, er versuchte, nicht so genau hinzusehen und möglichst keinen Gedanken an Lena in dieser Unterwäsche zuzulassen.

Das Begehren überfiel ihn unvorbereitet und in einer Stärke, die er noch nie erlebt hatte. Er schnappte nach Luft.

***

»Auf ein schönes Wochenende!« Erika prostete ihren Freundinnen zu.

Sie hatte Lena bereits an der Rezeption abgefangen.

»Ich freue mich so, dass du da bist! Lass das Gepäck einfach aufs Zimmer bringen, deinen Schlüssel hab ich schon geholt. Komm mit, die anderen sind schon ganz gespannt auf dich.«

Sie zog Lena durch die große, aber trotzdem gemütliche Halle, vorbei an dem offenen Kamin, in dem das Feuer laut prasselte, bis zur Bar an der Stirnseite des Raumes.

Lena kam kaum dazu, die imposante Holzkonstruktion des Daches und der Galerie zu bewundern.

Links an der Bar saßen drei Frauen, alle etwa in Lenas Alter, die ihr erwartungsvoll entgegensahen.

»Ich stelle euch mal vor«, sagte Erika. »Das sind meine super-super-super Kolleginnen Madlen und Anita, ohne die ich in der Probezeit keine Woche durchgestanden hätte, und Patrizia hier ist meine Nachbarin und kocht den besten Tomatensugo der Welt. Lena, die freuen sich alle, dich kennenzulernen, die denken nämlich, auch wenn sie es nicht zugeben, immer wieder übers Heiraten nach. Und das hier, ihr Lieben, ist Lena, die Inhaberin des schicksten und trendigsten Brautmodenateliers in ganz München.«

»Bei mir wird's jetzt doch noch etwas dauern, ich habe meinen Alten gerade vor vier Wochen rausgeschmissen«, lachte Madlen und streckte Lena die Hand entgegen.

»Das musst du Lena morgen noch in Ruhe erklären, wie man so was macht«, ergänzte Erika spöttisch, während Lena die dargebotene Hand schüttelte.

»Ich bin überzeugte Singlefrau, aber ich freue mich trotzdem, dich kennenzulernen«, meinte Patrizia und streckte ebenfalls die Hand zur Begrüßung aus. »Und außerdem reflektiere ich auf deine Trachten!« Alle lachten.

»Es ist einfach ein Jammer, dass man ein Hochzeitskleid nur zur Hochzeit tragen kann. Können Sie sich da nicht was einfallen lassen?« Anita wartete, bis Lena den beiden anderen die Hände geschüttelt hatte.

»Also, ihr duzt euch doch bitte!«, meinte Erika.

»Natürlich, sorry, das ist mir so rausgerutscht. Also, Lena, kannst du da nichts erfinden?« Lena griff lachend nach Anitas Hand. »Ich hätte nichts dagegen.«

»So, da wir nun alle vollständig sind, sollten wir doch mal anstoßen. Als Erstes auf das ungebundene Singleleben«, meinte Erika und griff nach der Champagnerflasche, die schon in dem mit Eiswasser gefüllten Kühler auf der Theke bereitstand.

»Darf ich das machen?« Der schlanke junge Barkeeper mit den strahlend blauen Augen war schon zur Stelle und nahm Erika die Flasche ab.

»Was für ein Sahneschnittchen! Allein seinetwegen hat sich das Herkommen schon gelohnt«, flüsterte Anita Madlen zu.

»Pst! Das hat er gehört«, flüsterte Madlen leiser zurück.

»Das hoffe ich doch!«, kicherte Anita.

Die fünf Frauen verbrachten einen unterhaltsamen Abend, aßen und tranken, alberten herum und unterhielten sich zwischendurch auch ernsthaft über dies und das. Wenn die anderen registrierten, wie Lena die Serviettenhalter auf der Theke ausrichtete, die quadratischen Untersetzer hin und her schob und die Gläser immer wieder verrückte, so ließen sie sich das jedenfalls nicht anmerken. Auch Erika sagte nichts. Lena spürte, wie wohl sie sich fühlte, und ihre Angst verflog. Die anderen hatten sie derart herzlich aufgenommen – es war einfach schön, hier zu sitzen.

Ehe sie sichs versah, war es zwei Uhr vorbei.

»So, ihr Lieben! Morgen haben wir einen anstrengenden Tag vor uns«, kicherte Erika. »Wir müssen frühstücken, dann schwimmen, dann habe ich Massagen für uns gebucht, und dann müssen wir uns natürlich ausruhen und anschließend noch aufbrezeln für die große Party, die hier stattfindet. Es steht uns also wirklich viel harte Arbeit bevor.«

»Das ist tatsächlich ein strammes Programm«, lachte Anita. »Also gehen wir jetzt am besten mal schlafen.«

Die Zimmer lagen im ersten Stock, alle nebeneinander. Als Erika Lena an ihrem Zimmer verabschiedete, umarmte Lena die Freundin herzlich. »Danke, dass du mich überredet hast«, flüsterte sie ihr ins Ohr.

***

Auch am nächsten Tag, dem Sonntag, war die Stimmung beim Frühstück locker und ausgelassen, auch jetzt schien keine von Erikas Freundinnen Notiz davon zu nehmen, wie Lena die Teller und Marmeladendosen ausrichtete.

Nach dem Frühstück schlenderten die Frauen zum Swimmingpool. »Das ist ja Wahnsinn«, entfuhr es Lena, als sie realisierte, wie groß der Schwimmbereich war.

Sie zog voller Begeisterung mehr als eine halbe Stunde lang ihre Bahnen. Später lag sie, in ihren Bademantel gekuschelt, im Ruheraum auf einer der bequemen Liegen, Madlen lag neben ihr, die drei anderen wollten sich mal in der hoteleigenen Boutique umsehen.

Madlen hatte sich vorhin einen Tee besorgt, an dem sie vorsichtig nippte. »Boah, ist der noch heiß! – Erika mag deinen Freund wohl nicht besonders«, meinte sie unvermittelt zu Lena.

Lena zögerte. »Nein, das tut sie nicht«, bekannte sie dann.

»Aber auf Erika kommt es ja auch nicht an«, lachte Madlen. »Hauptsache, du magst ihn.«

»Ja.« Lena versuchte zu nicken, was aber im Liegen und mit der dicken Kapuze des Bademantels um den Kopf nicht so einfach war.

»Was hat denn Erika gegen ihn?«

»Ach, das ist eine lange Geschichte.«

Madlen nippte wieder an ihrem Tee. »Entschuldige! Ich war indiskret. Es ist völlig in Ordnung, wenn du nicht davon erzählen willst.«

Lena setzte sich auf. »Doch, ich kann dir schon davon erzählen. Es ist nur …« Ihre Finger griffen nach dem Buch auf dem kleinen Beistelltisch, das sie sich mitgebracht hatte, und schoben es zur Seite, richteten die Kanten aus, das zweite Buch wurde exakt nebendran gelegt – und während ihre Hände unruhig die Bücher schoben und richteten, wanderten ihre Gedanken in die Vergangenheit.

Sie war wieder sechzehn. Gerade sechzehn geworden. Ihre Mutter war für zwei Wochen zur Kur gefahren. Es war Sonntagnachmittag, sie lag in ihrem Bett und schaute Christian zu, der auf dem Bettrand saß und sich anzog.

Und sie hörte wieder seine Stimme.

»Du«, sagte er und erhob sich. »Wir werden uns eine Zeit lang nicht sehen können.«

Er schlüpfte in seine Jeans.

Lena runzelte die Stirn und streckte sich. Sie war ermattet, das Glück der befriedigten körperlichen Liebe war noch neu und unverbraucht für sie, und sie erfasste den Sinn des Gesagten nur allmählich.

»Was meinst du damit – eine Zeit lang nicht sehen? Fährst du zu einem Turnier?«

Er spielte Tennis, sogar sehr gut, und war gleich in die Schulmannschaft aufgenommen worden. Aber Lena hatte nichts davon gehört, dass ein Wettkampf bevorstand.

»Nein, ich meine länger«, sagte er und knöpfte sein Hemd zu, bevor er sich zu ihr hinabbeugte und ihr mit der Hand flüchtig über das Gesicht strich.

»Wir ziehen morgen hier weg«, sagte er.

Dann griff er nach seinen Schuhen.

Lena hatte das Gefühl, jemand pumpe Eiswasser in ihre Venen.

»Was soll das heißen?«

»Mein Vater ist fertig mit seinem Projekt. Ich habe es dir doch erzählt. Sein nächster Job ist in Lyon.«

Christians Vater war IT-Spezialist und machte irgendetwas mit Computerprogrammierung, so viel wusste Lena. Und er war so eine Art Feuerwehr, er wurde in die Unternehmen geholt, wenn es größere Schwierigkeiten gab. Immer nur vorübergehend, immer nur so lange, bis die Probleme gelöst waren.

Lena setzte sich auf.

»Ihr zieht nach Frankreich?« Ihr Herz schlug langsam und schwer, als sei das Blut erstarrt und ließe sich nur noch mühsam durch den Körper pumpen.

Christian küsste sie auf den Halsansatz.

»Es tut mir leid, mein Schatz, ich weiß es auch erst seit zwei Wochen.«

»Und du erzählst es mir erst heute?«

Christian nahm sie in seine Arme.

»Ich wollte die letzten Tage unbeschwert mit dir verbringen. Aber außerdem ändert sich bei meinem Vater immer so schnell etwas, es hätte ja auch noch ganz anders kommen können.«

»Aber … aber … du kannst doch nicht einfach weggehen! Was wird denn dann aus uns?«

Lena wollte weinen, aber es ging nicht. Alles war erstarrt in ihrem Innern.

Christian fuhr ihr mit dem Finger zart über die Lippen.

»Wir werden uns schreiben. Und ich komme dich besuchen. Sooft ich kann. In den Ferien sowieso, und vielleicht schaffe ich es auch an manchen Wochenenden und …«

»Aber die Schule! Was machst du denn wegen der Schule?«

»Na ja, die Mittlere Reife habe ich ja nun. Wie das in Lyon wird, weiß ich noch nicht, vielleicht lerne ich einfach zuerst mal Französisch und dann …«

Jetzt lösten sich bei Lena die ersten Tränen. Christian küsste eine von ihrer Wange.

»Mach es mir nicht so schwer«, sagte er. »Ich bin doch selbst so unglücklich, deshalb wollte ich ja auch nicht darüber reden. Ich weiß selber nicht, wie ich das ertragen soll. Aber ich habe keine Wahl.«

Lena unterdrückte das Schluchzen, das ihr gerade in die Kehle steigen wollte. Wie tapfer er war! Das wollte sie auch sein.

Sie erwiderte seine Umarmung und spürte, dass er eine Bewegung machte mit seinem Kopf und seinem Arm.

»Was machst du?«

»Entschuldige, ich habe auf die Uhr geschaut. Es tut mir leid, Lena, aber ich muss los.«

Er küsste sie noch einmal flüchtig: »Ich schreibe dir, sobald ich meine neue Adresse weiß!«

»Und dann war er zur Tür hinaus«, erzählte Lena, während Madlen atemlos lauschte. »Und ich bin aus dem Bett gesprungen, zum Fenster gerast, ich wollte ihm noch einmal zuwinken, ihn noch mal sehen …« Lena versagte die Stimme. Nach so vielen Jahren? Immer noch so schlimm? *Nimm dich zusammen*, dachte sie.

»Und dann hatte ich endlich das Fenster aufgerissen, und er kam unten aus der Haustür. Ich wollte gerade rufen, und dann habe ich es gehört.« Jetzt hätte sie doch beinahe noch einmal aufgeschluchzt. Sie holte tief Luft. »Da kommt der Kerl aus der Haustür – und pfeift vergnügt vor sich hin!«

Madlen schüttelte fassungslos den Kopf.

»Verstehst du? Mir bricht das Herz, und er pfeift!«

Sie erhob sich. »Ich brauch jetzt auch einen Tee«, sagte sie.

Aber sie ging zuerst in den Waschraum. Ihre Augen schwammen in den ungeweinten Tränen von damals. Lena drehte den Wasserhahn auf. Als sie in den Spiegel blickte, sah sie in dem von den Tränen unscharfen Bild plötzlich ihr Gesicht, wie sie mit sechzehn ausgesehen hatte.

Wütend klatschte sie sich mit beiden Händen kaltes Wasser ins Gesicht.

Madlen schaute ihr bei der Rückkehr stirnrunzelnd entgegen. »Alles in Ordnung?«, fragte sie besorgt.

»Jaja, es ist nur …« Lena lachte verlegen. »Es ärgert mich selbst, dass ich mich immer noch so aufrege – es ist ja fast zwanzig Jahre her.«

»Aber …«

»Ja?«

»Offenbar habt ihr ja wieder zusammengefunden. Oder was meinte Erika, als sie gewitzelt hat, ich solle dir beibringen, wie du mit ihm Schluss machst?«

Lena verzog das Gesicht.

»Zusammengefunden trifft es nicht ganz. Also, damals hat er noch ein paarmal geschrieben, und ich natürlich auch, ich sogar wie eine Wilde, aber wir haben uns nicht mehr gesehen.«

»Er hat dich nicht besucht? Oder du ihn?«

»Ich weiß, das hört sich merkwürdig an. Aber ich konnte irgendwie nie weg.« Über ihre Mutter wollte Lena jetzt nicht reden. Das ging Madlen nichts an. »Und er hat immer wieder seinen Besuch angekündigt …«, *versprochen* wäre wohl das richtige Wort, dachte Lena, »… und ist dann doch nicht gekommen. Erst nach zehn Jahren hat er …«

»*Zehn Jahre?* Aber da hattest du doch sicher einen anderen!«

Lena wand sich. »Ich hatte ganz wenig Zeit, und ich war auch nicht der Typ, der viel ausging.«

»Aber im Beruf? In deiner Arbeit?«

»In der Berufsschule? Bei den Schneiderinnen?« Jetzt musste Lena lachen. »Da gibt es sowieso nur Mädels, und selbst wenn da mal ein Junge darunter ist, ist die Wahrscheinlichkeit, dass der sich für Mädchen interessiert, nicht sehr hoch.«

Madlen lachte ebenfalls kurz auf. »Verstehe ich dich richtig, dass du zehn Jahre diesem Typen hinterhergetrauert hast und keine andere Beziehung hattest in dieser Zeit?«

Ich habe mich um meine Mutter gekümmert, dachte Lena. *Und später saß ich jedes Wochenende zehn Stunden im Zug und stand jeden Sonntagmorgen auf einem Friedhof.*

»Mir kam es nicht so lange vor«, sagte sie stattdessen.

Madlen öffnete vor Verblüffung den Mund, dann lachte sie schallend.

»Pst!«, zischte jemand von einer Liege auf der anderen Seite des Raums.

»Du machst es wirklich spannend! Also was war jetzt nach zehn Jahren? Wie konntest du dich wieder auf ihn einlassen?«

Wie sollte Lena das erklären? Wie es geklingelt hatte an der Tür, ihre Mutter noch gerufen hatte, Lena solle ja nicht öffnen, sie, die Mutter, wolle niemanden sehen, wie Lena dann trotzdem zur Haustür gegangen war – und wie dann die Sonne in ihrem Leben wieder aufging. Wie plötzlich alles Unglück, alle Traurigkeit, alle Last von ihr abfielen.

Denn da stand Christian und lächelte sie an, leicht verlegen, etwas schuldbewusst, schenkte ihr dieses für ihn so typische Lächeln, das ihr Herz zum Singen brachte.

»Ich kann einfach nicht aufhören, dich zu lieben«, sagte er.

»Er kam nach Niedergerlingen zurück, denn sein Vater hatte dort, was ich überhaupt nicht mitbekommen hatte, seinerzeit eine Eigentumswohnung gekauft. Der Vater hatte wohl ursprünglich die Absicht gehabt, ganz in Niedergerlingen zu bleiben, und diese Geschichte mit Lyon war wohl wirklich ungeplant gekommen. Und jetzt war der Vater gestorben, und Christian musste sich um die Wohnung kümmern.«

»Schaut mal, was wir gekauft haben! Sind das nicht geile Schuhe?« Lena zuckte beim Klang von Anitas Stimme erschrocken zusammen.

Erika und die beiden anderen Frauen standen vor ihnen und wedelten mit pinken und grünen High Heels durch die Luft.

»Und ich habe uns was zu trinken mitgebracht. Die Zeit für

gesunden Tee ist jetzt definitiv vorbei!« Erika hielt triumphierend eine Flasche Champagner hoch.

»Was schaut ihr zwei denn so ernst?«, fragte Patrizia.

»Pst!«, kam es schon wieder von einer der anderen Liegen.

»Leute, lasst uns zum Mittagsbüfett gehen, ich habe Hunger«, schlug Erika vor.

Zehn Minuten später, als sie alle um einen runden Tisch in dem gemütlichen Mittagsrestaurant des Hotels saßen, sagte Madlen zu Lena: »Jetzt bin ich aber wahnsinnig gespannt, wie das weiterging mit euch!«, und an die anderen gewandt: »Lena hat mir gerade die unglaubliche Geschichte von ihrem Freund erzählt. Der hat sie ganz fies verlassen, kam nach zehn Jahren wieder, und sie hat tatsächlich noch auf ihn gewartet! Könnt ihr euch das vorstellen?«

Lena lachte nervös, als die neugierigen Blicke von Anita und Patrizia sie trafen.

»Es gibt sonst eigentlich nichts mehr zu erzählen.« Sie räusperte sich. »Es ist eben so, dass Christian ziemlich unstet ist. Er hält es nicht lange aus an einem Ort. Aber er kommt immer wieder zu mir zurück! Es ist natürlich … also, wir leben nicht zusammen. Er ist mehr so auf Besuch. Und dann verschwindet er wieder. Manchmal von einem Tag auf den anderen. Aber er wird natürlich auch oft spontan von einem Unternehmen angefordert.«

»Behauptet er jedenfalls«, unterbrach Erika.

»Jedenfalls denkt er an mich. Und nimmt auch Anteil daran, was ich mache. Ich habe zum Beispiel einen wunderbaren Blumenstrauß von ihm zur Eröffnung meines Geschäfts bekommen. Daran seht ihr schon, dass er …«

»Ich habe es ihm gemailt«, unterbrach Erika.

»Was?«

»Ich habe ihm eine Mail geschrieben, ihm gesagt, was ich davon halte, dass er dich diese Hausauflösung ganz allein hat bewältigen lassen. Und da habe ich auch erwähnt, dass du sowieso so viel zu tun hast, weil du dich selbstständig machst.«

»Ach so.« Es schmerzte Lena, dieses Bild von einem Christian, der sich irgendwie immer aus der Ferne darüber informierte, wie es ihr erging und was sie machte, aus ihrer Vorstellung zu streichen. Aber das war sowieso eine kindische Idee gewesen, schalt sie sich.

Es änderte nichts.

»Wie auch immer. Es ist doch auf jeden Fall so: Das Glück gibt es nicht umsonst. Es hat seinen Preis. Und meiner ist nun mal, dass Christian so bindungsunfähig ist. Also …«

Erika unterbrach sie. »Eines muss ich dir lassen: Eine schönere Entschuldigung für einen miesen Typen habe ich noch selten gehört!«

Patrizia nickte bestätigend. »Also, wenn ich mit dieser Einstellung … Mensch, schaut doch mal! Sind die nicht süß?«

Sie deutete mit einer kleinen Kopfbewegung auf vier junge Männer, die gerade das Lokal betraten und offensichtlich direkt von der Skipiste kamen.

»In der Tat!«, sagte Anita und leckte sich demonstrativ über die Lippen.

»Aber leider ist es einer zu wenig«, jammerte Madlen mit übertrieben verzweifeltem Gesichtsausdruck. »Wir sind ja schließlich zu fünft. Was machen wir denn jetzt?«

»Wieso, es passt doch! Anita hat ja schon den Barkeeper!«

Alle fünf lachten laut auf.

Den Rest des verlängerten Wochenendes kam die Rede nicht mehr auf Christian. Die jungen Frauen genossen die Annehmlichkeiten des Hotels, relaxten am Pool, ließen sich bei der Massage verwöhnen, alberten bei dem ausgezeichneten Abendessen in dem renommierten À-la-carte-Restaurant des Hotels, wo sie dann auch mit den vier jungen Männern ins Gespräch kamen, und tanzten später bis in die frühen Morgenstunden zur Livemusik in der großen Hotelbar.

Am folgenden Montag trafen sie sich wie verabredet um elf Uhr zum Frühstück. Anita allerdings fehlte. Sie waren sich einig, dass es eine wunderbare Idee von Erika gewesen war, sie hierherzulocken, dass es kaum vorstellbar war, dass sie erst vorgestern gekommen sein sollten – es komme ihnen vor wie eine ganze Woche! –, und dass sie sich wunderbar erholt hätten.

»Ich möchte nur mal wissen, wo Anita bleibt.«

Just in dem Moment trat die Vermisste durch die Tür. Sie trug eine dicke Sonnenbrille, was zu einem Heiterkeitsausbruch bei den Freundinnen führte.

»Willst du dem niederen Volk deine müden Tränensäcke nicht gemeinsam mit den unseren präsentieren?«, fragte Madlen kichernd.

Anita winkte müde ab. »Lasst mich mal«, stöhnte sie heiser. »Ich habe nur zwei Stunden geschlafen.«

»Wieso denn das? Ging es dir nicht gut?«, fragte Patrizia erschrocken.

»Doch, ganz im Gegenteil.«

»Ich ahne etwas«, prustete Erika plötzlich los. »Der Barkeeper?«

Über Anitas Gesicht zog sich ein breites Grinsen. »Man gönnt sich ja sonst nichts …«

Später im Auto während der Rückfahrt sinnierte Lena darüber nach, dass sie noch nie ein so schönes Wochenende erlebt hatte. So lebten also normale junge Frauen, die nicht einen solchen Ballast mit sich herumtrugen wie sie.

Diese Frauen genossen ganz einfach das Leben. Und gingen, wenn ihnen danach war, einfach mal so mit einem Barkeeper ins Bett.

Aber auch Erikas Worte hallten in ihrem Kopf nach. *Eine schönere Entschuldigung für einen miesen Typen habe ich noch selten gehört.*

Natürlich fuhr sie zuerst ins Atelier. Frau Merz und Sonja

waren gut vorangekommen, Lena würde ihren Part im Laufe der Woche abends nachholen. Sie lagen gut im Plan.

In der Wohnung war niemand, als sie ankam. Von Herrn Gruber hing eine Notiz an der Pinnwand im Flur: »Bin wieder in den Bergen. Zurück wahrscheinlich erst Sonntag spät.«

In Jonas' Zimmer war es ruhig, und der Spalt unter der Tür war dunkel.

Erst als Lena ins Badezimmer kam und den Wäscheständer sah, fiel ihr ihre Wäsche wieder ein.

Wer hatte die aufgehängt? Das konnte nur Jonas gewesen sein. Wie peinlich!

Aber dann, aus der Stimmung des Wochenendes heraus, musste sie plötzlich lachen. Eigentlich war es doch nur fair: Sie hatte ihn nackt gesehen, er kannte nun ihre Unterwäsche.

Am nächsten Morgen grüßte Jonas vom Frühstückstisch, als sie in die Küche trat.

»Guten Morgen.«

Lena hatte sich vorgenommen, sich für das Aufhängen der Wäsche zu bedanken, aber plötzlich war es ihr doch peinlich. Sie wollte nicht in ihm die Erinnerung an ihre Spitzenhöschen wecken.

Und überhaupt war es auf einmal irritierend, hier allein mit Jonas zu sitzen. Ihr wurde bewusst, dass sie noch nicht geschminkt war.

»Wie geht es Ihrer Hand?«, fragte sie, als er sich halb erhob, als sie wiederum Anstalten machte, Platz zu nehmen.

»Danke, gut«, sagte er.

Lena griff nach dem Müslikarton und schüttete sich die Körner in ihre Schüssel.

Jonas war irgendwie anders als sonst. Er rutschte auf der Bank hin und her, hob seine Kaffeetasse, um zu trinken, setzte sie unverrichteter Dinge wieder ab.

Lena goss sich Milch über ihre Müsliflocken.

»Ich wollte Sie fragen …«, begann er und stockte.

Lena verharrte mit dem Milchkännchen in der Luft.

Jonas nahm einen neuen Anlauf. »Hätten Sie Lust, mir am Sonntag mal die Stadt zu zeigen?«

Jetzt war es raus. Jonas hatte vier Tage gebraucht, um sich dazu durchzuringen. Zuerst hatte er versucht, seine Gefühle zu ignorieren. Aber sehr schnell hatte er feststellen müssen, dass es ihm einfach nicht gelingen wollte.

Also hatte er beschlossen, die Frau näher kennenzulernen. Höchstwahrscheinlich fiel ihm dann sowieso etwas an ihr auf, was ihm nicht gefiel. Er war zu der Überzeugung gelangt, dass dieses vermeintliche Liebesgefühl auf Überarbeitung und auch auf zu lange Frauenabstinenz zurückzuführen war. Außerdem kannte er die Frau ja kaum.

Nur deswegen konnten diese merkwürdigen Gefühle entstehen: weil er die Frau nicht kannte.

Wenn er sich etwas ausgiebiger mit ihr beschäftigte, wenn er etwas Zeit mit ihr verbrachte, dann würde ihm schon auffallen, dass dieses angebliche Liebesgefühl nur Einbildung war. Es würde von selbst verfliegen. Er musste sie nur näher kennenlernen, um ihre Fehler zu finden.

Darüber hinaus könnte er so auch erfahren, ob sie einen Freund hatte und gebunden war.

Lena verschluckte sich beinahe an einer getrockneten Rosine.

»Ich soll Ihnen die Stadt zeigen?«, fragte sie ungläubig.

»Nur wenn Sie dazu Lust haben«, knurrte Jonas, da er mit einer harschen Abfuhr rechnete.

Lena blickte Jonas an. Er wirkte irgendwie zugänglicher als sonst, nicht so distanziert.

Es könnte Freude machen, mit ihm durch die Stadt zu stromern, ihm ihre Lieblingsplätze zu zeigen. Jedenfalls würde es ein schöner Spaziergang werden, der Wetterbericht hatte für das kommende Wochenende eine Fortsetzung des stabilen

Hochs angekündigt, kalt und trocken und sonnig, ein idealer Tag.

»Ja, gerne«, sagte sie.

»Wo Sie mich schon vor dem Verbluten gerettet haben«, sagte Jonas. Vielleicht lachte sie, und er bekäme dieses Grübchen noch einmal zu sehen.

Lena ahnte es nicht, aber sie tat ihm den Gefallen.

Ihm wurde warm ums Herz.

»Was möchten Sie denn sehen? Oder andersherum: Was kennen Sie schon?«

»Ich kenne überhaupt nichts von München.«

»Gar nichts?«, fragte Lena überrascht. »Sie sind doch schon fast drei Wochen hier.«

»Es sind schon fast vier«, korrigierte Jonas. »Und nein, ich war immer entweder in der Praxis oder bei meinem Freund zu Hause, und an zwei Wochenenden bin ich zu meinen Eltern gefahren. Nein, ich kenne überhaupt nichts von der Stadt.«

»Und früher? Waren Sie tatsächlich noch nie in München?« Lena konnte es nicht glauben.

Jonas schüttelte den Kopf.

»Ja, das geht natürlich nicht. Seien Sie froh, dass Herr Gruber gerade nicht da ist, der wäre wahrscheinlich richtig böse mit Ihnen, dass Sie sein geliebtes München bisher so missachtet haben.« Sie lachte mit einem Augenzwinkern.

Jonas' Herz schlug schneller. Das Grübchen war schon wieder da. Und wenn sie lachte, strahlte sie eine derartige Lebensfreude aus, dass es ihn mit einem noch nie erlebten Gefühl von Zärtlichkeit erfüllte. Und außerdem noch mit etwas anderem, er wollte überhaupt nicht darüber nachdenken.

Vielleicht war es doch keine gute Idee gewesen, sie besser kennenlernen zu wollen.

»Wann sollen wir aufbrechen?«, fragte er und runzelte finster die Stirn.

»So gegen halb elf vielleicht? Wir gehen durch den Englischen Garten in die Stadt, dann sind wir pünktlich zum Glockenspiel am Marienplatz, wenigstens einmal im Leben sollte man das gesehen haben. Und dann könnten wir …«

Dieses Mal war es Jonas' Handy, das das Gespräch unterbrach.

»Entschuldigung«, sagte Jonas, und als er sich bereits anschickte, die Küche zu verlassen, fügte er noch hinzu: »Meine Mutter.« Lena hörte noch: »Hallo, Mama«, dann schloss er seine Zimmertür.

Sie merkte, dass sie sich auf den Stadtbummel freute. Es war schön, bei traumhaftem Winterwetter jemandem die Sehenswürdigkeiten und individuellen Lieblingsplätze zu zeigen, selbst wenn dieser Jemand nur Jonas war. Der allerdings heute Morgen gar nicht so unsympathisch wie sonst gewirkt hatte …

Jonas kam zurück. Er steckte das Handy in die Hosentasche.

»Alles in Ordnung?«, fragte Lena.

»Das war meine Mutter, die mich daran erinnern wollte, dass meine Tante am Montag ihren neunzigsten Geburtstag feiert.«

»Oh – neunzig! Und da fahren Sie nicht hin?«

»Ich wollte. Aber meine Tante will niemanden sehen, sie hasst diese Feierei. Aber wenn man dann nicht anruft, ist sie auch beleidigt.« Jonas lachte kurz. Das war das erste Mal, dass sie ihn lachen hörte, fiel Lena auf. Sein Lachen hatte einen schönen Klang, es war so warm.

Sein Lachen passt gar nicht zu ihm, dachte Lena. *Es ist viel zu sympathisch.*

***

Am Sonntagmorgen starteten die beiden pünktlich zu ihrer Stadtbesichtigung. Im Englischen Garten drehten natürlich bereits die Jogger ihre Runden, die Hundebesitzer ließen ihre

Lieblinge über die Wiesen tollen, und ihnen begegneten zwei Reiterinnen aus der nahe gelegenen Reitschule, aber Lena empfand es als noch relativ ruhig. Jonas dagegen meinte angesichts der Jogger, Hundebesitzer und sonstigen Spaziergänger: »Was hier los ist! Wahnsinn.«

Jonas bestaunte die Surfer in ihren Neoprenanzügen im Eisbach und bewunderte den Hofgarten. »Schon wieder ein Park! Wie viel Grün es hier gibt!«

Auf dem Weg vom Odeonsplatz zum Marienplatz zeigte ihm Lena die Residenz (»das größte Stadtschloss Europas«) und die Bayerische Staatsoper.

Den Marienplatz kannte Jonas von vielen Fotos und aus dem Fernsehen: »Das Rathaus sieht man ja jedes Jahr in den Nachrichten, wenn der FC Bayern mal wieder Meister geworden ist.« Für das Glockenspiel im Rathaus hatte er ein anerkennendes Nicken übrig.

Die beiden hatten in der Tat herrliches Winterwetter erwischt mit einem bayerischen Bilderbuchhimmel in strahlendstem Blau und einigen wenigen weißen Wolken, die darüber segelten.

Die Luft war klar und fühlte sich beinahe warm an.

»Ich glaube fast, wir haben Föhn«, sagte Lena. »Sollen wir auf den Alten Peter hinaufsteigen? Von dort oben haben wir sicher einen tollen Alpenblick.«

»Was ist der Alte Peter?«, fragte Jonas. »Die Alpen würde ich gerne sehen.«

»St. Peter ist die älteste Pfarrkirche Münchens. Man muss allerdings ein paar Stufen steigen im Turm – sind Sie fit?«

Lena musste sich anstrengen, um einen neutralen Gesichtsausdruck zu behalten. Nur ihre Augen funkelten vor innerem Vergnügen.

Jonas sah es nicht.

»Das macht mir nichts«, sagte er im Brustton der Überzeugung.

Lena wandte sich ab, damit er ihr Grinsen nicht sehen konnte. Das würde sich gleich herausstellen. Sie war die dreihundert Stufen im Turm schon oft hochgestiegen.

Jonas ging es forsch an. »So schnell kann ich nicht«, sagte Lena und ignorierte seinen zufriedenen Gesichtsausdruck. »Aber gehen Sie ruhig in Ihrem Tempo. Da hat jeder seinen eigenen Rhythmus. Den sollte man auch beibehalten.«

Nach kurzem Zögern nickte Jonas und verschwand nach oben.

Bei der zweihundertsten Stufe ungefähr holte sie ihn ein. Jonas keuchte.

»Gehen Sie ruhig weiter«, sagte er mit verbissenem Gesicht.

Lena überlegte, bei ihm zu bleiben, aber dann entschied sie, dass sie ihn genug gedemütigt hatte. Er würde sicher nicht wollen, dass sie Zeugin seiner Schwäche wurde.

Als sie oben war, musste sie einige Minuten warten, dann endlich kam auch Jonas an.

Er rang nach Luft.

»Das war ziemlich gemein«, sagte er, als er wieder zu Atem kam.

Sie zögerte. In seinem Blick war etwas, das sie nicht benennen konnte, etwas Merkwürdiges auf jeden Fall.

»Das war die Rache für das eiskalte Badezimmer morgens«, sagte sie.

Sie wartete auf eine wütende oder zumindest ungehaltene Antwort. Doch zu ihrer Verblüffung fing Jonas an zu lachen.

»Sie haben recht«, nickte er. »Das war auch gemein. Es tut mir leid, und ich entschuldige mich.«

Er lächelte sie an, und Lena merkte, dass sie das Lächeln warm erwiderte.

»Sind wir jetzt quitt? Oder muss ich mit noch mehr solchen Attacken rechnen?«, fragte Jonas, während sich ihrer beider Blicke immer noch lächelnd festhielten.

»Nein, wir sind quitt«, antwortete Lena.

»Da bin ich aber erleichtert. Noch so einen Gewaltmarsch hätte mein Herz heute, glaube ich, nicht verkraftet.«

Was rede ich denn da?, fragte sich Jonas plötzlich, während seine Augen immer noch in Lenas schauten. *Mein Herz?! Mein Herz verkraftet ganz andere Sachen nicht! Dieses Grübchen in der Wange zum Beispiel und diesen schelmischen Ausdruck in ihren Augen, verdammt, verdammt, verdammt!*

Er löste seinen Blick mit Gewalt von Lenas Gesicht. »Aber Sie hatten recht: Es hat sich wirklich gelohnt, schauen Sie!«

Die Alpen blinkten weiß unter der glitzernden Sonne und schienen zum Greifen nah.

»So schön habe ich die Berge auch selten gesehen«, sagte Lena überwältigt.

Hinunter gingen sie dann gemeinsam, sie ließen sich Zeit. Auf der Straße fragte Lena: »Haben Sie Lust auf einen Tee? Ich weiß hier in der Nähe einen netten Laden, die Speisekarte ist allerdings vegan.«

Im letzten Moment schaffte es Jonas, ein entsetztes »Auf gar keinen Fall!« hinunterzuschlucken. Aber zu mehr als einem »Na gut« konnte er sich nicht überwinden.

»Gemütlich hier«, stellte er überrascht fest, als sie den hellen Raum betraten, es roch nach Düften, die Jonas gänzlich unbekannt waren.

»Hier lege ich oft eine Pause ein, wenn ich einen Stadtbummel mache«, erklärte Lena. »Was hätten Sie denn gerne? Sollen wir auch eine Kleinigkeit essen?«

Lena hätte beinahe losgeprustet, als sie den ratlosen Blick sah, mit dem Jonas die schwarzen Schiefertafeln an der Wand mit den angebotenen Gerichten musterte.

»Hm, ich weiß nicht …«

»Wissen Sie was?«, sagte Lena. »Setzen Sie sich einfach, ich suche Ihnen etwas aus.«

Lena sah ein dankbares Aufleuchten in seinen Augen.

Sie stellte sich an der Theke an und bestellte für sich eine

Açaibeeren-Bowl, für Jonas die warme Quinoa-Bowl und zwei frisch gepresste Apfel-Karotten-Säfte.

Als sie aber das Holztablett zum Tisch balanciert und die beiden Schüsseln, die Bestecke und die weißen Papierservietten auf den Tisch geräumt hatte, nahm sie die Servietten dreimal wieder auf und legte sie erneut hin – und ließ erst mit einem verlegenen Lachen davon ab, als diese millimetergenau rechtwinklig zur Tischplatte lagen.

»Entschuldigung«, sagte sie, als sie bemerkte, wie ungläubig Jonas ihr zuschaute. »Das ist nur, weil ich angespannt bin.«

»Ich verstehe das nicht«, sagte Jonas. »Sie sind doch so …«

Er suchte nach Worten. So selbstbewusst, so schlau, so attraktiv, wollte er sagen, aber das ging ja wohl nicht.

»Warum machen Sie das? Können Sie es mir erklären?«

Lena nickte. »Natürlich kann ich das.«

»Das können Sie?«

Die Verblüffung in Jonas' Stimme war so unverkennbar, dass Lena lachen musste.

»Ich will aber nicht indiskret sein, wenn Sie nicht darüber reden wollen …«

»Ich habe damit kein Problem«, sagte Lena. »Ich bin nicht ganz gesund, ich war deswegen auch schon in Therapie, vielleicht gehe ich demnächst wieder, vielleicht werde ich irgendwann geheilt sein, vielleicht werde ich mich aber auch mit diesem Problem für den Rest meines Lebens abfinden müssen.«

Jonas lauschte aufmerksam.

So selbstbewusst, wie Lena tat, war ihr im Moment gar nicht zumute. Wer redet schon gerne über seine seelischen Probleme?

Aber Jonas schaute sie so ehrlich interessiert an, dass sie plötzlich ihm gegenüber keine Hemmungen verspürte. *Merkwürdig,* dachte sie.

»Sie sind doch so schlau, ich kann mir nicht vorstellen, dass Sie das nicht in den Griff bekommen.«

»Das werde ich auch – aber es braucht Zeit. Wenn Sie einen Hund operieren, braucht es auch eine Weile, bis er geheilt ist.«

»Das kann man aber nicht vergleichen.«

»Finden Sie?«

»Ich würde es gerne verstehen«, sagte er.

Lena spürte einen Ernst hinter diesem Satz, der sie irritierte.

»Ich will versuchen, es Ihnen zu erklären.«

Jonas richtete sich auf. Sein Blick ruhte unverwandt auf Lena.

»Sie kennen das vielleicht sogar.«

»Ich? Das glaube ich kaum.«

»Hm. Mal sehen. Vielen Menschen kommt folgende Situation bekannt vor: Man sitzt im Auto, startet in den Urlaub, nach Italien zum Beispiel, ist voller Vorfreude. Und nachdem man zehn Minuten gefahren ist, fragt man sich plötzlich: Habe ich eigentlich das Bügeleisen ausgemacht, mit dem ich noch schnell die Hose aufgedämpft habe?«

»Ja, klar«, nickte Jonas.

Lena verzichtete auf das *Sehen Sie!*.

»Und man fährt schon langsamer. Eigentlich weiß man genau, dass man das Bügeleisen ausgemacht hat – tut man doch immer –, aber irgendwie hat sich der Gedanke festgesetzt. Man fährt und fährt, mit jeder Minute entfernt man sich weiter von zu Hause – und dann fährt man auf die rechte Spur und sucht nach der nächsten Ausfahrt, denn man weiß ganz genau, dass man die nächsten drei Wochen dieses bohrende Gefühl nicht loswird. Obwohl man sich eigentlich zu hundert Prozent sicher ist – also *fast* hundert Prozent –, dass das Bügeleisen ausgesteckt ist, verlässt man schließlich die Autobahn, fährt die zwanzig Minuten zurück, kontrolliert das Bügeleisen, das natürlich inzwischen total abgekühlt auf der Metallablage steht, wo man es immer zum Abkühlen hinstellt. Und dann schwingt man sich wieder ins Auto und fährt befreit los. Und warum macht man das? Weil man genau weiß, dass man sonst die nächsten drei Wochen Urlaub nicht genießen kann!«

»Ja, das kenne ich natürlich, ich kenne es aus der Praxis. Da bin ich früher oft noch mal zurückgefahren, weil ich mir nicht sicher war, ob ich den Betäubungsmittelschrank korrekt abgeschlossen hatte. Oder wenn wir Tiere über Nacht stationär in der Praxis hatten: Sind die Käfige richtig zu? Besonders mit den Käfigtüren hatte ich es früher – das war fast schon eine fixe Idee von mir.«

Jonas war zunächst gar nicht bewusst, was er da gesagt hatte. Erst als Lena lachte, fiel es ihm auf. Er grinste. »Offenbar bin ich gar nicht so weit weg.«

Aber dann wurde er wieder ernst. »Aber bei Ihnen, da kann doch nichts passieren? Das ist doch was anderes, oder? Ich verstehe es noch nicht ganz.«

»Nein, eigentlich nicht«, erklärte Lena geduldig weiter. »Ich habe – so hat es meine Therapeutin mit mir herausgearbeitet –, aus verschiedenen Gründen, die zu schildern jetzt zu weit ginge …« Sie brach den Satz ab, sie hatte keine Lust, mit Jonas über Christian zu reden.

Aber was hatte die Therapeutin gesagt? »Sie haben das Bedürfnis nach Kontrolle. Wenn Sie alles in einer festen Ordnung halten, gibt Ihnen das kurzzeitig die Illusion, Sie könnten das Leben kontrollieren.«

»Es ist eine Form von Aberglaube«, versuchte Lena zu erklären. »Die Ordnung gibt mir ein Gefühl von Sicherheit. Ich weiß zwar, dass das gerade liegende Besteck keine Garantie dafür ist, dass nicht doch etwas Schlimmes passiert. Also lasse ich es schief liegen. Aber dann taucht dieser Gedanke auf: Was, wenn doch? Wenn jetzt was passiert? Ich würde mich ewig fragen, ob es nicht vielleicht doch etwas mit der fehlenden Ordnung zu tun hat. Und dann gehe ich zurück und richte schnell irgendwelche Zahnpastatuben parallel zu irgendeiner Kante aus. Weil ich weiß, dass ich mich sonst die nächsten Stunden unwohl fühle. Und weil mir bewusst ist, wie schlecht es mir ginge, wenn tatsächlich etwas passiert. Und nicht, weil ich ernsthaft glaube, dass ich damit das Schicksal beeinflussen kann.«

»Jetzt verstehe ich es«, nickte Jonas. Und er verstand es wirklich.

»Aber nun mag ich eigentlich nicht mehr über meine kleine Macke reden, lassen Sie uns das Thema wechseln.«

»Entschuldigung, ich wollte nicht …«

»Sie müssen sich nicht entschuldigen, ich habe es Ihnen gerne erklärt, aber jetzt interessiert mich mehr, wie Ihnen das Essen hier schmeckt.« Lena lächelte Jonas an.

Er sah wieder dieses Grübchen, und ihm wurde das Herz schwer.

Lena beobachtete amüsiert, wie Jonas vorsichtig den ersten Gabelbissen zum Mund führte, testend kaute, dann überrascht die Augen aufriss und mit sichtlichem Appetit seine Bowl leer aß.

»Das war gut!«, sagte er dann. »Mal etwas ganz anderes.«

»Gibt es solche Restaurants bei Ihnen in Frankfurt nicht?«

»Höchstwahrscheinlich schon, aber ich kenne sie nicht. Wissen Sie, ich habe ja den ganzen Tag in meiner Praxis gestanden, und abends war ich draußen in Königstein, da hatten wir unseren Lieblingsitaliener.«

»Aber wenn Sie mit Ihrer Frau einen Stadtbummel gemacht haben, abends oder an einem Samstag?«

Jonas dachte zurück. Wann hatte er das letzte Mal mit Irene einen Stadtbummel gemacht? Das war in der Tat lange her. Ja, sie waren beide den ganzen Tag in der Praxis gewesen, abends nach Hause gefahren, Restaurantbesuche fanden nur in den zwei Restaurants daheim in Königstein statt, wo sie bekannt waren und wo man sie entsprechend hofierte. Irene hatte samstags öfter den Vorschlag gemacht, noch mal nach Frankfurt hineinzufahren, ein wenig durch die Straßen zu bummeln – »Die Stadt wird jeden Tag schöner, wir kriegen das überhaupt nicht mit« –, aber er hatte es abgelehnt. Er hatte seine Antwort noch im Ohr. »Ich bin in dem Dreck und dem Gestank den ganzen langen Tag – bin froh, wenn ich da raus bin.«

»Ja«, sagte er zögernd zu Lena. »Ich habe in den letzten Jahren vielleicht zu sehr den Fokus auf meine Praxis gelegt, so manches andere ist dabei in den Hintergrund getreten …«

Er zögerte.

»Der Aufbau einer Praxis, das Leben als Selbstständiger, keine regelmäßigen Gehaltszahlungen. Aber Angestellte, die jeden Monat bezahlt werden müssen. Die Miete, der Strom, die ganzen fixen Kosten. Wenn man so eine Praxis aufbaut, hat man auch wenig Zeit.«

Lena dachte daran, wie abhängig auch Frau Merz und Sonja von ihr waren. »Ich weiß genau, was Sie meinen. Ich werde nachts wach und fange an zu rechnen und zu kalkulieren.«

Jetzt erst wurde Jonas klar, auf was Lena sich eingelassen hatte, welches Risiko sie trug. Er hatte sie nur als Schneiderin von einem in seinen Augen völlig überflüssigen Firlefanz gesehen, aber sie war natürlich eine selbstständige Geschäftsfrau, sie musste einen Betrieb am Laufen halten.

»Haben Sie eigentlich Angestellte?«, erkundigte er sich.

Sie nickte. »Allein ginge es gar nicht. Aber diese Verantwortung, die …« Kurz fuhr sie sich mit der flachen Hand über das Gesicht, eine Geste, die ihre Nachdenklichkeit und ihre Besorgnis zeigte und Jonas tief berührte.

Er ahnte, was in ihr vorging. Er konnte sich noch genau daran erinnern, wie es gewesen war, als Irene und er die erste Helferin einstellten. Aber da lief die Praxis schon fast ein Jahr, sie hatten sich bereits einen Überblick über die zu erwartenden Einnahmen verschafft und waren sicher gewesen, die Personalkosten erwirtschaften zu können. Bis dahin war Irene neben ihrer tierärztlichen Tätigkeit in Personalunion auch noch das »Mädchen für alles« gewesen. Hatte er ihr eigentlich jemals dafür gedankt?

»Wir waren zu zweit damals«, sagte er jetzt. Wenigstens das war er Irene schuldig. »Alleine hätte ich das niemals geschafft. Allein hätte ich mich gar nicht erst getraut.«

Das war die Gelegenheit. Hatte Lena jemanden? Sie schwieg und löffelte ihre Beeren.

»Nicht nur wegen der Arbeit. Meine Frau hat mir unwahrscheinlich viel abgenommen. Auch dass ich jemanden hatte, mit dem ich reden konnte, bei dem ich meine Ängste artikulieren konnte. Das war sehr wichtig für mich.«

Das war doch ein dezenter Hinweis, dachte Jonas. *Wenn sie einen Partner hat, könnte sie nun von ihm erzählen. Müsste sie eigentlich sogar.*

Was für ein Wink mit dem Zaunpfahl, dachte Lena. *Aber warum will er unbedingt, dass ich von meinem Freund rede?*

Das ging ihn schlichtweg nichts an. Außerdem war Christian nicht ihr Partner. Schon gar nicht einer, mit dem man reden konnte, und erst recht nicht einer, der hinter einem stand. Und wenn, dann musste man aufpassen, dass man nicht einen Rempler bekam.

Christian war wie ein glänzender Komet, der plötzlich leuchtend ins Leben trat und genauso schnell daraus wieder verschwand, der Glanz ins Leben brachte und Leere zurückließ.

Und die Hoffnung auf ein erneutes Erscheinen …

Nein, das war nicht der Halt, von dem dieser Mann ihr gegenüber gerade sprach. Sie wusste das auch selbst, sie wusste schon lange, dass Christian mehr Kraft kostete, als er schenkte. Aber das war der Preis, den sie bezahlen musste. Erika hatte unrecht, und ihre Mutter hatte recht gehabt: Glück gab es nicht umsonst.

Das alles aber ging den Mann hier so gar nichts an.

»Ich erzähle Ihnen mal, was ich für heute Nachmittag noch geplant habe«, sagte Lena. Es war ihr egal, wie offensichtlich ihr Ablenken war.

»Ja, nur zu«, erwiderte Jonas, und sein Blick besagte, dass er verstanden hatte.

»Ich zeige Ihnen noch …«

Jonas achtete nicht auf das, was sie sagte, er lauschte ihrer Stimme. Lenas Stimme war volltönend und warm, mit einem leicht heiseren Timbre – eigentlich sehr sexy – und gleichzeitig viel Wärme. Es machte Freude, ihr zuzuhören.

»… und von da aus können wir zurücklaufen, das dauert höchstens vierzig Minuten.«

»Dann bezahle ich mal.«

»Hab ich schon.«

»Das geht doch nicht, was kriegen Sie von mir?«

»Ich bitte Sie, die paar Euro.«

»Dann müssen Sie mir aber Gelegenheit geben, mich zu revanchieren.«

»Herzlich gern.«

»Sollen wir mal aufbrechen?«

Jonas nickte.

Lena zeigte Jonas noch dies und das, aber irgendwann ließen sie das Sightseeing sein und bummelten einfach durch die Straßen. Jonas staunte über die schönen alten Bürgerhäuser im Stadtteil Lehel: »Dass es hier noch so viele davon gibt!«

»Vieles ist wieder aufgebaut worden, München war ja nach dem Krieg zu über achtzig Prozent zerstört.«

»Wenn man diese wunderbaren alten Häuser sieht, kann man im Nachhinein den jungen Leuten, die sich damals im Frankfurter Westend so vehement gegen den Abriss gewehrt haben, nur recht geben«, meinte Jonas plötzlich.

An einer Buchhandlung blieben sie stehen und studierten die Titel der Bücher in der Auslage.

»Das habe ich gelesen«, sagte Jonas und zeigte auf einen Unterhaltungsroman, der im Moment als Spitzentitel der Bestsellerliste angepriesen wurde.

»Und?«, fragte Lena.

»Hat mir nicht sonderlich gefallen, ich fand es viel zu ausschweifend. Die Idee war zwar spannend, aber dann hat es sich immer wieder wiederholt. Der Autor wird überschätzt, denke ich.«

Lena nickte kurz. »Ich habe sein vorletztes Buch gelesen, da ging es mir ganz genauso. – Ach, wie schade!«, sagte Lena plötzlich.

»Was ist denn los?«

»Ich habe nicht mitbekommen, dass die in München auftreten, das ist meine Lieblingsband!«

Lena zeigte auf ein Poster, das im Hintergrund des Schaufensters hing. Eine Band namens *Roaring Tones* würde in ein paar Tagen ein Konzert in der Olympiahalle geben.

Breit klebte der gelbe Streifen mit dem Aufdruck »Ausverkauft« über dem Poster.

»Vielleicht bekommt man doch noch irgendwo Karten«, meinte Jonas.

»Das ist jetzt sicher viel zu spät.«

Lena fiel wieder ein, dass sie damals eine Vorankündigung gelesen hatte. Aber das war schon vor acht oder neun Monaten gewesen, ihre Mutter hatte noch gelebt. Sie hatte gedacht, sie würde sowieso keine Zeit haben, ein Konzert zu besuchen.

»Schade«, sagte sie. »Aber nicht so wichtig.«

Sie unterhielten sich noch über einige andere Bücher in der Auslage und kamen von da schnell zu ihren jeweiligen Lieblingsschriftstellern.

»Wir haben offensichtlich einen ähnlichen Literaturgeschmack«, konstatierte Jonas überrascht.

»Ja, sieht ganz so aus«, nickte Lena. »Und das Neue von Gert Müntzig leihe ich Ihnen gerne aus, wenn Sie es noch nicht kennen.«

Allmählich zog die Dämmerung auf. »Es wird schon dunkel«, sagte Jonas verwundert. »Die Zeit ist aber wirklich verflogen.«

Gerade kamen sie an einem Brauhaus vorbei.

»Und hier gibt es den besten Mohnstrudel Münchens«, pries Lena an.

»Dann müssen Sie mir den aber auch noch vorführen, kommen Sie, wir gehen hinein«, sagte Jonas.

Lena zögerte, aber Jonas insistierte: »Sie haben mir Revanche versprochen.«

Also aßen beide noch einen Mohnstrudel, tranken jeder ein Glas Weißwein und saßen noch fast eine Stunde zusammen. Sie sprachen über dies und das, über das Wetter, über aktuelle Themen, Jonas erzählte von einigen Ungeschicklichkeiten aus seiner Jugend, wo er sich tollpatschig angestellt hatte. Dabei schonte er sich nicht und erzählte es so, dass man auch sehr über ihn lachen konnte. Und er lachte herzlich mit.

»Sie haben ja Humor«, stellte Lena fest.

»Das hoffe ich doch!«

Als sie das Lokal verließen, war es bereits dunkel.

»Jetzt ist es aber kalt geworden«, meinte Lena.

»Ich gebe uns ein Taxi aus, nun mag ich nicht mehr laufen«, sagte Jonas und winkte einen Wagen heran.

»Sehen wir uns nachher noch in der Küche?«, erkundigte sich Jonas, als sie den Flur der Wohnung betraten.

»Ich denke nicht«, antwortete Lena. »Der Strudel war so gehaltvoll, das reicht mir als Abendessen. Ich werde noch etwas arbeiten, mich auf die kommende Woche vorbereiten. Heute Abend habe ich schön die Ruhe dafür.«

»Dann danke ich Ihnen für diesen wunderbaren Tag! Er hat mir viel Freude bereitet.«

Jonas hielt Lena die Hand hin, die sie nach kurzem Zögern nahm. »Gern geschehen«, sagte sie, und die beiden schüttelten sich förmlich die Hand, was ihnen irgendwie merkwürdig vorkam. Plötzlich lag eine eigenartige, irritierende Stimmung in der Luft.

»Ich wünsche dann schon mal eine gute Nacht«, sagte Lena

schnell. »Wir sehen uns wahrscheinlich morgen beim Frühstück.«

Jonas nickte. Lena löste sich aus dem Händedruck und eilte in ihr Zimmer.

Am Montagmorgen war dann auch Herr Gruber zurück und bemerkte sofort, dass sich etwas an der Atmosphäre verändert hatte. Nicht nur, dass Lena beim Hinsetzen darauf verzichtete, ihren Teller gerade auszurichten, seine beiden Untermieter wirkten insgesamt wesentlich entspannter als in den letzten Wochen.

Aber er sagte nichts dazu. Er unterhielt die beiden mit farbigen Schilderungen seiner gestrigen Bergtour und sang Lobeshymnen auf die beiden Hütten, in die er und sein Freund eingekehrt waren.

Der Rest der Woche verging ohne weitere Besonderheiten, wenn man davon absah, dass sie nun meist zu dritt frühstückten und Herr Gruber auch jeden Abend etwas zum Essen vorbereitete, was seine beiden Mitbewohner dankbar annahmen. Die Gespräche am Tisch drehten sich meistens um Belanglosigkeiten, selten ging es um Persönliches.

Aber Jonas begann immer wieder einmal, bei Lena nachzuhaken: fragte nach ihrer Jugend, ihrer Schulzeit, ihren Freundinnen. Und merkte schnell, dass dann die Hände wieder unruhig wurden, das Besteck schoben, den Teller ausrichteten, die Serviette wieder und wieder auseinander- und zusammenfalteten.

»Wieso eigentlich Brautkleider?«, fragte Jonas an einem solchen Abend. »Wieso haben Sie sich darauf spezialisiert?«

»Aus mehreren Gründen«, sagte Lena. »Und es gibt dazu auch tatsächlich eine Geschichte. Soll ich die erzählen?«

»Ich bitte darum!«, erwiderte Jonas. Er musste sich anstrengen, nicht zu oft auf ihr Grübchen zu starren, nicht zu lang in ihre Augen zu blicken, sie nicht anzuhimmeln wie ein pubertierender Sechzehnjähriger.

»Wir hatten für eine ältere Frau ein paar Kleider geändert, die uns ihre Tochter gebracht hatte. Meine Ausbilderin wollte aber sehen, ob wirklich alles passt, und hat mit der Tochter telefoniert, dass sie gerne die Sachen persönlich bei der alten Frau abgeben würde. Darüber hat die Tochter sich zwar gefreut, hat aber gemeint, da wolle sie lieber mitkommen, weil ihre Mutter schon so dement sei. Und da kamen wir dann zu dieser alten Dame im Altersheim, es war schon traurig …« Lena wirkte betrübt, und Jonas wollte sie am liebsten tröstend in seine Arme ziehen. »Sie hat nicht einmal mehr ihre Angehörigen erkannt. Mir tat die Tochter so leid, aber die meinte, manchmal habe ihre Mutter auch gute Tage, dann gehe es besser. Jedenfalls hat meine Chefin mit der alten Frau geredet, und das Gespräch kam wegen eines Fotos, das da auf der Fensterbank stand, auf das Hochzeitskleid der alten Frau. Und da hat diese demente Dame ihr Hochzeitskleid beschrieben, das Kleid, das sie vor mehr als sechzig Jahren getragen hat! Und zwar detailgetreu – wir konnten es ja zum Teil auf dem Foto nachvollziehen – bis hin zur Anzahl der Knöpfe und womit die bezogen waren. Das hat mich ehrlich erschüttert: Eine Frau, die so dement ist, dass sie die eigene Tochter nicht mehr erkennt – aber wie ihr Hochzeitskleid aussah, das weiß sie noch ganz genau! Da ergriff mich plötzlich das Gefühl, dass in der Gestaltung eines Brautkleids wahnsinnig viel Verantwortung liegt, dass das etwas ist, was Frauen ein ganzes Leben lang begleiten kann. Und ich dachte: Das will ich machen.«

»Das ist eine berührende Geschichte«, meinte Jonas. Und Lena wunderte sich. Konnte er das tatsächlich nachvollziehen?

»Und was sind die anderen Gründe?«

»Die sind eher allgemein. Mir war auch schon vorher klar, dass ein Brautkleid ein ganz besonderes Kleidungsstück ist. Dafür gibt es nur eine einzige Gelegenheit. Und die Erwartungen sind vielfältig: Die Braut will schön sein, will alle beeindrucken. Aber sie sollte sich auch nicht verkleidet vorkommen. Das Brautkleid soll zu ihr und ihrem Typ passen. Sie soll sich wohl darin fühlen.«

»Oh, da erinnere ich mich an die Hochzeit eines Kollegen: Die Frau konnte die Zeremonie fast nicht bis zum Ende abwarten, hat sie uns hinterher erzählt. Sie wollte so schnell wie möglich raus aus diesem unbequemen Ding. Obwohl sie toll darin aussah.«

»Sehen Sie«, lachte Lena. »Und dann gibt es noch einen weiteren Aspekt, an den die Leute oft nicht denken.«

»Und der wäre?«

»Nun, ein Foto von der Hochzeit steht manchmal Jahrzehnte auf dem Sideboard. Oder hängt als Bild an der Wand. Da sollte das Kleid schon so sein, dass man nicht nach fünf Jahren vor Scham im Boden versinken will und denkt, wie konnte ich nur so was jemals anziehen.«

Jonas hätte Lena stundenlang zuhören mögen.

»Sie haben recht«, sagte er.

»Irgendwie gibt es mir zu denken, wenn Sie mir dauernd so widerspruchslos recht geben«, neckte sie Jonas.

Jonas fühlte die Wärme auf seinen Wangen. Er wurde doch wohl nicht rot?!

»Wenn es doch stimmt«, erwiderte er, ohne auf den leichten Ton einzugehen. »Aber es ist schon spät, ich gehe allmählich zu Bett.«

Am Samstag stürzte Jonas aus seinem Zimmer, als er Lenas Tür schlagen hörte.

»Ich habe mir überlegt«, sagte er, »dass ich mich irgendwie für die Lebensrettung bedanken muss.« Lena wollte abwehren, aber er ließ sie nicht zu Wort kommen.

»Ich mag die *Roaring Tones* übrigens auch sehr. Und da dachte ich, Karten für das Konzert am Donnerstagabend in der Olympiahalle könnten vielleicht ein kleiner Ausdruck meiner Dankbarkeit für meine Rettung vorm Verbluten sein.«

Das Aufleuchten in ihren Augen schickte einen kleinen Stromstoß durch seinen Körper.

»Wo haben Sie die denn her? Die sind doch seit Monaten ausverkauft.«

»Ach, man hat so seine Quellen«, wehrte er ab. Dass er die Karten im Internet ersteigert und das Zwanzigfache des normalen Kaufpreises dafür bezahlt hatte, brauchte sie nicht zu wissen.

»Hm, ich weiß nicht, ob ich das annehmen kann«, sagte Lena zögernd. »Nur wenn ich Ihnen den Preis für die Karten erstatten darf.«

Jonas nickte. »Selbstverständlich.«

Plötzlich strahlte Lena vor lauter Vorfreude. Und Jonas verspürte ein ungewohntes Glücksgefühl.

»Na dann«, sagte er, und bevor er sich zu seiner Zimmertür umdrehte: »Dann starten wir hier am Donnerstag um sieben Uhr – ich organisiere auch den Transport.«

»Also das ist … das ist unglaublich! Vielen Dank!«, sagte Lena.

In seinem Zimmer ließ Jonas sich aufs Bett fallen. Er würde den Donnerstagabend mit ihr verbringen, im Stillen gratulierte er sich zu seiner Idee.

Er rief Irene an.

»Ich habe mich schon gefragt, wie es dir inzwischen ergangen ist«, erklärte seine Ex-Frau. Jonas erzählte von den Karten.

»Ich frage mal lieber nicht, was die gekostet haben«, meinte Irene. »Aber es scheint ja tatsächlich so, dass deine Auserwählte Single ist. Also dann viel Glück!«

»Hm, ja«, murmelte Jonas verlegen. »Ich weiß noch gar nicht, wie ich … Wie war das eigentlich bei uns damals?«

»Dass ich das noch erleben darf!«, rief Irene. »Mein ach so souveräner Ex-Göttergatte ist nervös vor seinem ersten Date wie ein Siebzehnjähriger.« Sie kicherte.

»Blödsinn!« Jonas schüttelte den Kopf, obwohl Irene das ja gar nicht sehen konnte.

»Ich fass es nicht«, sagte Irene.

»Du bist echt keine Hilfe!«

»Na, so maulig kenne ich dich ja gar nicht«, erwiderte Irene.

»Und dieses Gefühlschaos hast du bei uns vermisst? Mir hat es anders besser gefallen.«

Irene lachte etwas spöttisch, aber mit großer Wärme.

Das plötzliche Bedauern traf Jonas völlig unvorbereitet.

»Du …«, sagte er hilflos.

»Du machst das schon!«, meinte Irene. »Schließlich bist du doch ein attraktiver Mann.«

»Hör auf!«

»Doch, das bist du! Du siehst gut aus, du hast eine prima Figur, kein Gramm Fett am Körper, bist intelligent, und du kannst unglaublich charmant und witzig sein.«

»Ich? Ich bin nicht witzig!« Jonas verzog das Gesicht. Irene kicherte erneut.

»Doch, doch – vor allem dann, wenn du es *nicht* sein willst.«

Jonas hörte durch das Telefon die Türklingel bei Irene.

»Du, Jonas, entschuldige …«

»Ich hab es gehört. Also tschüss, bis dann.«

»Meld dich mal hinterher«, sagte Irene noch, bevor sie auflegte.

»Ja, mach ich«, aber das hörte sie schon nicht mehr.

***

In der Nacht zum Donnerstag schreckte Jonas plötzlich aus dem Schlaf. Ein Blick auf die Uhr: genau fünf nach fünf. Warum war er aufgewacht? Heute Abend würde er mit Lena ausgehen. Das war sein erster Gedanke, aber das sollte kein Grund fürs Aufwachen sein.

Dann merkte er, wieso er aufgewacht war. In Lenas Zimmer

war Unruhe. Er hörte ihre Schritte, ihre Schranktür, jetzt auch ihre Zimmertür.

Sie bemühte sich offenbar, leise zu sein. Aber da er lauschte, hörte er genau, wie sie durch den Flur schlich, die Wohnungstür leise öffnete und sie dann wenige Augenblicke später so sanft wie möglich wieder hinter sich schloss.

Wo fuhr sie jetzt hin? Gesagt hatte sie nichts. Na ja, bis heute Abend wäre das sicher geklärt. Aber merkwürdig war es schon. Bevor Jonas jedoch weiter darüber nachdenken konnte, wo Lena wohl mitten in der Nacht hinfuhr, war er bereits wieder eingeschlafen.

Lena startete das Auto und ärgerte sich. Warum fuhr sie jetzt? Er pfiff, und sie sprang. Hörte das denn nie auf?

Das Handy hatte sie neben sich auf den Beifahrersitz geworfen, so konnte sie sich mit kurzen Seitenblicken vergewissern, dass noch keine weiteren Nachrichten eingegangen waren. Christian war offenbar noch nicht gelandet.

Sie würde rechtzeitig am Flughafen sein.

Lena fuhr zügig, ohne zu rasen. Obwohl sie sich zwingen musste, nicht zu fest aufs Gaspedal zu drücken.

Als sie seine Nachricht heute Nacht auf dem Handy las, meinte sie, ihr Herz bliebe stehen.

Normalerweise stellte sie ihr Handy während der Nacht in den Flugmodus. Es war reiner Zufall, dass sie es gestern Abend vergessen hatte. Sonst hätte sie den Eingang dieser Nachricht überhaupt nicht gehört.

»Ankunft FJS Flughafen Terminal 2, 5:55. Hast du morgen Zeit? Ich sehne mich nach dir!«

Kurz nach zwei war es gewesen. Sofort hatte sie geantwortet: »Ich hole dich ab! Wie lange bleibst du? Wo wohnst du?«

Aber ihre Nachricht war nicht mehr bei ihm eingegangen. Wie es aussah, hatte er seine Nachricht während des Flugs geschrieben, hatte sich offenbar gegen eine Gebühr kurz eingeloggt und – nachdem er die Nachricht abgeschickt hatte – wieder ausgeloggt.

Sie war natürlich sofort hellwach gewesen.

Christian kam nach München!

Die Gedanken in ihrem Kopf fuhren Achterbahn.

Eigentlich wollte sie doch die Beziehung beenden. Wobei das Wort Beziehung sowieso Blödsinn war: Sie und Christian hatten keine Beziehung. Christian war ein enger Bekannter, der sie ab und zu besuchte, mit dem sie zugegebenermaßen auch schlief und der anschließend wieder verschwand. Und sie zurückließ.

Nur dass sie ihn leider liebte. Und sich nicht dagegen wehren konnte.

Nein, sie liebte ihn gar nicht. Sie liebte die Erinnerung an diese Liebe, die sie einmal für ihn empfunden hatte, die Erinnerung an das Glück, das sie mit ihm erlebt hatte. Diese Erinnerung, die er in ihr weckte. Und diese Hoffnung, dass es irgendwann wieder einmal ein solches Glück mit ihm geben könnte.

Aber das war Unsinn. Das war vorbei. Eine Beziehung mit Christian hatte keine Zukunft.

Also würde sie ihm sagen, dass er sie in Ruhe lassen sollte. Und zwar am besten direkt. Irgendwann musste sie sich ja der Begegnung mit ihm stellen. Wie sollte sie je von ihm loskommen, wenn sie ihn mied und ihm aus dem Weg ging?

Also konnte sie auch guten Gewissens zum Flughafen fahren.

Du belügst dich von vorne bis hinten.

Christian kam! Sie spürte das Kribbeln im Bauch. Die berühmten Schmetterlinge.

Sie konnte nichts dagegen tun. Sie freute sich. Und darüber, dass sie sich freute, ärgerte sie sich. Lena warf einen Blick auf die Uhr. Noch eine halbe Stunde, bis die Maschine landete. Sie würde es problemlos schaffen, obwohl deutlich mehr Verkehr war, als sie vermutet hätte. Sogar stadtauswärts.

Wenigstens gab es vor der Ankunftshalle genug freie Parkplätze. Als Lena vor den beiden großen Türen stoppte, durch die die Ankommenden heraustraten, zeigte die Uhr genau sechs. Und im selben Moment plingte ihr Handy: »Gelandet! Danke fürs Abholen! ILY«

Ich hole ihn nur ab. Es ist lediglich eine Geste der Höflichkeit. Außerdem konnte sie so auch gleich mit ihm reden. Ihm sagen, dass er sie in Zukunft in Ruhe lassen sollte.

Ihm erklären, dass ihre Beziehung vorbei war.

Sie schaute sich um. Unglaublich, wie viele Menschen so früh schon am Flughafen waren, um jemanden abzuholen. Männer in dunklen Anzügen hielten Schilder mit Namen oder Firmenbezeichnungen hoch, Gesichter leuchteten vor Vorfreude und Ungeduld.

Lena trat von einem Fuß auf den anderen.

In ihrem Magen bildete sich ein harter Knoten.

Jedes Mal, wenn die Tür aufschwang, hob sie den Kopf. Wenn mehrere Menschen gleichzeitig herauskamen, stellte sie sich auf die Zehenspitzen. Aber Christian war nie dabei.

Die letzte Ziffer der Digitaluhr sprang auf die fünf. 6:45. Es waren bereits fünfzig Minuten vergangen, seit er gelandet war.

Warum meldete er sich nicht noch mal?

Die leise Angst, die nun in ihr aufstieg, ärgerte Lena. Aber gerade als sie sich umdrehen und gehen wollte, öffnete sich die automatische Schiebetür erneut, und eine größere Gruppe von asiatisch aussehenden Menschen strömte heraus. Sie beschloss, diese Gruppe noch abzuwarten.

Zwischendrin immer wieder Europäer, dann wieder fünf oder zehn Asiaten, dann verebbte der Strom. Noch drei einzelne Frauen und ein junges Ehepaar, die Frau mit einem Säugling auf dem Arm, dann schloss sich die Tür wieder.

Lena wandte sich zum Gehen. Es war wie immer, schon wieder hatte er sie verarscht, hatte sich angekündigt und war dann doch nicht gekommen.

Ihr Herz schlug schon schneller, noch bevor ihr Gehirn registriert hatte, was ihr Gehör meldete.

»Lena …« Und lauter: »Lena, so warte doch!«

Sie spürte die Arme, die sich von hinten um sie legten, sie roch den Duft, der ihr so vertraut war und den sie so oft vermisste, sie fühlte den sehnigen Körper, an den sie gezogen wurde.

»Ich bin so glücklich, dich zu sehen«, flüsterte er in ihr Ohr, und sie konnte sich nicht wehren gegen das Glücksgefühl, das sie durchströmte, als seine warme Wange sich sanft an ihre legte.

»Christian«, stöhnte sie leise und schmiegte sich an ihn.

Er fasste sie um die Taille und drehte sie zu sich um.

»Du wirst immer schöner«, sagte er, und seine Lippen suchten die ihren.

Sie entwand sich ihm. Sah ihn an. Ja, das war Christian, charmant und strahlend.

Sie liebte ihn. Liebte dieses Gesicht, dieses Lachen, diese funkelnden Augen, sie liebte einfach alles an ihm.

Nein, sie liebte ihn nicht! Sie liebte die Unbeschwertheit, die sie mit ihm haben konnte, sie war verliebt in dieses Gefühl des Verliebtseins in diesen Mann, für den es keinerlei Verpflichtungen gab, keine Bindungen, der an sich keine moralischen Ansprüche stellte, der bindungsunfähig war, kaputt bis ins Innerste.

»Christian, lass das«, sagte sie. »Ich mag wirklich nicht mehr.«

Christian ließ die Arme sinken.

»Ich verstehe dich ja. Ich hätte auch keine Lust mehr, mit mir zusammen zu sein.«

Über sein Gesicht huschte ein Ausdruck von unbeschreiblicher Traurigkeit, und Lena merkte, wie die Zärtlichkeit für ihn wieder in ihr aufwallte.

Christian stützte sich müde auf den großen braunen Lederkoffer zu seiner Linken.

Es versetzte Lena einen Stich ins Herz.

»Lass uns erst mal fahren«, sagte sie. »Wir können später reden.«

»Du hast recht, wie immer«, nickte Christian.

Im Auto schwiegen sie zunächst beide.

»Danke, dass du mich abgeholt hast«, sagte Christian. »Ich wollte dir eigentlich gar nicht sagen, dass ich komme. Aber im Flugzeug hatte ich plötzlich eine derartige Sehnsucht nach dir, dass ich …«

Der dichte Verkehr forderte Lenas ganze Aufmerksamkeit. Es dauerte etwas, bis sie reagierte.

»Wieso kommst du überhaupt nach München?«, fragte Lena. Christian unterdrückte ein Gähnen.

»Es gibt einen Käufer für die Wohnung meines Vaters.«

»Wirklich? Das freut mich für dich!«

Christian nickte. »Wurde auch langsam Zeit.«

Lena wollte etwas sagen, aber dann beschloss sie, dass sie das nichts anging. Schließlich versuchte Christian seit über zehn Jahren, die Wohnung zu verkaufen. Da er sich aber nie um die Immobilie gekümmert hatte, war die Wohnung ziemlich heruntergekommen, und in Lenas Augen war der von Christian geforderte Preis angesichts des Zustands der Wohnung viel zu hoch.

»Wie war dein Flug?«, fragte sie stattdessen. »Konntest du schlafen?«

Sie spürte, wie er sie von der Seite musterte.

»Du gehörst zu den Frauen, die mit jedem Jahr schöner werden.«

»Christian, hör auf.«

»Entschuldige.«

»Ich habe dich abgeholt, weil ich mit dir reden wollte. Ich wollte dir persönlich sagen, dass du mich in Zukunft bitte in Ruhe lassen sollst. Das mit uns beiden passt einfach nicht.«

Lena wusste, dass sie log. Sie belog ihn, und sie belog sich selbst. Sie hatte ihn abgeholt, weil sie ihn sehen wollte, aus keinem anderen Grund.

»Ich weiß es doch«, unterbrach Christian. »Ich weiß doch, welche Fehler ich habe.«

Beide schwiegen wieder.

»Wo soll ich dich hinfahren?«, fragte Lena.

»Am besten ins Hotel. Ich habe im City Munich gebucht, ich rufe da mal an, ob ich vielleicht einen Early Check-in haben kann.«

Während Christian wählte, versuchte Lena, sich über ihre Emotionen klar zu werden. Ihre guten Vorsätze waren nicht nur ins Wanken geraten, sondern bereits eingestürzt.

»Marberg hier, ich habe bei Ihnen ein Zimmer gebucht, ab wann könnte ich es denn beziehen?« Seine linke Hand lag auf dem Oberschenkel, Lena durfte nicht hinschauen. Er hatte schöne Hände, so schmal und so lang, die Finger allerdings immer in Bewegung, jetzt trommelten sie gerade nervös auf die Ablage zwischen Beifahrer- und Fahrersitz, und sie war in Versuchung, ihre Hand auf seine zu legen. Der Wunsch, die Finger zu berühren, über diese Haut zu streichen, von diesen Fingern berührt zu werden, überwältigte sie fast. Ein heißer Knoten in ihrem Bauch.

Er taugte nichts, er würde sie wieder verlassen, er hielt es nicht aus an einem Ort und mit einem Menschen – er war rastlos.

Aber wie ihre Mutter immer gesagt hatte: Glück hatte seinen Preis. *Man muss für Glück bezahlen. Mein Preis ist seine Unzuverlässigkeit.*

Seine lauter werdende Stimme riss sie aus ihren Gedanken.

»Was soll das heißen? Sie haben mir meine Buchung per Mail bestätigt! Ich habe das Zimmer schon vor drei Wochen gebucht, ich habe auch irgendwo Ihre Bestätigungsmail, ich kann die nur nicht im Handy suchen, während ich mit dem Handy mit Ihnen telefoniere.«

Lena hörte, wie der Gesprächspartner am anderen Ende antwortete.

»Das ist doch Blödsinn! Dann buche ich eben jetzt …«

Christians Finger trommelten immer heftiger auf die Ablage.

»Was heißt hier ausgebucht! Ich habe eine Reservierung, ich bestehe auf mein Zimmer!«

Lena konnte nicht verstehen, was der Hotelrezeptionist antwortete. Christian begann zu toben.

»Ich werde heute Nachmittag um drei Uhr vor Ihnen stehen, dann werden Sie das Zimmer gemäß meiner Reservierung für mich bereithalten, und wenn nicht, kann ich Ihnen jetzt schon einen Riesenärger versprechen. Und der Schadensersatz ist dabei für Sie sicher noch das kleinste Problem.« Wütend beendete er das Gespräch.

»So ein inkompetenter Idiot!«, schimpfte er.

»Was ist denn los?«, fragte Lena.

»Angeblich gibt es keine Reservierung für mich. Aber ich habe die Bestätigungsmail. Ich finde sie jetzt nur im Handy nicht. Sobald ich irgendwo WLAN habe, kann ich die Mail im Laptop suchen.«

Nimm ihn nicht mit zu dir nach Hause. Dort kannst du ihm nicht ausweichen, hast keine Ruhe, dich zu sammeln. So hatte Erika sie gewarnt.

»Du kannst ja kurz mit zu mir fahren, da hast du vernünftiges Internet«, sagte sie.

Christian wartete mit der Antwort.

Lena warf ihm einen kurzen Seitenblick zu.

Sein Gesicht wirkte gequält.

»Ich glaube nicht, dass ich das möchte«, sagte er, und in Lenas Erleichterung mischte sich Enttäuschung.

»Ich bin dir schon sehr dankbar, dass du mich abgeholt hast. Ich hätte ja auch ein Taxi nehmen können, aber ich wollte dich um Verzeihung bitten. Ich wollte dir sagen, wie leid mir alles tut und dass ich einsehe, dass ich mich wie ein Schwein verhalten habe. Wenn du wüsstest, wie viele schlaflose Nächte ich deswegen hatte …«

***

Der Zeiger des altmodischen Weckers sprang auf sechs Uhr fünfundvierzig. Leise und allmählich bis Zimmerlautstärke ansteigend füllte die Stimme des Radiomoderators den Raum. Aber Jonas brauchte heute Morgen keinen Wecker. Er war wach. Schon seit halb sechs. Er war aus Vorfreude erwacht, und er hatte nur den Bruchteil einer Sekunde gebraucht, bis ihm der Grund für diese Vorfreude eingefallen war. Er würde heute Abend mit Lena ausgehen. Zum Rockkonzert.

Plötzlich fiel ihm ein, dass sie heute Nacht die Wohnung verlassen hatte. Offenbar hatte er zu fest geschlafen, um ihre Rückkehr zu hören.

Als Jonas die Küche betrat, traf er lediglich Herrn Gruber an, der leise vor sich hin fluchend an der Kaffeemaschine hantierte. Jonas versetzte es einen Stich, aber er versuchte, die Enttäuschung zu ignorieren.

Es war ihm wohl bewusst, dass er mit einem schnellen Seitenblick den Esstisch kontrollierte. Und auch seine Erleichterung darüber, dass Herr Gruber für drei gedeckt hatte, also mit Lenas Erscheinen rechnete, konnte er nicht leugnen.

Herr Gruber brummte etwas in seinen Bart, was wahrscheinlich »Grüß Gott« heißen sollte.

Jonas erwiderte mit einem betont vergnügten »Guten Morgen«. Während er die Kühlschranktür öffnete und nach der Butterdose griff, sah er zu seiner Überraschung, wie Herr Gruber aus dem offenen Geschirrboard ein weiteres Gedeck aus Tasse, Untertasse und Teller hervorholte.

»Gibt es einen neuen Mieter?«, fragte er überrascht.

Herr Gruber schüttelte den Kopf.

»Das Madl hat seinen Freund vom Flughafen abgeholt und bringt ihn jetzt mit her.«

Jonas wurden die Knie weich. Er sank förmlich auf die Eckbank.

Dreimal musste er schlucken, bevor er seiner Stimme traute.

»Ihren Freund? Ich dachte, sie hätte keinen …«

Herr Gruber warf ihm unter seinen buschigen Augenbrauen einen verärgerten Blick zu.

»Hat sie auch nicht!«

Jonas schüttelte den Kopf, um wieder klar zu werden. »Ich verstehe nicht.«

Herr Gruber knallte den vierten Teller auf den Tisch. Jonas wunderte sich, dass der das aushielt. Das Porzellan schien von guter Qualität zu sein.

»Das ist so ein Hallodri, ein nichtsnutziger Faulenzer, ein Dreckslump, ein dahergelaufener.«

Herr Gruber warf das Brotmesser aus fast einem Meter Entfernung auf den Tisch.

Dann zuckte er hilflos mit den Schultern und setzte sich neben Jonas.

»Sie hat's mir mal kurz erzählt. Der war ihre Jugendliebe«, erklärte er. »Er hat sie damals verlassen, treibt sich seither in der Weltgeschichte rum. War bisher in den sieben Jahren, in denen das Madl hier wohnt, genau drei Mal da.«

»Das kann man aber nicht als Beziehung bezeichnen«, meinte Jonas hoffnungsvoll.

»Eben! Und meiner Ansicht nach kam er auch nur, wenn er einen Platz zum Unterkriechen brauchte.«

Jonas hob fragend die Augenbrauen.

»Das erste Mal, da hat das Madl auch schon fast ein Jahr hier gewohnt, da kam er, nachdem er einen Job abgeschlossen hatte und auf einen neuen gewartet hat.«

»Was für einen Job denn?«

»Ach, der ist so eine Art Notfallhelfer für Computer. Die Firmen fordern wohl solche Leute an, wenn sie in ihrer EDV … ach, ich kenn mich damit nicht aus. Jedenfalls ist das so ein Computerfreak. Der kommt irgendwohin, löst das Problem oder organisiert eine Umstellung oder was auch immer, und wenn …«

»Ach, das kenne ich. Ein Bekannter von mir macht auch so was. Sehr gut bezahlt, aber man weiß eben nie, wann man den nächsten Job bekommt.«

Konstantin nickte dankbar. Jonas schien zu verstehen, was dieser Christian machte.

»Genau! Und deswegen ist er zu so einer Firma, die diese Leute fest anstellt, und die schickt die dann ständig irgendwohin.«

»Verstehe ich«, meinte Jonas. »Da verdient er zwar weniger, aber dafür hat er ein regelmäßiges Gehalt.«

»Ja, vielleicht. Jedenfalls sitzt die Firma aber in Australien, hat auch eine Niederlassung in Hongkong. Und bei der arbeitet er.«

»Hört sich ja nicht so schlecht an. Aber ist natürlich weit weg.«

»Eben! Da ist er hin damals, und seitdem war er noch genau zwei Mal für ein paar Tage hier. Obwohl er es zig Mal versprochen hat.«

Konstantin Gruber überlegte, ob er so viel erzählen sollte, aber sein Ärger war zu groß, als dass er Lust auf Diskretion gehabt hätte.

Er beugte sich zu Jonas hinüber – ein Zeichen, dass nun vertrauliche Informationen kämen.

»Das Madl hat mir nach den ersten beiden Malen, wo sie sein Kommen freudestrahlend angekündigt hat und der Bazi dann nicht erschienen ist, nichts mehr erzählt. Die Blöße wollte sie sich nicht mehr geben. Aber ich habe trotzdem gemerkt, wenn sie mit ihm gerechnet hat. Dann war sie beim Friseur. Und sie hat so aufgeregt gestrahlt. Und ihre …«

Und ihre Hin- und Herschieberei bei Tisch war nicht mehr auszuhalten, wollte Konstantin noch hinzufügen, aber da konnte er sich im letzten Moment gerade noch bremsen. Das war wirklich zu indiskret.

»… und ihre Enttäuschung hab ich gesehen. Ich kenn das Madl ja.« So konnte er den Satz unauffällig beenden.

Und es stimmte doch. Das Madl war dann immer blass gewesen, niedergedrückt und noch stiller als sonst.

Dreinschlagen hätte er immer mögen, wenn sie mit so traurigen, enttäuschten Augen am Frühstückstisch gesessen hatte. Diesen Christian mal zwischen die Finger kriegen. Dem hätte er mal so richtig die Meinung gesagt.

»Und warum ist er dann nie gekommen?«, fragte Jonas.

Konstantin machte eine wegwerfende Handbewegung. »Immer angeblich ein neuer, ganz dringender Auftrag. Immer von einem Tag auf den anderen. Und so ist er hier auch bei seinen drei Besuchen abgedampft, ganz ohne Ankündigung. Verabschiedet sie morgens, als sie in ihre Arbeit geht, und wenn sie abends heimkommt, ist er schon weg. Und sie kann froh sein, wenn dann irgendwann das Telefon klingelt und er ihr sagt, dass er auf dem Flughafen sitzt und gleich nach wer-weiß-wohin fliegt.«

So war es beim ersten Mal gewesen. Konstantin Gruber erinnerte sich gut. Das Madl hatte zwei Wochen lang verweinte Augen gehabt.

Herr Gruber schlug so heftig mit der Faust auf den Tisch, dass die Teller klirrten.

»Alle zwei Jahre meldet er sich mal. Und dann – jedes Mal, wenn dieser Lump pfeift, dann springt sie!«

Jonas erhob sich und ging zur Kaffeemaschine. »Funktioniert die Maschine?«, fragte er, während er seine Tasse unter den Auslauf schob.

»Ich hab's entkalken müssen, jetzt passt's wieder.«

Jonas drückte auf den Knopf, und die Maschine startete das Mahlwerk. Das laute Häckseln verhinderte, dass Jonas das Aufschließen der Wohnungstür hörte. Er zuckte zusammen, als er sich umdrehte und Lena in die Küche kommen sah. Ihr folgte ein Mann, etwa so groß wie er selbst, vielleicht ein bisschen jünger. Jonas wusste auf den ersten Blick, dass er ihn nicht mochte. Obwohl der Mann nicht unsympathisch wirkte und sehr gut aussah. Er hätte ohne Weiteres als Model für eine Parfümmarke oder exklusive Herrenmode arbeiten können. Die blonden, halblangen, leicht gelockten Haare, die intensiv blauen Augen und der Anflug eines Dreitagebarts, die locker sitzende Baumwollhose und das graue, langärmlige Shirt – ein lässiger, nur vordergründiger Schlabberlook, der im Moment sehr gefragt war. So viel verstand selbst Jonas davon, der die einzelnen Markenembleme an den Kleidungsstücken durchaus kannte. Was der Mann da trug, war teuer.

Aber das freundliche Lächeln des Mannes wirkte auf Jonas unecht, die selbstbewusste Körperhaltung strahlte Arroganz aus. Das war kein Gast, der um Aufnahme bat. Das war jemand, der keinen Zweifel daran ließ, dass er eintreten würde, teilnehmen würde, Raum beanspruchen würde.

»Guten Morgen, Herr Gruber«, sagte der Mann und streckte dem alten Herrn die Hand hin. »Keine Angst, ich bleibe nicht lange.«

Herr Gruber zögerte, dann sah er Lenas flehenden Blick, und endlich, nach einem langen, peinlichen Moment, ergriff er die dargebotene Hand.

»Grüß Gott.« Knapper hätte die Antwort nicht ausfallen können.

Lena stellte die Männer gegenseitig vor.

»Christian, das ist Herr Dr. Wolff, er wohnt seit ein paar Wochen hier.« Und an Jonas gewandt: »Ich möchte Ihnen Herrn Marberg vorstellen, einen Jugendfreund von mir.«

Die beiden Männer schüttelten sich kurz die Hand, dann ließ Christian sich auf die Sitzbank fallen, genau auf den Platz, an dem Jonas normalerweise saß.

Jonas, der gerade mit seiner Kaffeetasse auf dem Weg zum Tisch war, verharrte.

Lena sah es. »Oh – äh, Christian …«

Christian schaute in den Brotkorb. »Brezen! Ihr glaubt ja nicht, wie ich mich danach gesehnt habe.«

Jonas winkte ab.

»Schon gut.«

Herr Gruber aber schnappte sich den Teller, auf dem Christian seine Breze gerade abgelegt hatte, und stellte ihn auf den freien Platz neben sich.

»'tschuldigung, aber dort sitzt der Herr Dr. Wolff.«

»Oh …« Christian erhob sich mit einem entschuldigenden Lächeln.

»Ich möchte Ihnen hier keineswegs einen Platz streitig machen.«

Der Blick, den die beiden Männer tauschten, dauerte zu lang, um nichtssagend zu sein.

Endlich saßen alle. Christian griff kräftig zu, mit der Gabel holte er gleich zwei Scheiben Schinken gleichzeitig von der Wurstplatte, die er dann übereinander auf die Semmelhälfte packte. Herr Gruber runzelte missbilligend die Stirn.

Mehrere Minuten herrschte Schweigen, Christian ließ es sich schmecken, Jonas kaute appetitlos auf seiner Brotscheibe, Lena trank in kleinen Schlucken von ihrem Tee.

Der Radiosprecher las die Staumeldungen vor.

»Was treibt Sie denn mal wieder nach München?«, fragte Herr Gruber endlich.

»Ich habe einen Käufer für die Wohnung meines Vaters gefunden.« Während Christian antwortete, fischte er zwei weitere Schinkenscheiben von der Platte.

»Das ist eine erfreuliche Nachricht, denke ich, oder?« Herrn

Grubers Neugier war geweckt. »Ham S' den Preis erzielt, den Sie wollten?«

Auch Herr Gruber wusste, dass Christian schon länger vergeblich versuchte, einen Käufer für die Wohnung zu finden.

»Ich glaube schon«, antwortete Christian und lachte.

Von dem würde ich nicht mal einen Gebrauchtwagen kaufen, dachte Jonas.

»Die Käuferin hat auf jeden Fall noch nicht daran herumgemeckert.«

»Ach – beim Notar waren S' also noch nicht?«

Christian schüttelte den Kopf. »Übermorgen früh ist die Besichtigung. Deswegen muss ich ja morgen hin, alles ein bisschen auf Vordermann bringen.«

Er hat eine Interessentin, dachte Jonas. *Das ist noch lange kein Käufer.*

»Da wirst du viel Arbeit haben«, meinte Lena. »Ob du das in einem Tag schaffst?«

»Wird schon«, meinte Christian zuversichtlich. »Die Söhne von Frau Riedl kommen und helfen, das habe ich bereits organisiert.«

Lena wunderte sich. Sie kannte die Nachbarin Frau Riedl und ihre Söhne. Und sie waren ihr nicht als besonders hilfsbereit im Gedächtnis geblieben. Ganz im Gegenteil, die ganze Familie zeichnete sich durch eine unübersehbare Ungefälligkeit aus.

»Ich habe versprochen, dass sie bei mir in Hongkong übernachten können, wenn sie mal kommen«, erklärte Christian grinsend auf Lenas zweifelnden Gesichtsausdruck hin.

»Aber hast du nicht vorhin gesagt, du bleibst nur noch drei Monate in Hongkong?«, fragte Lena verwundert.

»Tja«, Christian zuckte lachend mit den Schultern, »dann müssen sie eben bald kommen – sonst wird das nichts.«

Er erhob sich. »Ich würde jetzt gerne mal meine Hotelreservierung klären. Lena, kannst du mir zeigen, wie ich hier ins Internet komme?«

»Natürlich, wir gehen in mein Zimmer.« Lena verließ ebenfalls den Tisch.

Jonas schaute auf die Uhr. Er sollte jetzt auch allmählich losgehen.

»Wir treffen uns dann heute Abend hier um achtzehn Uhr?«, sagte er im Aufstehen zu Lena – die mitten in der Bewegung erstarrte.

»Ach so, heute Abend – oh.« Sie warf einen kurzen Blick zu Christian, der bereits im Türrahmen stand.

»Herr Wolff, das tut mir jetzt wirklich leid. Ich hatte mich so sehr auf das Konzert gefreut. Aber da ich nun unverhofft Besuch bekommen habe … Das verstehen Sie doch sicher?«

Jonas sah die zufriedene Miene Christians, und in ihm ballte sich eine Wut, wie er sie noch selten verspürt hatte.

»Natürlich«, antwortete er. Zu seiner eigenen Überraschung gelang es ihm, ein halbwegs höfliches Lächeln aufzusetzen.

»Dann wünsche ich Ihnen einen schönen Abend.« Jonas hatte bis zum heutigen Tag nicht gewusst, dass er eifersüchtig sein konnte. Er beeilte sich, die Küche zu verlassen, denn der Wunsch, diesem arrogant grinsenden Christian einen grandiosen Kinnhaken zu versetzen, wuchs ins Unermessliche.

In der Praxis gab es nichts, was ihn aufheiterte, ganz im Gegenteil. Der erste Patient am frühen Morgen war ein kleiner sympathischer Pudel, der aber inzwischen stolze siebzehn Jahre zählte und neben seinen Gelenkserkrankungen und einer bereits ausgeprägteren Demenz nun auch massive Nierenprobleme bekommen hatte. In Abstimmung mit dem genauso sympathischen Besitzer, einem jungen Bankkaufmann namens Jens Heller, der den Hund als elfjähriger Junge bekommen hatte, fiel die Entscheidung, den Hund von seinen Schmerzen zu erlösen.

Der junge Mann hielt sein Tier in den Armen, und Jonas bewunderte ihn im Stillen dafür, wie er dem Hund tröstend und aufmunternd zuredete.

Erst als die Hundeaugen ins Leere blickten, ließ Jens Heller seinen Tränen freien Lauf.

»Entschuldigen Sie«, schluchzte er, »aber Bob war all die Jahre mein treuer Begleiter, ich …«

Jonas legte ihm tröstend die Hand auf die Schulter. »Es ehrt Sie, dass Sie weinen. Vielleicht tröstet es Sie, wenn ich Ihnen sage, dass Sie Ihrem Hund wunderbar über die Schwelle geholfen haben.«

Jonas verließ den Behandlungsraum. »Lassen Sie dem Mann da drin ruhig Zeit«, sagte er zu Frau Manger. »Wir müssen vorläufig mit den zwei anderen Behandlungsräumen auskommen.«

Zur selben Zeit saß Lena in ihrem Zimmer auf dem Bett und hörte kopfschüttelnd zu, wie Christian telefonierte.

Das Kopfschütteln galt ihr selbst. Sie hätte es wissen müssen. Denn Christian hatte keine gültige Hotelreservierung – *natürlich,* dachte sie und schämte sich ein wenig dafür.

Zwar hatte er tatsächlich eine Anfragemail geschrieben und auch eine Bestätigung per Mail erhalten, die endgültige, garantierte Buchung wäre allerdings erst erfolgt, wenn er als Garantie auch seine Kreditkartennummer gemailt hätte.

»Dann hätten Sie doch noch einmal nachhaken müssen! Ich habe das schlichtweg übersehen. Wenn Sie im Betreff schreiben *Bestätigung* …«

Lena konnte die einzelnen Worte von Christians Gesprächspartner nicht verstehen, aber der Inhalt war offensichtlich: Für Christian war in diesem Hotel kein Zimmer reserviert worden und für die kommende Nacht auch kein Zimmer mehr frei.

Er hatte während des Telefonats gleichzeitig mit dem Laptop über verschiedene Hotelportale versucht, ein Zimmer zu finden. Aber es schien aussichtslos, denn sämtliche Hotels waren wegen einer gerade stattfindenden großen Messe ausgebucht.

»Ich möchte den Geschäftsführer sprechen!«, tobte Christian nun. Lena schaute auf die Uhr. Sie musste los.

Sie erhob sich, ging zu dem kleinen Schreibtisch und kritzelte schnell ein paar Worte auf ein Stück Papier, das sie Christian in den Schoß legte, bevor sie das Zimmer verließ.

Den ganzen Tag hatte sie Schwierigkeiten, sich zu konzentrieren. Als sie abends in die Wohnung kam, lag Christian angezogen quer über ihrem Bett und schlief.

Sie hatte ihm geschrieben: »Du kannst heute hier übernachten.«

Und sie hasste sich dafür, dass sie sich freute, als sie ihn noch in ihrem Zimmer antraf.

Als sie in die Küche wollte, um sich erst mal einen Tee zu kochen, kam Jonas aus seinem Zimmer. Er hatte sie offenbar gehört.

»Frau Jacobi.« Er hielt ihr zwei Eintrittskarten entgegen. »Ich kann leider nicht zum Konzert. Ein medizinischer Notfall, zu dem ich gerufen wurde. Wenn Sie vielleicht mit Ihrem Bekannten gehen möchten? Es ist noch genügend Zeit, die Vorgruppe spielt bis mindestens neun Uhr.«

»Das ist ja …« Lena wusste gar nicht, was sie sagen sollte. »Und Sie können wirklich nicht? Vielleicht geht Ihr Notfall schneller? Müssen Sie weit weg? Das kann ich doch nicht annehmen!«

»Ich gehe auf keinen Fall«, sagte Jonas, »und es wäre doch schade, die Karten verfallen zu lassen.«

»Natürlich, das wäre eine Schande – aber ich bezahle sie Ihnen selbstverständlich. Ich gebe Ihnen sofort das Geld. Was kosten die denn?«

Lena schaute kurz auf den aufgedruckten Preis und nestelte ihr kleines Portemonnaie aus der Jeanstasche. Jonas wurde das Herz schwer, als er das glückliche Leuchten in ihren Augen sah.

»Danke«, sagte er und nahm die vierundachtzig Euro, die sie ihm hinhielt. »Viel Spaß, ich muss leider los.«

Den Rest des Abends verbrachte Jonas in einer Kneipe und

trank einen Rotwein nach dem andern. Er ging erst, als der Wirt ihn aufforderte, weil er schließen wollte.

Lena dagegen genoss den Abend. Christian hatte zunächst protestiert, als sie ihn weckte, und etwas von Jetlag gemurmelt, aber als Lena mit den Konzertkarten vor seiner Nase gewedelt hatte, war er wach geworden.

»Super!«, hatte er gemeint. »Das ist mal wieder typisch für dich. Wenn keiner mehr Karten kriegt für so ein Konzert – du hast welche.«

Lenas Hinweis, dass sie die Karten Jonas verdankte, hatte er nicht gelten lassen. »Das ist doch egal, woher du sie hast. Du hast sie jedenfalls! Darauf kommt es an.«

Christian kannte die *Roaring Tones* auch, schätzte ebenfalls deren Musik, und so verlebten sie beide einen wunderbaren Abend, zumal Jonas Lena auch noch die Nummer eines Taxifahrers gegeben hatte, der bereits für die Beförderung von zwei Personen zur Olympiahalle und wieder zurück gebucht war.

Als sie später daheim gemeinsam im Bett lagen, kam es, wie es kommen musste: Christian umarmte Lena sanft, und als seine Lippen über ihre Schultern abwärtsglitten, konnte und wollte sie nicht mehr widerstehen.

Sie fragte sich nur, ob Jonas zu Hause war. Und ob er sie hören konnte.

Sie lag noch wach, als Jonas dann kam. Er war lauter als sonst, seine Zimmertür schlug fester zu als gewöhnlich, im Badezimmer rumorte es ungewohnt lange. *Er war also vorhin nicht da,* dachte sie erleichtert. *Er hat uns nicht gehört.*

Nur gut, dass sie die bittere Miene nicht sehen konnte, die er zog, als er ins Bad kam und Christians Zahnbürste neben ihrer im Becher sah.

Am nächsten Morgen achtete Jonas wieder darauf, vor Lena das Haus zu verlassen.

Lena erwachte, weil Christian im Schlaf einen Arm um sie schlang.

Sie ärgerte sich. Wieso hatte sie nur nachgegeben? Wieso war sie mit ihm im Bett gelandet? Wie jedes Mal. Ihr klangen Erikas Worte im Ohr: »Wenn er sich bei dir meldet und wieder mal kommen will, ruf mich an. Ich helfe dir.«

Lena war ehrlich genug, sich einzugestehen, dass sie mit Absicht nicht angerufen hatte, weil sie sich das Wiedersehen nicht ausreden lassen wollte. Und auch alles andere hatte sie gewollt.

Christian regte sich. Er öffnete die Augen und küsste Lena zärtlich auf die nackte Schulter. »Du wirst immer begehrenswerter«, sagte er.

Lena drehte sich zur Seite.

»Tut es dir leid?«, fragte Christian.

»Ich weiß es noch nicht.« Lena schwang die Beine aus dem Bett. »Ich gehe erst einmal duschen.«

Lena bedauerte, Jonas nicht am Frühstückstisch anzutreffen, so gern hätte sie ihm vom Konzert gestern erzählt.

Als sie sich nach dem Frühstück von Christian verabschieden wollte, schlief er schon wieder fest. Sie ließ eine Notiz auf dem Nachttisch zurück, einen kleinen Gruß, verbunden mit dem Wunsch für eine gute Fahrt und, nach einigem Zögern, einem kleinen gemalten Herz darunter.

Dieser Freitag im Atelier war hektisch und machte keine Freude.

Die erste Kundin, die einen Termin für eine Beratung vereinbart hatte und mit fünf Freundinnen erschien, die den Prosecco fast schneller wegsüffelten, als man nachschenken konnte, war mit nichts zufrieden. Wobei Lena schon beim Eintreten der Frau gedacht hatte, dass diese Kundin leider so überhaupt keinen Blick für das hatte, was ihr stand: Angefangen bei der unvorteilhaften Länge des dicken Winteranoraks, der genau über den ausgeprägten »Reiterhosen« an den Oberschenkeln endete und sie damit unvorteilhaft betonte. Die Hosenlänge passte nicht zu den Stiefeln und verkürzte optisch die Beine. Alle Kleidungsstücke vermittelten den Eindruck, dass sie hauptsächlich wegen des teuren Logos gekauft worden waren. Als die sechs nach einer Stunde kichernd den Laden verließen, natürlich ohne etwas gekauft oder bestellt zu haben, und fünf Flaschen Prosecco geleert hatten, bezweifelte Lena, dass die Kundin tatsächlich kurz vor einer Eheschließung stand.

Die nächste Kundin ließ den Erstberatungstermin platzen, sie erschien einfach nicht. Leider kam so etwas immer wieder vor.

»Ich verstehe nicht, was so schwer daran ist, kurz das Telefon in die Hand zu nehmen und abzusagen!«, schimpfte Lena.

Es war wirklich ärgerlich, denn es drängte sich eine Anprobe an die nächste, und Lena hatte vorgestern schon zwei weiteren interessierten Frauen absagen müssen.

Aber Arbeit gab es ja genug, die Nähmaschinen von Frau Merz und Sonja ratterten in den letzten Tagen ohne Pause, die Zahl der Aufträge überstieg Lenas kühnste Hoffnungen.

Sie hatte auch mitnichten ein Problem damit, diese frei gewordene Stunde zu füllen, denn auf ihrem Schreibtisch türmten sich die Unterlagen.

Sie saß gerade zehn Minuten bei der Arbeit, als ihr Handy klingelte: Christian.

»Guten Morgen, mein fleißiges Bienchen«, sagte er. »Ich habe ja gar nicht gehört, wie du gegangen bist.«

»Ich wollte dich nicht wecken.«

Sonja, die Lena gegenübersaß, hob überrascht den Kopf.

»Das ist schade, ich hätte dir so gerne noch einen Kuss gegeben.«

Lena sah Sonjas neugierigen Blick.

»Vielleicht gibst du mir den, wenn du zurückkommst.« Lena bemühte sich um neutrale Formulierungen.

»Das ist eine Möglichkeit«, sagte Christian. »Aber ich könnte auch vorbeikommen und dich abholen, und wir gehen zu einem schönen ausgiebigen Frühstück in ein nettes Café bei dir in der Nähe. Was hältst du davon?«

»Ich kann jetzt nicht weg aus dem Laden.«

»Nur ein Stündchen! Ein klitzekleines Stündchen?«

»Christian, es geht wirklich nicht.«

»Schade«, sagte Christian. Lena hätte gerne das Gespräch beendet, zu offensichtlich spitzten Sonja und Frau Merz die Ohren.

»Wann fährst du eigentlich?«, fragte Lena, hauptsächlich um irgendetwas Neutrales zu sagen.

»Ich habe mir noch keinen Zug ausgesucht. Eigentlich werde ich erst morgen Mittag erwartet, ich überlege, noch einen weiteren Tag in München zu verbringen. Ich will gleich noch mal wegen eines Hotelzimmers telefonieren«, meinte Christian lässig. Lenas Verstand schüttelte sozusagen den Kopf über das, was ihr Mund gerade formulierte: »Magst du noch bis morgen bei mir bleiben? Ich müsste sowieso mal nach Niedergerlingen, ich habe da noch einen Koffer bei den Nachbarn stehen, um den ich mich kümmern sollte. Wenn es den Heilmanns recht ist, könnte ich den morgen Abend holen. Und dann könnte ich dich einfach mitnehmen.«

Sie konnte es selbst nicht glauben. Hatte sie gerade angeboten, ihn morgen nach Niedergerlingen zu fahren? Wo sie so viel Arbeit hatte?

»Allerdings kann ich erst spät los«, schob sie schnell hinterher. Wenn sie am späten Nachmittag losfuhr, verlor sie kaum Zeit. Und um den Koffer musste sie sich ja wirklich allmählich kümmern.

Christians Überraschung war echt. »Das wäre ja genial.« Lena meinte, sein zärtliches Lächeln vor sich zu sehen. »Und wir hätten noch eine Nacht! Und vier Stunden gemeinsam im Auto! Lena, du würdest mich sehr glücklich machen.«

Hatte das Schicksal das Gefühl, es hätte noch etwas gutzumachen? Die nächste Kundin war nicht nur sympathisch und angenehm im Umgang, sie hatte auch Geschmack, und es machte Lena nicht nur viel Freude, sie zu beraten, sondern sie orderte auch noch zwei edle Dirndl – und die hatten Zeit bis zur Wiesn. »Vorher brauche ich sie nicht.« Ein sehr lukrativer Auftrag. Lena wollte sich keine Rechenschaft darüber ablegen, ob ihr Hochgefühl auf diesen Auftrag zurückzuführen war oder auf die Tatsache, dass Christian heute Abend – und auch heute Nacht – noch bei ihr sein würde. Und ob sie sich auf die Fahrt morgen freute.

Am frühen Nachmittag stand dann die Auslieferung eines maßgeschneiderten Brautkleids an. Mit der Kundin war verabredet, dass Lena das Kleid persönlich vorbeibringen und die letzte Anprobe bei der Kundin zu Hause stattfinden würde.

Frau Merz half Lena, die lange Kleiderhülle auf dem Rücksitz des Taxis zu verstauen.

Lena nahm auf dem Beifahrersitz Platz. Das Taxi fuhr an, und als Lena aus dem Fenster schaute, sah sie plötzlich wieder die Frau mit dem grünen Mantel, die am Straßenrand stand und ihr und dem Taxi mit den Blicken folgte. Kurz überlegte sie, das Fenster herunterzufahren, zu rufen, den Fahrer anhalten zu lassen. Aber was sollte sie sagen?

Zu Jonas war das Schicksal am Abend nicht so gnädig. Er war in seinem Zimmer, als Christian und Lena zu Bett gingen. Und die Wand war definitiv zu dünn, um die Laute der Leidenschaft zu dämpfen. Jonas beschloss, morgen am Samstag nach Frankfurt zu fahren und über das Wochenende seine Eltern zu besuchen.

Natürlich begegneten sich die beiden Männer am Frühstückstisch wieder. Christian pfiff vergnügt vor sich hin, als er die Küche betrat, wo Jonas gerade die vier Butterbrezen, die er schnell geholt hatte, in einen kleinen Brotkorb füllte. Lena war noch im Bad.

»Ah«, stöhnte Christian, als er, inzwischen am Tisch sitzend, in eine hineinbiss. »So eine frische Breze, die fehlt mir in Hongkong einfach.«

Jonas nickte. »Das glaube ich gern.«

Missmutig beobachtete er, wie Christian genüsslich seine Breze verzehrte. Was war das für ein Typ, den Lena offensichtlich liebte?

»Wie lange wohnen Sie schon in Hongkong?«, fragte Jonas.

»Ein paar Jahre«, antwortete Christian ausweichend.

»Und Sie arbeiten da? Bei einer chinesischen oder bei einer europäischen Firma?«

Christian wischte nachlässig ein paar Salzkörner von seinem Platz auf den Boden.

»Nein, ich bin bei einer australischen Firma beschäftigt.«

»Und als was, wenn ich fragen darf?« Jonas war sich über die Unhöflichkeit seiner Frage durchaus im Klaren. Aber es war ihm egal. Christian spürte die Aggression und runzelte die Stirn.

»Oh, wo kommen denn die Brezen her?« Lena betrat die Küche.

»Ich war schnell beim Bäcker«, sagte Jonas.

»Das ist aber aufmerksam von Ihnen. Danke!«, meinte Lena und ging zur Kaffeemaschine. Jonas konnte nicht verhindern, dass sein Blick einen Moment lang auf ihr ruhte, als sie an die Küchentheke gelehnt dastand. Christian sah den Blick. Seine Augen weiteten sich. Dann kräuselte ein verstehendes Lächeln seine Mundwinkel.

Lena war verkrampft. Das war eine merkwürdige Situation, so mit Jonas und Christian beim Frühstück. Aber warum eigentlich? Sie wusste selbst nicht, was sie störte und warum sie Jonas gegenüber so ein merkwürdiges Gefühl hatte. Fast eine Art schlechtes Gewissen. Aber dazu gab es überhaupt keinen Anlass. Sie nahm ihre inzwischen volle Kaffeetasse und setzte sich auch an den Tisch. »Das war aber wirklich nett von Ihnen«, sagte sie noch einmal, als sie den Brotkorb so schob, dass er mit dem Milchkännchen exakt in einer Reihe stand. Jonas winkte ab. »Nicht der Rede wert.« Er wandte sich wieder Christian zu. »Jetzt habe ich Ihre Antwort nicht ganz mitbekommen. Was, sagten Sie, arbeiten Sie?«

Christian lächelte breit. »Ich habe noch gar nichts gesagt. Aber das ist, glaube ich, auch nicht wirklich interessant. Lena, mein Schatz, wann möchtest du denn heute Nachmittag aufbrechen?«

»Es wird fast Abend werden, ich komme ja erst gegen siebzehn Uhr aus dem Atelier.«

Jonas zuckte zusammen. Die beiden fuhren weg? In ein romantisches Wochenende zu zweit etwa?

Er hatte nicht geahnt, dass Liebe derart schmerzen konnte.

»Ich muss mich verabschieden, ich fahre heute nach Frankfurt. Ich wünsche Ihnen beiden ein schönes Wochenende.«

Es war eine Flucht, und Jonas wusste es.

Am Abend, als Lena und Christian Richtung Niedergerlingen fuhren, machte sich Lena keine Illusionen über sich selbst. Sie genoss es, so dahinzufahren, mit einem Mann neben sich, mit dem man in der vergangenen Nacht Sex gehabt hatte. Es schien so normal, plötzlich hatte sie ein Leben wie alle anderen Menschen.

Christian schien ähnliche Gedanken zu haben. »Wie ein ganz normales Ehepaar, das übers Wochenende nach Hause zu den Eltern fährt.«

Lena konnte nur nicken.

Sie schwiegen.

»Und ich finde es sogar schön!«, sagte Christian plötzlich. »Ich finde es erstrebenswert. Es macht mich glücklich.«

Lena schwieg weiter. Was sollte sie auch sagen? *Das hätten wir doch alles schon viel früher so haben können …*

»Du denkst jetzt sicher, dass es ausschließlich meine Schuld ist, dass wir nie so weit gekommen sind.«

Lena zuckte kurz mit den Schultern.

»Wo soll ich dich denn eigentlich absetzen?«, fragte sie nach weiteren langen Schweigeminuten. »Und du weißt ja, dass ich morgen früh zurückfahre. Willst du wieder mit nach München? Oder wie sind deine Pläne?«

»Nein, ich bleibe bis Dienstag oder Mittwoch.«

Christian trommelte plötzlich nervös mit den Fingern auf seine Oberschenkel.

»Weißt du, Lena«, begann Christian, »eigentlich wollte ich noch nicht darüber reden.«

Wenn er gehofft hatte, dass Lena jetzt eifrig nachfragte, hoffte er vergebens.

»Aber jetzt will ich es dir doch erzählen, gerade weil wir uns ein paar Tage nicht sehen werden. Damit du auch Zeit hast, in Ruhe darüber nachzudenken.«

»Du machst es aber spannend«, reagierte Lena endlich.

Christian lachte unsicher. Dieser Klang war Lena fremd. »So oft habe ich drüber nachgedacht, und jetzt weiß ich gar nicht, wo ich anfangen soll. Ich wollte mir diesen Text ganz in Ruhe überlegen und am besten auswendig lernen oder so …«

Und Christian erzählte.

»Ich war einfach unreif, ich brauchte wohl etwas länger, um erwachsen zu werden, um so etwas wie Reife zu erlangen. Ich habe mich immer auf einmal gefangen gefühlt, nicht nur bei dir, auch bei anderen Frauen. Und dann war da noch … ich habe nie etwas gesagt, weil ich dich nicht betrüben wollte. Du konntest es ja nicht ändern.«

»Wovon sprichst du?«

»Von deiner Mutter. Und der Situation, in der du dich befunden hast.«

»Ich verstehe nicht, was du meinst.«

»Ich habe mich immer gefragt, wie das mit uns gehen soll, wenn wir eine Beziehung haben. Wenn ich bei dir lebe.«

Lena ahnte plötzlich, worauf Christian anspielte.

»Willst du mir jetzt erzählen, dass du wegen meiner Mutter gegangen bist?«

»Ach Lena, mach es mir doch nicht so schwer. Natürlich nicht. Ich habe Probleme mit Verpflichtungen, mit Bindungen, das weißt du. Aber im Hintergrund stand auch immer deine Mutter, da war stets dieses Wissen, dass wir als Paar jedes Wochenende bei ihr verbringen werden, jeden Sonntag zum Friedhof latschen müssen … Ich will es mal so sagen: Diese Perspektive hat nicht unbedingt dazu beigetragen, dass ich meine persönlichen Probleme angehen wollte.«

Das war nachvollziehbar, fand Lena.

»Ich sage nicht, dass deine Mutter oder du Schuld an meinem Verhalten haben. Aber es trat immer plötzlich das Gefühl ein: Ich kriege keine Luft mehr, ich ersticke, ich muss weg hier. Das ist im Übrigen auch genau das, was mir meine Mutter erzählt hat, warum sie damals meinen Vater und mich verlassen hat.«

»Du hast wieder Kontakt zu deiner Mutter?«, unterbrach Lena überrascht. »Das wusste ich ja gar nicht.«

»Ja, aber noch nicht so lange. Wir haben uns vor drei Jahren beim Notar getroffen, da habe ich sie sozusagen kennengelernt. Denn ich hatte ja keinerlei Erinnerung an sie.«

»Erzähl mir von ihr, das sind ja wahnsinnige Neuigkeiten!«

Christian zuckte mit den Schultern. »Es gibt da nicht so viel zu erzählen. Eine tolle Frau, sieht wahnsinnig gut aus, trotz ihres Alters. Sie lebt in Paris, ich habe sie dort zweimal besucht und war mit ihr aus, die Männer schauen ihr noch hinterher«, er lachte kurz auf, »und sie schaut auch zurück. Sie lebt da in allem Komfort, lässt sich hofieren, sie sagt, ihr schönster Schmuck sei ich, und hat sich entschuldigt bei mir, dass sie mich verlassen hat, sie hat entsetzlich geweint. Sie hat gesagt, sie versteht es selbst nicht, aber sie hätte das Gefühl gehabt, nicht mehr atmen zu können, zu ersticken. Sie hätte mich geliebt, auch damals schon, aber sie hätte nicht bleiben können. Und ob ich ihr verzeihen könne.«

Lena war ganz Ohr. »Und – kannst du ihr verzeihen?«

»Natürlich kann ich das. Ich habe ihr gesagt, dass ich sie gut verstehe, weil es mir genauso ergeht. Weil ich auch diese Erstickungsanfälle bekomme, wenn ich längere Zeit an einem Ort bin, weil es mich lähmt, wenn ich mich plötzlich gebunden fühle, weil ich dann nicht mehr schlafen kann, weil ich schweißgebadet und in Panik aufwache. Weil auch ich den Menschen, den ich am meisten liebe auf der Welt, verlassen habe. Und zwar schon vier Mal.«

Lena, die gerade einen Lkw überholte, wäre beinahe vor Überraschung vom Gas gegangen.

»Sag so was nicht, Christian«, bat sie.

»Es ist aber die Wahrheit, Lena. Ich liebe dich, und nur dich. Du bist die Frau meines Lebens. Ich weiß nicht, warum ich es nicht aushalte, mit dir zu leben.«

»Ach, Christian.«

»Ich weiß schon, du denkst: Das hat er mir alles schon ein paarmal erzählt, und es hat nichts genutzt. Aber warte ab … Bald spreche ich mal nicht über meine Liebe zu dir, sondern über meine anderen Pläne. Ich werde nach Deutschland zurückkehren …«

»Was?« Lena hielt unwillkürlich die Luft an.

»Ich habe dir doch schon gesagt, dass ich nur noch drei Monate in Hongkong bin. Ja, ich komme wieder. Unsere Firma eröffnet eine Niederlassung in München, und ich soll sie leiten.«

»Du kriegst einen Job in München?« Lenas Herz schlug schneller. Er würde in München arbeiten. Einen festen Job bei seiner Firma haben. Da konnte er ja gar nicht mehr weg! Konnte das Schicksal sie derart reich entschädigen für die vielen einsamen Jahre?

»Und mit dem Geld aus dem Wohnungsverkauf suche ich mir in München eine schicke Eigentumswohnung, die …«

»Da wird aber das Geld nicht reichen«, meinte Lena.

»Natürlich nicht. Aber als Eigenkapitalanteil ist es genug.

Lena, ich habe schon alles organisiert. Ich habe eine wunderbare Wohnung gefunden, die für mich bereits reserviert ist. Ich habe die Finanzierungszusage der Bank, die nur darauf wartet, dass ich sage, es kann losgehen, ich muss jetzt nur noch diese Wohnung in Niedergerlingen losschlagen, und dann …«

»Das sind ja wirklich wahnsinnige Neuigkeiten.«

Lena musste sich zusammenreißen, um weiter konzentriert fahren zu können.

»Ja«, fuhr Christian fort, »wie gesagt, eigentlich wollte ich mit dir erst später darüber reden. Wenn das Geld aus dem Verkauf da ist und die Niederlassung gegründet ist und all das. Das dauert ja alles noch seine Zeit. Aber vielleicht ist es besser, wenn du Zeit hast, in Ruhe darüber nachzudenken.«

Er legte seine linke Hand über die von Lena, die das Steuer hielt. Er streichelte den Ansatz des Ringfingers.

»Ich sage heute noch nichts, nicht zuletzt deshalb, weil ich noch nicht dazu kam, einen Ring zu besorgen. Aber, meine geliebte Lena, stell dich darauf ein, dass ich dir in Bälde einen Heiratsantrag machen werde.«

Vor Lena bremste ein Transporter. Um ein Haar wäre Lena in ihn hineingefahren.

Als sie am frühen Sonntagmorgen nach München zurückkam, den großen Umzugskarton mit den Liebesbriefen ihrer Mutter noch im Kofferraum, rief sie als Erstes Erika an.

»Ist was passiert?«, fragte Erika überrascht. Normalerweise war sie es, die die Initiative ergriff, dass Lena anrief, war ungewöhnlich.

»Nein, eigentlich nicht«, antwortete Lena ausweichend.

»Das hört sich nach: *Ja, was ganz Fürchterliches!* an«, meinte Erika.

»Ich weiß gar nicht, wo ich anfangen soll.«

»Dann beginn irgendwo. Ich setze es mir später in einer sinnvollen Reihenfolge zusammen.«

Lena lachte. »So eine Antwort kann nur von dir kommen.« Aber sie wurde gleich wieder ernst. »Es ist so: Christian ist hier und …«

»O mein Gott!«, unterbrach Erika. »Und er hat dich auch schon wieder rumgekriegt!«

»Nein, so war es nicht, ich habe ja selbst …«

Lena hörte Erikas höhnisches Lachen.

»Er will mich heiraten«, sagte Lena.

Es kam keine Antwort.

Lena wartete. Aber Erika sagte immer noch nichts.

»Hast du gehört? Er will mir einen Antrag machen.«

»Kannst du das bitte wiederholen?« Erikas Stimme war vor Verblüffung ganz heiser.

»Du hast mich schon verstanden.« Lena konnte es selbst nicht glauben. Was hatte sie gerade gesagt?

Erika hatte sich offenbar wieder etwas gefangen.

»Moment mal – *will* er oder *hat* er?«

»Das ist kompliziert, er sagte, er will …«

»Was machst du denn im Moment? Wo bist du? Hast du Zeit? Lass uns einen Wein trinken gehen. Ich glaube, das muss in Ruhe besprochen werden.«

Lena und Erika trafen sich eine halbe Stunde später in einer kleinen Kneipe bei Erika um die Ecke, ein gemütliches Lokal, der Wirt wohnte im selben Haus wie Erika, und die Gäste kamen überwiegend aus dem Viertel, eine richtige Nachbarschaftskneipe also.

Die beiden bekamen die kleine Eckbank ganz hinten im Raum, wo man ungeniert zu zweit sitzen und sich unterhalten konnte.

»Ich platze vor Neugier!«, sagte Erika. Und lauschte dann mit offenem Mund Lenas Bericht.

»Das ist ja mal wieder typisch Christian«, sagte sie dann. »Nichts Halbes und nichts Ganzes. Hat man das schon mal gehört? Ein Typ sagt zu einer Frau: Demnächst mache ich dir einen Antrag, stell dich schon mal darauf ein. Das ist doch Schwachsinn!«

Sie dachte nach. »Er weiß, dass du das Haus deiner Eltern verkauft hast. Vielleicht denkt er, wenn ihr beide jetzt zusammenlegt …«

Lena runzelte verärgert die Stirn. »Du unterstellst ihm aber auch immer das Negativste, das dir einfällt! Er will mich nicht überrumpeln, hat er gesagt. Er weiß, wie schlimm er sich verhalten hat, und deswegen will er mir Bedenkzeit geben. Er hat gesagt …«

»Wenn ich noch einmal höre: *Er hat gesagt,* dann schreie ich!«

Glücklicherweise kam in diesem Moment Jörg, der Aushilfskellner mit dem langen Zopf, der Philosophie studierte, an den Tisch. »Ihr habt ja noch gar nichts zu trinken. Was kann ich euch denn bringen?«

»Ich nehme ein Helles«, sagte Erika.

»Klein oder groß?«

»Ein großes, bitte!«

»Und Sie?«

»Ich nehme … ich glaube … ach, bringen Sie mir einfach ein Wasser.«

Erika musterte Lena fast mitleidig. »Schlag bitte nicht so über die Stränge. Erst recht, wo doch heute Sonntag ist und du morgen freihast.«

»Ich habe nicht frei, ich muss ins Atelier, ich habe unglaublich viel zu tun!«

Erika winkte nur ab. »Wie auch immer: Ich verwette mein Sparbuch, dass er dich demnächst anpumpen will.«

Lena musste lachen. »Dein Sparbuch? Was ist das denn?«

»Okay«, grinste Erika. »Ertappt, ich habe gar keins, mein Risiko ist also überschaubar. Aber trotzdem … Wie ich ihn kenne, macht er das ganz geschickt. Er wird dich dahin bringen, dass du es ihm anbietest, ja aufdrängst. Und sich sträuben. Und am Schluss widerstrebend annehmen.«

Lena wollte aufbrausen, aber Jörg balancierte gerade ein voll beladenes Tablett an ihren Tisch: »Nehmt ihr euch bitte eure Gläser runter? Hier das Bier«, deutete er mit dem Kinn, »und hier das Wasser.«

Als der Kellner außer Hörweite war, fragte Erika plötzlich: »Wieso hast du ihn eigentlich nach Niedergerlingen gefahren? Warum hat er nicht den Zug genommen? Wie hat er dich dazu gekriegt, dass du ihn derart durch die Gegend kutschierst?«

»Ich hab's ihm angeboten. Er wollte mit dem Zug fahren, aber ich habe auch gleich den Koffer geholt.«

»Welchen Koffer?«

»Habe ich dir doch erzählt. Den Koffer mit den Liebesbriefen meiner Eltern. Der noch bei Heilmanns stand.«

»Ach du meine Güte, ja.«

Erika griff nach ihrem Glas und nahm einen kräftigen Schluck.

»Vielleicht schaue ich morgen mal rein«, meinte Lena.

Erika schwieg.

»Oder auch nicht. Mal sehen.«

Erika suchte Blickkontakt mit dem jungen Kellner. *Noch eins,* signalisierte sie ihm, indem sie mit dem leeren Glas winkte.

»Um noch mal auf Christian zurückzukommen: Was hast du denn eigentlich geantwortet?«

»Noch nichts natürlich. Er hat mich ja noch nicht gefragt.«

»Jetzt mach es doch nicht so spannend, ich platze gleich vor Neugier! Also: Was *wirst* du sagen?«

Lena schob den Aschenbecher so zurecht, dass seine Kante genau rechtwinklig zur Tischkante stand.

»Tja«, sagte sie. »Das ist so eine Sache. Zuerst habe ich gedacht, ich heule vor Glück. Ich musste mit Gewalt die Tränen zurückhalten.« Sie grinste plötzlich. »Stell dir doch mal vor: Endlich kriegt die Geliebte den ersehnten Antrag, und vor lauter Begeisterung rauscht sie auf der Autobahn mit hundertsechzig unter den Lkw vor ihr. Das wäre ein kurzes Vergnügen gewesen.«

Erika stutzte. So kannte sie Lena überhaupt nicht, mit so lockeren Sprüchen. Aber schon war Lena wieder ernst. »Auf der Rückfahrt habe ich gemerkt, dass ich mich nicht ganz so freue, wie ich das eigentlich hätte tun sollen. Und ich habe mich gefragt, warum. Hätte ich nicht jeden Morgen, wenn er aus dem Haus geht, Angst, dass er am Abend nicht wiederkommt?«

Sie trank von ihrem Wasser.

»Aber andererseits: Ich liebe ihn. Und er hat auch seine Probleme, genau wie ich. Wer bin ich denn mit meinen Macken, dass ich ihm da Vorwürfe machen kann? Er kämpft genauso wie ich, wahrscheinlich passen wir gerade deshalb gut zusammen. Vielleicht liebe ich ihn deswegen so. Daher: ja. Meine Antwort wird sein: ja, ja und nochmals ja!«

Erika verzog kurz das Gesicht, aber sie fing sich schnell.

»Dann meinen herzlichen Glückwunsch!« Sie hob ihr Bierglas.

»Nein, noch nicht gratulieren!«, sagte Lena. »Es ist ja noch nicht so weit.«

Nachdenklich saßen die beiden nebeneinander, beobachteten schweigend die anderen Gäste in dem überfüllten Lokal, wie sie lachten und lärmten.

»Es ist halt so«, sagte Lena. »Ich habe Angst, wie das wird. Wie er sich verhält. Ob er wirklich zuverlässiger wird. Aber andererseits weiß ich ja von meiner Mutter: Für das Glück muss man bezahlen. Also denke ich …«

»Ich glaube, ich muss dir diesen Zahn jetzt endlich mal ziehen«, unterbrach Erika.

»Was meinst du?« Es gab einen hässlichen Klang, als Lena das Wasserglas zu fest auf dem Tisch absetzte.

»Deine Mutter und dein Vater, diese angeblich so große Liebe …«

»Das war sie wirklich!«

»Blödsinn! Dein Vater wollte deine Mutter verlassen. Er hatte eine Geliebte. Deine Eltern standen kurz vor der Scheidung, als er tot umgefallen ist.«

»Das ist nicht wahr!«

Erika atmete tief aus. »So, nun weißt du es. So lange schon frage ich mich, wie ich dir das beibringe.«

»Das ist nicht wahr …« Lena versagte die Stimme.

»Doch!«, sagte Erika nun erbarmungslos. »Der Herzinfarkt deines Vaters war für deine Mutter die Rettung. So konnte sie die trauernde Witwe geben. In dieser Rolle hat sie sich wohlgefühlt, das war genau ihr Ding!«

»Du lügst!«, sagte Lena erregt. »Woher willst du das denn überhaupt wissen?«

»Ich weiß es von meiner Mutter. Die hat mir das alles ganz genau erzählt. Dein Vater hatte eine Geliebte und wollte sich scheiden lassen. Das wusste im Übrigen auch ganz Niedergerlingen. Die Einzige, der deine Mutter dieses Getrauere am Grab vorspielen konnte, die es geglaubt hat und bei der deine Mutter sich in der Rolle der trauernden Witwe suhlen konnte, warst du.«

Lena sprang auf. »Du lügst! Du lügst, weil du wütend bist, weil Christian nicht so ein schlechter Mensch ist, wie du es gerne hättest. Weil du eifersüchtig bist. *Deshalb* willst du mir alles kaputt machen: Zuerst die Liebe zu Christian, und jetzt zerstörst du auch noch das Andenken an meine Eltern!«

Die Umstehenden unterbrachen ihre Gespräche, hoben die Köpfe und starrten zu ihnen herüber. Lena fummelte in ihrer Jackentasche, fand einen Fünfeuroschein und warf ihn auf den Tisch.

»Für mein Wasser«, fauchte sie. Sie wandte sich ab und quetschte sich durch das Lokal. Nach drei Schritten jedoch stoppte sie abrupt und drehte sich um.

Erika schaute hoffnungsvoll auf, als Lena plötzlich wieder am Tisch stand.

Aber Lena würdigte sie keines Blickes, sondern griff nach dem Geldschein, strich ihn glatt und legte ihn so unter den schweren Aschenbecher – der inzwischen nur noch dazu diente, kleine Speisekarten festzuhalten –, dass die Längskante des Scheins genau parallel zur Kante des Aschenbechers verlief.

Dann warf sie stolz den Kopf in den Nacken und ging.

Erika stöhnte leise auf. Sie hob ihr Glas in Richtung Theke. »Noch eines«, sagte sie zu dem jungen Mann hinter dem Tresen.

Am Abend saß Konstantin Gruber in seiner Küche und hoffte auf Gesellschaft, aber Lena steckte nur einmal kurz den Kopf herein, erkundigte sich, wie es ihm ging, erklärte, sie müsse leider noch arbeiten, und verschwand wieder.

Schnell bemerkte Konstantin, dass auch Jonas nicht da war. Also ging er leise seufzend in sein eigenes Wohnzimmer und verbrachte den Rest des Abends dösend in seinem Fernsehsessel.

Lena lag in ihrem Zimmer auf dem Bett und starrte an die Decke. Sie hatte keine Lust, mit dem alten Gruber über Christian zu diskutieren. Er würde wie immer Christian nur schlechtmachen, so wie alle Christian immer schlechtmachten. Weil sie ihn nicht verstanden. Sie jedoch verstand ihn. Sie wusste, wie das war, wenn man etwas tat, was man eigentlich gar nicht tun wollte. Sie kannte diesen inneren Druck, diesen Zwang, der einem die Luft abdrücken konnte, vor dem es kein Ausweichen gab.

Aber die Sache mit ihren Eltern, mit ihrer Mutter … Sie konnte Erikas Stimme in ihrem Kopf einfach nicht abstellen:

Deine Mutter konnte nur vor dir die trauernde Witwe geben.

Immer wieder rief sie sich ihre Mutter in Erinnerung, wie sie als das personifizierte Unglück im Sessel gesessen hatte.

Nein, nicht als Unglück, dachte Lena, eigentlich mehr als Vorwurf: als ständiger Vorwurf an die Welt und an alle Leute, und irgendwie auch besonders an ihre Tochter Lena, dass sie so glücklich leben durften, während das Schicksal ihr, der tapferen Mutter, das Glück genommen hatte.

Lena starrte in die Dämmerung. Ihr Blick fiel auf den Kescher an der Wand, und wie immer, wenn sie ihn sah, lächelte sie leicht. Die Erinnerung war noch so lebhaft, noch so präsent …

Etwa sechs Jahre alt war sie gewesen, als auf einmal nachts in ihrem Zimmer diese Geister umhergeschwebt waren und ihre weißen, leeren, flatternden Ärmel nach ihr ausgestreckt hatten. »Die vertreiben wir!«, hatte ihr Vater gesagt. Er hatte den Kescher, den sie im Sommerurlaub an der Nordsee gekauft hatten, aus dem Keller geholt. Und sich mit der Besuchermatratze ein schmales Bett neben ihrem gebaut.

Viele Nächte hatte er auf dieser Matratze in ihrem Zimmer geschlafen, in der Hand den großen Kescher.

»Mit dem fange ich die Geister, wenn sie kommen.«

»Böse Geister kommen von innen, da hilft kein Kescher«, hatte die Mutter geflüstert. Aber ihr Vater hatte den Kopf geschüttelt.

»Die bösen Geister haben Angst vor dem Kescher, glaub mir, meine Kleine«, hatte er zu Lena gesagt. »Und wenn die ein paarmal gesehen haben, dass der hier bereitliegt, um sie zu fangen, dann kommen sie irgendwann nicht mehr. Die haben nämlich eine fürchterliche Angst, dass ihre Ärmel sich darin verfangen – und dann hängen sie fest und können nicht mehr weg …«

Und er hatte recht behalten: Irgendwann waren die Geister fortgeblieben – und ihr Vater hatte das Bett wieder abgebaut. Den Kescher hatte er sicherheitshalber auf ihren Nachttisch gelegt. »Wenn noch mal so ein Geist um die Ecke guckt und den sieht, dann haut der ab, so schnell er kann, glaub mir, meine Große!«

Lena war so glücklich gewesen, als sie den Kescher beim Ausräumen des Hauses hinter dem Regal in der Garage entdeckt hatte. Wie er dahin gekommen war, wusste sie nicht. Sie hatte ihn ganz sicher nicht dorthin gestellt. Sie wusste nur, dass er irgendwann aus ihrem Zimmer verschwunden war. Da hatte sie schon in München gewohnt.

Als sie ihre Mutter danach gefragt hatte, hatte die erklärt, nichts davon zu wissen.

»Dieses olle Ding! Was willst du denn damit noch?«

»Es hält die bösen Geister fern, Mama«, flüsterte Lena jetzt. Obwohl sie gerade jetzt in diesem Moment, wo sie hier auf dem Bett lag und es draußen dunkelte, spürte, wie die Geister der Vergangenheit nach ihr griffen.

Jonas hatte den letzten Zug gewählt. Er wollte so wenig Zeit wie möglich in der Wohnung, so wenig Zeit wie möglich in Lenas Nähe verbringen.

Später im Badezimmer registrierte er, dass Christians Zahnbürste fehlte, Lenas Bürste stand wieder allein in dem grünen Porzellanbecher. Aber was nutzte das. Der Typ kam sicher wieder.

Jonas hatte seinen Wecker wieder so früh gestellt, dass er die Wohnung verlassen konnte, bevor Lena in der Küche erschien. Er hätte es nicht ausgehalten, ihr heute Morgen zu begegnen.

Aber vor Herrn Gruber gab es kein Ausweichen.

»Wann stehen Sie denn auf, um Gottes willen?«, fragte Jonas, als er Herrn Gruber an diesem Montag schon vor sieben Uhr in der Küche antraf, wie der auf der Eckbank saß und bereits die Zeitung auf der Tischecke ausbreitete.

»Ich hab Sie gehört. Da dachte ich, ich leiste Ihnen beim Frühstück Gesellschaft.«

Jonas warf dem Alten einen misstrauischen Blick zu.

»Es ist aber ganz gut, dass ich Sie sehe, Herr Gruber«, meinte Jonas plötzlich. »Mein Freund kann wahrscheinlich Ende der Woche den Gips entfernen lassen, dann sind meine Tage in der Praxis gezählt. Ich kenne natürlich jetzt noch nicht den exakten Termin, aber allzu lange werde ich wohl nicht mehr hier wohnen. Vielleicht noch zwei oder drei Wochen.«

Konstantin nickte. »Sie haben's ja von Anfang an gesagt, dass es nur für sechs oder acht Wochen oder so ist. Bleiben S', solang Sie mögen. Und gehen S', wenn S' nimma mögen.«

»Danke.«

Konstantin rutschte unruhig auf der Bank hin und her. Er wollte etwas wissen, das spürte Jonas deutlich.

»Ist dieser Hallodri eigentlich wieder weg?«, fragte er endlich.

Jonas verzog das Gesicht. »Er blieb länger als geplant, und ich habe den Eindruck, er kommt bald wieder. Ich glaube, Frau Jacobi und er …«

»Ach so?«, sagte Konstantin Gruber missmutig. Er dachte nach.

»Andererseits«, plötzlich grinste er, »sagt Konfuzius: Vieles war schon Blüte, aber reifte nicht. Warten wir mal ab!«

Auch am nächsten Tag vermied es Jonas, Lena zu begegnen. Lena merkte, dass sie Jonas am Frühstückstisch vermisste, seine ruhige Art, seine Anwesenheit war irgendwie angenehm gewesen.

Aber sie dachte nicht viel darüber nach, ihre Gedanken kreisten hauptsächlich um das, was Erika gesagt hatte: Die Ehe ihrer Eltern sei am Ende gewesen, ihr Vater habe sich wegen einer anderen Frau scheiden lassen wollen. Das war einfach nicht wahr!

Tagsüber im Atelier war sie beschäftigt.

Ihre Mitarbeiterinnen legten ebenfalls Überstunden ein, die Nähmaschinen ratterten pausenlos, und wenn Lena das Atelier betrat, schlug ihr oft schon der feuchtwarme Dampf der Bügelpuppen entgegen.

Sie hätte zufrieden und erleichtert sein können.

Aber am Abend schlief sie schlecht ein, wachte häufig nachts auf. Auch der Hilfe suchende Blick zu dem Kescher an der Wand brachte keine Erleichterung.

Und in der Nacht war da plötzlich dieser Traum. Oder war es gar kein Traum? Waren es verschüttete Erinnerungen, die im Halbschlaf plötzlich aus dem Unterbewusstsein auftauchten?

Sie als Kind im Bett, das plötzlich von Geschrei erwacht. Von Gebrüll, das immer lauter wird. Von schrillem Gekeife, das klingt wie ihre Mutter und trotzdem so fremd.

Lena drückte sich fest ins Kopfkissen, sie wollte diese Stimmen nicht hören. Sie kniff die Augen fest zu.

Und sah auf einmal die Scherben der Lieblingsvase ihrer Mutter in der Mülltonne vor sich, das verquollene Gesicht der Mutter am frühen Morgen und auch am Abend. Plötzlich war da eine Erinnerung an Autotüren, die des Nachts knallend zuschlugen, an Autoreifen, die wild auf dem Kies knirschten, an ein Auto, das mit aufheulendem Motor wegfuhr.

Lena erhob sich. Sie war schweißnass.

Sie ging leise ins Badezimmer und spritzte sich kaltes Wasser ins Gesicht. In ihrem Kopf hämmerte es, aber es waren keine Kopfschmerzen, es war etwas anderes, was von innen drückte, etwas, das von ihr gehört werden wollte, das von ihr gesehen werden wollte.

In ihrem Zimmer schaute Lena auf die Uhr. Drei Uhr früh. Sie musste morgen spätestens um zehn im Atelier sein. Egal.

Lena knipste die Nachttischlampe an und zog sich den großen Koffer ans Bett. Vorsichtig legte sie den Kofferdeckel auf dem Boden ab. Sie wollte niemanden wecken. Sie wühlte nach dem ersten dicken, zusammengebundenen Stapel mit den Lippenstiftabdrücken auf den Umschlägen.

Sie zog den obersten Brief heraus und begann zu lesen.

Als Jonas an diesem Mittwoch um halb sieben ins Badezimmer ging, sah er den dünnen Lichtfaden unter Lenas Tür.

Sie war offenbar früher auf als sonst. Er musste sich beeilen. Er wollte sie nicht sehen.

Herr Gruber war heute Morgen auch noch nicht aufgestanden. Jonas war es recht. Er wollte sowieso nur noch weg hier. Und nie mehr daran denken. Alles vergessen, was er hier erlebt hatte. Vor allem Lena vergessen.

Als er später die Praxis betrat, stand die dicke Frau Ratling am Tresen, mit dem Rücken zu ihm. Sie konnte ihn nicht sehen.

»Wann kommt denn endlich Dr. Brandt wieder?«

»Frau Ratling, ein oder zwei Wochen dauert es sicher noch. Genauer kann ich es Ihnen nicht sagen.«

Frau Ratling schluchzte auf.

»Aber ich brauche ihn doch! Cäsar stirbt sonst bestimmt.«

Der kleine Yorkshireterrier stand neben ihr und machte auf Jonas nicht den Eindruck, als ob es ihm schlechter ginge als das letzte Mal.

»Was ist denn passiert, Frau Ratling?« Jonas war dankbar, dass die Sprechstundenhilfe den Namen genannt hatte.

Erschrocken fuhr Frau Ratling herum.

»Dr. Wolff?«, stammelte sie wie ertappt.

Jonas nickte. »Wieso meinen Sie, dass Cäsar jetzt stirbt?«

Frau Ratling begann, laut zu weinen.

Jonas beugte sich kurz zu dem Hund hinunter.

»Na, du?«, sagte er und kraulte den kleinen Cäsar hinter dem Ohr. Cäsar wedelte vergnügt mit dem Schwanz und wollte Jonas die Hand lecken. Der Hund machte auf Jonas nicht den Eindruck, als ob sein Leben unmittelbar bedroht wäre.

»Kommen Sie doch gleich mit hinein, vielleicht kann ich Ihnen beziehungsweise Cäsar helfen«, sagte Jonas, ignorierte Frau Manger, die mit einer Kopfbewegung auf das gut gefüllte Wartezimmer deutete, und schob Frau Ratling sanft am Ellbogen in den ersten Behandlungsraum.

Er hob Cäsar auf den Untersuchungstisch. »Was ist denn passiert, Frau Ratling?«

Frau Ratling ließ sich schnaufend auf den Stuhl sinken. »Es ist meine Schuld«, schluchzte sie. »Ich hätte besser aufpassen müssen.«

Und bevor Jonas noch einmal nachfragen konnte, fügte sie hinzu: »Cäsar hat meine Herztablette gefressen!«

»Was?«, entfuhr es Jonas.

»Sie ist mir runtergefallen. Die Tablette. Auf den Boden. Und Cäsar ist doch so verfressen. Die lag kaum unten, da hatte er sie schon geschnappt! Und jetzt stirbt er bestimmt, so eine Herztablette ist doch viel zu stark für so einen kleinen Hund!«

»Was ist es denn für ein Medikament? Wissen Sie, wie es heißt?«, fragte Jonas. Das konnte in der Tat bedrohlich sein.

»Ich habe den Beipackzettel mitgebracht«, sagte Frau Ratling.

»Sehr gut!«, lobte Jonas und meinte es auch so. Das war geistesgegenwärtig gewesen von Frau Ratling. Er las sorgfältig den Beipackzettel durch, dann hörte er den kleinen Hund ab und überprüfte die Reflexe.

»Ich denke«, er lächelte Frau Ratling an, die das Lächeln etwas misstrauisch erwiderte, »ich kann Entwarnung geben. Das ist ein Mittel gegen Herzrhythmusstörungen. Es ist zwar nicht gerade gesund für den kleinen Cäsar, aber damit dieses Mittel gut wirkt, braucht es einen Spiegel, also eine mehrtägige Einnahme. Eine einzige Tablette sollte ihm nicht schaden.«

»Meinen Sie wirklich?« Frau Ratling schniefte kurz. »Er stirbt jetzt nicht?«

Jonas schüttelte den Kopf. »Nein. Aber wenn es Sie beruhigt, können wir ihn einige Stunden hierbehalten und beobachten. Ich glaube aber, es geht ihm besser, wenn er bei Ihnen ist.«

Frau Ratling kramte ein Taschentuch aus ihrer großen Handtasche und putzte sich verlegen die Nase.

»Wo wohnen Sie denn?«, fragte Jonas.

Frau Ratling wohnte direkt um die Ecke.

»Ich gebe Ihnen meine Handynummer. Wenn etwas ist, melden Sie sich bitte umgehend. Sie können jederzeit anrufen, Tag und Nacht! Ich komme sofort.«

»Danke schön«, sagte Frau Ratling ungläubig. Das hatte Dr. Brandt noch nie gemacht. Die Handynummer … Sie schüttelte fassungslos den Kopf.

»Sagen Sie mal«, fragte Jonas plötzlich nachdenklich: »Hat Cäsar etwas abgenommen?«

Frau Ratling strahlte über das ganze Gesicht. »Ja!«, bestätigte sie. »Ich kaufe jetzt nur noch zuckerfreie Marmelade aus dem Reformhaus!«

Jonas lag auf der Zunge, darauf hinzuweisen, dass Marmelade generell kein geeignetes Nahrungsmittel für Hunde war, mit oder ohne Zucker, aber dann schluckte er die Bemerkung hinunter.

»Das haben Sie sehr gut gemacht«, lobte er Frau Ratling ein zweites Mal heute.

Frau Ratling drückte Jonas die Hand, als wollte sie sie nie wieder loslassen, bevor sie mit ihrem schon wieder vergnügt schwanzwedelnden Cäsar den Behandlungsraum verließ und einen nachdenklichen Jonas zurückließ.

War er ein so Furcht einflößender Mensch, dass die Frau sich nicht zu ihm getraut hatte, obwohl sie dachte, ihr Hund stirbt? Würde Irene ihm etwas dazu sagen können? Er musste versuchen, sie heute Abend zu erreichen.

Lena schaute auf die Uhr. Halb zehn. Sie saß noch im Pyjama auf dem Bett, um sich herum unordentlich die bereits gelesenen Briefe, den einen einfach achtlos zur Seite geworfen, wenn sie nach dem nächsten gegriffen hatte. Sie hatte noch nicht wieder geschlafen.

Lena nahm ihr Handy. »Sonja«, sagte sie zu ihrer Auszubildenden, »mir geht es nicht gut. Ich bleibe heute zu Hause. Kommt ihr allein zurecht?«

Sonja stutzte. Das war das erste Mal, dass Frau Jacobi sich krankmeldete.

»Ich wünsche gute Besserung! Was haben Sie denn? Können wir was für Sie tun? Ihnen was bringen? Medikamente aus der Apotheke holen? Oder …«

»Danke, Sonja, nicht nötig. Melden Sie sich, wenn es irgendein Problem gibt. Bis morgen.« Und bevor die verblüffte Sonja noch antworten konnte, hatte Lena bereits aufgelegt.

Sofort griff sie nach dem nächsten Packen Briefe. Und las. »Du sollst verfaulen, du und deine Hure … Ich wünsche euch die Pest an den Hals, verreckt so jämmerlich wie …«

Und: »Ich bin nicht krank. Das würde euch so passen, mich in die Irrenanstalt zu stecken. Dann habt ihr freie Bahn, dann bin ich aus dem Weg, dann könnt ihr euch die Seele aus dem Leib ficken, du und Regine …«

Das waren die Briefe ihrer Mutter. Ihrer Mutter, die sie nur als blasses, leidendes Geschöpf, jammernd im Sessel sitzend, erlebt hatte. Die leise geschluchzt hatte: »Verlass mich nicht, mein Kind, Ich habe doch sonst niemanden mehr. Das grausame Schicksal hat mir den Mann genommen, den ich liebte …«

Und es gab die Briefe ihres Vaters. Die waren anders. Hier gab es eine Entwicklung, man musste sie in der richtigen Reihenfolge lesen, um sie zu verstehen. Angefangen von: »Ich liebe dich über alles, ich helfe dir, deine Krankheit zu besiegen!« Über: »Du musst einfach akzeptieren, dass du krank bist. Aber du brauchst einen Arzt. Ich kann dich nicht heilen, aber ich bin bei dir.« Bis zu dem Höhepunkt: »Ich halte es nicht mehr aus. Wenn du nicht zu einer Therapie gehst, lasse ich mich scheiden.« Und immer wieder der Name Regine. »Regine liebt dich, sie macht sich große Sorgen um dich«, schrieb ihr Vater. »Sie will uns helfen, *dir* helfen, sonst nichts.«

Und ihre Mutter schrieb zurück. Immer die gleichen Beschimpfungen. Immer die gleiche Wortwahl.

Irgendwann ging Lena ins Badezimmer und übergab sich. Konstantin Gruber hörte sie. Er stand vor der Tür, als sie herauskam.

»Was ist los, Madl? Bist krank?«

Lena nickte. »Es geht mir gar nicht gut.«

»Soll ich einen Arzt rufen?«, fragte er und musterte sie prüfend.

Lena schüttelte den Kopf. »Bitte nicht, Herr Gruber. Ich weiß schon, woran es liegt, es ist nichts, was ein Arzt …«

»Hat es was mit diesem Christian zu tun?«

Christian, ach ja, den gab es ja auch noch. Dessen Existenz hatte sie in den letzten Stunden einfach vergessen. Der arme Kerl, dachte sie jetzt. Kaum geht es mir nicht gut, steht er schon wieder unter Verdacht.

»Nein, Herr Gruber, ehrlich nicht!«, sagte sie. »Hat nichts mit Christian zu tun.«

Herr Gruber schaute ihr noch einmal prüfend ins Gesicht. »Wenn du was brauchst, ich bin da. Gell?«

Eine Welle zärtlicher Dankbarkeit erfasste Lena.

»Ich weiß, Herr Gruber. Vielen Dank!«

Sie kehrte zurück in ihr Zimmer und las die letzten Briefe. Dann war sie durch. Sie hatte nun eine Vorstellung von dem Leben ihrer Eltern. Aber die war anders, völlig anders als alles, was ihre Mutter ihr immer wieder erzählt hatte. Das Bild, wie es sich ihr darstellte, sah folgendermaßen aus: Ihr Vater hatte ihre Mutter geliebt, ihre Mutter war psychisch krank gewesen oder im Laufe der Zeit krank geworden, das konnte sie aus den Briefen nicht ersehen. Der Vater hatte unter dieser Krankheit seiner Frau gelitten und darauf gedrängt, dass sie sich einer Therapie unterzog. Eine Frau namens Regine hatte ebenfalls entsprechend auf sie eingewirkt. Ihre Mutter wollte noch nicht einmal anerkennen, dass sie krank war, und hatte sich einer

Therapie verweigert. Und irgendwann hatte ihr Vater nicht mehr gekonnt und der Mutter angekündigt, dass er sie verlassen würde. Trotz Lena. Welche Rolle diese Frau namens Regine dabei spielte, wurde nicht ganz klar. Vielleicht war sie tatsächlich die Geliebte ihres Vaters gewesen, aber vielleicht war das auch nur ein Hirngespinst ihrer kranken Mutter.

Lena wischte die Briefe mit einer einzigen Handbewegung vom Bett. Die Bögen flogen durchs Zimmer und landeten irgendwo. Lena schaute auf dieses Durcheinander, zuckte mit den Achseln, legte sich hin und zog die Bettdecke hoch. Sie würde jetzt schlafen. Aufräumen konnte sie später.

Einmal erwachte sie kurz, sie hörte leise eine Stimme im Nebenzimmer. Dr. Wolff telefonierte offenbar. Es störte sie nicht. Sie drehte sich auf die Seite und schlief weiter. Schlief tief und traumlos durch bis zum nächsten Morgen.

Lena hatte richtig gehört, Jonas telefonierte mit Irene.

»Muss man wirklich Angst vor mir haben?«, fragte er sie. »Hattest du Angst vor mir?«

»Natürlich nicht!«, antwortete sie. Und zögerte kurz.

»Du kannst mir ruhig sagen, was du denkst«, meinte er bitter.

»Jonas, ich habe dich einmal geliebt. Lange Zeit sogar. Das musst du mir glauben.«

»Und warum hast du damit aufgehört?«

»Weil du mich nicht geliebt hast. Das hat mich zermürbt, und irgendwann …«

»Aber das beantwortet meine Frage eigentlich nicht.«

Irene holte tief Luft. »Du kannst so empathielos wirken.«

»Ich?«

Irene lachte laut auf. »Ach, tu doch nicht so. Ich kenne doch deine Einstellung: Du bist für die Tiere zuständig, die Menschen gehen dich nichts an. Wie würdest du das denn bezeichnen?«

Jonas schwieg. Irene hatte recht, natürlich. »Aber deswegen muss man doch keine Angst vor mir haben.«

»Findest du? Aber immerhin: dass du dir überhaupt Gedanken darum machst … Wie steht's denn mit deiner – ich weiß gar nicht, wie ich sagen soll: Flamme trifft's bei dir ja wirklich nicht.«

Jonas zögerte. »Sie ist nicht so single, wie ich dachte.«

»Oh.« Jonas hörte, dass Irene wirklich betroffen war. »Das tut mir sehr leid, Jonas!«

»Schon gut.«

»Lieber Jonas, bitte, bitte, lass dich jetzt nicht entmutigen. Auch wenn diese Erfahrung für dich nicht positiv ausgeht, vielleicht war es einfach noch nicht die Richtige, wahrscheinlich kommt die Richtige erst, wahrscheinlich war diese Erfahrung jetzt nur wichtig, damit du überhaupt einmal die Liebe kennenlernst! Du hast dich verändert, Jonas, du hast dich sehr zu deinem Vorteil verändert, und bitte glaub daran, dass du jemanden treffen wirst, mit dem auch du …«

»Lass gut sein, Irene«, unterbrach Jonas. »Ich sehe das anders. Ich glaube, dieses Lieben ist einfach nichts für mich!«

Jonas spürte deutlich, dass Irene noch etwas sagen wollte, aber er legte einfach auf. Es war Ende Februar, noch ein oder zwei Wochen, dann war das hier vorbei. Er würde auf seinen Segeltörn gehen, ein Jahr lang durch die Weltmeere schippern und Lena irgendwann vergessen.

Als Lena am folgenden Tag, einem Donnerstag, erwachte, fühlte sie sich seltsam erholt und ausgeschlafen. Ihre Eltern hatten eine unglückliche Ehe geführt. Ihre Mutter hatte sie belogen, jahrzehntelang.

Und trotzdem spürte sie Erleichterung. *Ich habe es gewusst,* dachte sie. *Ganz tief drinnen habe ich es gewusst!*

Die Therapeutin damals hatte nicht unrecht gehabt: Es hatte eine Unordnung in ihrem Innern geherrscht, die sie nicht hatte bewältigen können. Denn das, was sie wusste, und das, was ihre Mutter ihr erzählt hatte, hatte nicht zusammengepasst.

Aber, und sie spürte eine unbändige Freude, es hatte nichts mit Christian zu tun! Überhaupt nichts!

Sie knipste das Licht an. Überall auf dem Boden lagen vollgeschriebene Briefbögen. Lena stand auf und sammelte das Papier ein. Sie gab sich keine große Mühe, legte die Bögen einfach nachlässig aufeinander und stopfte sie zurück in den Koffer.

Gleich würde sie ins Atelier gehen. Sie freute sich darauf. Mal sehen, wie die gestern ohne sie klargekommen waren.

Das Leben konnte so schön sein!

Am Frühstückstisch dann, Jonas war bereits in seine Praxis unterwegs, sah Lena den sorgenvollen Blick von Herrn Gruber und musste lachen.

»Es ist alles in Ordnung, Herr Gruber! Meine Mutter hat mir jahrelang etwas Falsches erzählt, das habe ich gestern herausgefunden, und zuerst war es ein Schock. Aber es hat mir sehr geholfen, das zu wissen, und heute geht es mir gut, sogar sehr gut, Herr Gruber!«

»Na dann«, grummelte der, aber Lena sah ihm die Freude deutlich an. Es hielt sie allerdings heute nichts am Frühstückstisch, sie wollte so schnell wie möglich ins Atelier.

Dort angekommen, hatte sie den Eindruck, dass ihre beiden Mitarbeiterinnen auch ohne sie bestens zurechtgekommen waren. Als Sonja und Frau Merz etwa eine halbe Stunde später eintrafen, waren die beiden jedoch sehr erleichtert, dass Lena wieder gesund war. Sie berichteten Lena kurz über die verschiedenen Kundinnen gestern.

Einige nachträgliche Änderungen, ein vorgezogener Liefertermin, eine neue Bestellung für ein Brautkleid: Alles ganz normal.

Für heute standen sechs erste Anproben an, die erste Kundin sollte in etwa fünfzehn Minuten erscheinen – der Tag würde hektisch werden.

»Wunderbar«, sagte Lena und lachte ihre Mitarbeiterinnen an. »Ich schließe jetzt den Laden auf und dann: Auf in den Kampf!«

Irgendwann im Laufe des späteren Vormittags – als sie gerade bei einer Anprobe feststellten, dass das Brautkleid in den sechs Wochen seit dem ersten Termin deutlich zu eng geworden war, weil die Braut ein Baby erwartete, und mitten in der Diskussion darüber, wie man nun am besten das Modell abänderte, um genug Platz für den wachsenden Babybauch zu schaffen, denn die Hochzeit sollte erst in fünf Wochen stattfinden – rief Christian an.

»Ich komme heute zurück, mein Schatz!«, sagte er.

Lenas Herz tat einen kleinen freudigen Sprung. »Wunderbar, ich habe viel zu erzählen.«

»Hoffentlich etwas Gutes. Das kann ich gebrauchen.«

»Was ist denn passiert?«

Christian lachte freudlos auf. »Die Kaufinteressentin hat einen Rückzieher gemacht. Sie will die Wohnung doch nicht haben.«

»Ach, wie schade.«

»Ja, das ist es. Das haut mir meine Pläne ziemlich durcheinander. Na ja, mal sehen. Jedenfalls komme ich heute zurück nach München. Weißt du zufälligerweise ein Hotel bei dir in der Nähe, wo ich zwei oder drei Nächte unterkommen kann?«

»Schläfst du denn nicht bei mir?«

»Das kann ich nicht annehmen.«

»Christian, ich bitte dich«, lachte Lena. *Wo wir jetzt doch quasi verlobt sind,* hätte sie beinahe gesagt. Aber sie hatte ja noch nicht offiziell Ja gesagt. Und genau genommen hatte er sie noch nicht einmal gefragt.

»Ich danke dir«, sagte Christian jetzt. »Könntest du mich vielleicht vom Bahnhof abholen? Ich komme ja sonst gar nicht in die Wohnung rein.«

»Ah, das ist schlecht. Wir haben heute Großkampftag hier. Herr Gruber ist sicher daheim. Er kann dir aufmachen.«

Christian gab einen unwilligen Laut von sich. »Der mag mich nicht. Und was soll ich ihm sagen? Etwa: Ich wohne jetzt auch hier?«

Lena warf einen Blick auf den großen Kalender, der an der Wand über ihrem Schreibtisch hing. Die mit dickem roten Stift gemachten Eintragungen quetschten sich übereinander.

»Wann kommt denn dein Zug?«, fragte sie zögernd.

»Um Viertel nach vier. Lena, mein Herz, ich danke dir! Ohne dich wäre ich wirklich verloren. Hier kommt gerade der Makler, wir besprechen das weitere Vorgehen. Bis heute Nachmittag, meine Liebe!«

Lena schaffte es tatsächlich, Christian am Bahnhof abzuholen, obwohl sie etwas zu spät kam. Sie hielt auf der für Taxen reservierten Fläche, was ein empörtes Hupen des Taxifahrers hinter ihr zur Folge hatte.

Christian stand an die Gebäudewand gelehnt, und sie musste das Fenster herunterfahren und rufen, damit er sie sah.

»Das kenne ich ja gar nicht von dir«, meinte Christian, als er ins Auto einstieg. »Du bist doch sonst die Pünktlichkeit in Person.«

»Ich musste mir die halbe Stunde mühsam abzwacken«, sagte Lena, freute sich über den zärtlichen Kuss, den er ihr auf die Wange drückte, und über den Zusatz: »Hoffentlich darf ich dich gleich noch richtig küssen – hier scheint es mir gerade zu hektisch.«

Sie brachte ihn noch hoch in die Wohnung, wo Konstantin in der Küche saß.

Dessen Blick streifte missbilligend die knallgelben Schuhe, die Christian trug. Er wusste nicht, dass es sich um das angesagteste Sneaker-Modell der absoluten In-Marke handelte. Aber auch das hätte nichts geändert.

»So wird man als Fußgänger wenigstens nicht überfahren«, sagte er ironisch.

»Herr Gruber, der Herr Marberg bleibt noch zwei oder drei Nächte bei mir, wenn es Ihnen recht ist.«

Konstantin sah das glückliche Strahlen in den Augen seiner Mieterin. *Ob vielleicht der Herrgott einen anderen Mann für sie vorgesehen hat als ich? Vielleicht versündige ich mich, wenn ich da eigenen Sympathien den Vorrang gebe?*

Zu Christians Überraschung verzog sich die Miene des alten Konstantin zu so etwas wie einem Lächeln, er murmelte nur »Is' scho recht!« in seinen Bart und versenkte sich wieder in seine Zeitung.

»Ich muss zurück«, sagte Lena, drückte Christian einen Abschiedskuss auf die Wange und verschwand in aller Eile.

»Ich leg mich ein bisschen hin«, erklärte Christian Herrn Gruber und zog sich in Lenas Zimmer zurück.

Am Abend kam Jonas. Er hatte beschlossen, heute am gemeinsamen Abendessen teilzunehmen. Er wusste, dass er in Wahrheit Lena sehen wollte.

Als er aber in die Küche kam und Christian sah, wie der, einen Arm um Lena gelegt, die Beine weit und raumgreifend von sich gestreckt, auf der Eckbank saß, brachte er nur halbwegs höflich heraus: »Hallo allerseits, ich wollte nur schnell Guten Abend sagen, ich muss gleich wieder weg.«

Er landete in einer schlechten Brauereigaststätte und bestellte ein Steak mit Pommes. Das Fleisch war zäh und viel zu fett, die Pommes waren matschig und schmeckten nach altem Frittieröl, er aß nicht einmal ein Drittel davon. Anschließend verschlug es ihn in eine Bar, in der auf einer großen Leinwand ein Fußballspiel übertragen wurde.

Das Lokal war überfüllt, das überwiegend männliche Publikum johlte, pfiff und tobte beim ersten Tor für die Münchner Mannschaft. Die Stimmung stieg, der Alkoholpegel auch, also bezahlte Jonas in der Halbzeit und wanderte dann rastlos durch die kalten Straßen. Es war ungemütlich, aber immer noch besser, als Christian und Lena bei ihrem Geturtel zusehen zu müssen.

Irgendwann aber war es spät genug, und er musste ins Bett. Aus dem Nebenzimmer klang Gemurmel durch die Wand.

Christian hielt Lena zärtlich im Arm. »Das war wunderschön für mich«, sagte er. »Für dich auch?«

»Ja«, sagte Lena und schmiegte sich an ihn. Obwohl sie heute irgendwie Schwierigkeiten gehabt hatte, sich ganz auf ihn einzulassen. *Das ist der Stress,* dachte sie. *Ich bin einfach zu kaputt.*

Aber sie hatte seine Zärtlichkeiten nicht abwehren wollen, schließlich blieb er nur noch wenige Tage, das musste man ausnutzen.

»Wann fliegst du eigentlich wieder zurück?«, fragte sie.

Christian streckte sich. »So genau weiß ich das noch gar nicht. Ich habe noch keinen Flug gebucht.«

»Musst du denn nicht wieder zu deiner Firma zurück?«

»Ich habe mich vorübergehend freistellen lassen. Ich kann ein paar Wochen hierbleiben.«

»Oh!« Plötzlich dachte Lena, dass sie sich eigentlich mehr freuen sollte.

»Ja, ich soll ja hier auch schon die Gegebenheiten testen für eine Niederlassung.«

»Und dann bist du bald ganz hier. Ich kann es noch gar nicht glauben.«

»Nur blöd, dass das mit dem Verkauf nicht geklappt hat! Ich hatte mir das so schön vorgestellt.« Christian küsste Lena auf die Schläfe. »Jetzt habe ich mir eine schöne Wohnung für uns ausgesucht, habe sie reservieren lassen, mit der Bank gesprochen und die Finanzierung so weit geregelt, und jetzt springt mir diese blöde Interessentin ab und kauft meine Wohnung in Niedergerlingen doch nicht!«

Christian streichelte Lena sanft.

»Ich dachte, ich überrasche dich eines Tages bei einem kleinen Spaziergang, indem ich vor dem Haus stehen bleibe und zu dir sage: Hier gibt es aber schöne Wohnungen! Ich bin sicher, du hättest mir recht gegeben, und dann hätte ich gesagt: Lass uns mal zusehen, ob wir irgendwie ins Haus kommen. Du hättest wahrscheinlich abgelehnt, aber ich hätte irgendwo geklingelt, das wäre natürlich vorher heimlich mit dem Nachbarn so abgesprochen gewesen. Und dann wäre ich mit dir in den zweiten Stock gegangen und hätte gesagt: Sieh mal, hier steht ja die Wohnungstür offen! Komm, wir gehen da mal rein, und du hättest natürlich gesagt, das geht doch nicht, aber ich hätte dich einfach hineingezogen, und dann hätten wir in der leeren Wohnung gestanden. Ich hätte gesagt: Ist das nicht eine wunderschöne Wohnung? Aber du hättest wahrscheinlich gedrängt, dass wir sie so schnell wie möglich wieder verlassen – also wäre ich im Wohnzimmer vor dir auf die Knie gegangen, hätte den Ring aus der Tasche geholt und dich gefragt: Willst du meine Frau werden? Ich lege dir mich und diese Wohnung zu Füßen.«

Lena lachte etwas verlegen. Es waren so viele *Hätte* in dieser Geschichte …

Christian schlug mit der flachen Hand wütend auf die Matratze.

»Und jetzt wird das alles nichts! Nur wegen dieser blöden Kuh und läppischen zweihunderttausend Euro!«

Lena war müde. Wie schon früher, hatte die körperliche Liebe sie erschöpft. »Irgendwann wirst du deine Wohnung verkaufen, und dann findest du schon eine andere«, murmelte sie.

***

Am Freitag frühstückten sie seit Langem wieder zu dritt. Und es war Jonas, dem beim Frühstück auffiel, an dem er heute wieder einmal teilnahm, weil sein Bedürfnis, Lena zu sehen, übermächtig wurde, dass Lena nichts gerade rückte auf dem Tisch. Er versuchte, sie zu provozieren, indem er die Butterdose anhob, sich etwas Butter abschabte und die Dose extra schief wieder auf den Tisch stellte. Aber Lena reagierte gar nicht. Jonas und Konstantin wechselten einen Blick: Konstantin hatte es auch registriert.

So einfach ist das also, dachte Jonas deprimiert. *Es hat nur ein Lover gefehlt, nur dieser Christian, und schon ist alles gut?* Dann brauchte er sich wirklich keine Hoffnungen zu machen, dann war er der falsche Mann für diese Frau.

Er würde nachher Hanns-Peter anrufen. Morgen war Samstag, vielleicht konnten sie schon für morgen oder Sonntag die Rückübergabe der Praxis planen. Der Gips sollte kommende Woche entfernt werden, das wusste Jonas bereits. Vielleicht konnte Hanns-Peter ab Montag schon wieder schrittweise Aufgaben übernehmen, ein fließender Übergang also, und Jonas würde ihm noch einige Tage zur Seite stehen.

Aber das hier musste er so schnell wie möglich beenden.

Tatsächlich hatte auch Hanns-Peter sich etwas Ähnliches überlegt. Er lud Jonas für den Abend zu sich nach Hause zum Abendessen ein, und Jonas nahm die Einladung dankend an. Ihre Beziehung war seit dem hitzigen Telefonat wegen Frau Ratling etwas unterkühlt, sie hatten nur noch einige wenige Male in der Zwischenzeit miteinander gesprochen, wenn es irgendwelche sachlichen Fragen zu klären gab. Jonas bedauerte dies und schloss aus der Einladung, dass es Hanns-Peter ähnlich ging.

Der Abend verlief dann kurzweilig für alle. Jonas räumte ein, nicht besonders geschickt agiert zu haben bei Frau Ratling. Hanns-Peter dagegen erklärte, dass Jonas ja eigentlich im

Recht gewesen sei, und dass er, da er ja die Gewichtsentwicklung im Laufe der Jahre bei dem Yorkie mitbekommen habe, inzwischen wohl schon etwas abgestumpft gewesen sei.

»Der Hund war einfach jedes Mal ein kleines bisschen dicker als beim letzten Mal. Natürlich habe ich ihr gesagt, dass das nicht gesund ist, aber irgendwie … Ich habe mich eben schön langsam an diesen dicken Hund gewöhnt.«

So versöhnten sich die beiden, und es wurde ein gemütlicher und unterhaltsamer Abend. Obwohl Hanns-Peter zweimal fragte, ob es Jonas wirklich gut ginge. Was Jonas bejahte.

Nicht zuletzt wegen des guten Rotweins, den Hanns-Peter ausgeschenkt hatte, schlief Jonas sofort ein und hörte in dieser Nacht keine Geräusche aus dem Nebenzimmer.

Lena erwachte vom Klingeln des Festnetztelefons im Flur. Ein Blick auf den Wecker zeigte an, dass es gerade mal halb sieben war. Wer rief nur am Samstagmorgen um diese Uhrzeit an?

Während sie über Christian hinwegkletterte, der unwillig im Schlaf grunzte, hörte sie bereits die Tür ihres Nachbarn.

»Hier Wolff bei Gruber?«

Lena verharrte auf dem Bett. Wahrscheinlich war das Gespräch für ihren Nachbarn, niemand würde sie um diese Zeit anrufen. Und Konstantin Gruber auch nicht.

»Das ist richtig. – Ja, die wohnt hier. – Einen Moment, bitte, ich hole sie.«

War der Anruf doch für sie? Wer konnte das sein? Ihre Mutter war tot – was konnte sonst noch passieren?

Während Lena in ihre Hausschuhe schlüpfte, klopfte es bereits an ihre Tür. So ein vorsichtiges Klopfen hätte sie dem Mann gar nicht zugetraut.

»Frau Jacobi? Telefon für Sie … ach, da sind Sie ja schon.«

Der dunkle Hörer des altmodischen Telefons lag auf dem kleinen runden Tisch und glänzte im Schein des schwachen Lichtes, das durch die weit offene Tür aus Jonas' Zimmer in den Flur fiel.

»Wer ist es denn?«, fragte Lena, während sie mit vier schnellen Schritten zum Telefon lief und, noch bevor Jonas antworten konnte, nach dem Hörer griff.

Dann hauchte sie ein entsetztes »Nein!« ins Telefon und ließ sich in den kleinen Sessel sinken.

Jonas ging zum Lichtschalter neben der Eingangstür und knipste die Lampe an. Er wollte eigentlich die Wandlampe einschalten, doch er erwischte den falschen Schalter, den für die Deckenlampe. Wegen der plötzlichen Helligkeit kniff er die Augen zusammen. Lena reagierte nicht, sie saß reglos da und lauschte mit schreckgeweiteten Augen der Stimme in der Leitung.

Jonas setzte sich in den zweiten Sessel auf der anderen Seite des Telefontischchens und legte abwartend die Hände auf die Sessellehnen.

Er konnte nicht verstehen, was der Teilnehmer am anderen Ende sagte. Aber es war ein Polizeibeamter, der sich gemeldet hatte, als er das Gespräch annahm. Es musste etwas Schlimmes passiert sein.

Die Schlafzimmertür von Konstantin schwang auf.

»Was ist denn los?«, fragte der alte Herr. Seine Augen blickten wach, er schien nicht mehr geschlafen zu haben.

Lena stotterte »Aber wieso …?« ins Telefon, dann lauschte sie wieder, schließlich fragte sie: »Aber wer …?« Nun sprach länger wieder die Stimme am anderen Ende, und am Schluss sagte Lena nur: »Ich komme sofort.«

Endlich legte sie den Hörer auf.

Sie hob den Kopf und sah durch den Tränenschleier in ihren Augen die abwartenden, beunruhigten Blicke von Konstantin und Jonas auf sich gerichtet.

»Vandalismus«, sagte sie mit erstickter Stimme. »Mein Geschäft …« Sie keuchte laut auf. »Alles kaputt!«

»Nein!«, rief Konstantin und schüttelte entsetzt den Kopf. »Das ist ja furchtbar.«

Lena erhob sich. »Ich muss hin«, sagte sie unter leisem Schluchzen.

Auch Jonas stand auf. »Kommen Sie, weinen Sie sich erst einmal aus.« Er zog Lena in seine Arme.

Lena wollte sich eigentlich wehren, einen kurzen Moment lang schoss ihr durch den Kopf: Was fällt dem denn ein? Aber dann sank sie einfach an seine Schulter und ließ den Tränen freien Lauf.

Jonas hielt sie.

»Ich mach mal die Kaffeemaschine an«, sagte Konstantin und schlurfte in seinen bunt karierten Hausschuhen in die Küche.

Lena schluchzte noch einmal kurz auf. Dann drückte sie sich von Jonas weg.

»Entschuldigen Sie«, sagte sie verwirrt, und ihr Gesicht glänzte vor Tränen. »Ich wollte das nicht.«

»Es gibt nichts, wofür Sie sich entschuldigen müssten«, erwiderte Jonas.

Kurz schauten sich die beiden in die Augen.

»Ich muss mich anziehen«, sagte Lena. »Ich muss in den Laden.«

»Geht Ihr Freund mit?«, fragte Jonas.

Lena, die schon in ihrer Zimmertür stand, wandte den Kopf. »Wohin?«

»In Ihr Atelier.«

»Warum denn das?«

»Sie stehen unter Schock. Sie sollten so nicht allein durch die Straßen laufen.«

»Aber …«

»Sie sind weiß wie die Wand. Ich bin zwar kein Humanmediziner, aber einen Schock erkenne ich trotzdem. Es wäre unverantwortlich, Sie in dem Zustand allein gehen zu lassen.«

Lena schaute durch die offene Tür auf ihr Bett und den tief schlafenden Christian.

»Er schläft noch so fest«, sagte sie fast entschuldigend. »Bis ich den jetzt wach kriege …«

»Ziehen Sie sich an«, sagte Jonas. »Ich werfe mir schnell was über, wir trinken eine Tasse Kaffee, und dann bringe ich Sie zu Ihrem Laden.«

Lena zögerte.

»Die Polizei wartet auf Sie. Also los«, befahl Jonas.

Endlich löste sich ihre Erstarrung. Lena nickte und verschwand in ihrem Zimmer.

Fünf Minuten später kippten beide eine kleine Tasse Kaffee hinunter und machten sich eilig auf den Weg zu Lenas Atelier.

Jonas musterte sie von der Seite. Sie hatte sich wohl schon etwas erholt, zwar war sie immer noch sehr blass im Gesicht, aber sie wirkte gefasster.

Lena ging mit großen, weit ausgreifenden, eiligen Schritten, Jonas hatte fast Mühe, mitzuhalten.

Als sie in die Straße mit Lenas Boutique bogen, flackerte ihnen im Dämmerlicht bereits das Blaulicht entgegen, im Näherkommen erkannten sie auch eine Absperrung aus rot-weißem Flatterband, dahinter eine Traube aus einigen Schaulustigen.

Lena beschleunigte ihre Schritte noch einmal.

Ein uniformierter Polizist sprach mit einem jungen Mann mit einem Windhund an der Leine, der ungeduldig hin und her tänzelte, ein zweiter Beamter kam auf Lena zu, als sie Anstalten machte, das Absperrband hochzuheben, um darunter durchzugehen.

»Ich bin Lena Jacobi, die Inhaberin«, erklärte Lena, bevor der Mann etwas sagen konnte. »Sie oder Ihr Kollege haben mich angerufen.«

»Ach so, ja, kommen Sie.«

Jonas beobachtete Lena prüfend. Beim Anblick ihres zerstörten Schaufensters, das in Tausenden von Scherben auf der Straße und auch im Geschäft lag, wurde sie wieder blasser. Die Sommersprossen traten scharf hervor.

»Wir haben ein paar Fragen«, sagte der Beamte.

»Kann ich mich erst mal kurz umschauen?«

»Natürlich.«

Die Scherben knirschten unter ihren Schuhen, als Lena sich auf dem Bürgersteig vor »ihr Schaufenster« stellte und zu begreifen versuchte, was hier vor sich gegangen war.

Die drei Kleider hingen in Fetzen an den lächelnden Puppen, die Schleier lagen heruntergerissen auf dem Boden, eine hässlich gelbe, stinkende Pfütze stand darauf. Lena stöhnte.

»Ich habe zwei erst vorgestern ins Fenster gestellt.«

»Kommen Sie«, sagte Jonas und fasste sie am Arm. »Gibt es da drin einen Stuhl?«

Der Beamte, der mit gezücktem Stift hinter ihnen stand, sagte: »Also, ich habe da einige Fragen: Haben Sie …«

»Frau Jacobi sollte sich erst einmal setzen, können wir hineingehen?« Jonas wartete die Antwort nicht ab, sondern dirigierte Lena Richtung Eingangstür.

Der Polizist nickte. Er folgte Jonas, der Lena durch den Verkaufsraum in das angrenzende Atelier schob und sie dort sanft auf den ersten Stuhl, den er zu Gesicht bekam, drückte.

»So«, sagte Jonas zu Lena. »Das haben wir schon mal geschafft.«

Er lächelte ihr aufmunternd zu, und irgendwie gab ihr dieses Lächeln Kraft. Vielleicht war es auch die Formulierung »Wir«. Plötzlich fühlte sich Lena nicht mehr so allein.

Sie nickte Jonas zu und lächelte ebenfalls. Obwohl es ein trauriges Lächeln war, das Jonas schmerzte.

Lena wandte sich an den Beamten.

»Ich stehe Ihnen zur Verfügung«, sagte sie. »Aber können Sie mir bitte genau sagen, was passiert ist?«

Der Mann schaute kurz auf seinen Block. »Wir erhielten einen Anruf um fünf Uhr siebzehn. Ein Herr Grasecke, das ist der Mann, der gerade da drüben mit meinem Kollegen spricht, hat seinen Hund ausgeführt und hörte schon von Weitem

Grölen und Gelächter, einen Automotor und lautes Klirren, und als er dann um die Ecke kam, sah er drei junge Burschen, von denen zwei Schneebälle auf die Puppen warfen. Der Dritte …« Der Beamte räusperte sich.

»Ich glaube, wir ahnen, was der Dritte tat. Wir haben die Pfütze gesehen«, sagte Jonas und legte seine Hand tröstend auf Lenas Schulter.

Sie bemerkte es nicht, aber ihr Körper schmiegte sich förmlich in diese Hand.

»Jedenfalls«, fuhr der Beamte fort, »rief Herr Grasecke denen zu, was sie da machen, daraufhin sprangen die drei in das Auto und fuhren weg. Leider konnte er das Nummernschild nicht erkennen. Haben Sie eine Ahnung, wer das gewesen sein könnte? Haben Sie irgendwelche Feinde?«

Lena schüttelte den Kopf.

»Gibt es vielleicht Konkurrenten?«

Lena schüttelte erneut den Kopf.

Der Beamte nickte. »Ja, ich denke auch, es handelt sich hier um einen Fall von normalem Vandalismus. Wobei das Wort *normal* natürlich … Aber Sie verstehen schon, was ich meine. Ein paar besoffene Jugendliche wahrscheinlich. Ihnen ist sicher in der letzten Zeit auch nichts Verdächtiges aufgefallen, oder?«

»Nein«, antwortete Lena.

»Ja, dann werden mein Kollege und ich uns jetzt verabschieden. Sie werden sicher Strafanzeige stellen wollen, das müssen Sie ja schon wegen Ihrer Versicherung. Dafür kommen Sie bitte im Laufe des Vormittags zu uns aufs Revier.«

»Frau Jacobi muss Anzeige erstatten?«, fragte Jonas. »Das passiert nicht automatisch?«

Der Polizist schüttelte den Kopf. »Ein besonderes öffentliches Interesse scheint mir hier nicht vorzuliegen. Also wird der Staatsanwalt von sich aus nicht tätig werden.«

Der Mann nickte noch einmal kurz Lena und Jonas zu.

»Ich wünsche Ihnen trotzdem einen angenehmen Tag. Wir

müssen uns jetzt verabschieden.« Er drehte sich um und ging zur Tür.

»Doch! Mir ist doch etwas aufgefallen!« Lena richtete sich auf.

Der Polizist hielt inne. »Was denn?«, fragte er zögernd.

»Diese Frau! Diese Frau im grünen Mantel!«

Der Polizist zog Block und Kugelschreiber wieder aus der Jackentasche.

»Eine Frau? Was für eine Frau? Können Sie die beschreiben? Und warum war die Frau auffällig?«

Lena schüttelte den Kopf. »Dass ich da nicht gleich dran gedacht habe!« Sie holte tief Luft. »Ich werde beobachtet, vielleicht sogar verfolgt, schon seit Wochen.«

»Beobachtet?« Der Gesichtsausdruck des Polizisten zeigte Zweifel.

»Verfolgt?«, fragte auch Jonas ungläubig.

»Ja, von einer Frau in einem dunkelgrünen Wollmantel. Hoch angesetzte Taille, weit schwingender Rock, knöchellang. Tiefes Grün.«

Der Polizist setzte den Stift wieder ab vom Papier. »Das ist eine Beschreibung des Mantels. Ich meinte, ob Sie die Frau beschreiben können.«

»Ja, schon …«, sagte Lena zögernd. Sie rief sich das Bild ins Gedächtnis, als die Frau gegenüber auf der Straße gestanden hatte. »Ja, ich kann sie beschreiben.«

»Und diese Frau hat Sie verfolgt? Sind Sie da ganz sicher?«

Lena schüttelte wegen der Zweifel des Beamten den Kopf.

»Natürlich. Einen solchen Mantel gibt es sicher kein zweites Mal.«

»Sie schließen das aus dem Mantel?«, fragte der Polizist, der nicht glauben wollte, was er da hörte.

»Ja.«

»Aber …« Der Polizist lachte spöttisch. »Den wird es ja sicher noch mal irgendwo geben, Sie können doch nicht …«

»Sie verstehen nicht. Dieser Mantel war handgenäht, nach Maß geschneidert. So etwas sehe ich, das ist mein Beruf, das können Sie mir ruhig glauben. Diesen Mantel gibt es so sicher kein zweites Mal. Und ich habe auch einen Blick für Figuren und Silhouetten. Es war immer dieselbe Frau, glauben Sie mir!«

»Hm.« Der Beamte schien nicht überzeugt.

»Hans!« Sein Kollege rief durch die Tür. »Autounfall in der Landsberger. Wir müssen los.« Der Mann riss das rot-weiße Band von den Laternenpfosten ab.

»Ja, dann sagen Sie das halt nachher auf dem Revier. Vielleicht können die dort eine Phantomzeichnung machen.«

Der Beamte verstaute umständlich seinen Kugelschreiber und sein Notizbuch wieder in der Jacke.

»Wie gesagt, am besten reden Sie mit denen im Revier noch mal darüber. Ich muss jetzt leider los.«

Er nickte Lena und Jonas ein weiteres Mal zu, dann eilte er hinaus, er schien nicht schnell genug fortkommen zu können.

»Ist das wahr?«, fragte Jonas. »Sie haben das Gefühl, verfolgt zu werden?«

Lena nickte. »Verfolgt ist vielleicht nicht ganz das richtige Wort. Beobachtet trifft es besser. Diese Frau beobachtet mich, ich habe sie schon mindestens drei Mal gesehen.«

Die Sirene am Polizeiauto schrillte los, sowohl Lena als auch Jonas zuckten zusammen, ebenso wie die drei verbliebenen Schaulustigen.

Fassungslos schaute Lena dem davonfahrenden Fahrzeug hinterher.

»Die können doch jetzt nicht einfach wegfahren!«

Ihre Stimme war ganz dünn.

»Was soll ich denn jetzt machen?«

Die Dämmerung wich langsam, es wurde heller. Aber die Nachtkühle drang ungehindert durch die große offene Fensteröffnung herein, und für heute Nachmittag war Schneefall angekündigt.

Lena schauderte.

Jonas wünschte sich gerade dringend, diese Frau in den Arm zu nehmen, zu halten, zu wärmen.

»Nun, zunächst einmal müssen wir die Hausverwaltung informieren«, sagte Jonas. »Haben Sie die Adresse? Eine Telefonnummer? Und gibt es einen Hausmeister?«

Lena schaute ihn aus großen Augen an, und Jonas sah, wie sie mit aller Kraft die Tränen unterdrückte. »Ja, hab ich. Ja, gibt es.«

Er ging vor ihr in die Hocke und fasste nach ihren Händen.

»Hören Sie, was hier passiert ist, ist natürlich furchtbar. Aber das ist alles wieder hinzukriegen. Sie brauchen jetzt nur drei Sachen: erstens einen Putzdienst, der Ordnung macht, zweitens einen Schreiner oder Ähnliches, der das Fenster provisorisch verschließt, und drittens einen Arzt, der Ihren Schock behandelt. Das haben wir heute zu erledigen. Und wir haben den ganzen Tag Zeit, das ist gut zu schaffen.«

Lena wusste es nicht, aber es war wieder das »Wir«, das ihr Kraft gab.

Es war ein merkwürdiges Gefühl, wie dieser Mann ihre Hände so fest umfasst hielt. Eigentlich mochte sie ihre gar nicht aus diesem Griff lösen.

Sie seufzte laut und richtete sich auf.

»Sie haben recht.« Sie warf einen Blick auf das Regal. »Da, in dem gelben Ordner, da sollte die Nummer der Hausverwaltung stehen.«

»Ich hole ihn«, sagte Jonas, als sie Anstalten machte, sich zu erheben.

»Sie sind hier doch sicher Mieterin?«, fragte Jonas, während er die Akte aus dem Regal zog. »Wer ist denn der Eigentümer?«

»Eine Frau Dallert, aber sie macht das über eine Verwaltungsgesellschaft. Den Namen finden Sie auch in dem Ordner. Vorn auf der Innenseite sind alle wichtigen Telefonnummern eingeklebt.« Lenas Stimme zitterte jetzt auch noch vor Kälte.

Jonas schaute hinaus auf die Straße. Gegenüber war ein Café.

»Kommen Sie«, sagte er. »Wir erledigen die Telefonate im Warmen.«

»Ich kann doch hier nicht weg! Die ganzen Stoffe, die Schuhe, die Diademe …«

»Wir haben von da drüben alles gut im Auge und passen auf.«

Jonas griff nach ihrem Arm, zog die leicht widerstrebende Lena hoch und führte sie über die Straße ins Café. Den Ordner hatte er unter die Achsel geklemmt.

Im Café bestellte er für sie beide erst einmal eine riesige Kanne heißen Tee, fragte: »Darf ich für Sie die Telefonate übernehmen?«, während Lena immer wieder mit den Tränen kämpfte, sobald sie zu ihrem Geschäft hinübersah. Und dann organisierte Jonas den zunächst widerwilligen, aber nach Androhung rechtlicher Konsequenzen und Schadensersatzforderungen etwas bereitwilligeren Hausmeister, der tatsächlich kurz darauf erschien.

Eine gute Stunde später hallten die Hammerschläge des Schreiners durch die Straße, der die leere Fensteröffnung provisorisch mit großen Sperrholzplatten verschloss.

Gerade kam Sonja die Straße entlanggeeilt, wurde aber von Jonas abgefangen, der der sichtlich geschockten jungen Frau erklärte, was passiert war. Mit ihr zusammen suchte er im Atelier nach einem großen festen Karton. Die junge Frau beschriftete nach Jonas' Anweisungen ein Schild, mit dem die Kundinnen darüber informiert wurden, dass aufgrund eines nächtlichen Vandalismusvorfalls das Geschäft heute leider geschlossen bleiben müsse, dass man aber hoffe, am Mittwoch wie geplant wieder öffnen zu können.

Am kommenden Dienstag war Fasching. Schon seit fast zwei Wochen wies ein Aushang im Schaufenster darauf hin, dass am Faschingsdienstag das Geschäft geschlossen blieb.

»So, mit der Versicherung habe ich auch schon telefoniert«,

sagte Jonas und klappte den Ordner zu, den er auf dem Knie balanciert hatte.

Und um halb zehn traf sogar eine vom Hausmeister – nach entsprechendem Druck von Jonas – organisierte Reinigungstruppe ein.

»Die beschädigten Kleider stecken Sie bitte in einen großen Müllsack zur Aufbewahrung«, erklärte Jonas den beiden Frauen. »Frau Jacobi wird sie als Nachweis für die Versicherung wahrscheinlich brauchen.« Sonja warf ihm einen anerkennenden Blick zu.

Anschließend brachte Sonja das Adressenverzeichnis aus dem Geschäft, und Lena telefonierte mit den vier Kundinnen, die für heute angesagt waren.

Jonas fiel auf, dass Lena wieder mit fester Stimme sprach, als sie die Ausweichtermine vereinbarte, und dass ihr Gesicht auch wieder etwas Farbe hatte.

Als Frau Merz um kurz vor halb zehn kam, war Lena bereits so weit wiederhergestellt, dass sie gemeinsam ins Geschäft gehen, den Schaden ausführlich begutachten und das weitere Vorgehen besprechen konnten.

»Die größte Katastrophe ist das Kleid, das am Mittwoch abgeholt werden soll«, sagte Lena. »Das ist richtig schlimm, was machen wir denn da nur? Am besten rufe ich die Kundin gleich einmal an, sie muss herkommen und sich aus den vorhandenen Prêt-à-porter-Modellen eines aussuchen. Dafür berechne ich ihr natürlich nichts. Die wird traurig sein …«

Die Sperrholzplatten, die das Fenster verschlossen, boten auch einen halbwegs passablen Schutz vor der Kälte.

»Können wir denn nicht schnell noch mal eines …«, begann Sonja.

»Neu nähen? Das schaffen wir nicht«, sagte Lena.

»Wieso? Wir sind doch zu dritt.«

»Ja, aber wann sollen wir das machen? Morgen ist Sonntag,

Montag haben Sie frei und am Dienstag ebenfalls, weil doch Fasching ist.«

»Eben!«, sagte Sonja ganz aufgeregt. »Wir haben drei volle Tage Zeit!«

»Aber das sind doch Ihre freien Tage. Ich kann doch nicht von Ihnen verlangen, dass Sie …«

»Sie verlangen es ja auch nicht«, lachte Frau Merz.

»Ich hab morgen sowieso nichts vor«, meldete sich Sonja zu Wort.

»Aber der Fasching am Dienstag! Da wollen Sie doch bestimmt feiern.«

»Ach, das ist doch jedes Jahr das Gleiche«, winkte Frau Merz ab. »Ich wollte sowieso nur am Abend … aber mal sehen. Wir könnten wirklich die Zeit nutzen und das Kleid einfach neu nähen!«

Lena war so gerührt, dass ihr beinahe wieder Tränen in die Augen schossen. »Das kann ich nicht annehmen!«

Frau Merz und Sonja mussten Lena noch etwas gut zureden, aber dann erklärte sie sich einverstanden: Sie würden sich morgen früh um halb zehn im Atelier treffen – und sie würden dieses Kleid bis Mittwoch ein zweites Mal nähen.

»Stoff haben wir definitiv genug«, sagte Frau Merz. »Was die Knöpfe betrifft, müssen wir vielleicht improvisieren.«

»Und der lange Reißverschluss fehlt auch«, sagte Lena. »Da müssten wir den Schnitt etwas abändern.«

»Ist in dem Kleid mit der Dupionseide nicht der gleiche? Wir könnten den doch heraustrennen!«

»Natürlich!«, sagte Lena und bekam vor Aufregung wieder eine richtig gesunde Gesichtsfarbe. »Den trennen wir einfach raus, und dann …«

»Das schaffen wir«, sagte Sonja im Brustton der Überzeugung.

Der Hausmeister versprach, gleich für Montagmorgen einen Glaser zu besorgen.

»Am Mittwoch, wenn Sie aufmachen, ist der Schaden dann schon so ziemlich behoben«, sagte Jonas.

Lena lächelte ihn dankbar an. »Ohne Sie hätte ich das niemals geschafft.«

Sie zögerte. Sie musste ihn nun wohl verabschieden. »Ich weiß nicht, wie ich ausdrücken soll, wie dankbar ich Ihnen bin.« Sie streckte ihm die Hand hin. »Ich hoffe, mir fällt irgendwann etwas Besseres ein als dieses lapidare Dankeschön.«

»Soll ich gehen?«, fragte Jonas verblüfft.

»Ich weiß nicht«, stotterte Lena. »Ich wollte jetzt zum Revier, die Anzeige aufgeben, ich dachte, da ...«

»Ich begleite Sie natürlich«, sagte Jonas.

»Aber das brauchen Sie doch nicht, Sie haben doch sicher eigene Pläne.«

»Ich lasse Sie nicht allein.«

»Aber ich ...«

»Ende der Diskussion. Ich gehe mit.«

Das dankbare Leuchten in Lenas Augen bewirkte, dass es Jonas ganz warm ums Herz wurde.

»Wir passen hier auf und kümmern uns«, sagte Sonja. »Sie können beruhigt gehen.«

Auf dem Revier nahm der Beamte dann umständlich die Anzeige auf.

Auf Lenas Hinweis, dass ihr seit Längerem eine Frau folge, wollte er zunächst nicht eingehen, zumal sie auch hier wieder betonte, sich ganz sicher zu sein und den grünen Mantel zweifellos wiedererkennen würde.

»Dann gehen Sie mal irgendwann nächste Woche zu unserem Zeichner. Ich mache Ihnen einen Termin.«

Als die beiden das Polizeirevier verließen und Jonas sagte: »Und jetzt suchen wir einen Arzt auf«, widersprach Lena allerdings energisch.

»Ich brauche keinen Arzt. Ich gehe jetzt noch einmal ins Geschäft und schaue nach dem Rechten. Anschließend komme ich nach Hause, lege mich ins Bett, schlafe zwei Stunden, und dann bin ich wieder fit. Das war nur der erste Schreck heute Morgen. Aber dank Ihrer Hilfe ist ja nun alles schon bestens geregelt, Sie haben recht: Wenn es halbwegs klappt, sieht man am Mittwoch gar nichts mehr von der Zerstörung.«

Jonas insistierte noch etwas, aber es war tatsächlich nicht zu übersehen, dass Lena den Schreck ziemlich gut verkraftet hatte.

»Dann begleite ich Sie noch bis zu Ihrem Geschäft«, sagte er.

»Sie brauchen wirklich nicht …«

»Ich habe sowieso nichts Besseres zu tun.«

Lena mochte nicht mehr widersprechen. Es war ein angenehmes Gefühl, jemanden an der Seite zu haben.

So gingen die beiden nebeneinanderher, sie schwiegen und hingen ihren Gedanken nach, aber es war ein angenehmes Schweigen.

Am Atelier, wo die Straßenreinigung bereits die Scherben vom Straßenpflaster entfernt hatte, erinnerte außer den braunen Holzplatten, die das Schaufenster verschlossen, nichts mehr an den nächtlichen Überfall.

Im Laden hatten die beiden fleißigen Helferinnen ebenfalls aufgeräumt.

Und in der Nähstube nebenan sah es eigentlich aus wie immer, nur chaotischer. Auf dem riesigen Zuschneidetisch in der Mitte, der das Zentrum des Raumes bildete, stapelten sich bereits drei Stoffballen. »Ich habe schon mal angefangen, einiges herauszusuchen«, erklärte Frau Merz. »Und ich habe Frau Greber und Frau Strenz angerufen, die haben beide Zeit, die kommen am Montag und schauen, wie weit wir sind, die können bei Bedarf dann Arbeiten aus den anderen Aufträgen übernehmen.«

Lena nickte, und ein Lächeln glitt über ihr Gesicht, als sie mit der Hand über den Batist strich. »Gut, dass der schon mal da ist.«

Frau Merz nickte. »Der Stoff reicht aus, ich habe gemessen. Nur die Seidenapplikationen, die müssten wir bestellen, und ob das zeitlich noch hinhaut …«

»Da schreibe ich gleich eine Mail. Und rufe direkt am Montagmorgen dort an. Die Fabrik liegt in der Nähe des Bodensees – mit dem Auto knapp drei Stunden entfernt. Vielleicht lasse ich die Spitze per Kurier liefern, dann könnten wir schon am Mittag anfangen …«

»Ich verabschiede mich«, sagte Jonas. Lena kam zurecht, er sah es. »Aber wenn Sie ein Problem haben, dann zögern Sie bitte nicht, sich bei mir zu melden.«

»Ja, natürlich.« Jonas hatte fast den Eindruck, dass Lena seine Anwesenheit einen Moment lang vergessen hatte.

»Ich weiß nicht, wie ich Ihnen danken soll«, sagte sie noch einmal. »Ohne Sie wäre ich verloren gewesen.«

»Ich habe Ihnen gern geholfen. Und wie gesagt: Wenn ich noch irgendetwas tun kann …«

Er hielt ihr die Hand entgegen, um sich zu verabschieden, und Lena nahm sie. Hielt er ihre Hand zu lange fest? Oder ließ sie die Hand einfach nicht los? Warum fühlte sich dieses Händeschütteln so irritierend und verwirrend an?

»Dann melde ich mich«, brachte Lena endlich heraus.

Es kostete Jonas Mühe, sich abzuwenden und zu gehen.

Lena schaute ihm nachdenklich hinterher.

»Wir könnten die Applikationen ersetzen durch …« Die Stimme von Frau Merz unterbrach Lenas Gedanken, und sie wandte sich der Kollegin zu. Das Geschäft forderte jetzt ihre ganze Aufmerksamkeit.

***

Lena kam erst am frühen Abend wieder nach Hause.

In ihrem Zimmer erwartete sie eine kleine Überraschung: Das Bett war gemacht, auf dem Beistelltisch prangte ein üppiger Strauß aus roten Rosen, und auf der Fensterbank stand in einem mit Eis gefüllten Kühler eine Flasche Champagner. Christian saß in dem kleinen Sessel. Als Lena eintrat, legte er seinen Laptop zur Seite und sprang auf.

»Ich habe von Herrn Gruber schon alles gehört, der weiß es von Herrn Wolff. Warum hast du mich nicht geweckt heute Morgen?«

»Du hast so fest geschlafen. Und ich wusste ja auch noch gar nicht, was eigentlich los war.«

Christian umarmte sie, und sie ließ ihren Kopf an seine Schulter sinken.

»Du Arme!«

Christian strich ihr tröstend über den Rücken.

»Aber jetzt kannst du entspannen, ich habe alles für dich vorbereitet!«

Lena löste sich aus seiner Umarmung. »So schöne Rosen!«

»Für dich!« Christian strahlte sie an. »Und jetzt setzt du dich am besten mal dahin.«

Er drückte Lena auf den kleinen Sessel, dann ging er, sie ununterbrochen breit anlächelnd, vor ihr auf die Knie.

»Lena, du bist die Liebe meines Lebens. Ich weiß, dass ich viele Fehler habe, und ich kann dir auch nicht versprechen, dass ich die von heute auf morgen abstellen werde. Aber ich will daran arbeiten und wäre der glücklichste Mensch der Welt, wenn du mir dabei hilfst.«

Er nestelte in der Gesäßtasche seiner Jeans, dann holte er einen kleinen Gegenstand heraus und hielt ihn Lena entgegen.

»Lena, willst du meine Frau werden?«

Lena merkte, wie ihr die Tränen in die Augen stiegen. Was war das heute nur für ein Tag! Erst wurde ihr Geschäft zerstört, das fast größtmögliche Unglück brach über sie herein – und jetzt machte ihr Christian, ihr über alles geliebter Christian einen Heiratsantrag! Sie blickte auf den breiten Goldring in Christians Hand.

»Christian!«

»Ja, ich bin es. Das hast du richtig erkannt«, lachte er. »Und wenn du jetzt noch Ja sagst, dann hast du alles richtig gemacht.«

Lena wusste nicht, wie ihr geschah. Sie wollte Ja sagen, aber sie brachte es irgendwie nicht über die Lippen.

»Wie ist das?«, fragte sie. »Wenn man verlobt ist, dann trägt man den Ring links, oder?«

War ihre Reaktion der Versuch, einer Antwort auszuweichen?

Christian runzelte kurz die Stirn und nickte.

»Ich bin auch nicht mehr der Jüngste«, meinte er. »Dieses Knien ist durchaus anstrengend. Also, wenn du dich nun zu einer Antwort durchringen könntest? Meine Knie würden es dir danken.«

Lena hielt Christian die linke Hand entgegen. »Magst du ihn mir anstecken?«

Christian lächelte nun wieder, griff nach ihrer Hand, schob den goldenen Reif über ihren Ringfinger, und dann stellte er sich auf die Beine, zog sie zu sich hoch und küsste sie.

»Ich danke dir, Lena. Jetzt wird alles gut, du wirst sehen.«

Er nahm wieder ihre linke Hand und betrachtete sie. »Der Ring steht dir gut! Gefällt er dir?«

Auch Lena musterte ihre linke Hand. Die sah fremd aus mit diesem breiten goldenen Reif, der so hell glänzte.

»Schon auffällig«, lachte sie. »Sehr ungewohnt.«

»Er ist ja noch neu, das Gold wird stumpfer mit der Zeit. Warte mal ab. Und nun lass uns unsere Verlobung feiern.«

Christian ging zu dem Champagnerkühler.

»Jetzt müssen wir anstoßen …«

Als Christian ihr das Glas mit dem perlenden Champagner in die Hand drückte, dachte Lena, dass sie sich einfach zu erschöpft fühlte, um sich zu freuen.

»Ich habe uns auch etwas zu essen vorbereitet. Moment, ich hole es aus dem Kühlschrank.«

Christian kam mit einem großen silbernen Tablett aus der Küche zurück. Lena kannte es, es gehörte Herrn Gruber und stand normalerweise oben auf dem Küchenschrank. Darauf waren verschiedene Kanapees angerichtet, mit Fleischsalat, mit Tomaten, mit Frischkäse.

»Das hast du aber wunderschön gemacht!«

»Na ja, schließlich ist das unser Verlobungsessen«, meinte Christian lachend. »Wenn mir der Käufer nicht abgesprungen wäre, hätte ich dich ganz anders eingeladen, dann hätte ich dich in das schickste Nobelrestaurant der Stadt ausgeführt, aber so ...«

»Darauf kommt es doch nicht an!« Lena schmiegte sich an Christian.

»Das ist unpraktisch, dass du nur einen Stuhl hier hast. Komm, wir setzen uns aufs Bett und stellen das Tablett zwischen uns«, schlug Christian vor. »Wie bei armen Studenten«, sagte er dann, während Lena, die merkte, dass sie wirklich hungrig war, schon nach dem nächsten Brot griff.

»Denen reicht das meistens zum Glück«, murmelte sie kauend. Dann blickte sie auf das Brot in ihrer Hand. Avocadocreme. Jonas.

Plötzlich vermisste sie Jonas. Sie wollte ihm gerne von ihrer Verlobung erzählen.

Nein, sie wollte ihm auf gar keinen Fall von ihrer Verlobung erzählen, fiel ihr auf.

Was würde er sagen, wenn er den Ring sah?

Worüber machst du dir nur Gedanken?, schalt sie sich. *Das geht ihn doch gar nichts an.*

Als sie später in die Küche ging, um die leere Platte zurückzubringen, erwischte sie sich dabei, wie sie den Finger mit dem Ring unter dem Tablett versteckte.

Aber das war unnötig, in der Küche war niemand.

Später in der Nacht, als Christian sie küsste und umarmte und sich an sie drängte, hatte sie wieder Schwierigkeiten, sich auf ihn einzulassen.

Der Tag war einfach zu anstrengend gewesen.

Am Sonntagmorgen frühstückte Lena allein in der Küche. Herr Gruber hatte einen Zettel an die Kühlschranktür geklebt, dass er heute länger schlafen würde. Lena konnte sich ein amüsiertes Schmunzeln nicht verkneifen – sie wusste, dass er gestern Abend mit seinen Freunden auf einer Faschingsveranstaltung gewesen war, höchstwahrscheinlich war es spät geworden. Christian schlief noch. Er war kein Morgenmensch.

Auch Jonas kam nicht. Sie merkte, dass sie ihn vermisste, dass sie gerne in seiner Gesellschaft gefrühstückt hätte. Obwohl – unwillkürlich strich ihre rechten Hand über den Ringfinger der linken – sich ihr Magen verkrampfte bei dem Gedanken, dass Jonas den Ring sah und sie etwas dazu sagen müsste.

Sie räumte in der Küche noch schnell den Frühstückstisch ab, brachte Christian eine Tasse Kaffee ans Bett, der allerdings nur schlaftrunken etwas Unverständliches brummte, dann beeilte sie sich, ins Atelier zu kommen, obwohl es noch nicht einmal halb neun war. Aber sie war nervös.

Auf dem Weg dahin zog sie den Ring ab und steckte ihn in die Handtasche. Er würde sie beim Zuschneiden nur stören.

Auf dem Zuschneidetisch lagen bereits die von Frau Merz bereitgelegten Stoffballen. Gleich würden ihre Mitarbeiterinnen kommen.

Plötzlich freute sich Lena auf die kommenden Tage. Auf diese Atmosphäre hektischer Betriebsamkeit, auf das wilde Herumtelefonieren, weil vielleicht doch noch das passende Garn oder der richtige Druckknopf fehlte, auf den vom schnellen Surren der Nähmaschinen erfüllten Raum, auf das erleichterte Lachen, wenn plötzlich ein Problem gelöst war.

Als Lena für Frau Merz und Sonja die Tür öffnete, sah sie das Blinken des Anrufbeantworters.

Er hielt eine erfreuliche Nachricht für Lena bereit: Die Inhaberin und Geschäftsführerin der exklusiven Spitzenfabrik in der Schweiz, Frau Huber, hatte bereits Lenas Mail gelesen, und wie es der glückliche Zufall wollte, hatte Frau Huber ohnehin für Montag einen Besuch in München vorgesehen. Sie würde die benötigte Spitze persönlich im Laufe des Vormittags vorbeibringen.

»Das ist ja wunderbar!«, jubelte Lena. »Wir kriegen es tatsächlich hin!«

Ihre Freude war ansteckend, und die drei Frauen gingen beschwingt ans Werk, sie schnitten zu, nähten, säumten – der Sonntag verging wie im Flug.

Gegen achtzehn Uhr kam Lena nach Hause. Christian saß allein in der Küche und erwartete sie ungeduldig.

»Alle ausgeflogen«, grinste er. »Wir haben sturmfreie Bude und können Faschingsparty machen!«

»Um Gottes willen«, stöhnte Lena. »Das ist so ziemlich das Letzte, worauf ich jetzt Lust habe.«

»Bist du so müde? Leg dich doch ein Stündchen hin, dann bist du schnell wieder fit. Und vielleicht können wir später noch losziehen.«

Lena setzte sich neben Christian auf die Bank.

»Es tut mir so leid, Christian«, sagte sie schuldbewusst. »Du bist endlich hier, es ist Sonntag, und normalerweise hätte ich heute frei, morgen wäre das Geschäft geschlossen, und wir könnten …

Christian nahm sie in die Arme. »Es braucht dir nicht leidzutun. Ich habe es doch gar nicht ernst gemeint.«

Lena legte ihren Kopf erschöpft an seine Brust. Er küsste sie auf die Stirn.

»Hast du schon was gegessen?«

»Nein, natürlich nicht. Ich habe auf dich gewartet.«

Lena erhob sich und ging zum Geschirrschrank.

Er lächelte sie an. »Ich möchte doch mit meiner Verlobten zusammen essen.«

Lena nahm zwei Teller und zwei Tassen aus dem Schrank.

»Was möchtest du trinken?«, fragte sie, während sie das Geschirr auf den Tisch stellte.

»Ist eigentlich Bier im Haus?«

»Herr Gruber hat immer ein paar Flaschen im Kühlschrank.«

»Da leiht er uns doch sicher eine, nicht wahr? Wir ersetzen sie ihm morgen, was meinst du?«

Lena nickte.

Während sie am Tisch saßen und sich ihre Brote schmierten, hing Lena ihren Gedanken nach. Es war zu wenig Futterstoff für den Rock des Brautkleids im Lager gewesen, die Alternative, für die sie sich entschieden hatte, ließ den Rock nicht so schön fallen. Sie war nicht zufrieden damit, und vielleicht musste sie doch morgen noch schnell …

»Du bist so still – ist alles okay?« Christian legte seine Hand auf ihren Unterarm.

»Ja«, sie lächelte ihn dankbar an. Er machte sich Gedanken um ihr Wohlergehen. Das tat gut. »Ich war nur in Gedanken, weißt du, im Atelier haben wir zurzeit …«

»Du sollst jetzt nicht ans Atelier denken! Du musst doch auch mal abschalten!«

Christian küsste sie zart auf die Wange.

»Sag mal, wo schaust du eigentlich Fernsehen? In deinem Zimmer hast du ja keinen Apparat.«

»Ich schaue eigentlich nie«, sagte Lena.

»Nie? Das gibt es doch gar nicht!«

Lena dachte nach. »Irgendwie hatte ich nie Zeit dafür. Wenn ich abends nach Hause kam, habe ich entweder mit Herrn Gruber hier länger gesessen, oder ich habe gelesen.«

Christian zog sie in seine Arme. »Du bist schon etwas ganz Besonderes!«

Nach dem Essen räumte Lena den Tisch ab, stellte das benutzte Geschirr in die Spülmaschine und saugte mit dem kleinen Handstaubsauger, der sein Zuhause mit der Ladestation unter der Eckbank hatte, schnell die Krümel weg.

»Ich würde dir gerne helfen«, sagte Christian. »Aber ich kenne mich hier so gar nicht aus.«

Lena winkte ab. »Schon gut. Das ist doch keine Arbeit. Und das mache ich sonst auch oft.«

Allerdings hat Herr Gruber dann alles vorbereitet. Er deckt auf, und ich decke ab.

Sie versuchte, die aufsteigende Verstimmung zu unterdrücken. Sie war müde und deswegen offenbar ungerecht – denn wenn Christian sich hier als Hausherr geriert und den Tisch gedeckt hätte, wäre sie auf jeden Fall auch verärgert gewesen.

Lena unterdrückte ein Gähnen.

»Es tut mir wirklich leid, Christian, aber ich kann nicht mehr. Und wir haben morgen noch einmal einen richtig hektischen Tag im Atelier, da muss ich ausgeschlafen sein.«

Christian erhob sich. »Natürlich, mein Bienchen!«

In ihrem Zimmer erwartete Lena dann eine unangenehme Überraschung: Christian hatte angefangen, seinen Koffer auszuräumen, überall lagen Kleidungsstücke von ihm herum, auf Lenas Bett türmten sich seine Pullover und seine Hemden.

»Entschuldige, Lena. Ich bin nicht fertig geworden. Warte, ich räume mal schnell das Bett ab.«

Bisher hatte Christian »aus dem Koffer« gelebt. Der hatte in der Ecke gestanden, dort hatte er in dem großen Zimmer nicht gestört.

Aber das war natürlich kein Zustand auf die Dauer. »Wir brauchen einen Platz für deine Sachen«, stellte sie fest.

»Na ja, der Schrank ist ziemlich groß, du nutzt ihn ja noch nicht einmal zur Hälfte. Für den Übergang kommen wir schon zurecht, denke ich. Schau, ich habe deine Sachen hier etwas zusammengeschoben.«

Lena sah, dass Christian drei Schrankböden von ihren Sachen freigeräumt hatte.

»Du kannst doch nicht einfach … Das hättest du nicht ohne mich machen sollen!«, sagte sie ungläubig.

»Oh!« Christian schaute schuldbewusst. »Es tut mir leid, ich dachte, ich mache schon mal etwas Sinnvolles.«

Er ließ sich neben Lena aufs Bett sinken und zog sie an sich. »Ich bin ein Idiot. Aber ich bin einfach nicht erfahren in diesem Beziehungsgetöse. Es ist nämlich so – und das wollte ich dir schon die ganze Zeit gestehen: Ich war noch nie verlobt, das ist für mich das erste Mal und …«

Lena lachte auf. »Ach so! Ja dann, dann bist du entschuldigt.«

Christian küsste sie lang und zärtlich. »Ich mache es wieder gut«, sagte er. »Wenn du jetzt ins Bad gehst, räume ich hier auf. Lass dir ein bisschen Zeit. Dann ist dein Zimmer picobello, wenn du wiederkommst – und den Schrank räumen wir demnächst gemeinsam ein. An einem verregneten Sonntag, mit einer guten Flasche Rotwein und ein bisschen romantischer Musik und dann … Was danach kommt, zeige ich dir gleich mal.«

»Ach, Christian«, sagte Lena glücklich.

Während sie sich im Bad die Zähne putzte, schalt sie sich selbst egoistisch und gedankenlos. Natürlich brauchte er einen Platz für seine Kleidung. Sie hatte nur an ihr Atelier gedacht. Und statt sich darüber zu freuen, dass er das Problem selbstständig angegangen war, machte sie ihm noch Vorwürfe.

Als er sich später im Bett an sie schmiegte, war ihr schlechtes Gewissen zu groß, als dass sie ihn hätte abweisen können. Obwohl sie mit ihren Gedanken schon beim kommenden Tag war.

Tatsächlich wurde es am Montag hektisch: Der bereits am Samstag von Jonas informierte Beauftragte der Versicherung, ein Herr Kleber, klopfte schon um halb neun an die Tür, um sich selbst ein Bild von den entstandenen Schäden zu machen.

Zwei Glaser kamen gegen zehn und starteten die Reparatur des Schaufensters. Und Frau Huber aus der Schweiz brachte kurz nach elf die benötigte Spitze (»So schön, dass wir uns auch mal persönlich kennenlernen, wo wir so oft schon telefoniert und gemailt haben!«).

Die beiden Aushilfsschneiderinnen erschienen, und Lena musste entscheiden, welche Arbeiten sie delegieren und außerhalb des Ateliers nähen lassen wollte, schließlich stellte sie ja gerade Arbeiten an anderen Kleidern zurück. Sie musste den beiden Frauen erklären, was wie gedacht war und wie es aussehen sollte – und sozusagen nebenbei nähten Lena und ihre beiden treuen Helferinnen an der Kopie des zerstörten Kleides, das bis Mittwoch fertig sein musste, damit die Braut am Donnerstag darin heiraten konnte.

Als die junge Frau gegen achtzehn Uhr zur Anprobe kam, war das Kleid dann auch fast fertig. In der Taille musste es noch etwas enger gemacht werden, und die endgültige Länge wollte Lena noch einmal direkt an der Trägerin festlegen. Das alles würden sie am Dienstag ohne Probleme schaffen.

»Uff«, ächzte Lena, als die Tür hinter der jungen Frau zugefallen war. »Was für ein Tag!«

Als Lena nach Hause kam, hörte sie schon im Flur die Stimmen aus der Küche: Konstantin Gruber und Jonas unterhielten sich angeregt. Sie merkte, dass sie sich auf das gemeinsame Abendessen gleich freute. Und darauf, Jonas zu sehen. Ihn hatte sie nicht mehr gesprochen, seit er sich am Samstag von ihr verabschiedet hatte.

War das erst vorgestern gewesen? Unglaublich.

Sie brannte darauf, Jonas zu erzählen, wie gut alles funktionierte, was er für sie organisiert hatte.

Als sie ihren Mantel auszog, fiel ihr plötzlich Christian ein. Und sie merkte, dass er in ihrem inneren Bild von dem gemeinsamen Abendessen nicht vorkam.

Verwundert über sich selbst, schüttelte sie den Kopf. Wo war Christian überhaupt?

Sie ging in ihr Zimmer.

Christian empfing sie mit einer Umarmung. »Schön, dass du endlich da bist«, sagte er. »Ich habe dich vermisst.«

Lena schmiegte sich an seinen Körper. »Wahrscheinlich, weil du Hunger hast«, lachte sie.

»Genau! Und deswegen habe ich uns einen Tisch bei dem kleinen Italiener um die Ecke reserviert. Zieh deinen Mantel gleich wieder an und lass uns gehen.«

»Oh!« Lena wusste nicht, was sie sagen sollte. Aber die Vorstellung, gleich mit Christian in einem netten Restaurant zu speisen, war natürlich schön. Oder etwa nicht?

Sie küsste ihn.

»Das ist eine wundervolle Idee von dir«, sagte sie. »Ich sage nur noch schnell den anderen in der Küche Hallo.«

Warum zog sie zuerst wieder ihren Mantel an, bevor sie den Kopf in die Küche steckte und die beiden Männer, die entspannt am Küchentisch saßen, begrüßte? Sie wusste es: weil sie so auch unauffällig die Handschuhe tragen konnte. Es widerstrebte ihr, dem alten Gruber und Jonas von ihrer Verlobung zu erzählen.

Also stand sie, im Mantel und mit Handschuhen, am Küchentisch und brachte Konstantin und Jonas schnell auf den aktuellen Stand: »Die Glaser sind fertig geworden, man sieht schon nichts mehr von dem Schaden, und morgen Vormittag kommt noch einmal die Putzfrau. Und das neue Kleid wird auch fertig …«

Der Blick, mit dem Jonas sie ansah, irritierte sie. Sie verhaspelte sich.

»Also, vielen Dank noch einmal«, sagte sie hilflos und floh förmlich in den Flur, wo Christian im Sessel schon auf sie wartete.

»Sie haben ein kleines Wunder vollbracht«, sagte Lena am nächsten Tag, als sie noch einmal nicht vorhandene Falten aus der Rückenspitze strich.

»Mir kommt es irgendwie fast noch schöner vor als das erste«, meinte Sonja. »Aber das kann ja eigentlich gar nicht sein.«

»Der Rock fällt besser«, sagte Frau Merz. »Weil Frau Jacobi das Futter noch einmal ausgetauscht hat. Sie hatten recht, Frau Jacobi.«

Lena drehte sich zu ihren Mitarbeiterinnen um. »Jetzt ist es Dienstagabend. Es ist nicht nur nichts mehr zu sehen von dieser fürchterlichen Geschichte, sondern wir sind auch mit keinem Auftrag in Verzug, wir sind voll im Plan, wir können alle Bestellungen termingerecht ausliefern – das habe ich nur Ihnen zu verdanken!«

»Das haben wir wirklich gerne gemacht«, sagte Frau Merz.

»Ich bin so stolz, dass ich meine Ausbildung jetzt bei Ihnen abschließen kann!«, ergänzte Sonja. »Da freue ich mich doch, wenn ich Ihnen irgendwie helfen kann.«

Lena war gerührt. »Das ist wirklich lieb … ich weiß gar nicht, was ich sagen soll.«

»Aber wir könnten doch zur Feier des Tages – und weil ja heute Faschingsdienstag ist – noch auf einen Wein ausgehen«, schlug Frau Merz vor. »Hier in der Kneipe um die Ecke findet so eine kleine Faschingsparty statt, aber ganz locker, ohne Kostümierung und so.«

»Oh ja!«, sagte Sonja. »Dann begießen wir unseren Erfolg!«

Tolle Idee, wollte Lena sagen, aber dann fiel ihr Christian ein. Der saß zu Hause und wartete auf sie.

»Es tut mir leid«, stotterte sie, »aber ich muss dringend noch etwas erledigen …«

Die Enttäuschung in den Mienen ihrer Angestellten schmerzte sie fast körperlich.

»Wir holen es nach«, versprach sie eilig.

***

Die nächsten Tage vergingen recht ereignislos, wenn man davon absah, dass Lena sowohl Konstantin Gruber als auch Jonas kaum noch zu Gesicht bekam. Zwar wuselte der alte Konstantin morgens in der Küche herum, wenn Lena zum Frühstück erschien. Aber er war wortkarg, und es wollte sich beim Frühstück einfach keine gemütliche Stimmung mehr einstellen.

Und abends war er jetzt immer unterwegs. Lena hatte fast den Eindruck, er ging ihr aus dem Weg.

Jonas erschien noch nicht einmal zum Frühstück. Egal, wie früh Lena aufstand, Jonas hatte das Haus immer schon verlassen. Und auch er war jeden Abend unterwegs und kam erst spät in der Nacht zurück.

Christian war Langschläfer, und Lena stellte ihm eine Tasse Kaffee auf den Nachttisch, bevor sie das Haus verließ.

Am ersten Abend aßen Christian und Lena in der nahe gelegenen griechischen Kneipe, denn Christian erklärte, sich in der Wohnung nicht wohlzufühlen, den ganzen Tag im Zimmer herumgesessen zu haben und auch mal rauszuwollen. Und Lena empfand es irgendwie als deprimierend, allein mit Christian in der schönen Altbauküche zu sitzen.

Für den zweiten Abend hatte Christian etwas zu essen besorgt. Lena freute sich, als sie den zum Büfett umfunktionierten Schreibtisch mit dem frischen Baguette und den verschiedenen Dips sah.

Obwohl das Baguette aus dem Supermarkt zäh war und die drei Fertigfrischkäse nicht besonders gut schmeckten.

Während sie später die Teller in die leere Küche trug und in die Spülmaschine räumte, die Plastikdöschen mit den Frischkäseresten darin im Kühlschrank verstaute und die Krümel in ihrem Zimmer zusammenfegte, lag Christian hinter seinem Laptop verschanzt auf dem Bett.

Lena war froh darum, sie hatte auf dem Heimweg ein paar Ideen gehabt, die sie gern noch rasch skizzieren wollte. Aber es wollte ihr nichts gelingen. Sie ertappte sich dabei, dass sie, an ihrem Schreibtisch sitzend, konzentriert in die Wohnung lauschte. Kam denn nicht bald mal jemand heim?

Aber die Wohnung war und blieb leer, von Konstantin Gruber keine Spur und auch von Jonas nicht.

Lena fühlte sich plötzlich einsam. Das war verwunderlich, denn einsam hatte sie sich früher so gut wie nie gefühlt, sie war sich selbst immer genug gewesen – und jetzt war Christian da, lag auf ihrem Bett …

Später am Abend lasen sie beide im Bett noch eine Weile, Christian hatte seine Hand auf ihrem Oberschenkel abgelegt und streichelte ihn immer wieder, aber als sie das Licht löschten, gab er ihr nur einen zärtlichen Kuss, wünschte ihr eine gute Nacht und drehte sich zur Seite. Und Lena schämte sich ihrer Erleichterung.

Endlich fand der Termin bei dem Polizeizeichner statt.

Der junge Mann mit dem kurzen Haarschnitt und dem langen Bart begrüßte Lena freundlich. Auf seinem Tisch stand ein Namensschild: Johannes Weiß.

Vor ihm auf dem Schreibtisch leuchtete ihr von einem großen Bildschirm der Umriss eines Gesichts entgegen.

»Dann sehen wir mal, ob wir Ihre Unbekannte hinbekommen«, sagte er. Aus der Schublade zog er einen dicken Ordner. »Mein PC spinnt allerdings heute, er öffnet mir das Verzeichnis der einzelnen Gesichtsteile nicht.«

»Muss ich ein anderes Mal wiederkommen?«, fragte Lena erschrocken.

»Nein, nein«, beruhigte sie der Mann. »Sie müssen nur ganz klassisch aus dem Ordner hier auswählen. Wie früher …« Er lachte. »Die Ausschnitte hier im Ordner sind alle nummeriert, sehen Sie? Und wenn Sie sich dann für einen entschieden haben, kann ich die Nummer eingeben und den entsprechenden Abschnitt bei unserem Dummy hier einsetzen – nur das gesamte Verzeichnis, das öffnet sich einfach nicht.« Der junge

Mann warf seinem PC einen verärgerten Blick zu, dann lachte er wieder.

»Der Computer ist manchmal morgens auch nicht so gut drauf. Höchstwahrscheinlich funktioniert er morgen wieder einwandfrei und tut so, als ob nie was gewesen wäre.«

Lena schob den Ordner auf dem Tisch ratlos hin und her.

»Und was soll ich jetzt machen?«

»Gibt es etwas, woran Sie sich besonders gut erinnern? Sonst fangen wir am besten mit der Gesichtsform an«, erklärte der Mann.

»Die war normal«, sagte Lena zögernd, aber als auf dem Bildschirm ein ziemlich runder Gesichtsumriss erschien, schüttelte sie den Kopf.

»Schmäler, viel schmäler.«

Lena hatte ein gutes Auge und war eine geübte Beobachterin. Nach einigen Anlaufschwierigkeiten zeigte der Bildschirm ein Gesicht – noch ohne Haare, aber mit einem Mund und einer Nase.

»Ja, das ist schon ganz gut so«, meinte sie überrascht und wunderte sich, wie vertraut bereits diese Skizze auf sie wirkte.

»Wollen Sie zuerst die Haare oder zuerst die Augen?«

»Die Haare waren unter einem Tuch, so mondän geknotet, wie früher bei Grace Kelly, wenn Sie verstehen, was ich meine.«

»Dann suchen wir vielleicht zuerst die Augen«, schlug Johannes Weiß vor.

Lena nickte. Sie blätterte fünfzehn Minuten in dem dicken Ordner, geduldig wartete Herr Weiß, und plötzlich sagte sie:

»Hier! So sahen die Augen aus. Sie hat mich direkt angesehen! Genau so.«

Der junge Mann schlug den Karton um. »AKZ5455«, sagte er. »Okay, dann setze ich das mal hier ein.«

Lena sah zu, wie der Mann die Buchstabenkombination eingab. Auf der Fensterbank landeten zwei Krähen, die sich lautstark um eine halbe Pommes stritten. Irritiert von dem Gezeter, schaute Lena kurz zum Fenster, und erst als Johannes Weiß sagte: »So – da haben wir ja schon ein richtig schönes Gesicht«, drehte sie ihren Kopf wieder zum Bildschirm.

Die Krähe auf der Fensterbank ließ vor Schreck die gerade erbeutete Pommes aus dem Schnabel fallen, so laut schrie Lena auf.

Vom Bildschirm leuchtete ihr das Gesicht ihrer toten Mutter entgegen.

Am Sonntagmorgen, nachdem Christian im Bett sitzend die Butterbreze aufgegessen und die Tasse Kaffee, die Lena ihm gebracht hatte, ausgetrunken hatte, schlug er vor, einen Spaziergang zu machen.

»So schönes Wetter ist heute! Sollten wir nutzen!«

»Findest du?« Auf Lena wirkte es eher ungemütlich draußen, wenn sie aus dem Fenster sah.

»Na klar! Ein bisschen frische Luft um die Nase wehen lassen tut doch gut.«

Eine halbe Stunde später waren sie unterwegs. Christian gab die Richtung vor. »Ich war schon so lange nicht mehr im Englischen Garten!«

Christian lief mit energischen Schritten, Lena musste sich anstrengen, mitzuhalten.

Es war Anfang März, der Wind war kalt und unangenehm. Und trotz der dicken Handschuhe erfroren Lena beinahe die Hände. Aber nach einer Weile ließ der Wind nach, tatsächlich schob sich die Sonne durch die Wolkendecke, und plötzlich sah die Welt anders aus.

Christian bog auf einmal nach links ab.

»Hier verlassen wir aber den Park gleich wieder«, meinte Lena.

»Ja, ich will mal gerade etwas anschauen«, meinte Christian. »Unser deutscher Firmensitz kommt wahrscheinlich in diese

Gegend. Ich habe hier die Adresse, wo die Büroräume gemietet werden sollen. Können wir nicht schnell dort vorbeigehen?«

»Gern«, sagte Lena aufgeregt. Das wurde also tatsächlich alles wahr?

Etwas später standen sie vor einem halb fertigen Neubau, an dem noch das Schild »Büroräume zu vermieten« hing.

»Ja, hier werde ich ab Sommer arbeiten!« Christian umarmte Lena und küsste sie. »Freust du dich?«

»Sehr!«, sagte Lena.

»Sollen wir einkehren und eine heiße Schokolade trinken? Ich weiß da ein süßes Café.«

»Oh ja, bitte!«

Lena hakte sich bei Christian unter. Was war das Leben doch schön! Es war Sonntagvormittag, sie bummelte an einem wunderbar sonnigen Wintertag mit ihrem Verlobten durch die Stadt, einfach so, wie alle anderen Paare auch. Sie sahen sich seinen zukünftigen Arbeitsplatz an, schmiedeten Zukunftspläne … Lena führte plötzlich ein normales Leben. Ein ganz normales Leben.

Plötzlich stiegen ihr die Tränen in die Augen vor lauter Glückseligkeit.

»Was ist los?«, fragte Christian besorgt.

»Schon gut, ist nur der Wind«, wich Lena aus.

Im Café, vor sich eine heiße Schokolade, kam Lena noch einmal auf das zukünftige Büro zurück.

»Ist das denn schon sicher?«, fragte sie.

»Ich denke, ja«, meinte Christian. »Mein Chef hat mich vor ein paar Tagen gefragt, wie ich es finde und ob ich es für geeignet halte. Und ich habe zurückgeschrieben, dass es eine gute Lage ist und dass ich es prima finde.«

Lena strahlte. »Christian, das ist einfach ein Traum!«

Aber Christian verzog plötzlich verärgert das Gesicht.

»Das wäre es, das könnte es sein, wenn nicht diese blöde Kuh abgesprungen wäre!«

Er hob den Arm und zeigte auf die andere Straßenseite.

»Da drüben ist es übrigens, das Haus mit der gelben Fassade. Im zweiten Stock ist für mich eine Wohnung reserviert. Ich hatte schon alles organisiert, es wäre ideal gewesen! Aber ich bekomme die Finanzierung nicht hin. Nicht ohne diese zweihunderttausend Euro …«

»Aber du verdienst doch gut?«, fragte Lena.

»Schon, aber meine Steuerbescheide, aus denen das hervorgeht, sind entweder aus Hongkong oder aus Australien. Und das ist für diese Provinzbanker hier offenbar zu … Ach, lass uns über etwas anderes reden. Ich bin so glücklich, dass du Ja gesagt hast. Ich will mich jetzt nicht ärgern.«

Christian griff nach Lenas Hand und legte seine Lippen darauf.

»Aber wo wir gerade beim Thema sind – wir können uns ja schon langsam einmal Gedanken machen, wo wir wohnen wollen. Und eine Wohnung suchen.«

Lena stutzte. »Ich soll ausziehen bei Herrn Gruber?«

Christian schaute sie mit großen Augen an. »Wir können doch wohl nicht als Ehepaar in diesem Zimmer leben! Mit nur einem Sessel!«

Plötzlich empfand Lena Bedauern. Weg von Herrn Gruber?

Sie versuchte, sich vorzustellen, wie es wäre, mit Christian zu leben. In einer gemeinsamen Wohnung. Es gelang ihr nicht.

»Na ja, es ist ja noch etwas Zeit«, meinte sie. »Noch arbeitest du nicht hier. Und übergangsweise – Dr. Wolff zieht bald aus«, sie ignorierte das Bedauern, das ihr plötzlich das Herz schwer machen wollte, »ich könnte Herrn Gruber fragen …«

»Auf gar keinen Fall!«

Auf Christians Stirn bildete sich eine dicke Zornesfalte. »Das wäre wirklich das Letzte, diesen stinkenden Alten jeden Morgen beim Frühstück …«

»Herr Gruber stinkt nicht!«

Die Zornesfalte verschwand, Christian lächelte sie wieder an.

»Entschuldige, ich weiß, du magst ihn. Nein, das tut er nicht. Aber er kann mich nicht leiden. Das musst du zugeben. Das kannst du mir nicht zumuten, dass ich mich jeden Tag dieser Ablehnung aussetze.«

»Du hast recht. Das geht auch nicht«, sagte Lena. »Aber ich denke, wir sollten alles in der richtigen Reihenfolge angehen.«

Sie fasste nach Christians Hand.

»Das habe ich gelernt, als ich mein Geschäft geplant habe. Und vor allem habe ich aus Fehlern gelernt, die manche Konkurrenten gemacht haben. Geh keine finanziellen Verpflichtungen ein, bevor du dir nicht ganz sicher bist, dass du sie erfüllen kannst! Ich habe drei Geschäfte Konkurs anmelden sehen, weil sie sich übernommen hatten. Also ist mein Vorschlag folgender: Jetzt siehst du erst einmal zu, dass du ganz nach München kommst. Dann prüfst du, was du hier verdienst. Als Nächstes machen wir einen Plan, wie viel wir für die Miete ausgeben können, und dann …«

»Ach Gott, ja! Lena, hör auf. Wie soll das denn gehen? Ich komme mit meinem Container aus Hongkong, mit meinen Möbeln, mit meinen Koffern voller Klamotten – und die stelle ich dann bei dir im Zimmer unter oder wie?«

Die Zornesfalte erschien wieder und rötete sich zusehends.

Lena zuckte zurück, weil Christian so aggressiv und laut sprach. Am Nachbartisch hoben zwei ältere Damen ebenfalls erschrocken den Kopf.

»Ich denke aber …«

»Du *denkst!*«, höhnte Christian. »Du denkst, wie ein Lieschen Müller aus Niedergerlingen denkt. Aber so funktioniert das nicht. Think big! Du musst Großes denken, um Großes zu erreichen!«

Christian lächelte plötzlich wieder. »Du bist eben ein ordentliches, braves, emsiges Bienchen.«

Lena hörte plötzlich Erikas Stimme in ihrem Kopf: »Habe ich es dir nicht gesagt?«

»Ich meine«, sagte Lena, »ich habe noch etwas Geld übrig von dem Haus meiner Eltern. Das könnte ich …«

»Kommt überhaupt nicht infrage«, unterbrach sie Christian. »Das wäre ja wohl das Letzte.«

Er schüttete noch etwas Zucker in seine Schokolade und schwieg.

Lena schwieg ebenfalls.

»Ich bekomme das Geld schon«, meinte Christian und rührte in seiner Tasse. »Ich muss nur ein bisschen Geduld haben. Und dann werde ich eine andere Wohnung für uns finden.«

Lena schob nachdenklich die Untertasse auf dem Tisch hin und her.

»Die hier hätte allerdings perfekt gepasst. Aber sie kommt einfach einen Monat zu früh.«

Lena hatte den Eindruck, dass er auf eine Bemerkung von ihr wartete. Aber sie schwieg weiter.

Christian räusperte sich.

»Vielleicht hast du recht«, sagte er dann. »Es wäre ja nur ein Darlehen für ein oder zwei Monate, vielleicht wäre es wirklich klüger, wir beide machen das unter uns aus. Und werfen nicht den Banken noch Wahnsinnsgebühren in den Rachen. Oder was meinst du?«

Die Sonne verschwand wieder hinter den Wolken, sie hatte heute nur ein kurzes Gastspiel gegeben.

Und genau so ging es auch Lena mit ihrem Glücksgefühl, auch das hatte sich nur kurz gezeigt, hatte gezeigt, wie es sein konnte, wenn man glücklich war. Und war jetzt verschwunden.

Lena erhob sich. »Mir ist eingefallen, dass ich noch dringend etwas im Atelier erledigen muss. Wir sehen uns nachher, okay?«

Und bevor der verblüffte Christian etwas erwidern konnte, war sie zur Tür hinausgeeilt.

Später im Atelier, als sie mit der Hand über verschiedene Stoffballen strich, spürte sie, wie sie Ruhe fand.

Sie blieb bis in den späten Abend im Laden, und als sie nach Hause kam, schlief Christian bereits.

Sie war froh darüber. Zu viel ging ihr durch den Kopf, sie hätte jetzt nicht mit ihm reden können.

***

Am Montagmorgen klingelte wieder einmal das Festnetztelefon in der Diele. Es war noch nicht einmal acht Uhr.

Lena kam gerade aus ihrem Zimmer und erreichte den Apparat noch vor Herrn Gruber.

»Hier spricht Lenz, von der Polizeiinspektion 4.«

Lena spürte, wie ihr Herz zu rasen begann.

»Was ist passiert?«

»Ich wollte Ihnen nur mitteilen, dass wir die Jugendlichen gefasst haben, die Ihr Fenster eingeworfen haben.«

»Sie haben sie?« Das war eine angenehme Überraschung.

»Ja. Sie bekommen dazu auch noch ein Schreiben. Sie werden ja wahrscheinlich klagen wollen, schon allein wegen der Schadensersatzansprüche. Ich wollte Sie nur schon mal vorab informieren, damit Sie Bescheid wissen.«

»Danke schön. Und die Frau? Wer ist diese Frau?«, fragte Lena gespannt.

»Tja, eine Frau gibt es da nicht. Es sind drei junge Kerle zwischen sechzehn und achtzehn, die offenbar ziemlich besoffen waren. Sie haben alle gestanden, aber eine Frau war nicht dabei. Die Jugendlichen versichern glaubhaft, dass sie nichts über eine Frau wissen. Sie müssen sich also täuschen, Frau Jacobi.«

Lena ging in ihr Zimmer, um Christian die Neuigkeit zu erzählen. Aber Christian schlief noch fest, und als sie versuchte, ihn zu wecken, grunzte er nur unwillig.

Ein Blick auf die Uhr zeigte Lena, dass sie aufbrechen sollte.

»Dann sage ich herzlichen Dank!« Hanns-Peter schüttelte Jonas die Hand. »Keine Ahnung, wie ich das ohne dich hätte schaffen sollen.«

»Schon gut«, winkte Jonas ab. »Es gab auch für mich interessante Erfahrungen hier.« Er wollte noch etwas hinzufügen, aber wohin sollte das führen. Er würde gehen, Lena vergessen, irgendwann, vielleicht, wahrscheinlich eher nicht – es war nun einmal, wie es war. Als zufriedener Mensch war er nach München gekommen, als unglücklicher Mensch verließ er es.

Er hatte den breiten goldenen Ring im Badezimmer liegen sehen, er ahnte, was das bedeutete.

»Du gefällst mir nicht«, sagte sein Freund. »Was ist los?«

»Ich denke, ich bin urlaubsreif«, winkte Jonas ab. »Übernächste Woche fliege ich nach Málaga. Dort liegt das Schiff zum Verkauf, und ich werde es mir ansehen. Mein Vermieter weiß Bescheid. Der Flug ist gebucht. Es wird schon werden.«

Hanns-Peter spürte, dass sein Freund Probleme hatte, aber offensichtlich nicht darüber reden wollte.

Also umarmte er ihn noch einmal, ließ sich das Versprechen geben, dass Jonas sich meldete, wenn er, Hanns-Peter, etwas tun könne – und dann verließ Jonas die Praxis.

Diese Episode seines Lebens war vorbei.

»Ich wünsche Ihnen einen wunderschönen Hochzeitstag. Und überhaupt alles Gute!« Lena zog behutsam den Reißverschluss des langen Kleidersacks zu.

Die junge Rechtsanwaltsgehilfin würde in drei Tagen heiraten. Es war eine unproblematische Kundin gewesen, die genau gewusst hatte, was sie wollte und was ihr stand. Sie hatte sich zügig für ein Modell entschieden, und heute war die letzte Anprobe gewesen. Alles passte, alle waren zufrieden.

»Sie haben ja meine Handynummer, sollte irgendetwas sein, dürfen Sie jederzeit anrufen«, erklärte Lena noch einmal, so wie sie es jeder Kundin sagte. Es wäre nicht das erste Mal, dass die Braut beim Anziehen auf den zarten Stoff trat und ein Loch hineinriss.

»Ich danke Ihnen. Ja, das weiß ich. Sollte es ein Problem geben, melde ich mich«, meinte die junge Frau, aber Lena konnte ihrer Stimme entnehmen, dass sie nicht damit rechnete. Lena im Übrigen auch nicht, diese selbstbewusste Kundin machte nicht den Eindruck, als würde sie kurz vor der Trauung vor lauter Nervosität ihr Hochzeitskleid beschädigen.

»Ich zahle mit EC-Karte, das ist doch in Ordnung, oder?«

»Natürlich.« Lena hielt der Kundin die kleine Maschine hin.

Sie wandte demonstrativ den Kopf ab und schaute zum Fenster hinaus, damit die Kundin unbeobachtet ihre Geheimzahl eintippen konnte.

Und erstarrte. Von der anderen Straßenseite sah die Frau in dem dunkelgrünen Mantel zu ihrem Geschäft herüber.

Während Lena noch zögerte, noch überlegte, ob sie die Kundin jetzt einfach stehen lassen, über die Straße rennen und die Frau festhalten sollte, setzte sich die Frau schon in Bewegung. Sie kam über die Straße. Sie kam auf sie zu.

Lena hielt den Atem an.

Die Ladentür schwang auf, und die fremde Frau trat ein.

»Grüß Gott«, sagte sie. Ihre Stimme war warm und voll.

»Grüß Gott«, erwiderte Lena atemlos.

Die junge Kundin bemerkte nichts. Der kleine Automat ratterte einen Beleg heraus.

Lena riss ihn ab und gab ihn der jungen Braut.

»Ist das denn nicht Ihrer?«, fragte die verwundert, während der Apparat erneut zu rattern begann.

»Ach so, ja, natürlich«, antwortete Lena verwirrt.

Die fremde Frau stand abwartend und mit einem merkwürdigen leichten Lächeln auf den Lippen da.

Lena warf ihr einen fragenden Blick zu.

»Ich habe Zeit«, sagte die fremde Frau. »Ich warte.« Und als könne sie Lenas Gedanken lesen, wiederholte sie noch einmal: »Keine Angst, ich warte.«

Lena gab der jungen Kundin endlich den richtigen Beleg, legte ihr den Kleidersack vorsichtig über den Arm, hielt ihr die Tür auf, verabschiedete sich noch einmal und hätte schreien mögen, so langsam kamen ihr die Bewegungen der jungen Frau vor, bis die endlich das Geschäft verlassen hatte und Lena die Tür hinter ihr schließen konnte. Dann drehte sich Lena zu der Frau im grünen Mantel um.

Die beiden standen etwa zwei Schritte voneinander entfernt.

Lena musterte das Gesicht der Frau – sie hatte in der Tat große Ähnlichkeit mit ihrer Mutter. Aber der Ausdruck war völlig anders, deshalb war es ihr nicht gleich aufgefallen. Wo sich bei ihrer Mutter tiefe Falten um die immerzu hängenden Mundwinkel gebildet hatten und die gesamte Mimik Schwermut und Depression ausdrückte, strahlten hier die Lachfalten um die Augen große Lebensfreude und Zuversicht aus. Das gleiche Gesicht – und doch völlig anders.

Die Frau trat einen Schritt auf Lena zu.

»Du wirst dich wahrscheinlich nicht mehr an mich erinnern«, sagte sie. »Ich habe dich das letzte Mal im Arm gehalten, da warst du drei oder vier.«

In Lenas Innerem summte etwas, vibrierte etwas, begann etwas zu schwingen. Ein merkwürdiges Gefühl. Es drückte von innen – und sie spürte, wie ihre Augen feucht wurden.

Die Frau lächelte nun. »Ich heiße Regine Meier. Deine Mutter war meine Schwester. Ich bin also deine Tante …«

***

»Er hätte sie nie verlassen, wenn sie eine Therapie gemacht hätte. Dein Vater hat deine Mutter wirklich geliebt. Und dann gab es ja auch noch dich. Er wollte dich auf gar keinen Fall allein lassen. Aber ihre Krankheit wurde derart schlimm, dass er …«

Regine stockte.

Lena hatte Frau Merz und Sonja Bescheid gesagt, dass sie kurz gegenüber im Café sei, die beiden hatten genickt und ihre Neugier nicht verbergen können, und jetzt saßen Regine und Lena in dem kleinen Café schräg gegenüber, wo es den guten hausgemachten Käsekuchen gab.

Aber Lena konnte nichts essen. Zu stark war die emotionale Erschütterung.

Als Regine sich zu erkennen gegeben hatte und dann die Arme ausgebreitet hatte, war Lena ihr um den Hals gefallen. Lange hatten sich die beiden Frauen umarmt, beide hatten geweint.

»Ich habe die Briefe gelesen«, sagte Lena. »Er hat ihr geschrieben, dass er es nicht mehr aushält.«

»Ja, und dann kam er zu mir. Ich war gerade von einem mehrjährigen USA-Aufenthalt zurückgekommen. Ich wollte euch besuchen, und da rief er mich an, ob wir uns vorher allein sehen könnten, er wolle etwas mit mir besprechen. Ich sollte ihm nämlich helfen, sie von der Notwendigkeit einer Behandlung zu überzeugen. Und als er dann kam …«, Regine lächelte verlegen. »Es ist eben passiert. Wir haben es beide nicht gewollt. Aber schließlich waren deine Mutter und ich uns in vielem ähnlich, und er hat wahrscheinlich in mir deine Mutter gesehen, nur ohne diese undefinierbare Krankheit. Ich glaube gar nicht, dass er wirklich mich geliebt hat. Ich allerdings habe ihn immer schon geliebt, auch früher schon, deswegen bin ich auch in die Staaten gegangen. Ich wollte ihn vergessen.«

Sie hing kurz ihren Gedanken nach.

»Und dann, als ich wiederkam, entschied er sich für mich. Er wollte mit mir leben, deine Mutter verlassen. Über ein Jahr ging dieses Hin und Her. Ich halte es nicht mehr aus, hat er zu mir gesagt. Allein schon dieses Dunkel. Man durfte ja bei euch die Rollläden nicht mehr hochziehen!«

»Ja, ihre Krankheit, ihre Depression …«

»Deine Mutter hat nicht an Depressionen gelitten.«

»Aber natürlich! Sie hat …«

»Sie war krank. Natürlich war sie krank. Aber ihre Symptome entsprachen nicht dem Krankheitsbild der Depression.«

»Was hatte sie denn sonst?«

»Genau das hätte dein Vater auch gerne gewusst.« Regine lächelte Lena mitfühlend an. »Darum sollte sie ja zum Therapeuten, zur Untersuchung, zur Behandlung. Sie war, ich weiß gar nicht, wie ich es beschreiben soll … Sie trug eine Zerstörungswut in sich. Sie konnte nicht ertragen, wenn andere Menschen glücklich waren. Sie hatte Freude daran – oder nein: Freude hatte sie an gar nichts, sie verspürte den Zwang, Glück zu zerstören, Zufriedenheit zu zerstören, Unfrieden zu stiften, Düsternis zu verbreiten.«

Lena schüttelte verständnislos den Kopf.

»Und warum war sie so?«

»Darüber kann ich auch nur spekulieren. Sie wurde ja fünf Jahre nach mir geboren, die Ehe unserer Eltern war damals nicht mehr gut, meine Mutter hat sie irgendwie abgelehnt, das habe sogar ich als Kind schon gemerkt, vielleicht hat es irgendetwas damit zu tun. Aber heute ist es müßig, noch darüber nachzugrübeln, wir können es nicht mehr ändern. Jedenfalls hat dein Vater sie sehr geliebt. Nur irgendwann konnte er dieses Abgründige, dieses Düstere nicht mehr ertragen. Und er hat sich natürlich große Sorgen um dich gemacht. *Ich kann Lena doch nicht allein bei dieser kranken Frau lassen!,* hat er gesagt. Das alles hat ihn zerrieben. Dann kam der Infarkt.«

»Wegen mir«, sagte Lena erschrocken.

»Nein, wegen *ihr!* Oder auch wegen mir. Denn ich habe ihn gedrängt, ich habe ihn ja schließlich geliebt. Ich sah die Chance, endlich mit der Liebe meines Lebens, wie ich damals dachte, glücklich zu werden.«

Regine zog tief die Luft ein.

»Deine Mutter gab natürlich mir die Schuld an seinem Herzinfarkt. Ich durfte noch nicht einmal zu seiner Beerdigung kommen. Vielleicht hatte sie sogar recht, er war einfach mit der Situation völlig überfordert. Hinterher habe ich mich so oft gefragt, ob ich es nicht hätte verhindern können – ich habe mir große Vorwürfe gemacht.«

Lena legte ihrer Tante tröstend die Hand auf den Unterarm.

»Aber warum hast du dich nie bei uns gemeldet? Warum bist du so aus meinem Leben verschwunden?«

Regine nickte. »Ja, das war sicher auch ein Fehler. Aber deine Mutter hatte mir jeden Kontakt zu dir verboten. Und ich hatte hier sonst nichts mehr, was mich hielt. Ich bin wieder zurück in die Staaten, wollte alles vergessen. Der Mann, den ich liebte, war tot, meine Schwester hasste mich … also bin ich geflohen. Es war ein Fehler. Ich hätte an dich denken müssen. Das wäre ich auch Walter schuldig gewesen. Ich habe so viele Fehler gemacht.«

Lena legte ihre Hand auf Regines, die auf dem Tisch ruhte.

»Aber jetzt bist du da!«

»Ja. Ich verspürte ganz plötzlich das dringende Bedürfnis, zu kommen. Es ist das erste Mal seit damals, dass ich wieder in Deutschland bin.«

Regine drückte Lenas Hand.

»Und du kannst dir vielleicht meine Verblüffung vorstellen, als ich an Neujahr dann – ich gebe zu, es hat mich Überwindung gekostet – zum Grab meines Geliebten und meiner Schwester gegangen bin und dich dort gesehen habe.«

»Du warst da?«, entfuhr es Lena überrascht.

»Ja. Und ich wollte dich auch ansprechen. Aber ich habe mich nicht getraut.« Regine lachte leise.

»Warum das denn nicht?«, fragte Lena verblüfft.

»Verstehst du das denn nicht? Ich habe mich geschämt!«

»Aber wieso?«

»Weil ich dich im Stich gelassen habe. Ich wusste doch, dass meine Schwester krank war. Ich hätte niemals gehen dürfen. Ich hätte mich um dich kümmern müssen.«

Lena drückte diese fremde und doch vertraut wirkende Hand ganz fest.

»Meine Mutter hätte dich doch gar nicht gelassen. Diese Option gab es nicht.«

Regine lächelte. »Du willst mir mein schlechtes Gewissen nehmen, aber … Nun, jetzt ist es egal. Manchmal fällt man leider falsche Entscheidungen im Leben. Jedenfalls habe ich dich gesehen, wollte aber erst mehr über dich erfahren, bevor ich dich anspreche. Die Leute im Ort haben mir erzählt, dass du in München lebst. Im Internet habe ich viel über dich gefunden. Vor allem natürlich, dass du dieses Atelier hast. Das hat mich so … Und dann war ich natürlich neugierig, wollte mir erst mal in Ruhe dein Atelier ansehen und mir ein Bild von dir machen. Aber du hast mich bemerkt, nicht wahr? Ich hatte das Gefühl, dass ich dir aufgefallen bin.«

»Um ehrlich zu sein, war es zuerst dein Mantel«, sagte Lena. »Das ist ein Maßmantel, nicht wahr?«

Regine lehnte sich zurück und nickte. »Dass du das erkannt hast! Ja, das ist eine Maßanfertigung.«

»Sehr gutes Atelier.« Lena warf noch einmal einen kurzen

Blick auf den Mantel, der an dem Garderobenhaken direkt neben ihnen hing.

»Danke«, sagte Regine. Ihre Augen blitzten vor Vergnügen, als sie hinzufügte: »Dieses Lob aus deinem Mund nehme ich als ganz besonderes Kompliment. Der Mantel kommt nämlich aus meinem. Du musst wissen, ich habe ein Maßatelier in New York.«

»Nein!« Lena wäre beinahe die Tasse aus der Hand gefallen.

»Doch. Genauer gesagt, besitze ich sogar eine kleine Kette. Ich habe noch zwei Filialen in Boston und Philadelphia und bin all die Jahre zwischen meinen drei Geschäften hin- und hergejettet.«

»Das ist ja … unglaublich!« Lena staunte ihre Tante mit großen Augen an.

»Das fand ich auch! Das Leben schreibt tatsächlich die verrücktesten Geschichten.« Regines Augen funkelten vergnügt. »Offensichtlich haben wir ein Näh-Gen, auch wenn das noch nicht entdeckt ist. Aber es hat mich nicht gewundert, du hast als Kind schon so gerne geschneidert. Du warst noch keine vier, da haben wir schon …«

Ganz plötzlich, wie aus dem Nichts war die Erinnerung wieder da. »Du warst das! Du hast mit mir diesen fürchterlichen rosa Lurexstoff zugeschnitten!«

»Du erinnerst dich daran? Du wolltest unbedingt genau diesen Stoff. Und der ist doch so kompliziert zu verarbeiten. Aber ich konnte dich nicht davon abbringen.«

»Und wo war das?« In Lenas Gedächtnis tauchte ein Erinnerungsfetzen nach dem anderen auf.

»Du warst noch sehr klein. Aber ihr hattet uns in dem Atelier besucht, wo ich damals als Angestellte gearbeitet habe. Du hast mich beim Zuschneiden beobachtet, und dann wolltest du unbedingt mit mir für deine Puppe auch irgendetwas schneidern. Wir haben ziemlich viel Stoff zerschnitten, wenn ich mich recht erinnere.«

Lena schüttelte vor Erstaunen den Kopf. »Ich habe meine *Zuschnitte* von damals beim Ausräumen des Hauses gefunden und habe mich gewundert. Aber jetzt gerade, jetzt ist es mir wieder eingefallen!«

»Ja, so etwas gibt es. Aber jetzt erzähl mir mehr von deinem Leben«, sagte ihre Tante. »Erst einmal von deinem Atelier: Bist du zufrieden? Läuft es? Das Lob von vorhin wegen meines Mantels kann ich übrigens nur zurückgeben. Du machst eine hervorragende Arbeit! Du kannst sehr stolz auf dich sein.«

Lena schaute nachdenklich durch das Schaufenster des Cafés auf die andere Straßenseite zu ihrem Atelier.

»Ich habe Glück gehabt«, sagte sie. Sie erzählte von dem plötzlichen Angebot, das genau zu dem Zeitpunkt gekommen war, als sie über die finanziellen Mittel verfügte, um es anzunehmen. »Und dann war ich offenbar einfältig genug, mich in dieses Abenteuer zu stürzen.«

»Du hattest den Mut, weil du wusstest, dass du etwas kannst!«, unterbrach ihre Tante.

Lena dachte an Saskia Völkl. »Ich hatte auch Glück.«

»Das braucht es immer«, sagte ihre Tante. »Aber ohne Können nützt auch das Glück nichts.«

Lena nickte nachdenklich.

»Ist das dein Freund, mit dem ich dich vor Kurzem gesehen habe? Dieser Blonde?«

»Ja – nein – ach, das ist kompliziert. Das wird eine längere Geschichte.« Lena drückte noch einmal die Hand ihrer Tante. »Ich müsste in den Laden, es kommt gleich eine Kundin. Aber ich will dich nicht verlieren, ich habe Angst, ich sehe dich nicht wieder, wenn ich jetzt gehe …«

Regine erwiderte den Druck. »Das brauchst du nicht. Du kannst dir nicht vorstellen, wie glücklich ich bin, dich gefunden zu haben!« Sie nickte bestätigend. »Ich werde zwar in zwei Wochen wieder in die Staaten fliegen, aber wahrscheinlich nicht für lange. Ich habe nämlich beschlossen, meine Atelierkette zu verkaufen und wieder nach Deutschland zurückzukehren.« Sie lächelte Lena an.

»Eigentlich käme ich am liebsten nach München, zu meiner Nichte. Damit ich die so oft wie möglich sehen kann. Wir haben nämlich allerhand nachzuholen, meine Nichte und ich.«

»Das wäre ja … das ist …« Lena hatte einen Kloß im Hals.

»Also kannst du nun ganz beruhigt in dein Geschäft gehen. Wenn du mir nur noch schnell deine Telefonnummer gibst? Vielleicht können wir am Wochenende etwas zusammen unternehmen.«

»Das wäre wunderbar! Vielleicht kannst du mich ja sogar besuchen, ich wohne zur Untermiete bei einem …«

»… bei einem sehr netten, sympathischen Herrn Gruber, ich weiß.«

»Du kennst Herrn Gruber?«

»Ich wollte dich dort schon einmal aufsuchen, aber du warst unterwegs, neulich sonntags.«

»Ach, du warst das!« Lena umarmte ihre Tante. »Ich bin ja so glücklich!«

Am Abend, als Lena nach Hause kam, saß Christian in der Küche. Herr Gruber war nirgendwo zu sehen.

Christian … Sie musste mit ihm reden. Wenn sie nur wüsste, wie sie es anfangen sollte.

Sie hatte eine Tante. Sie war nicht allein. Eine Tante, die sie liebte.

Lena setzte sich Christian gegenüber auf den Stuhl.

»Christian, hör zu …«

»Du bist aber spät dran«, meinte Christian und verzog das Gesicht. Er war schlecht gelaunt.

»Christian, ich möchte mit dir reden. Ich will etwas klären.«

»Hat das nicht Zeit? Ich habe Hunger.«

»Warum machst du dir nichts zu essen?«

»Ich will mich nicht einfach am Kühlschrank bedienen.«

»Warum denn nicht?«

»Damit der Alte mich nicht wieder blöd anlabert.«

»Nun ja, du könntest ja tatsächlich auch mal etwas zum Auffüllen des Kühlschranks beitragen.«

»Gestern haust du einfach ab und lässt mich im Café sitzen wie einen Idioten, heute muss ich hier stundenlang auf dich warten, und dann kommst du und machst mir Vorwürfe. Das brauche ich auch nicht.«

Christian sprang auf und stapfte wütend aus der Küche. Kurz darauf fiel krachend die Wohnungstür zu.

»Was war das denn?« Die Tür von Konstantins Wohnzimmer schwang auf, und er trat in die Küche.

»Ich dachte, Sie wären gar nicht da.«

»Bin vor Kurzem zurückgekommen. Hat da gerade die Tür geknallt?«

Lena nickte.

»Hm«, sagte Herr Gruber. »Dann werd ich wohl mal klarmachen müssen, dass ich der Einzige hier in meiner Wohnung bin, der die Türen zuschmeißen darf!«

Lena wurden die Augen feucht.

»Komm. Red mal mit mir. Magst lieber an Kaffee oder lieber an Schnaps?«

Lena rannen die ersten Tränen über die Wangen.

»Ich weiß es nicht.«

»Dann machen wir eben erst einen Kaffee und dann einen Schnaps.«

Lena musste unter Tränen lachen.

Konstantin nickte zustimmend und schaltete die Kaffeemaschine ein.

Als Lena den blinkenden roten Lichtern zusah, die anzeigten, dass das System aufheizte, musste sie daran denken, wie Herr Gruber seinerzeit die Maschine angeschafft hatte.

Wenige Tage nach ihrem Einzug war es gewesen, da hatte er sie gefragt: »Du magst doch sicher einen frischen Kaffee morgens?« Als sie nicht direkt geantwortet hatte, weil sie noch überlegte, welche Antwort wohl von ihr erwartet wurde, hatte er nachgelegt: »Schon Konfuzius hat gesagt, eine Maschine, die dir die Routinearbeit abnimmt, kann nie so teuer sein wie die Lebenszeit, die du sonst verlierst.«

»Das hat Konfuzius gesagt?«, hatte sie erstaunt gefragt. Herr Gruber hatte genickt. Damals hatte sie noch nicht gewusst, dass die meisten sogenannten Konfuziussprüche der Fantasie von Herrn Gruber entsprangen und er sehr gekonnt gelegentlich einen »echten« daruntermischte.

Jedenfalls hatte sie damals etwas unsicher »ja« gesagt, an dem Aufleuchten in Herrn Grubers Augen erkannt, dass dies wohl die richtige Antwort gewesen war, und dann hatte Herr Gruber in seinen Bart gegrummelt: »Na, dann werd ich wohl so ein teures neumodisches Ding kaufen müssen. Nutzt ja nix. Bleibt mir ja gar nix anderes übrig.«

Seither stand dieser exklusive Schweizer Kaffeevollautomat als massiver silberner Block in der großen Altbauküche und lieferte auf Knopfdruck eine frische Tasse Kaffee – eine Versuchung, der sowohl Herr Gruber als auch Lena viel zu oft erlagen.

Konstantin Gruber wartete, bis auch die letzten Tropfen in den beiden Kaffeehaferl unter dem Auslauf verschwunden waren, dann nahm er sie und setzte sich zu Lena an den Tisch.

»So, Madl, jetzt red«, forderte er sie auf.

»Ich weiß nicht«, sagte Lena und schniefte. »Es ist so viel! Ich weiß gar nicht, wo ich anfangen soll.«

Ihr stiegen schon wieder die Tränen in die Augen. Und gleichzeitig lachte sie. »Ich habe eine Tante! Ich bin nicht mehr allein!« Und während sie in ihrer Hosentasche nach einem Tempo suchte, schluchzte sie: »Und außerdem bin ich verlobt!«

»Oha!«, meinte Konstantin. »Mit wem jetzt?«

Lena putzte sich die Nase.

»Mit Christian natürlich.«

»Natürlich«, sagte Konstantin. »Am besten fängst mal mit der Tante an. Wo kommt denn plötzlich eine Tante her?«

»Sie kennen sie. Die Frau, die neulich hier war. Aus New York.«

»Diese Frau ist deine Tante? Mit diesem eleganten Haarschnitt? Die Frau aus New York?«

»Ja.« Lena schnäuzte sich noch mal energisch die Nase. »Ich habe wieder eine Familie, das ist einfach wunderbar.«

Konstantin nickte. »Die Familie ist wie ein Baum. Die Zweige können in unterschiedliche Richtungen wachsen, aber die Wurzeln halten zusammen.«

»Konfuzius?«, fragte Lena.

»Nein, ich glaub, von irgendjemand anders.« Lena wunderte sich. Das war das erste Mal, dass Konstantin Gruber einen schlauen Spruch nicht Konfuzius zuschrieb.

»Dann lädst deine Tante aber mal ein. Die soll noch mal wiederkommen, ich koche.«

»Sehr gerne, Herr Gruber.«

»So – aber das ist ja nicht alles, worüber wir reden müssen, oder?«

Konstantin schaute Lena abwartend an.

Aber sie schwieg.

Als er merkte, dass sie nicht von allein auf die Verlobung zu sprechen kommen würde, hakte er nach.

»Also, was ist das jetzt mit der Verlobung?«

Dieses Mal erzählte Lena zögerlicher. Von dem Antrag.

»Ich denke, ich sollte glücklich sein. Und mich freuen. Aber so ist es nicht. Und gestern … Erika hat es mir prophezeit, aber ich habe es auch so schon die ganze Zeit gewusst. Gestern hat er mich nach Geld gefragt.« Jetzt weinte sie ungehemmt. »Ich habe ihn doch mal so geliebt!«

Konstantin stand auf, ging zur Anrichte und griff nach der Flasche Marillenschnaps. Er goss zwei Stamperl ein und stellte eines vor Lena hin.

»Prost«, sagte er. Lena schniefte.

»Prost«, gab sie zurück.

»Konfuzius sagt, wer einen Fehler macht und ihn nicht korrigiert, begeht einen zweiten.«

»Und welchen Fehler habe ich gemacht?«

Herr Gruber hob sein Glas, schwenkte es und beobachtete, wie die klare Flüssigkeit darin kreiste.

»I glaub, Madl, dass du das selbst am besten weißt.«

Die beiden sprachen noch eine ganze Weile miteinander.

Später räumte Lena noch ihr Zimmer so auf, wie sie es sich vorgenommen hatte. Noch später hörte sie Jonas nach Hause kommen. Er war auch da. Sie spürte, dass die Gewissheit, ihn in ihrer Nähe zu haben, ihr Kraft gab. Sie würde morgen, am Dienstag, etwas länger schlafen und stellte den Wecker auf acht Uhr.

Würde sie schaffen, was sie sich vorgenommen hatte? Sie war nervös. Trotzdem schlief sie schnell ein.

Christian kam irgendwann in der Nacht, sie hörte es im Halbschlaf. Aber als er sich an sie schmiegen wollte, wehrte sie ihn ab.

Er drehte sich schmollend zur Wand.

Um acht Uhr klingelte der Wecker.

»Das wird ja immer früher«, maulte Christian und zog sich die Decke über den Kopf.

Lena zog sie ihm weg.

»Du irrst, Christian. Heute ist es später als sonst. Aber ich wollte dich nicht ganz so früh hinauswerfen. Christian, hier hast du deinen Verlobungsring zurück. Bitte steh auf, ich möchte dich bitten, zusammenzupacken und mein Zimmer zu verlassen.«

Sie spürte den Ruck, der durch Christian ging.

»Was ist denn mit dir los?«

»Du hast mich verstanden. Ich möchte, dass du gehst.«

Christian setzte sich auf und versuchte, sie in seine Arme zu ziehen.

»Lena, mein Herz, mein Liebstes! Du hast dich über mich geärgert. Ich weiß, ich habe blöd reagiert gestern Abend. Es ist alles meine Schuld, ich hätte schon längst …«

Lena stand auf, ging zum Schrank, stellte sich auf die Zehenspitzen und bekam einen Griff von Christians Koffer zu fassen. Sie zog ihn herunter.

»Bitte, Christian, steh auf und pack deine Sachen. Deine Kleidung habe ich hier schon mal zusammengelegt. Du musst sie nur noch im Koffer verstauen und aus dem Bad deine Utensilien holen. Du kannst aber gerne noch duschen, bevor du gehst.«

Lena hatte das Gefühl, ihr Herz werde gleich ihren Brustkorb sprengen. Hörte Christian das nicht?

»Lena, mein Schatz, es tut mir so leid.«

Christian saß auf dem Bett, die Augen groß vor ungläubigem Staunen und mit zerknirschtem Gesichtsausdruck.

»Ich scheine neue Fehler zu entwickeln, wenn ich die alten aufgebe.«

Seine Stimme zitterte.

»Lena, mein Ein und Alles, ich verstehe dich.«

Sie würde es nicht durchhalten, sie spürte es.

Christian schälte sich aus den Bettdecken. »Ich gehe duschen«, sagte er. »Es wird nicht lange dauern, ich kann mir so früh, wenn ich gleich rausmuss, nicht die Haare waschen.«

Er schien auf eine Reaktion von Lena zu warten. Lena hielt noch den Stoffgriff seines Koffers in der Hand. Sah er, wie der Griff zitterte? Wie ein Blatt im Gewitterwind.

Lena setzte den Koffer auf dem Boden ab, neben dem Stuhl, auf dem sie seine Kleidungsstücke bereitgelegt hatte. Seine Hosen, seine Pullover, seine Hemden, Socken, zwei Paar Schuhe. Alles, was sie gestern aus dem Schrank zusammengesucht hatte. Ihr war nicht bewusst gewesen, wie viel Raum er in ihrem Schrank bereits in Anspruch genommen hatte.

»Lena«, sagte er jetzt wieder, und seine Stimme hatte diesen warmen, sanften Ton, den sie so liebte.

»Lena, ich sage jetzt extra nicht: mein Herz, obwohl du das bist, aber ich glaube, du willst das im Moment nicht hören. Lena, ich tue, was du willst, und ich verstehe dich so gut. Ich würde an deiner Stelle sicher genauso handeln.«

Er lächelte wieder dieses traurige Lächeln, das Lena immer so ins Herz schnitt.

»Aber musst du mich wirklich mitten im Winter um acht Uhr morgens in die Kälte hinausschicken?«

Wie hatte Herr Gruber gestern Abend gesagt? Als sie beschlossen hatte, die Verlobung zu lösen und sich von Christian zu trennen?

»Konfuzius sagt: Wer neu anfangen will, soll es sofort tun, denn eine überwundene Schwierigkeit vermeidet hundert neue.«

Sie wusste, Herr Gruber befürchtete, dass sie im Laufe des Tages ihre Meinung ändern würde. Und sie ahnte, wie hoch die Wahrscheinlichkeit war.

Wenn sie ihm jetzt erlaubte, irgendwann während des Tages zu gehen, würde sie ihn heute Abend noch auf ihrem Bett sitzend vorfinden. Und er hätte einen Grund gefunden, warum er noch eine Nacht, nur noch eine einzige Nacht, bleiben müsse.

Und so würde es weitergehen, immer weiter.

»Ich weiß ja noch nicht, wo ich jetzt unterkommen soll. Ich muss vielleicht lange draußen herumlaufen. Da will ich keine feuchten Haare haben.«

Christian stand jetzt vor dem Bett.

Aber vielleicht war sie wirklich zu hart mit ihm? Wenn sie sich darauf verlassen könnte, dass er während des Tages ging? Wenn er ihr versprach …

»Christian.«

»Ja?«

»Wenn du mir …«

Es klopfte an der Tür.

»Ja, bitte?«

Konstantin Gruber öffnete.

»Ach, Sie sind noch nicht so weit. Gibt es Probleme?«

Die Blicke Konstantins und Christians kreuzten sich.

»Nein«, sagte Christian schließlich. »Ich gehe gleich. Ich habe mir gerade überlegt, dass ich heute Morgen auch nicht unbedingt duschen muss.«

Konstantin Gruber nickte.

»Das Madl hat mich gestern gebeten, Ihnen noch ein Frühstück zu besorgen. Hier sind zwei Butterbrezen. Und wenn Sie mögen, gibt's auch noch einen Kaffee.«

Christian angelte bereits nach seiner Hose, die er vergangene Nacht nachlässig über den Stuhl geworfen hatte.

»Lassen Sie's mal gut sein«, sagte er.

Konstantin Gruber stand in der Tür und suchte Lenas Blick.

»Madl, lass mir doch bitte grad einen Kaffee einlaufen. Ich bleibe bei Herrn Marberg, für den Fall, dass er noch was braucht.«

Lena ahnte, was Herr Gruber dachte. Er hatte Angst, sie würde nachgeben, sich wieder überreden lassen. Sie hatten das gestern Abend lange besprochen.

»Dein größter Feind dabei ist deine Empathie. Und Herr Marberg weiß das.«

Aber auch Christian ahnte offenbar, worum es Konstantin Gruber ging.

»Keine Angst, ich gehe schon«, grinste er. Es war ein Grinsen, wie Lena es noch nie an ihm gesehen hatte. Es besagte: Okay, ihr habt gewonnen, aber egal. War ja nur ein Spiel. Ich bin trotzdem der Bessere, Klügere, Geschicktere.

Christians Miene zeigte eine Überheblichkeit, eine Arroganz, die Lena fast den Atem raubte.

War das sein wahres Gesicht? Hatte sie ihn gerade das erste Mal ohne Maske gesehen?

»Madl, machst mir bitte einen Kaffee?«, insistierte Herr Gruber noch einmal.

Lena warf noch einen letzten Blick auf Christian, der den Blick nicht erwiderte, er konzentrierte sich darauf, seine Kleidungsstücke möglichst sorgsam zu verstauen.

Die Tränen flossen erst, als sie in die Küche ging und ein Haferl unter den Auslauf der Kaffeemaschine schob.

Die Maschine mahlte unter lautem Getöse die Bohnen, sie pfiff und ratterte, dann lief die dunkle Flüssigkeit langsam in die Tasse.

Als die letzten Tropfen in die Tasse fielen, klappte die Wohnungstür zu.

Konstantin kam in die Küche.

Er trat hinter Lena und legte ihr sanft den Arm auf die Schulter.

»Geht's?«, fragte er.

Lena nickte. Sie wischte sich die Nässe von den Wangen und holte tief Luft. »Ich weiß noch nicht, wie ich das machen soll: ihn vergessen. Aber …«

»Konfuzius sagt: Der Mann, der den Berg abtrug, war derselbe, der begann, kleine Steine abzutragen. Ich würd sagen, jetzt trägst du den ersten Stein ab, indem du frühstückst.«

Lena musste unter Tränen lachen. »Dieser Spruch ist aber schon sehr mit Gewalt an die Situation geknautscht.«

Konstantins Augenbrauen wölbten sich vergnügt nach vorn.

»Ein besserer ist mir jetzt grad nicht eingefallen. Und zum Selberdichten fehlt mir noch mein Kaffee.«

Jonas lag währenddessen in seinem Bett und schlief. Er hatte von der Unruhe im Zimmer nebenan nichts mitbekommen.

Nur gut, dass Lena am Abend zuvor Jonas nicht mehr gesehen hatte. Sonst wäre der Trost, den ihr die Gewissheit über seine Anwesenheit verliehen hatte, stark ins Wanken geraten.

Denn Jonas hatte sich betrunken. Richtig betrunken.

Er hatte in der Kneipe um die Ecke gestanden und darüber nachgedacht, dass er in ein paar Tagen München verlassen würde, die Wohnung bei Herrn Gruber verlassen würde, Lena verlassen würde.

»Noch einen Williams.«

Er wollte sie sehen, sie war um die Ecke, nur zwei Gehminuten von ihm entfernt. Und es zog ihn zu ihr hin.

Aber da war dieser Christian. Und der breite Goldring im Badezimmer neben der Seifenschale.

Er hatte ihn hochgehoben. Hineingeschaut. Nach einer Gravierung gesucht. Aber nichts gefunden. Noch nicht einmal eine Punze.

Der Ring war Talmi. Der ganze Typ war Talmi. Nur die Verlobung, die war echt.

»Noch einen, bitte.«

Aber wenn er jetzt nicht in die Wohnung ginge, vielleicht würde er sie dann nie mehr sehen? Morgen früh hatte er noch eine Chance, denn morgen am späten Nachmittag würde er zu einem Kongress fahren und erst am Freitagabend kurz vor Mitternacht zurückkommen. Es blieb also noch das Wochenende – aber vielleicht fuhr sie wieder mit ihrem Verlobten … ihrem Verlobten!

»Noch einen!«

Vielleicht fuhr sie also übers Wochenende weg. Und wenn es dumm lief, sah er sie am Montagabend auch nicht mehr. Nie mehr. Und am Dienstag würde er gehen.

»Geben Sie mir einen Doppelten.«

Jetzt schlief er seinen Rausch aus. Und bekam so nichts mit von Christians Auszug.

Um halb zehn, als er sich endlich in die Küche quälte, traf er niemanden dort an. Er war allein in der Wohnung.

Am Nachmittag im Zug nach Hannover öffnete eine Frau mit einem etwa vierjährigen Mädchen die Abteiltür, fragte freundlich: »Ist hier noch frei?«, schnupperte dann kurz und sagte zu ihrem Töchterchen: »Komm, wir suchen uns einen anderen Platz.«

Jonas kehrte wie geplant in der Nacht zu Samstag zurück. Im Bad roch es leicht nach ihren Kosmetika, erleichtert dachte er: Sie ist noch da!

Und dieser Christian schien schon wieder unterwegs zu sein, seine Zahnbürste fehlte.

Am Morgen stand er auf, sobald er Lenas Schritte hörte.

Als er in die Küche kam, saßen Konstantin und Lena bereits am Tisch. Er war für drei Personen gedeckt.

»Herr Marberg ist verreist?«, fragte er sicherheitshalber.

»Der kommt nicht.« Mehr Worte hätte Lena nicht herausgebracht, ohne dass man das Zittern in ihrer Stimme gehört hätte.

»Ach so«, sagte Jonas, bemüht, dass niemand die Erleichterung in seiner Stimme bemerkte, ließ sich einen Kaffee einlaufen und nahm Platz.

»Hier.« Herr Gruber schob ihm die Zeitung hin.

»Kann ich Ihnen einen Teil abgeben?«, fragte Jonas Lena, und als sie verneinte, fügte er noch hinzu: »Sie erlauben?« Lena nickte. Jonas versteckte sich hinter der Zeitung.

Alle drei schwiegen.

Jonas durchforstete die Zeitung.

Das Schweigen am Tisch war ungemütlich heute Morgen.

Ich muss noch ein ganzes Wochenende hier verbringen, fiel Jonas plötzlich ein. Was sollte er nur die ganze Zeit machen? Noch einmal durch die Stadt bummeln? Die Erinnerung an den Sonntag mit Lena würde sich aufdrängen. Das könnte er nicht ertragen.

Ich gehe ins Kino, beschloss er. *Da vergeht die Zeit, und es bringt mich auf andere Gedanken.*

Wo stand nur in dieser Zeitung das Kinoprogramm?

»Hier fehlt ein Teil«, sagte er.

»Wieso?«, fragte Herr Gruber und griff nach der Zuckerdose.

»Na, hier! Das Kinoprogramm.«

Jonas schlug die großen Seiten laut raschelnd um. »Sehen Sie, hier steht: Kino- und Veranstaltungsprogramm Seite 15 und 16. Aber die Seiten gibt es gar nicht!«

Er blätterte verwundert hin und her.

»Da: Dieser Teil hört mit der Seite 14 auf, und als Nächstes kommt Seite 23. Da fehlt eine ganze Menge!«

»Ja, gibt es so was auch?«, wetterte Herr Gruber. »I hab die Zeitung so von draußen geholt. Hat das einer stibitzt! Sauhund!«

Er schüttelte erbost den Kopf. Jonas und Lena warteten auf einen Konfuziusspruch über Zeitungsdiebe oder Ähnliches, aber Herr Gruber schien derart außer sich ob einer solchen Unverschämtheit, dass er noch nicht einmal einen seiner Sprüche dazu ablassen wollte.

Jonas zuckte mit den Schultern. »Macht nichts. Ich finde es auch im Internet.«

Der Rest des Frühstücks verlief schweigend. Irgendwann schob Herr Gruber seinen Stuhl zurück. »Ich geh noch zum Franz, ich komm erst am späten Abend wieder.«

Lena wollte den Abend nicht alleine verbringen. Sie nickte dem alten Konstantin zu und wandte sich an Jonas. »Was machen Sie denn, Herr Wolff? Soll ich uns etwas zum Abendessen besorgen? Ich bin heute Abend daheim und könnte uns was Schönes kochen. Als Dankeschön für die Konzertkarten neulich.«

Ach, dachte Jonas. *Ihr ist also langweilig, jetzt, wo der Verlobte unterwegs ist?*

Das fehlte noch. Ein gemütliches Abendessen zu zweit, bei dem sie ihm von ihrem Christian vorschwärmte. Das würde er nicht durchhalten. Er wollte sie nicht mehr sehen.

»Das ist nett, aber leider habe ich schon eine Verabredung zum Abendessen. Ein anderes Mal vielleicht.«

Lena spürte, dass er emotionale Distanz zwischen sie beide legen wollte. Diese Erkenntnis schmerzte sie plötzlich. So gerne hätte sie sein warmes Lächeln gesehen. Sie vermisste es.

»Ich muss los«, sagte sie betrübt und erhob sich. »Dann sehen wir uns aber hoffentlich morgen früh wieder.«

Jonas nickte kurz und hob wieder die Zeitung.

Mit einem Achselzucken verließ Lena die Küche und machte sich auf den Weg.

Als sie um die Straßenecke bog und ihr Blick auf die Schaufenster und die Buchstaben auf der Fassade fiel, empfand sie plötzlich heiße Freude und tiefen Stolz. Das war ihr Atelier! Das hatte sie geschaffen! Natürlich hatte sie Glück gehabt, Glück gehörte zum Erfolg dazu, und andere, die Pech gehabt hatten, hätten vielleicht ebenfalls Erfolg verdient gehabt. Aber sie hatte hart gearbeitet, viele Schwierigkeiten überwinden müssen, sie hatte oft gekämpft und gelegentlich auch beinahe den Mut verloren.

Hinter der neuen Schaufensterscheibe konnte sie Sonja erkennen, die im Fenster kniete und den Saum des Kleides an der Puppe sorgsam feststeckte.

Nur weil andere auch etwas können, darf ich vielleicht trotzdem stolz auf mein Werk sein, dachte sie und betrat lächelnd den Verkaufsraum.

»Guten Morgen, Sonja.«

Sonja hatte den Mund voller Stecknadeln. Sie nuschelte etwas, und Lena lachte. »Ich hab's verstanden.«

Sie öffnete die Tür zur Werkstatt. Das helle Surren der Nähmaschine stoppte.

»Guten Morgen, Frau Merz.«

»Schönen guten Morgen, Frau Jacobi.«

Lena warf einen schnellen Kontrollblick auf den Wandkalender. Natürlich hatte sie die Termine sowieso immer im Kopf, trotzdem ging ihr erster Blick jeden Tag zu diesem Wandkalender. Heute war es ausnahmsweise mal ziemlich ruhig.

Plötzlich fiel Lena auf, dass sie ihr Handy in der Wohnung vergessen hatte. Sie würde es schnell holen, schließlich war es nicht weit.

»Ich bin gleich zurück«, sagte sie zu ihren Mitarbeiterinnen.

In der Küche saß immer noch Jonas.

»Da sind Sie ja schon wieder!« Er wirkte verärgert.

Warum war er nur so unwirsch zu ihr? Lena suchte seinen Blick, aber Jonas vermied ganz offensichtlich gezielt den Augenkontakt.

Lena setzte sich auf den Stuhl am Küchentisch, gegenüber von Jonas. Sie suchte nach Worten.

War er noch wütend wegen der kurzfristigen Absage vor dem Konzert neulich?

Sie hatte den dringenden Wunsch, mit Jonas zu reden, sich mit ihm zu unterhalten, so wie an dem Sonntag neulich.

Sie wusste nicht, warum, aber sie verspürte das Bedürfnis, ihm zu erzählen, dass sie sich von Christian getrennt hatte. Bloß, wie fing sie das an? Und wenn er dann antwortete: Wie kommen Sie auf die Idee, dass mich das interessiert?

Ja, wie kam sie auf diese Idee?

Jonas schaute stur in seine Zeitung, mit gesenktem Kopf, abweisend. Seine gesamte Körperhaltung teilte ihr mit, dass er nicht mit ihr reden wollte.

Lenas Hände glätteten die Tischdecke, fuhren am Saum entlang, strichen über den überhängenden Teil.

»Hören Sie«, begann sie. »Was ich Ihnen sagen wollte …«

Fast hatte sie den Eindruck, Jonas' Körper versteifte sich noch abweisender.

»Ich würde Ihnen gern …«, begann sie erneut und stoppte abrupt. »Was ist denn da passiert?«

Sie senkte den Kopf und schaute unter den Tisch. Jemand hatte die Küchentischschublade unachtsam geschlossen, offenbar schnell und mit einiger Gewalt, und ein kleines Stück der Tischdecke in der Schublade eingeklemmt.

Lena zog am Knopf der Schublade, aber die rührte sich nicht, zu fest steckte der Stoff an der Seite zwischen der Zarge und der Seitenwand der Schublade.

Sie ruckte kräftiger. Jonas hob endlich den Kopf.

»Was ist denn los?«

»Der Stoff hier … Die Schublade hat sich verklemmt.«

Jonas erhob sich, kam um den Tisch herum und ging neben Lena in die Knie.

»Was ist denn da passiert?« Er schüttelte den Kopf. »Da muss aber einer die Schublade mit Wucht zugedonnert haben.«

»Heute Morgen, als ich in die Küche kam. Herr Gruber war das«, sagte Lena.

Jonas hob fragend den Kopf.

»Ja, ich kam rein, und er machte die Schublade zu. Es hat richtig geknallt.«

Beide zogen und ruckelten am Griff und am Stoff, aber ohne Erfolg.

»Wenn sie zuging, muss sie auch wieder aufgehen!«, sagte Lena.

»Ja, das sollte man meinen«, sagte Jonas und kroch unter den Tisch.

»Hm«, sagte er. »Ich käme an die Rückwand der Schublade ran …«

»Lassen Sie mal sehen«, sagte Lena, kroch ebenfalls unter den Tisch und legte sich mit dem Rücken auf den Boden, um sich die Unterkonstruktion genau ansehen zu können.

Sie lag neben Jonas, er spürte ihre Schulter an seiner, roch ihren Duft. Es war eine einzige Qual.

»Und wenn man mit dem Hammer fest dagegen schlägt?«, schlug Lena vor. »Aber dann geht wahrscheinlich die Schublade kaputt.«

»Man muss ein Brett dagegenhalten und dann auf das Brett hauen. Damit sich nur der Impuls überträgt.«

»Ich hole einen Hammer. Und ich suche ein Brett.«

Der Hammer war in der Werkzeugkiste im Flurschrank, ein geeignetes Brett zu finden, stellte die größere Herausforderung dar.

»Gibt es hier irgendwo hölzerne Frühstücksbrettchen?«, fragte Jonas, der immer noch unter dem Tisch lag.

»Doch, aber … Ach, Sie haben recht. Wir opfern ein Frühstücksbrettchen.« Lena lachte.

Ein Klang, der Jonas durch und durch ging. Er zählte schon die Sekunden, bis er endlich wegkonnte!

Lena wollte wieder unter den Tisch kriechen, aber Jonas winkte ab. »Bleiben Sie bloß weg, wenn ich jetzt mit dem Hammer aushole.« Er musste kurz grinsen.

»Ich bin im Übrigen kein geschickter Handwerker, habe ich das schon erwähnt?«

Lena lachte wieder.

»Und gehen Sie auch vor der Schublade weg. Nicht dass die plötzlich gegen Sie fliegt!«

Lena trat folgsam zur Seite.

Jonas hielt das Holzbrettchen gegen die Schubladenrückwand.

»Achtung!«, sagte er, holte aus und schlug gegen das Frühstücksbrett.

Nichts.

»Ich mach mal fester«, sagte Jonas.

Lena zuckte zusammen, so laut knallte der Schlag durch die Küche.

»Ich meine, die Schublade hätte geruckelt! Machen Sie es noch mal!«, sagte sie aufgeregt.

»Okay.« Jonas holte noch einmal aus.

»Ja! Ja! Sie ist draußen!« Lena war begeistert.

Jonas kroch wieder unter dem Tisch hervor, richtete sich auf und klopfte sich ab.

Lena stand an der Schublade, die inzwischen etwa fünf Zentimeter geöffnet war, und strahlte ihn an.

Sie sah so verlockend aus, mit diesem vor Aufregung leicht erhitzten Gesicht und den lachenden Augen.

Jonas musste schlucken.

»Ich geh mir mal die Hände waschen«, brummte er.

»Und ich rette erst einmal die Tischdecke«, meinte Lena und sagte gleich darauf erstaunt: »Was ist das denn?«

Jonas, der schon halb aus der Küche war, drehte um.

»Sehen Sie mal«, sagte Lena und wedelte Zeitungsseiten durch die Luft.

»Was ist das?«, fragte Jonas verblüfft.

»Das ist das Stück Zeitung, das Sie heute Morgen gesucht haben.«

»Wo kommt das jetzt her?«

»Das war hier in der Schublade.«

»Aber wie …«

Jonas griff nach den Blättern. »Hat er das in Gedanken in die Schublade geräumt?«

»Das glaube ich nicht«, antwortete Lena nachdenklich. »Auf mich wirkt es so, als wollte er die Seiten verstecken. Als sollten wir sie nicht zu sehen bekommen.«

»Wieso denn das? Warum sollte Herr Gruber ein Stück Zeitung vor uns verstecken wollen? Das hat er sicher in Gedanken da hineingeräumt. Ich habe einen Freund, der hat mal …«

»So sieht es für mich nicht aus«, unterbrach Lena. »Schauen Sie doch mal, das ist ganz energisch, ja richtig wütend zusammengeknüllt worden – und dann hat er die Seiten wieder glatt gestrichen. Das war kein Irrtum. Er wollte sie zunächst zerstören, hat es sich dann aber anders überlegt und wollte sie doch behalten. Und vielleicht vor uns verstecken.«

Jonas wendete die Seiten hin und her. »Warum sollte Herr Gruber einen Teil der Zeitung zerstören? Das ergibt doch keinen Sinn.«

Er legte die großen Blätter auf den Tisch und strich sie glatt. Und stutzte. Und las.

»Sehen Sie mal, da«, sagte er. »Ob es hiermit zu tun hat?«

Auf dem Tisch lag nun die Seite mit den Familienanzeigen. Einige Menschen waren gestorben, andere hatten geheiratet, wieder anderen gratulierte man zum runden Geburtstag. Und dann gab es noch diese Anzeige:

Mit großer Freude und überglücklich
zeigen wir die Geburt unseres Sohnes
Konstantin Ferdinand an.
* 15. Februar 2017
3200 Gramm – 55 Zentimeter

Judith Gruber, geborene Willing
Konstantin Gruber jr.
München
Gregor-Kneitlinger-Straße 52

Die Taufe findet am Sonntag, den 12. März, um 11 Uhr
in der Michaelskirche in München statt.

»Sein jüngster Sohn heißt Konstantin«, sagte Lena nachdenklich. »Ob er das ist?«

»Hm, der Name ist wahrscheinlich nicht so selten. Aber so etwas hätte Herr Gruber doch erzählt, oder?«

»Er ist mit seinem jüngsten Sohn zerstritten«, erklärte Lena.

»Wieso?«

»Ich mache uns mal einen Kaffee, und dann erzähle ich Ihnen, was ich weiß. Viel ist es sowieso nicht.«

Während Jonas Platz nahm (und die traurige Sehnsucht in seinem Herzen zu ignorieren versuchte), ließ Lena zwei Tassen Kaffee aus der Maschine laufen und setzte sich dann zu ihm.

»Also, Herr Gruber hat drei Söhne, das wissen Sie ja schon, deswegen auch die drei Kinderzimmer. Der Älteste, Ferdinand, lebt in Hamburg, glaube ich, jedenfalls war das voriges

Jahr noch so, da waren er und der mittlere Sohn Maximilian hier, um mit dem Vater dessen achtzigsten Geburtstag zu feiern. Zu dem Jüngsten, dem Konstantin, der jetzt so vielleicht knapp vierzig sein dürfte, zu dem hat Herr Gruber seit knapp acht Jahren keinen Kontakt mehr. Das, was ich darüber weiß, hat mir der mittlere Sohn, der Maximilian, erzählt. Der ist in den Staaten glücklich verheiratet, aber kinderlos, inzwischen wohl fast fünfzig Jahre alt und hat seinen Vater, seit ich hier wohne, drei oder vier Mal besucht. Und an besagtem achtzigsten Geburtstag vom Herrn Gruber habe ich Maximilian darauf angesprochen, warum eigentlich Konstantin nicht kommt. Offenbar war es so, dass die Söhne nach dem Tod der Mutter wollten, dass Herr Gruber die Wohnung hier aufgibt, weil sie ja viel zu groß für ihn ist.«

»Das ist sie ja auch«, sagte Jonas.

»Ja, natürlich, aber Herr Gruber hat die Wohnung als junger Mann zu Beginn seiner Ehe gekauft. Seine Frau und er haben dann viele Jahre gespart, um die Hypothek abzubezahlen, es ist ihnen nicht leichtgefallen. Jedenfalls ist das sein Zuhause, und er will hier nicht weg. Seine Söhne wollten ihn überreden, in ein Heim zu gehen. Sie haben sich eben auch Gedanken gemacht, wenn so ein alter Mann ganz allein lebt und niemand da ist, der sich um ihn kümmert.«

»Die Sorge ist ja durchaus berechtigt.«

»Klar, aber offenbar haben die drei es irgendwie ungeschickt angefangen. Herr Gruber wollte in der Wohnung bleiben und war stur …«

»Das kann ich mir lebhaft vorstellen«, lachte Jonas kurz.

»Ich auch.« Lena grinste ihn an, und sofort verfinsterte sich Jonas' Miene wieder. Lena nahm es sehr wohl wahr.

Sie zögerte, aber dann erzählte sie weiter.

»Jedenfalls haben die Brüder Konstantin junior ausgewählt, er sollte noch einmal mit dem Vater in Ruhe reden. Konstantin scheint wohl sein Lieblingssohn gewesen zu sein. Und bei diesem Gespräch ist, so scheint es, einiges schiefgelaufen. Herr Gruber hat seinem Sohn vorgeworfen, er sei nur auf das Geld scharf, das man beim Verkauf der Wohnung erzielen könne …« Lena zögerte kurz, dann fuhr sie fort: »Er hat ihn als Erbschleicher beschimpft.«

»Das ist hart«, meinte Jonas schockiert.

»Na ja, Sie kennen Herrn Gruber ja nun auch schon ein bisschen. Wenn der sich ärgert, dann lässt er es auch raus.«

Jonas nickte.

»Daraufhin war wohl dieser junge Konstantin derart gekränkt, dass er türenknallend die Wohnung verlassen hat. Und dann hat der Vater ihm wohl noch hinterhergebrüllt: In meiner Wohnung knalle nur ich die Türen! Seither herrscht zwischen den beiden Funkstille. Kurz darauf hat Herr Gruber erfahren, dass ich ein Zimmer suche, und da hat er kurzerhand beschlossen, zu vermieten. So hat er zwei Fliegen mit einer Klappe erwischt: Die leeren Räume werden wenigstens zum Teil wieder genutzt, aus den Mieteinnahmen kann er locker die Nebenkosten und auch die Putzfrau finanzieren – und er ist nicht mehr allein in der Wohnung. Wenn mal was mit ihm wäre, gäbe es immer jemanden, der es mitbekommt.«

Jonas ließ sich das Gehörte durch den Kopf gehen.

»Schon über sieben Jahre, sagen Sie? Und der Sohn hat nie versucht …«

»Doch, ich glaube schon«, sagte Lena. »In den ersten beiden Jahren, wo ich hier wohnte, hat Herr Gruber jedes Mal wütend eine Weihnachtskarte zusammengeknüllt und weggeworfen und dabei laut vor sich hin geschimpft. Da wusste ich noch nichts über die Hintergründe. Im dritten Jahr kam aber auch keine solche Karte mehr. Letztes Jahr hat Herr Gruber dann eine geschrieben, das weiß ich, weil ich sie zur Post gebracht habe. Und ich habe noch gedacht: Kürzer geht es nicht – nur Frohe Weihnachten und die Unterschrift. Aber es kam keine Antwort, soweit ich weiß.«

Jonas schüttelte den Kopf. »Wenn das in der Zeitung nun dieser Konstantin ist? Dann ist Herr Gruber jetzt Opa geworden!«

»Ja«, nickte Lena. »Und das Enkelkind lernt seinen Opa nicht kennen, nur weil beide solche Sturköppe sind – der Sohn soll übrigens seinem Vater recht ähnlich sein, hat mir Maximilian erzählt.«

»Na ja, irgendwann renkt es sich vielleicht doch wieder ein.« Jonas hob die Zeitung an und las noch mal die Geburtsanzeige. »Schließlich wohnen die Leute in München.«

»Irgendwann … irgendwann ist es sicher zu spät«, sagte Lena nachdenklich. »Herr Gruber wird nicht ewig leben.«

Jonas lachte kurz auf. »Da wäre ich mir nicht so sicher. Dem würde ich zutrauen, dass er selbst den Gevatter Tod noch irgendwie …«

Beide standen am Tisch und starrten grübelnd auf die Zeitung, bis Lena plötzlich sagte: »Da muss man doch was unternehmen!« Und zu ihrer Überraschung antwortete Jonas sofort: »Genau! Hier steht die Adresse, da fahren wir hin.«

»Moment«, sagte Lena. »Wollen wir nicht vorher anrufen?«

Jonas schüttelte den Kopf. »Wir überrumpeln den. Kommen Sie.«

Er griff nach der Zeitungsseite. »Gregor-Kneitlinger-Straße, wissen Sie, wie man da hinkommt? Können Sie mich durch München dirigieren?«

Lena verharrte unschlüssig am Tisch.

»Wir können doch nicht einfach …«

»Ungewöhnliche Situationen erfordern ungewöhnliche Maßnahmen«, grinste Jonas. »Und schlimmer, als es jetzt ist, können wir es wohl kaum machen, also los!«

Lena zögerte noch kurz. Aber da es im Atelier sowieso ruhig war …

»Ich sage nur schnell meinen Mitarbeiterinnen Bescheid.«

Knapp eine halbe Stunde später standen sie vor der Haustür

des kleinen Einfamilienhauses an der in der Anzeige angegebenen Adresse. Beide zögerten.

»Einer muss jetzt klingeln«, meinte Jonas.

»Ich habe Angst«, sagte Lena.

»Ich auch«, gab Jonas zu.

»Wirklich?«, fragte Lena. »Die wenigsten Männer geben zu, dass sie Angst haben.«

»Ich sage es ungern, aber ich hatte schon öfter das Gefühl, dass die meisten Männer Idioten sind«, schmunzelte Jonas.

Lena lachte. Das kleine Grübchen, das auf ihrer rechten Wange erschien, traf Jonas mitten ins Herz. Er beschloss, sie einfach nicht mehr anzusehen.

»Kommen Sie, wir klingeln beide«, sagte sie. »Auf Kommando! Eins, zwei, drei …«

Und bei drei legten beide ihren Zeigefinger auf den Klingelknopf. Lena war etwas schneller – oder hatte Jonas extra gewartet? …, jedenfalls lag sein Finger auf ihrem, und die Versuchung, schnell über diese Hand zu streichen, war fast übermächtig.

Im Inneren des Hauses ertönte ein melodischer Dreiklang, eine Frau rief: »Gehst du bitte?«, eine tiefe Stimme antwortete, dann konnten die beiden durch die matte Glasscheibe in der Tür einen sich nähernden Schatten erkennen.

»Mir klopft das Herz bis zum Hals«, flüsterte Lena. *Das sieht wunderschön aus,* lag Jonas schon auf der Zunge. Aber glücklicherweise schwang in diesem Moment die Haustür auf.

»Ja, bitte?«, fragte Konstantin Gruber.

»Mein Name ist Lena Jacobi, ich bin …«

»Ich weiß, wer Sie sind!«, unterbrach sie der junge Gruber und wurde blass. »Ist etwas mit meinem Vater?«

»Nein, es geht ihm gut. Es ist alles in Ordnung, Herr Wolff und ich wollten nur …«

»Kommen Sie doch bitte erst mal herein.«

Später dann, als alle um den großen hölzernen Esstisch saßen und auch die junge Frau Gruber dazugekommen war – »Endlich schläft der Kleine«, hatte sie lachend geseufzt –, erzählte Konstantin.

»Nein, ich habe meinem Vater keine Geburtsanzeige geschickt. Die Hochzeitseinladung kam voriges Jahr doch auch zurück – Annahme verweigert. Es hat einfach keinen Sinn. Er will recht behalten. Und solange er den Erbschleicher nicht zurücknimmt, sehe ich auch nicht ein, dass ich …«

Seine Frau legte ihm begütigend die Hand auf den Unterarm.

Konstantin junior seufzte. »Ja, ich weiß. Ich bin auch nicht besser als er. Aber ich habe immer wieder versucht, Kontakt aufzunehmen. Aufgelegt hat er, als ich angerufen habe. Dann soll er eben …«

»Konstantin!«

Die hübsche Frau, der man die Strapazen, die ein neugeborenes Baby mit sich bringt, kaum ansah, lächelte Jonas und Lena zu.

»Ich kenne meinen Schwiegervater nur aus Erzählungen. Aber da mein Mann und er sich sehr ähnlich zu sein scheinen, könnte ich mir vorstellen, dass mein Schwiegervater auch, genau wie mein Mann, unter dem Streit leidet.«

»Letztes Jahr hat er Ihnen eine Weihnachtskarte geschickt«, sagte Lena.

»Das glaube ich nicht.«

»Doch, ich habe sie selbst zur Post gebracht.«

»Wir haben nichts bekommen! Ich hätte mich doch sofort bei ihm gemeldet, wenn er irgendwie den Versuch unternommen hätte, wieder mit mir ins Gespräch zu kommen. Oder haben wir etwas bekommen, Judith?«

»Er hat doch sicher unsere neue Adresse gar nicht«, meinte Judith Gruber. »Wenn er nun die Karte an unsere alte Wohnung geschickt hat?«

Konstantin grummelte irgendetwas. Lena musste lachen. »Wenn ich Sie nicht sehen würde, könnte ich nicht entscheiden, ob ich eben Sie oder Ihren Vater gehört habe.«

»Erzählen Sie mir etwas von ihm«, bat Konstantin. »Wie geht es ihm? Was macht er den ganzen Tag?«

Während Lena erzählte, schaute sich Jonas in dem gemütlichen Raum um. Auf dem alten Bauernvertiko in der Ecke standen mehrere Fotos im Silberrahmen, auch das Hochzeitsfoto der beiden war dabei. Und ein großes Foto vom alten Gruber, sodass man es nicht übersehen konnte.

Eine Stunde später verabschiedeten sich Lena und Jonas.

»Ich werde es mit dem Pfarrer besprechen«, sagte Konstantin noch. »Aber ich glaube nicht, dass es funktioniert …«

Glücklicherweise trafen Jonas und Lena den alten Konstantin in der Küche an, als sie zurück in die Wohnung kamen.

»Herr Gruber, wir möchten morgen gerne mit Ihnen einen kleinen Ausflug machen«, sagte Jonas. Lena hielt unwillkürlich die Luft an.

»Einen Ausflug?« Herr Gruber hob erstaunt die Augenbrauen. »Was denn für einen Ausflug?«

»Das wird eine Überraschung, Herr Gruber. Das wollen wir noch nicht verraten.«

Herr Gruber legte die Stirn nachdenklich in Falten. »So?«, sagte er endlich. »Ihr beiden?«

»Ja«, antwortete Lena, und Jonas nickte.

»Mit mir?«

Dieses Mal antwortete Jonas, und Lena nickte.

»Ja … ja, mei«, meinte Herr Gruber dann. »Wenn das Madl und der Bua das so wollen … ja, dann fahrn mir halt. Wo geht's dann hin?«

»Das wird nicht verraten!« Lena setzte ihre entschiedenste Stimmlage ein. Und die zeigte auch bei Herrn Gruber Wirkung, er verzog kurz das Gesicht, insistierte aber nicht weiter.

Stattdessen suchte er Blickkontakt mit Jonas, aber auch der wich dem Blick aus und konzentrierte sich auf einen unsichtbaren Fussel auf seiner Hose.

»Aber ich muss ja wissen, was ich anziehn soll.« Herr Gruber gab die Hoffnung nicht auf: »Bergschuhe und Wanderjacke?«

»Hm«, sagte Lena. »Das ist wahr. Ein bisschen was müssen wir Ihnen verraten.«

Herr Gruber grinste zufrieden.

»Also, dann ziehen Sie sich mal so an, dass wir auch in ein schönes Restaurant zum Essen gehen können. Wandern gehen wir morgen nicht.«

»Aha!« Jetzt wusste Herr Gruber überhaupt nicht mehr, woran er war. Warum wollten die beiden ihn in ein schickes Restaurant einladen? Offenbar wollten sie etwas mit ihm feiern. Aber was?

Geburtstag war es nicht, weder der von Lena, die hatte Ende September, und auch nicht der von Jonas. Der hatte irgendwann einmal von seiner letzten Geburtstagsparty in einem Restaurant auf einer Seeterrasse erzählt.

Konstantins Blick wanderte zwischen den beiden hin und her. Sie schienen sich irgendwie sehr einig zu sein, von der Aggression, die zwischen den beiden am Anfang förmlich geknistert hatte, war schon lange nichts mehr zu spüren.

Und Christian war weg.

Hatte sich da vielleicht doch irgendwas getan? Eigentlich hörte es sich fast nach Verlobung an.

Aber das war ja wohl zu schnell, so wirkten die beiden auch nicht miteinander.

Aber was gäbe es noch für Anlässe zum Feiern? Etwas Berufliches? Würde Jonas vielleicht eine Praxis in München eröffnen?

Ja, das konnte gut sein. Jonas hatte ja häufiger erwähnt, dass ihm München so gefalle, dass er seine ehemalige Praxis der Ex-Frau überlassen habe, dass er überlege, wo er in Zukunft Wurzeln schlagen wolle. Hatte er vor, in München zu bleiben? Hatte er vielleicht sogar schon etwas gefunden? Übernahm er vielleicht sogar die Praxis, in der er ausgeholfen hatte, oder stieg dort mit ein?

Das konnte gut sein. Jonas hatte abends einige Male erwähnt, dass die Anzahl der Patienten sehr hoch sei in dieser Praxis und dass er nicht verstünde, wie sein Freund das allein schaffte.

Der bleibt hier. Der steigt in die Praxis mit ein. Das ergibt Sinn.

So überlegte Konstantin. Ja, das wäre ein Anlass zum Feiern!

Herr Gruber grinste in sich hinein. Hatte er es doch herausbekommen. Man musste nur ein bisschen kombinieren. Er würde sich nichts anmerken lassen und den beiden den Spaß nicht verderben.

Und außerdem: Die zwei konnten das natürlich nicht wissen, aber es wäre ihm arg gewesen, morgen alleine zu Hause zu sitzen. Seine Gedanken wären woanders gewesen, und er hätte Trübsal geblasen.

Schön, dass die beiden für Ablenkung sorgen würden.

»Ja, dann … Und wann geht's los?«, erkundigte sich Herr Gruber, nachdem er merkte, dass es ihm wohl nicht gelingen würde, weitere Informationen aus den beiden herauszulocken.

»Wir brechen hier um halb elf Uhr auf«, sagte Lena. »Ich muss jetzt allerdings los, ich muss dringend ins Atelier, hab schon viel zu viel Zeit verloren.«

Auch Jonas erhob sich. »Ich muss auch weg. In der Praxis ist immer noch Verschiedenes zu besprechen.«

Herr Gruber fühlte sich bestätigt. Natürlich gab es da viel zu besprechen, wenn Jonas in die Praxis einstieg.

»Ja, dann bis morgen«, sagte der alte Konstantin und bemühte sich, sich das Vergnügen darüber, dass er schon wusste, worum es ging, nicht anmerken zu lassen.

Als am nächsten Morgen Lena und Jonas gegen zehn in die Küche kamen, erwartete Herr Gruber sie bereits fertig angezogen auf der Eckbank.

»Passt das so?«, fragte er. »Ich weiß ja nicht, wo wir hinwollen, deswegen müsst ihr mich beraten.«

Lena nickte. »Das ist perfekt«, sagte sie und meinte es auch so. Herr Gruber trug einen grauen Wildlederjanker, darunter ein weißes Trachtenhemd, dazu eine dunkelgraue Hose, die perfekt zu dem Janker passte. Blitzblank geputzte, feste schwarze Schuhe, der Bart frisch geschoren und in Form gebürstet – es war ein gepflegter älterer, durchaus attraktiver Herr, der da saß. Mit unternehmungslustigen Augen, die vor Vergnügen funkelten.

»Haben Sie schon gefrühstückt?«, erkundigte sich Lena.

Herr Gruber schüttelte den Kopf. »Ich dachte, wenn wir doch essen gehen …«

Jonas holte einen Teller aus dem Schrank und stellte ihn vor Herrn Gruber.

»Sie müssen etwas essen, es wird anstrengend. Mit dem Restaurantbesuch kann es noch dauern.«

»Aha!« Irritiert aß Herr Gruber eine Butterbreze. Und dann noch eine. Was war das nur, wo die beiden ihn hinschleppen wollten?

Punkt halb elf erhob sich Jonas. »Ich denke, unser Taxi steht vor der Tür.«

»Wir fahren mit dem Taxi?«

»Ja, wo wir hinwollen, gibt's keine Parkplätze.«

Kopfschüttelnd folgte Herr Gruber den beiden auf die Straße.

Es war einer der ersten Vorfrühlingstage. Ein mildes, warmes Frühlingslüftchen wehte, ein Geruch von frischem Grün lag in der Luft, ein paar letzte Schneeinseln in schattigen Ecken lösten sich in kleinen Rinnsalen auf, die vereinzelt über die Bürgersteige rannen.

»Frühling lässt sein blaues Band …«, sagte Konstantin Gruber mit einem glücklichen Lächeln.

Lena hielt ihm die hintere Tür des Taxis hinter dem Beifahrersitz auf, und Herr Gruber stieg nach einem misstrauischen Blick ein. Er ließ deutlich erkennen, dass er lieber auf dem Beifahrersitz gesessen hätte.

Aber Jonas und Lena, die die leise Befürchtung hegten, dass Herr Gruber ihnen unterwegs einfach aus dem Taxi springen würde, wenn er merkte, was sie planten, wollten ihn hinten haben – wo man mit der Kindersicherung die Tür verriegeln konnte.

Als Jonas und Lena ebenfalls eingestiegen waren, erkundigte sich Herr Gruber bei dem Fahrer: »Und wo fahren Sie uns jetzt hin?«

Aber Jonas und Lena hatten den Mann vorgewarnt, der Fahrer wusste, was er zu antworten hatte, wollte er nicht das großzügige Trinkgeld, das ihm versprochen war, aufs Spiel setzen.

»Ich weiß schon, wohin«, wehrte er – wie bestellt in mürrischem und unfreundlichem Ton – die Frage ab.

Endlich fuhren sie los.

Irgendwann hörte Jonas, wie Lena tief ausatmete. Er drehte sich zu ihr um.

»Es wird ein wunderbarer Tag«, sagte er und lächelte ihr Mut zu. Sie war nervös und hatte Angst, wie Herr Gruber reagieren würde.

»Das wird es«, sagte Herr Gruber, der noch keine Ahnung hatte. »Einen schöneren Tag hättet ihr nicht …« Er verstummte, als er sah, in welche Straße das Taxi einbog.

Am Ende der Allee, wo die noch kahlen Äste der Kastanienbäume sich zum Himmel reckten, leuchtete ihnen das Gelb der Michaelskirche entgegen.

»Wo fahren wir hin?« Herrn Grubers Ton bekam einen Anflug von Panik. »Halten Sie an! Ich will aussteigen!« Seine Stimme überschlug sich fast.

Der Fahrer dachte an die fünfzig Euro, die ihm in Aussicht gestellt worden waren, wenn er diesen merkwürdigen Alten bis vor die Kirche brachte. Kurzerhand drehte er das Radio lauter.

»Madl! Herr Dr. Wolff! Ich will nicht …«

Niemand reagierte, und Herr Gruber verstummte, aber seine Miene versteinerte.

Als Lena vor sich eine rote Ampel sah, schickte sie ein Stoßgebet zu allen himmlischen Mächten, dass die Ampel rechtzeitig auf Grün umspringen möge.

Sie war sich sicher, dass Herr Gruber aussteigen würde, sobald sich ihm die Gelegenheit böte. Und schließlich konnten sie ihn ja nicht mit Gewalt festhalten. Wenn Konstantin Gruber darauf bestand, das Auto zu verlassen, würde der Fahrer sicher die Tür entriegeln.

Aber sie wurde erhört. Das Taxi fuhr die Allee entlang, ohne aufgehalten zu werden, immer weiter auf die Kirche zu, wo man jetzt schon die vor den Treppenstufen stehenden, festlich gekleideten Menschen erkennen konnte.

Lena entdeckte Maximilian und Ferdinand. Direkt am Rand des Bürgersteigs wartete ein Mann, der ein Baby in einem Taufkleid im Arm hielt. Neben ihm stand der Pfarrer.

Auf diese Gruppe fuhr das Taxi zu, bald hatte es die Menschenansammlung erreicht, der Wagen hielt.

Jonas beeilte sich, auszusteigen.

»Grüß Sie, Herr Pfarrer – grüß Sie, Herr Gruber«, sagte er zu den beiden Wartenden und öffnete die hintere Wagentür für den alten Konstantin Gruber.

Der Pfarrer machte einen Schritt auf das Auto zu und streckte Konstantin Gruber die Hand entgegen. »Darf ich Ihnen behilflich sein?«

Alle hielten den Atem an. Konstantin Gruber sah auf seinen Sohn, auf das Bündel in dessen Armen, und schüttelte den Kopf.

»Ich helfe Ihnen«, sagte der Pfarrer. »Schlagen Sie meine Hand bitte nicht aus.« Nicht nur Lena und Jonas hatten das Gefühl, dass es doppelsinnig gemeint war.

Der alte Gruber holte tief Luft. Dann griff er nach der Hand des Pfarrers und stieg aus dem Auto.

Jetzt standen sich die beiden Grubers gegenüber, der alte und der junge Konstantin, und sahen sich in die Augen.

»Er ist noch zu klein, aber ich bin mir sicher, dass es ihm eine Freude wäre und ihn mit Stolz erfüllen würde, wenn sein Großvater ihn über das Taufbecken hielte.« Der junge Konstantin streckte dem alten das kleine Bündel entgegen.

Herr Gruber blickte auf den Säugling im Taufkleid. Lena und Jonas konnten erkennen, wie es in seinem Gesicht zuckte.

»Ich soll sein Pate sein?«, fragte er ungläubig.

Sein Sohn nickte.

»Aber das geht ja gar nicht, da hätte ich doch vorher ein Gespräch mit dem Pfarrer führen müssen!«

»Nachdem Ihr Sohn und ich uns lange über Sie unterhalten haben, Herr Gruber, bin ich überzeugt, dass Sie ein wunderbarer Pate für Ihren kleinen Enkel sein werden.«

Konstantin Gruber schloss kurz die Augen. Dann hob er den Kopf.

»Aber bis ganz nach vorn musst du ihn tragen. I hab Angst, i stolper …«

Die beiden Männer schauten sich mit nassen Augen an.

»Die Angst hab ich jetzt auch. Dann lassen wir das lieber meine Frau machen«, sagte Konstantin junior, reichte den Täufling an die zierliche blonde Frau weiter, die neben ihm stand – und endlich fielen sich die beiden Männer in die Arme.

Jonas und Lena konnten nicht verstehen, was Vater und Sohn sich gegenseitig in die Ohren murmelten, aber die beiden herzten sich, drückten sich, wischten sich über die Wangen, klopften sich immer wieder gegenseitig auf den Rücken. Es dauerte ein paar Minuten, bis sie sich voneinander lösten.

»Na endlich«, sagte Ferdinand halblaut.

»Und das ist Judith, meine Frau«, sagte Konstantin junior noch. »Du wirst nachher beim Essen ausführlich Gelegenheit haben, sie kennenzulernen. Aber nun lass uns hineingehen. Wir sollten den Pfarrer und die Gemeinde nicht länger warten lassen.«

Die Zeremonie war ruhig und feierlich. Als die Eltern und der Pate an das Taufbecken gebeten wurden, trug Judith den Kleinen bis nach vorn, Konstantin stützte seinen Vater leicht die drei Treppenstufen hinauf, am Taufbecken übergab Judith mit einem herzlichen Lächeln ihrem Schwiegervater das Bündel. Und dann hielt er den kleinen Mann fest in seinen Armen.

Er stand am Taufbecken, ab und zu drehte er den Kopf leicht zur Seite und wischte mit der Wange schnell über die hochgezogene Schulter.

Lena, die in der dritten Reihe in der Kirchenbank saß, schniefte. Dann kramte sie suchend in ihrer Handtasche. Jonas hielt ihr ein Päckchen Papiertaschentücher hin.

»Danke«, flüsterte sie.

Und während ihre Schultern leise bebten, suchte ihre Hand plötzlich nach seiner.

Er hielt sie fest.

Als die Zeremonie am Taufbecken zu Ende war und der alte Konstantin den Kleinen wieder an Judith übergab, holte Lena noch einmal zitternd Luft und zog ihre Hand wieder aus der seinen.

Später lud der junge Konstantin sie beide zum Festessen ein. Doch Jonas und Lena hatten sich bereits vorher dahin gehend abgesprochen, dass sie zu dieser Familienfeier nicht mitgehen würden.

»Aber wir haben Sie beide fest eingeplant!«, versuchte der junge Vater, sie zu überreden. Jonas überlegte noch einen Moment, aber Lena, die sah, wie der alte Gruber mit seligem Lächeln und blitzenden Augen mit seiner Schwiegertochter diskutierte, wusste, dass ihre Entscheidung richtig war.

»Das ist ganz lieb von Ihnen. Aber genießen Sie heute lieber die Zeit im Kreis Ihrer Familie, Sie haben schließlich einiges nachzuholen.«

Der junge Konstantin verstand. »Ich wollte mich nur gern irgendwie bedanken …«, erklärte er.

Lena lachte leise. »Sehen Sie sich Ihren Vater an. Sie können sich wahrscheinlich nicht vorstellen, wie glücklich mich dieser Anblick macht. Und auch Ihre Augen leuchten in einer Art, wie sie es vorgestern noch nicht getan haben.«

Nachdem Lena und Jonas allen gratuliert und sich von allen verabschiedet hatten, auch den strahlenden alten Herrn Gruber umarmt und sich ein herzliches »Saubazis seids ihr, alle zwoa« abgeholt hatten, schlenderten sie langsam und etwas ziellos die Allee entlang Richtung Innenstadt.

Jonas nahm wieder ihren Duft wahr, diesen leicht süßen, verheißungsvollen Geruch nach Maiglöckchen oder Veilchen, so genau kannte er sich da nicht aus. Jedenfalls war es ein Duft, den er kannte, den er liebte und der ihn schier wahnsinnig machte.

Lena ging mit ruhigen Schritten neben ihm her.

Aber auch sie war innerlich alles andere als ruhig. Sie wollte mit ihm reden, sie wollte seine Stimme hören, sie wollte … Sie wusste nicht, was sie wollte. Sie spürte eine undefinierbare Sehnsucht – keine Ahnung, wie sie die stillen konnte, aber sie wusste, dass es etwas mit Jonas zu tun hatte.

Krampfhaft suchte sie nach einem Thema, über das sie sprechen konnten, aber ihr fiel einfach nichts Vernünftiges ein.

»Wie ist denn eigentlich der Notfall neulich ausgegangen?«, fragte sie dann.

»Was für ein Notfall?«

»Sie hatten doch vor Kurzem am Abend diesen Notfall, zu dem Sie dringend wegmussten.«

»Keine Ahnung, wovon Sie reden, ich hatte keinen Notfall.«

»Aber natürlich! Deswegen haben Sie doch uns die Konzertkarten verkauft.«

»Ach so.« Jonas war zu sehr in seine Gedanken versunken gewesen, er hatte nicht geschaltet, nicht an seine Lüge von neulich gedacht. Sie in der Kirche so nah neben sich zu spüren, das Glücksgefühl, als ihre Hand plötzlich nach seiner gesucht hatte, die Freude auf ihrem Gesicht, als er sie dann festgehalten hatte …

Irene hatte recht gehabt, schmerzlich recht gehabt: Er hatte sie nicht geliebt.

»Der ist gut ausgegangen.«

»Konnten Sie das Tier retten? Was war es denn überhaupt?«

»Ein … ein Papagei.«

»Aber natürlich. Ich denke immer nur an Hunde und Katzen und so was. Aber Papageien gehören selbstverständlich auch zu Ihren Patienten.«

Lena wollte einfach weiter seine Stimme hören.

Jonas hatte sich gefangen und griff jetzt auf einen Fall aus der Praxis von letzter Woche zurück. »Er hatte sich verschluckt. Deswegen musste ich auch so schnell kommen.«

»Und Sie haben es geschafft, ihm zu helfen?«

»Ja.«

»Sie haben einen wirklich schönen Beruf. Sie wissen abends, dass Sie einem Tier das Leben gerettet haben. Auch wenn Sie bei einem Notfall vielleicht auf etwas Privates verzichten müssen. Sie haben sich ja sicher sehr auf das Konzert gefreut.«

»Ja, natürlich.«

»Haben Sie die *Roaring Tones* eigentlich vorher schon mal live erlebt?«

Jonas schüttelte den Kopf.

»Welchen Song mögen Sie denn am liebsten?«

»Ach, das kann ich so gar nicht sagen.«

Jonas ärgerte sich. Hätte er sich nicht im Internet mal ein paar Songs dieser Gruppe anhören können? Dann stünde er jetzt nicht so blöd da.

Lena zögerte. Irgendwie interessierte er sich nicht wirklich für den Abend: Er fragte nicht nach der Pyroshow, für die die Band berühmt war, er erkundigte sich auch nicht danach, wie der Sänger auf der Bühne agiert hatte – schließlich wusste jeder, dass der Arme gerade von einer Leiter gestürzt war und die Tournee um ein Haar hätte abgesagt werden müssen. Fast hatte sie den Eindruck, Jonas kannte die Band überhaupt nicht.

Sie zögerte. Es war vielleicht ein bisschen fies, aber …

»Also, ich mag am liebsten *Pepper, Salt and Other Sweeties*«, sagte sie. »Obwohl der Song es anfangs nicht bis nach oben in den Charts geschafft hat. Kennen Sie den?«

Jonas nickte. »Ja, das habe ich damals auch nicht verstanden.«

Das hörte sich gut an, fand er. Aber er musste schnellstens das Thema wechseln. Sonst fiel ihr doch noch etwas auf.

Lena verstummte. Plötzlich war ihr alles klar. Wie hatte sie nur so blind sein können?

Ganz offensichtlich kannte Jonas die Band überhaupt nicht. Er hatte die Karten wegen ihr besorgt. Er hatte ihr eine Freude machen und den Abend mit ihr verbringen wollen. Es war um sie gegangen, nicht um die Band. Den Song, den sie gerade zitiert hatte, gab es nicht, den Titel hatte sie einfach erfunden. Sie hatte ihm eine Falle gestellt, und er war hineingetappt.

Es war ihm um sie gegangen.

Lena dachte zurück an den Morgen, an dem man ihr Schaufenster zerstört hatte. Wie er ihr zur Seite gestanden hatte. Sie erinnerte sich plötzlich daran, wie sie miteinander gelacht hatten, nachdem sie seine Wunde genäht hatte. An seinen Blick. Sie hatte es gesehen, sein Blick hatte ihr alles gesagt, aber sie hatte es nicht verstanden. Damals. Jetzt verstand sie.

In ihr wuchs ein Gefühl, wie sie es noch nie gekannt hatte. Sie konnte es auch nicht benennen. *Ein Singen, ein Glück, ein singendes Glück …? Was für eine alberne Formulierung,* dachte sie und schüttelte insgeheim den Kopf über sich selbst. Wenn man liebte, neigte man offensichtlich zur Albernheit.

Verstohlen musterte sie ihn von der Seite. Sie konnte den Ausdruck in seinen Augen nicht deuten. Resignation? Traurigkeit?

»Jetzt wohnen wir zusammen, teilen uns eine Dusche, kennen gegenseitig unsere Unterwäsche – und siezen uns immer noch«, sagte sie. »Sollen wir nicht vielleicht zum Du wechseln? Ich bin Lena.«

Jonas bemühte sich, seine Überraschung zu verbergen. Aber Lena sah, wie sich seine Augen kurz weiteten.

»Ja, warum nicht? Ich bin Jonas.«

Sie blieb stehen.

»Na dann …« Lena hielt ihm ihre Hand hin. »Ich freue mich, dich zu kennen, Jonas«, sagte sie.

Jonas schüttelte kurz ihre Hand. Und gab sie nicht mehr frei. »Ich mich auch«, sagte er und stotterte plötzlich. »Ich meine natürlich: dass ich *dich* kenne, Lena.«

Sie standen einander gegenüber und sahen sich in die Augen. Von der Michaelskirche schlug es ein Uhr.

Obwohl die beiden sich an einer normalerweise stark befahrenen Straße befanden, war es ruhig heute. Sonntagsruhig.

Lena und Jonas standen an der Kreuzung, ein Fahrradfahrer schlug einen kleinen Haken, um an ihnen vorbeizuradeln, Jonas hielt Lenas Hand immer noch fest in seiner.

Der Griff, mit dem diese Hand die ihre hielt, war ein Angebot, keine Fessel. Und schon gar keine Forderung.

Und sie fühlte sich von dieser Hand gehalten, sie als ganzer Mensch, sie: Lena Jacobi.

»Eigentlich müssten wir uns jetzt küssen«, sagte Lena zu Jonas.

»Ja, das müssten wir«, erwiderte er.

Aber er machte keine Anstalten. In Lenas Blick war plötzlich ein Lachen und auch eine Frage – er dachte, etwas in diesem Blick zu lesen, was er sich nicht zu glauben traute.

»Und warum küsst du mich dann nicht?«

Jonas hielt immer noch ihre Hand, sie standen immer noch an der Kreuzung, immer noch halb auf dem Fahrradweg. Ein Auto hatte inzwischen gestoppt, um sie die Straße überqueren zu lassen, aber dann war der Fahrer kopfschüttelnd weitergefahren.

Aber er hatte nicht gehupt, etwas hatte ihn davon abgehalten, diese beiden Menschen aus ihrer Versunkenheit ineinander aufzuschrecken.

Jonas schüttelte hilflos den Kopf. »Weil …«

Wie sollte er sie küssen, ohne sie an sich zu ziehen, ohne dass sie seine Liebe, seine Leidenschaft spürte? Einen Freundschaftskuss sollte er ihr geben? Das war zu viel verlangt.

Er hielt noch immer ihre Hand. Er konnte sich einfach nicht überwinden, diese Hand loszulassen.

Und diese Hand schmiegte sich weiter in seine.

Diese Hand, die zeigte, dass sie einen anderen gewählt hatte. Die Hand, die den Verlobungsring trug.

Obwohl … Heute Morgen war ihm dieser Ring überhaupt nicht aufgefallen. Tastend strich er mit dem Daumen über ihren Ringfinger. Wo war der Ring? Warum spürte er ihn nicht?

Sein Blick löste sich aus ihrer Verbindung und wanderte nach unten, zu ihrer Hand.

Kein Ring.

Lena sah den Blick.

»Fällt es dir leichter, mich endlich zu küssen, wenn ich dir sage, dass ich mich von Christian getrennt habe? Denn das war nur die Erinnerung an eine unreife Schwärmerei aus Jugendtagen, wo …«

Weiter kam sie nicht. Jonas zog Lena an sich, und endlich fanden sich ihre Lippen.

***

Die Hochzeit fand in einem relativ kleinen Rahmen statt.

Irene war natürlich eingeladen, mit ihrem Mann selbstverständlich, sie hatten sich vorhin herzlich begrüßt. Jonas hatte sich gefreut, sie so glücklich zu sehen. Er hatte Anstalten gemacht, sich bei ihr zu entschuldigen, dass er sie so schlecht verstanden hatte in ihrer Ehe.

»Hör auf, mein lieber Jonas«, hatte sie gesagt. »Wir waren doch eine sehr lange Zeit beide sehr glücklich miteinander!« Über diese Äußerung hatte er sich gefreut, denn sie nahm ihm etwas von seinem schlechten Gewissen Irene gegenüber.

Jetzt saß sie in der dritten Reihe und zeigte Jonas, der tatsächlich etwas nervös vor dem Altar von einem Bein auf das andere trat, die Hand mit dem nach oben gereckten Daumen. »Du schaffst das!« Er grinste ihr kurz verlegen zu.

Neben ihr saß Konstantin junior mit seiner Frau Judith. Die beiden waren inzwischen nicht nur häufig zu Gast bei Konstantin Gruber, sondern Lena und Jonas hatten sich auch mit dem Paar angefreundet und bereits einige unterhaltsame Abende miteinander verlebt.

Daneben der inzwischen vollständig genesene Hanns-Peter mit seiner Familie. »Hättest du dir nicht das Handgelenk gebrochen …«, hatte Jonas gesagt, und Hanns-Peter hatte leicht säuerlich gegrinst. »Jetzt weiß ich wenigstens, wozu es gut war.«

Frau Franzen, die Nachbarin aus dem Haus, war gekommen, und auch die beiden Freunde von Konstantin Gruber natürlich. Die Herren saßen mit Erika zusammen in der Bank, und es war auch aus der Entfernung ganz offensichtlich, dass Erika in einer heiteren und unbeschwerten Weise mit den alten Herrschaften flirtete, was diese gut gelaunt erwiderten.

Erika warf Jonas soeben einen kecken Blick zu. Sie hatte ihm irgendwann erzählt, warum Lena wirklich gelacht hatte damals, bei jener ersten Begegnung im Badezimmer.

Es war schon ein paar Wochen her, und er war – das erste Mal, seit sie ein Paar waren – ernsthaft verstimmt gewesen. Er hätte die Geschichte lieber von Lena selbst gehört.

»Ich mag den Gedanken einfach nicht, dass du dich mit Erika über meine Genitalien unterhältst«, hatte er verärgert gesagt.

Lena hatte verständnisvoll gegrinst, versprochen, es nie wieder zu tun, ihn zärtlich geküsst. Der Streit hatte schließlich zu einer sehr befriedigenden Liebesnacht geführt, an deren Ende Lena grinsend – immer noch oder schon wieder, hatte er sich unwillkürlich gefragt – gemeint hatte: »Also, das würde ich nun aber wirklich mit einer goldenen Schleife prämieren.«

Lenas Tante Regine saß in der ersten Reihe – sie und Jonas waren sich auf den ersten Blick sympathisch gewesen – und unterhielt sich angeregt mit seinen Eltern.

Jonas' Eltern hatten Lena sofort ins Herz geschlossen, und das galt auch umgekehrt. Nach der ersten Begegnung mit ihnen hatte Lena geweint, und als er sie erschrocken nach dem Grund gefragt hatte, hatte sie geantwortet: »Vor Glück! Ich hätte mir niemals vorstellen können, dass ich noch einmal so liebevolle Eltern bekomme.«

Jetzt wartete er also hier vorne. Auf seine Braut. Und auf Konstantin Gruber, der sie ihm sozusagen als Ersatzbrautvater zuführen würde.

Hoffentlich steht das der alte Herr durch, dachte er im Stillen. *Es wäre nicht das erste Mal, dass jemand vor lauter Freude tot umfällt.*

Und hoffentlich ließen sie ihn nicht mehr so lange warten!

Aber da öffnete sich schon mit einem leisen, verheißungsvollen Quietschen die kleine Seitentür, und Konstantin Gruber trat heraus. Jonas musste einmal mehr feststellen, was für ein stattlicher Mann dieser alte Gruber noch war.

Konstantin streckte seinen Arm nach hinten aus.

Jonas hielt den Atem an.

Da kam Lena durch die Tür, legte ihre Hand auf den Arm von Herrn Gruber, und unter den feierlichen Klängen der Orgel führte Konstantin Gruber die Braut den Gang entlang, ihm entgegen.

Jonas atmete tief ein. Dieses Bild wollte er in seinem Herzen bewahren für den Rest seines Lebens: Das schmal geschnittene Kleid betonte Lenas schlanke Figur, sie wirkte zart und gleichzeitig stark, der edle Glanz des Satins hob noch ihr glückliches Strahlen hervor. Sie war nicht einfach nur schön, wunderschön sogar, sie war … Er fand keine weiteren Worte, er suchte auch keine. Es war sein Glück, das da auf ihn zukam, seine Erfüllung.

Lena verharrte kurz. Sie hob die Hände und fasste hinter ihren Kopf. Was tat sie da?

Jonas fiel auf, dass ihr Schleier ganz eng gelegt über den Rücken hinabfiel. Er konnte den Schleier eigentlich überhaupt nicht sehen. Hatte der sich im Rücken irgendwie verhakt?

Lena nestelte ein wenig am Hinterkopf, ihre Augen blitzten vor Vergnügen. Jetzt schien sie etwas in ihrem Nacken gelöst zu haben, und mit beiden Händen hob sie den halblangen Schleier über ihre Schultern.

Jonas schaute ungläubig, dann legte er den Kopf in den Nacken und lachte schallend. Der Schleier war über und über mit winzigen goldenen Samtschleifen dekoriert …

♥

Epilog

Einige Monate später hatte Konstantin Gruber wieder einmal für alle gekocht.

Jetzt saßen die beiden erwachsenen Konstantin Grubers und die junge Frau Gruber sowie Regine, Jonas und Lena um den großen Holztisch, gut gesättigt und entspannt. Und Regine erzählte.

Sie war erst vor wenigen Tagen aus New York zurückgekehrt, wo sie noch die letzten Formalitäten wegen des Verkaufs ihres Unternehmens erledigt hatte.

»Und mit der Wohnung hatte ich auch ein solches Glück! Das Ehepaar im dritten Stock hat Zwillinge bekommen, und die suchten verzweifelt eine größere Wohnung, bisher hatten sie ja nur zwei Zimmer. Und für mich sind diese zwei Zimmer mehr als genug.«

»Sie möchten eine Wohnung in New York behalten?«, fragte Judith Gruber.

»Sozusagen als Zweitwohnung, ja«, sagte Regine. »Ich habe doch noch viele Freunde drüben, und außerdem habe ich inzwischen auch Menschen von hier nach New York eingeladen, da sollte ich wenigstens ein Gästebett anbieten können.« Regine rührte in ihrer Kaffeetasse.

»Und wann machst du nun deine Praxis auf?«, fragte sie unvermittelt Jonas.

»Wir haben den ersten September geplant. Und ich denke, wir schaffen es. Der Maler wird nächste Woche fertig. Ich habe noch ein paar medizinische Geräte bestellt, die kommen übernächste Woche. Und dann kann es auch schon losgehen.«

Jonas nickte zufrieden. Es war Hanns-Peter gewesen, der ihn auf einen Kollegen hingewiesen hatte, der aus Altersgründen seine Praxis verkaufen wollte. Auch in Schwabing sogar, nicht weit entfernt, jedenfalls eine gute Lage.

Jonas hatte sofort zugegriffen.

»Und ihr bleibt erst mal hier wohnen?«

Jonas und Lena lächelten sich erst gegenseitig an, dann Konstantin.

»Ja«, sagte Lena. »Wir fühlen uns wohl hier.«

Der alte Konstantin grummelte etwas vor sich hin, er schien fast verlegen, dann machte er Anstalten, sich zu erheben.

»Ich räum mal die Teller in die Spülmaschine«, sagte er.

»Das mache ich«, wehrte Lena ab. »Unterstehen Sie sich!«

Konstantin nickte.

Er war zufrieden. Das hatte er prima hinbekommen. Hatte er doch tatsächlich ein vernünftiges Mannsbild besorgt für das Madl!

Sein Blick fiel auf das Foto seiner Frau auf der Anrichte.

Ach, Maria, dachte er. *Bin ja schon froh, dass die beiden bei mir bleiben. Bin ich nicht so einsam. Obwohl du mir fehlst. Sowieso. Mag auch nicht immer allein ins Kino gehen. Und diese Spaziergänge ohne einen lieben Menschen an der Seite sind auch nicht das Wahre …*

Plötzlich klirrte es. »Entschuldigung!«, sagte Lena betroffen. Sie war mit dem Teller an die Spülmaschine geschlagen. »Gott sei Dank, es ist nichts passiert«, sagte sie, nachdem sie den Tellerrand gründlich inspiziert hatte.

»Das wäre schade gewesen!«, sagte Regine. »Ich bewundere das Porzellan schon die ganze Zeit.«

»War auch das Lieblingsservice meiner Frau«, sagte Konstantin. »Die meisten Teile sind aber nur zweite Wahl.«

»Das macht doch nichts!«, erwiderte Regine und lachte leise. »Schließlich haben wir alle unsere Fehler!«

Der alte Konstantin hob überrascht den Kopf und warf dem Foto seiner Frau einen fragenden Blick zu. Plötzlich huschte über sein Gesicht ein erstauntes Lächeln, als sei ihm gerade etwas klar geworden. Er stand von seinem Stuhl auf, ging um den Tisch herum zu Regine, fragte: »Darf ich?«, und nahm direkt neben ihr auf der Bank Platz. Als ihn alle erstaunt ansahen, grinste er verschmitzt.

»Schon Konfuzius hat gesagt: Die Liebe ist das Gewürz des Lebens!«

Danksagung

Es ist zu viel, wofür ich mich bei meiner Familie bedanken möchte, als dass ich es hier aufzählen könnte. Jedenfalls wäre ohne all das der Roman nie entstanden. Aber speziell danke ich noch meinem Mann für das tolle Geburtstagsgeschenk: diesen kleinen Wellnessurlaub im Stanglwirt in Going. (Dazu später mehr.)

Ich bedanke mich bei all meinen Freunden, die nicht nur immer so geduldig zuhören, sondern mir auch mit ihrem jeweiligen Fachwissen bereitwillig zur Seite stehen. Ich denke hierbei besonders an Dich, liebe Gertrud, die Du meine Panikmails wegen irgendwelcher medizinischen Fragen jedes Mal so geduldig und hilfreich beantwortest. (Eventuelle Fehler bei der Schilderung medizinischer Sachverhalte im Roman sind allerdings ausschließlich auf mein Unverständnis zurückzuführen.)

Ich bedanke mich bei meiner großartigen Lektorin Silvia Kuttny-Walser für ihr akribisches und dem Roman (und mir) so liebevoll zugewandtes Lektorat und bei Christine Steffen-Reimann vom Droemer-Knaur-Verlag für ihre fantastische Unterstützung.

Voller Stolz, dass ich von dieser wunderbaren Agentur vertreten werde, bedanke ich mich bei Lianne Kolf, Isabel Schickinger und allen Mitarbeiter/-innen der Agentur Lianne Kolf.

Ein weiteres, ganz besonderes Dankeschön geht an Adeline Marx von »Adeline Marx Haute Couture« für das ausführliche Gespräch mit den für mich so wichtigen Informationen und Hinweisen.

Einen großen Teil des Konzeptes zu diesem Roman habe ich während des bereits erwähnten Aufenthaltes beim Stanglwirt in Going entwickelt, wo ich mich so unglaublich wohlgefühlt habe. Nicht zuletzt deswegen habe ich das Hotel auch als Schauplatz gewählt.

Aber jetzt möchte ich doch noch einmal klarstellen, dass die Handlung in diesem Roman und die Charaktere frei erfunden sind; dies gilt natürlich insbesondere für den von mir eingeführten Barkeeper.

Ihre realen Kollegen beim Stanglwirt habe ich ausnahmslos als ebenso freundliche wie kompetente Barkeeper und untadelige Gentlemen kennengelernt.

Und im Übrigen gilt das auch für meine fiktiven Figuren: Bald nach Ende meines Romans heiraten Anita und der Barkeeper, bekommen fünf wohlgeratene Kinder – und wenn sie nicht gestorben sind .. ;-)

Monika Maifeld,
München 2020

MONIKA MAIFELD

Doch Liebe findet ihre Zeit

ROMAN

Zwei Menschen,
so unterschiedlich wie Salz und Pfeffer.
Kann aus diesen beiden ein Paar werden?

Die Jungunternehmerin Antonia und der erfolgsverwöhnte Künstler Julian sind sich von der ersten Begegnung an unsympathisch. Julian wirkt arrogant und überheblich, Antonia reserviert und abweisend. Beide tragen noch schwer an der Last einer traurigen Kindheit. Was muss passieren, damit diese beiden erkennen, dass sie die Rettung füreinander sein können?

KNAUR

MONIKA MAIFELD

Morgen ist es Liebe

ROMAN

Eine schicksalhafte Begegnung,
ein dramatischer Unfall,
ein geheimnisvoller Fremder

Es ist eine eiskalte Nacht kurz vor Weihnachten, als die junge Ärztin Alexandra auf dem Heimweg von einer Feier mit dem Auto verunglückt. Sie wird bewusstlos und wäre dem Tode geweiht, würde ein Unbekannter sie nicht aus dem Wagen ziehen. Doch als Polizei und Sanitäter am Unglücksort eintreffen, ist der Retter verschwunden.

Martin Hallberg ist an jenem Abend in den winterlichen Weinberg gekommen, um sein Leben zu beenden. Diese Nacht sollte seine letzte sein – doch da ereignete sich genau vor seinen Augen der Unfall. Die Erinnerung an die zarte, verletzte junge Frau, die er aus dem Autowrack gezogen hat, lässt ihn einfach nicht mehr los – und die Sorge um den Abschiedsbrief in seiner Manteltasche, der niemals in fremde Hände gelangen darf. Aber der Mantel ist zusammen mit der jungen Frau im Rettungswagen verschwunden …

»Eine moderne Romanze, die mit sympathischen Charakteren und ihrer zauberhaften Stimmung berührt.« Petra

KNAUR